中华经典名剧

桃花扇

【清】孔尚任 著

谢雍君 朱方遒 评注

中华书局

图书在版编目(CIP)数据

桃花扇/(清)孔尚任著;谢雍君,朱方遒评注. —北京:中华书局,2016.11(2024.10 重印)
(中华经典名剧)
ISBN 978-7-101-12158-2

Ⅰ.桃… Ⅱ.①孔…②谢…③朱… Ⅲ.传奇剧(戏曲)-剧本-中国-清代 Ⅳ.I237.2

中国版本图书馆 CIP 数据核字(2016)第 228951 号

书 名	桃花扇	
著 者	〔清〕孔尚任	
评 注 者	谢雍君 朱方遒	
丛 书 名	中华经典名剧	
封面题签	徐 俊	
责任编辑	舒 琴	
装帧设计	毛 淳	
责任印制	管 斌	
出版发行	中华书局	

　　　　　　(北京市丰台区太平桥西里 38 号　100073)
　　　　　　http://www.zhbc.com.cn
　　　　　　E-mail:zhbc@zhbc.com.cn

印 刷	三河市鑫金马印装有限公司	
版 次	2016 年 11 月第 1 版	
	2024 年 10 月第 8 次印刷	
规 格	开本/880×1230 毫米　1/32	
	印张 14　插页 2　字数 200 千字	
印 数	36001-39000 册	
国际书号	ISBN 978-7-101-12158-2	
定 价	28.00 元	

前　言

《桃花扇》，清孔尚任著，清代文人传奇创作的典范。孔尚任（1648—1718），字季重，又字聘之，号东塘，别号岸堂，自署云亭山人。山东曲阜人，孔子六十四代孙。一生仕途并不顺坦，早年屡次赴试不第，后捐纳田产，成为国子监监生。康熙二十三年（1684），康熙帝南巡回京，途经曲阜祭祀孔子，孔尚任被荐为御前讲经官，深受皇帝嘉许，旋擢国子监博士。两年后，随同工部侍郎孙在丰赴淮、扬疏浚黄河海口。还朝后，升任户部主事、员外郎等，终因"疑案"被黜。康熙四十一年（1702），归乡隐居。十六年后，病卒于曲阜。《孔子世家谱》卷四十三，赵景深、张增元《方志著录元明清曲家传略》所录诸方志有传。

孔尚任工诗文，考订乐律，精通金石字画，著述甚富，有《岸堂文集》《湖海诗集》《会心录》《石门山集》《宫词百首》《长留集》等，编纂了《平阳府志》《莱州府志》等。尝与顾彩合撰《小忽雷》传奇（存），《大忽雷》杂剧（存），但真正令他名播文坛、长载史册的，是《桃花扇》。

《桃花扇》的创作灵感始于孔尚任在淮、扬一带治河期间，当时他的足迹踏遍了扬州、南京等地，结识了一些明末遗老如冒襄、邓孝威、石涛等，并到栖霞山拜访了张瑶星道士，这些南明历史的见证人为他塑造《桃花扇》里的历史人物提供了真实而可靠的资料。《桃花扇》前后创作历经十年之久，数易其稿，最后于清康熙三十八年（1699）定稿。

全剧在南明弘光朝廷从建立到覆亡的历史大背景下，演述复社文人侯方域和秦淮名妓李香君的情缘离合，勾勒出明末清初气势恢宏的历史画卷和复杂多变的世态万象，属于一部历史剧。关于历史剧创作，明清戏剧理论家多持虚实相参、以虚为主的观点，如谢肇淛认为，"凡为小说及杂剧戏文，须是虚实相半，方为游戏三昧之笔"（谢肇淛《五杂俎》卷十五《事部三》，中华书局 1959 年版，第 447 页）。但孔尚任不这么认为，他重视剧作历史的真实性，一再强调"当年真如戏，今日戏如真"，"实事实人，有凭有据"。这种创作方法的形成与明清易代、历史巨变有关，也与清代创作风气有关。明亡清兴，历史的变故在清初文人心理上造成极大的冲击和震撼，令他们不得不对历史重新进行反思。受此影响，清初的学术界流行重实证、重考据的学风。流风所及，清初文坛出现了以史入诗、以史作文的创作风气。孔尚任在入国子监前，最擅长经学研究。有了征实重据的经学研究基础，当他面对戏曲艺术时，会不自觉地将这种重考据的思维方法带入创作中。《桃花扇》里发生的事件和出场的人物可谓历史的再现，都有实地、历史事件和原型人物可以考证，主要人物侯方域、李香君，其他人物如杨龙友、柳敬亭、苏昆生、史可法、左良玉，反面人物如阮大铖、马士英等都是真名实姓的历史人物；侯李相恋、阮大铖创作《燕子笺》等也都是真实的历史事件。真实的人物和真实的事件共同烘托出《桃花扇》凝重的历史感，吴梅称其品格为"前无古人，后无来者"。

但孔尚任并非一味地照搬历史，而是采用"失事求似"的方法，在不违背历史精神与发展趋向的基础上，对人物、事件、时间、地点做了戏剧化整合，使得剧情转变、情感起伏更加惊心动魄、富于戏剧色彩。最重要的是，在人物和事件的塑造、渲染中，孔尚任融入了个人的主观情思，使《桃花扇》呈现出深刻的寓意。

在《桃花扇小识》里，孔尚任指出：

> 桃花扇何奇乎？其不奇而奇者，扇面之桃花也；桃花者，美人之血痕也；血痕者，守贞待字，碎首淋漓，不肯辱于权奸者也；权奸者，魏阉之余孽也；余孽者，进声色，罗货利，结党复仇，隳三百年之帝基者也。帝基不存，权奸安在？惟美人之血痕、扇面之桃花，啧啧在口，历历在目，此则事之不奇而奇、不必传而可传者也。人面耶？桃花耶？虽历千百春，艳红相映，问种桃之道士，且不知归何处矣？

这段话具有浓郁的哲理意味，从中我们可以明悉孔尚任创作《桃花扇》的目的，是为了探讨明王朝灭亡的原因。他认为魏阉余孽"进声色，罗货利，结党复仇"，是导致三百年明王朝帝基隳灭的根本原因。除此之外，他也阐明了该剧内蕴的多种内涵：明王朝消亡了，这段历史逝去了，那些作威作福、残害忠良的权奸也随历史烽烟的消散而消逝，唯有扇面的桃花血迹历历在目，这血迹寓含着李香君反抗权奸、矢志守节的精神。他又说："《桃花扇》乃李香君面血所染，香君之面血，香君之心血也。因香君之心血，而传左宁南之胸血、史阁部之眼血、黄靖南之颈血。所谓血性男子，为明朝出血汗之力者，而无如元气久弱，止成一失血之病，奈何？"（《劫宝》出总批）由面血引申开去，隐含着左良玉、史可法等血性男子为国捐躯、以血荐志的忠义精神，李香君、左良玉、史可法等人是明朝的正气所在，他们不会随历史的消亡而消亡，即使历经千百年依然永恒。《桃花扇》的高明之处在于，似在描写爱情却超越爱情，似在描写兴亡却又超越兴亡，连剧中起穿针引线作用的道具"桃花扇"，都不仅仅是普通含义上的词汇，而富有多种意味。全剧充满禅意，给读者带来别样的审美感受。

　　《桃花扇》的结构也具有独创性，一改传奇创作中副末开场、生旦家门等传统模式，在四十出的主线剧情外，又增设"试一出"、"闰二十出"、"加二十一出"、"续四十出"，将情节演绎与结构体例紧密地安排在一起，在内容与体例融为一体方面达到新的高度。

　　此剧一经定稿上演，马上引起轰动。"长安之演《桃花扇》者，岁无虚日……笙歌靡丽之中，或有掩袂独坐者，则故臣遗老也，灯炧酒阑，唏嘘而散。"连康熙帝都被惊动了，"己卯（1699）秋夕，内侍索《桃花扇》本甚急"（《桃花扇本末》），他不仅阅读剧本，还观看演出，每演到《设朝》《选优》出时，就会皱眉顿足，感慨："弘光弘光，虽欲不亡，其可得乎？"以此自警。康熙帝的赏阅无疑加快了《桃花扇》的传播速度，它很快流传到湖北、山西等地。据《桃花扇本末》记载，容美桃源洞主田舜年宴请顾彩，"每宴必命家姬奏《桃花扇》，亦复旖旎可赏，盖不知何人传入"；刘雨峰做山西恒山郡太守，曾留作者观演《桃花扇》，共演两日，"缠绵尽致。僚友知出予手也，争以酒为寿。予意有未惬者，呼其部头，即席指点焉"。

《桃花扇》今存清康熙年间介安堂刻本、清西园刻本、清沈氏刻本、清兰雪堂重校刻本、1917年上海扫叶山房石印本、1919年安徽贵池刘世珩暖红室刻《汇刻传剧》所收本等。诸多刻本中，兰雪堂本刊刻精良，是兰雪堂主人以云亭自刻原刊为底本，据"市肆诸足本参考互订"而重刊。本评注本以中国艺术研究院图书馆藏清光绪乙未（1895）兰雪堂重校刊本为底本，参校《古本戏曲丛刊五集》影印清康熙间介安堂本（简称"清康熙刊本"）、暖红室刻《汇刻传剧》所收本（简称"暖红室本"）和梁启超批注本，部分评语采用暖红室刻《汇刻传剧》所收本里的眉批。原底本有梁溪梦鹤居士《序》、云亭山人《小引》《小识》《本末》《凡例》《考据》《纲领》《砌抹》，兰雪堂主人《题识》、吴穆《后序》及《题辞》数则，本评注本保留了《本末》。校点、注释时，参考了王季思、苏寰中、杨德平合注本。因时间和水平有限，文中如有错讹、不当之处，敬请方家和读者斧正。

谢雍君
2016年8月

目　录

2

桃花扇传奇卷三（下本）

桃花扇传奇卷四（下本）

桃花扇本末

族兄方训公，崇祯末为南部曹。予舅翁秦光仪先生，其姻娅也。避乱依之，羁栖三载，得弘光遗事甚悉①。旋里后，数数为予言之。证以诸家稗记，无弗同者，盖实录也。独香姬面血溅扇，杨龙友以画笔点之，此则龙友小史言于方训公者。虽不见诸别籍，其事则新奇可传，《桃花扇》一剧感此而作者。南朝兴亡，遂系之桃花扇底。

予未仕时，每拟作此传奇，恐闻见未广，有乖信史，寤歌之余，仅画其轮廓，实未饰其藻采也。然独好夸于密友曰："吾有《桃花扇》传奇，尚秘之枕中。"及索米长安，与僚辈饮谯②，亦往往及之。又十余年，兴已阑矣。少司农田纶霞先生来京，每见必握手索览。予不得已，乃挑灯填词，以塞其求，凡三易稿而书成，盖己卯之六月也。

前有《小忽雷》传奇一种，皆顾子天石代予填词。予虽稍谙宫调，恐不谐于歌者之口。及作《桃花扇》时，天石已出都矣。适吴人王寿熙者，丁继之友也，赴红兰主人招，留滞京邸，朝夕过从，示予以曲本套数、时优熟解者，遂依谱填之。每一曲成，必按节而歌，稍有拗字，即为改制，故通本无聱牙之病。

《桃花扇》本成，王公荐绅，莫不借钞，时有纸贵之誉。己卯秋夕，内侍索《桃花扇》本甚急，予之缮本莫知流传何所，乃于张平州中丞家，觅得一本，午夜进之直邸，遂入内府。

　　己卯除夜，李木庵总宪遣使送岁金，即索《桃花扇》为围炉下酒之物。开岁灯节，已买优扮演矣。其班名"金斗"，出之李相国湘北先生宅，名噪时流，唱《题画》一折，尤得神解也。

　　庚辰四月，予已解组，木庵先生招观《桃花扇》。一时翰部台垣，群公咸集，让予独居上座，命诸伶更番进觞，邀予品题。座客啧啧指顾，颇有凌云之气。

　　长安之演《桃花扇》者，岁无虚日，独寄园一席，最为繁盛。名公巨卿，墨客骚人，骈集者座不容膝。张施则锦天绣地，胪列则珠海珍山。选优两部，秀者以充正色，蠢者以俱杂脚。凡砌抹诸物，莫不应手裕如。优人感其厚赐，亦极力描写，声情俱妙。盖主人乃高阳相公之文孙，诗酒风流，今时王谢也。故不惜物力，为此豪举。然笙歌靡丽之中，或有掩袂独坐者，则故臣遗老也。灯炧酒阑③，唏嘘而散。

　　楚地之容美，在万山中，阻绝人境，即古桃源也。其洞主田舜年，颇嗜诗书。予友顾天石有刘子骥之愿，竟入洞访之，盘桓数月，甚被崇礼。每宴必命家姬奏《桃花扇》，亦复旖旎可赏。盖不知何人传入，或有鸡林之贾耶？

　　岁丙戌，予驱车恒山，遇旧寅长刘雨峰为郡太守。时群僚高谳，留予观演《桃花扇》，凡两日，缠绵尽致。僚友知出予手也，争以酒为寿。予意有未惬者，呼其部头，即席指点焉。

顾子天石，读予《桃花扇》，引而申之，改为《南桃花扇》，令生、旦当场团圆，以快观者之目。其词华精警，追步临川。虽补予之不逮，未免形予伧父，予敢不避席乎！

读《桃花扇》者，有题辞，有跋语，今已录于前后。又有批评，有诗歌，其每折之句批在顶，总批在尾。忖度予心，百不失一，皆借读者信笔书之，纵横满纸，已不记出自谁手。今皆存之，以重知己之爱。至于投诗赠歌，充盈箧笥，美且不胜收矣，俟录专集。《桃花扇》钞本久而漫灭，几不可识。津门佟蔗村者，诗人也，与粤东屈翁山善。屈翁之遗孤，育于其家，佟为谋婚产，无异己子，世多义之。薄游东鲁，过予舍，索钞本读之，才数行，击节叫绝，倾囊橐五十金，付之梓人。计其竣工也，尚难千百里之半，灾梨真非易事也！

云亭山人漫题

注释：

①弘光：弘光帝，即朱由崧，明神宗之孙，福王朱常洵之子，公元1644—1645年在南京建立南明王朝，当政期间，昏庸无能，朝政腐败。1645年5月，清兵南下，他逃至芜湖，被叛将刘良佐出卖，解押至北京后被杀。

②讌：通"宴"。

③炧（xiè）：指灯烛、香火熄灭。

桃花扇传奇卷一（上本）

试一出① 先声②（康熙甲子八月）③

（副末毡巾、道袍、白须上④）

【蝶恋花】⑤古董先生谁似我？非玉非铜，满面包浆裹⑥。剩魄残魂无伴伙，时人指笑何须躲？旧恨填胸一笔抹，遇酒逢歌，随处留皆可。子孝臣忠万事妥，休思更吃人参果。

日丽唐、虞世⑦，花开甲子年⑧，山中无寇盗，地上总神仙。老夫原是南京太常寺一个赞礼⑨，爵位不尊，姓名可隐。最喜无祸无灾，活了九十七岁，阅历多少兴亡，又到上元甲子。尧、舜临轩⑩，禹、皋在位⑪，处处四民安乐，年年五谷丰登。今乃康熙二十三年，见了祥瑞一十二种。（内问介⑫）请问那几种祥瑞？（屈指介）河出图，洛出书，景星明，庆云现，甘露降，膏雨零，凤凰集，麒麟游，蓂荚发，芝草生，海无波，黄河清⑬。件件俱全，岂不可贺！老夫欣逢盛世，到处遨游。昨在太平园中，看一本新出传奇，名为《桃花扇》，就是明朝末年南京近事。借离合之情，写兴亡之感，实事实人，有凭有据。老夫不但耳闻，皆曾眼见。更可喜把老夫衰态，也拉上了排场，做了一个副末脚色，惹的俺哭一回，笑一回，怒一回，骂一回。那满座宾客，怎晓得我老夫就是戏中之人！（内）请问这本好戏，是何人著作？（答）列位不知，从来填词名家，不著姓氏。但看他有褒有贬，作《春秋》必赖祖传⑭；可咏可歌，正雅、颂岂无庭训⑮？（内）这等说来，一定是云亭山人了⑯。（答）你道是那个来？（内）今日冠裳雅会⑰，就要演这本传奇。你老既系旧人，又且听过新曲，何不把传奇始末，预先铺叙一番，大家洗耳？（答）有张道士的【满庭芳】词⑱，歌来请教罢。

【满庭芳】⑲公子侯生⑳，秣陵侨寓㉑，恰偕南国佳人㉒。谗言暗害，鸾凤一宵分。又值天翻地覆，据江淮藩镇纷纭。立昏主，征歌选舞，党祸起奸臣。良缘难再续，楼头激烈，狱底沉沦。却赖苏翁柳老㉓，解救殷勤。半夜君逃相走，望烟波谁吊忠魂？桃花扇，斋坛揉碎，我与指迷津。

（内）妙，妙！只是曲调铿锵，一时不能领会，还求总说数句。

（答）待我说来。

奸马阮中外伏长剑，

巧柳苏往来牵密线。

侯公子断除花月缘，

张道士归结兴亡案㉔。

道犹未了，那公子早已登场，列位请看。

注释：

①试一出：指传奇开场前的序幕。出，指剧中人物出场演戏一段。明清传奇不仅分出数，而且标出每出的出目，可以使读者和观众清楚了解一出戏里的内容。一般序幕直接标为第一出，本剧标为"试一出"，后文"闰二十出"、"加二十一出"、"续四十出"，均为本剧在出目形式上的创格。

②先声：介绍剧情概要，传达作者的创作思想，相当于"副末

开场"。

③康熙甲子八月：原无，据清康熙刊本补。每出出目里，增加事件发生的具体时间，是本剧在出目形式上的创格。甲子，清康熙二十三年，公元 1684 年。

④副末：明清传奇脚色术语，主要扮演剧中年纪较大的男子。明清传奇体制规定，戏场开演，副末首先上场，介绍剧情大意，扮演剧中人或剧外人，均可。本剧由副末扮演老赞礼，属于剧中人。毡巾、道袍、白须：剧中人物的服饰和化妆提示。

⑤【蝶恋花】：昆曲曲牌名，是人物唱腔的依据。昆曲声腔采用曲牌，京剧、评剧等剧种采用板腔。昆曲曲牌里的曲词，按照一定的句数和字数规律组成。一出戏里，不同的曲牌按照一定的规律联缀成一套曲子，称为"套曲"。如第二出《传歌》的曲词由【秋夜月】【前腔】【梧桐树】【前腔】【琐窗寒】【尾声】六支曲牌组成一套曲。

⑥包浆：收藏业术语，指金玉等古玩经过人手的温润、摩挲后焕发出光泽。

⑦唐、虞世：唐，指唐尧。虞，指虞舜。唐尧和虞舜在位时，任人唯贤，山河锦绣，国泰民安，被后世称颂、景仰。

⑧甲子年：传统历法，采用十天干、十二地支相配来纪年、纪月、纪日。天干、地支依次相配，六十年为一周期。天干的第一位是甲，地支的第一位是子，两两相配即为甲子。本剧的甲子年指清康熙二十三年，公元 1684 年。

⑨赞礼：官名，中国古代礼仪职官，明清时期在太常寺设立此职，在宗庙祭祀时负责引导皇帝行礼。此剧中的老赞礼，乃

孔尚任之伯氏，曾任职南京，目击南明时事，孔尚任聆听其论，故有此作。

⑩临轩：指帝王不在正殿而在殿前的平台上接见臣僚的礼仪。

⑪禹：指夏禹，尧、舜时代洪水泛滥，夏禹奉命治水，疏川导滞，引水入渠，治水成功。皋：指皋陶，尧、舜时代的士师，即司法官，他执法严明，铁面无私。

⑫内：后台，可指不出场的脚色在后台帮腔，也可指其他演员在后台帮腔或者制造舞台效果等。介：戏曲表演术语，多见于南戏、传奇文本，指脚色表演动作、表情和舞台效果等的舞台提示。与元杂剧的"科"同义。

⑬"河出图"十二句：指十二种吉祥天象、物象的出现，意味着太平盛世的到来。河出图，传说伏羲时，有龙马背负一图出于黄河，伏羲据此画八卦。洛出书，传说夏禹治水时，有神龟出于洛水，背上裂纹很像文字，夏禹据此写《九畴》。景星、庆云、甘露、膏雨、凤凰、麒麟、芝草，都是传说中的吉星、祥云、甘霖、瑞鸟、瑞兽、瑞草，它们只有圣人执政、天下太平时才会出现。海不起波，黄河水清，为明君莅临天下的征兆。蓂（míng）荚，传说中的一种瑞草，亦名"历荚"。尧为天子，以仁义治天下，有神草生于庭前夹阶，一天生一荚，至月半生十五荚。自十六日始，一天落一荚，月底落尽。如遇小的月份，剩余一荚。尧帝视其为日历。

⑭作《春秋》必赖祖传：《春秋》，东周时期鲁国的一部史书，采用了编年记事的方式，相传为孔子所作。孔尚任是孔子的第六十四代孙，他采用实录体的方式来褒贬《桃花扇》的南明历史，神追《春秋》，有祖上遗风。暖红室本眉批曰："说

出著作渊源，一部传奇，直作《春秋》、《毛诗》读矣。"

⑮正雅、颂岂无庭训：指填词作曲，也受先辈真传。雅、颂，
《诗经》的篇章，此谓戏曲。雅，指正声雅乐。颂，指祭祀
乐曲。庭训，古代父亲对儿子的教诲，据《论语·季氏》，
孔子曾在庭院里教育儿子孔鲤学《诗》、学《礼》。

⑯云亭山人：孔尚任的自号。

⑰冠裳：原指士绅参加雅集时所穿的全套礼服，借指士大夫、
官宦。

⑱张道士：指剧中人张薇。张薇，字瑶星，上元（今江苏南
京）人。明诸生，承荫锦衣卫镇抚，入清后不仕，隐居南京
钟山白云庵。著有《玉气剑光集》。

⑲【满庭芳】：暖红室本眉批曰："铺叙纲领，简而详，质而
韵。"

⑳侯生：指侯方域，字朝宗，商丘（今属河南）人。能诗，有
才华，文法唐宋，明末与方以智、陈贞慧、冒辟疆齐名，称
"明末四公子"。暖红室本眉批曰："朝宗少为俳体，壮而悔
之，专方两汉大家之文，有《壮悔堂文集》行世。"《桃花
扇》里的一些人物和事件皆依史事创作，但艺术真实与历史
真实不同，剧中的人物和事件源于历史，又与历史有所不
同。所以，剧中的侯方域与历史上的侯方域也有所不同。

㉑秣陵：即金陵，今南京。战国时，楚威王以其地隐有王气，
埋金镇之，称曰金陵，秦代改称秣陵。

㉒南国佳人：指李香君。曹植《杂诗·其四》曰："南国有佳
人，容华若桃李。朝游江北岸，夕宿潇湘沚。"

㉓苏翁：指苏昆生。柳老：指柳敬亭。

桃花扇

中华经典名剧

㉔"奸马阮中外伏长剑"四句：是下场诗，明清传奇结构的一种形式，脚色下场时，吟诵七言诗或五言诗一首，由在场人物分念，或同念，抒发感情。奸马阮中外伏长剑，指马士英、阮大铖内外勾结，暗设阴谋。马，指马士英，贵阳（今属贵州）人，明万历四十七年（1619）进士。明亡，拥立福王于南京，任东阁大学士，进太保，专国政。清兵破南京，出走被杀。阮大铖，安徽怀宁人。明万历四十四年（1616）进士，曾任吏部给事中，因附魏忠贤，在崇祯朝被废。南明王朝时，附马士英同领朝政，官至尚书。清兵破金华，阮氏乞降。又与马士英等密疏唐王出关，事泄投崖死。中外，指朝中和朝外。伏长剑，指暗中设计阴谋。

点评：

本出出评："首一折《先声》，与末一折《余韵》相配，从古传奇有如此开场否？然可一不可再也。古今妙语，皆被俗口说坏，古今奇文，皆被庸笔学坏，慎勿轻示俗子也。"

开场一出，《桃花扇》就彰显出与以往不同的创造：孔尚任创造性地采用了倒叙的方式——将开场时间提到一切事件早已结束的康熙年间，并且借助见证整个事件的老赞礼之山，用一首【满庭芳】和四句提点，统括了《桃花扇》全本的情节，这在以往的传奇创作中是不曾见的。

该出在内容上也是作者精心酝酿而成的，可谓在波澜起伏的历史事件中，选取最无声之处起手。曼殊在《小说丛话》一书中，对此出有着极高的评价，称："一部极凄惨、极哀艳、极忙乱之书，而以极太平起，以极闲静、极空旷结，真有华严镜影之观。非有道之士，不能作此结构。"

　　首先，该出戏以老赞礼作为开场副末，将其作为旁观者，置身于一切人物关系之外；其次，该出将时间定在了"康熙二十三年"，总结了十二种祥瑞征兆，将当下情境区别于故事情境之外；最后，通过赞礼与内中人的对话，旁及作者"云亭山人"等内容，几乎将观众推向传奇作品之外——然而正是在人物关系、故事情境与传奇作品之外的这一出《先声》中，随着【满庭芳】的吟诵，《桃花扇》的本末故事娓娓展开了。

　　此外，作者对于"副末开场"结构性功能的实现也值得一提。《先声》一出作为"副末开场"，既与传统的传奇体制相承接，又在前人的基础上有所构建。明末清初传奇作品中，"副末开场"往往用于表征故事、预热场面、铺垫剧情，而孔尚任则真正将"副末开场"与全剧的演进整合在一起，实现了其功能与内容的统一。作为开场的老赞礼虽然不是全剧中的主要人物，却是整个故事的见证者，几乎成了观众观照故事的导引，实现了"副末开场"在功能上的先导。与诸多急于将读者、观众引入故事的"副末开场"不同，《先声》一出通过对时间情境、作者云亭山人以及演出情境的揭示，似乎试图将读者、观众与故事以及艺术假定性相分离，凸显"副末开场"在内容上独立于情节之外的地位。孔尚任在先导功能与独立地位这两点上的创构，充分实现了"副末开场"在内容意义与结构意义上的统一。

　　由此可知，《先声》的创作，固然是南戏以降传奇剧本所流传下来的体制之结果，也反映出孔尚任在《桃花扇》传奇上所倾注的创作野心：作了《孤吟》《余韵》两出，以与《先声》一出相呼应，使全剧体现出极高的系统性与逻辑性，这是前所未有的。一如王国维在《文学小言》中所说："至叙事的文学（谓叙事诗、诗史、戏曲等，非谓散文也），则我国尚在幼稚之时代。元人杂剧，辞则美矣，然不知描写人格为何事。至国朝之《桃花扇》，则有人格矣，然他戏曲则殊不称是。"

老赞礼是该出唯一出现的人物，孔尚任在《桃花扇·凡例》中对其人物功能做了定义，称："老赞礼，无名氏也，细参离合之场。"可见，老赞礼既是整个事件的在场者，又是整个事件的总结者。有许多论家以为老赞礼是孔尚任本人的写照，这样的论述固然有过分索隐的嫌疑，然而他"入乎其中、超乎其外"的地位，的确与故事的叙述者无异，其被视作孔尚任之侧影亦非空穴来风。

这一出的词句凝练有味，颇值圈点。

开场【蝶恋花】一曲，从老赞礼自况写起，以古董喻人，生动地描绘了老赞礼的龙钟老态。又以"剩魄残魂无伴伙，时人指笑何须躲"两句，彰显出其豁达的性格——虽然已是旧时遗老，却无惧时人指摘。接着抒写历史变迁，借写人触及背后动荡的历史波劫。对此，云亭山人有极高的评价，他在批注中说："【蝶恋花】冲场一曲，可感可兴，有旨有趣，非风雅领袖，谁其能之？"

其后一段说白，先以定场诗起头，随后自报家门，兼说太平盛世之十二种祥瑞征兆，继而引出《桃花扇》传奇及其作者云亭山人。所说内容纷繁复杂，但又井井有条。尤其关于《桃花扇》、云亭山人、演出传奇的言说，几乎取消了台下人与台上人、书中人与书外人的界限，但又不混淆真实、假定间的区别。这么复杂的内容，作者仅用不足五百字便叙述清楚，足见文字之精练。

【满庭芳】词是该出的重点，以侯方域、李香君的经历，铺叙出整个传奇的情节脉络，与之前道白所说的"借离合之情，写兴亡之感"相呼应。文句具有高度的概括力，几乎每一句话都包含着丰富的情节线索。文辞朴素有力，朗朗上口。

第一出　听稗① (癸未二月②)

（生儒扮上③）

【恋芳春】④孙楚楼边⑤，莫愁湖上⑥，又添几树垂杨。偏是江山胜处，酒卖斜阳，勾引游人醉赏，学金粉南朝模样⑦。暗思想，那些莺颠燕狂，关甚兴亡⑧？

　　【鹧鸪天】院静厨寒睡起迟⑨，秣陵人老看花时。城连晓雨枯陵树，江带春潮坏殿基。　　伤往事，写新词，客愁乡梦乱如丝。不知烟水西村舍，燕子今年宿傍谁？小生姓侯，名方域，表字朝宗，中州归德人也⑩。夷门谱牒⑪，梁苑冠裳⑫。先祖太常，家父司徒，久树东林之帜⑬；选诗云间，征文白下，新登复社之坛⑭。早岁清词，吐出班香宋艳；中年浩气，流成苏海韩潮⑮。人邻耀华之宫，偏宜赋酒⑯；家近洛阳之县，不愿栽花⑰。自去年壬午，南闱下第，便侨寓这莫愁湖畔⑱。烽烟未靖⑲，家信难通，不觉又是仲春时候。你看碧草粘天，谁是还乡之伴？黄尘匝地，独为避乱之人⑳。（叹介）莫愁，莫愁㉑！教俺怎生不愁也！幸喜社友陈定生、吴次尾，寓在蔡益所书坊，时常往来，颇不寂寞㉒。今日约到冶城道院㉓，同看梅花，须索早去。

【懒画眉】乍暖风烟满江乡，花里行厨携着玉缸㉔，笛声吹乱客中肠。莫过乌衣巷，是别姓人家新画梁㉕。

注释：

①听稗（bài）：指侯方域等人去听柳敬亭说书。稗，此处指稗史，指记录民间街谈巷语、旧闻琐事之类的史籍。

②癸未：指明崇祯十六年，公元 1643 年。

③生儒扮上：明清传奇有着大致固定的结构形式，如第一出为
"副末开场"，第二、三出为"生旦家门"。第二出由生扮的
男主角登场，第三出由旦扮的女主角登场，通过唱词、念白
作自我介绍。此出为《桃花扇》第一出，故由生扮侯方域上
场。生，明清传奇脚色术语，主要扮演成年男子。侯方域时
为书生，以才闻名，故为儒扮，昆曲舞台上由巾生应工。

④【恋芳春】：暖红室本眉批曰："风流蕴藉，全无开场腐套，
压倒古今。"

⑤孙楚楼：位于城西，为金陵名胜之一。孙楚，西晋诗人，太
原中都（今山西平遥）人，才藻卓绝，曾邀友人登临此楼饮
宴赋诗，传为佳谈，后人名其楼为"孙楚楼"。

⑥莫愁湖：位于秦淮河西，为金陵第一名胜。莫愁，人名，传
说为洛阳女，嫁入江东富豪卢家，后移居金陵石城湖畔，端
庄贤惠，助人为乐，后人名其湖为"莫愁湖"。

⑦学金粉南朝模样：此谓明朝大厦将倾，无人关心，纷纷学着
南朝亡国前的靡丽作风，装点太平。金粉南朝，谓南朝时期
金陵的奢靡繁华之景象。金粉，指妇女化妆用的脂粉。南
朝，指建都金陵的宋、齐、梁、陈四朝。

⑧"暗思想"三句：莺颠燕狂，比喻那些不顾国家安危、只管
寻欢作乐的人。暖红室本眉批曰："莺颠燕狂，关甚兴亡，
是南朝病根。"点出了南朝灭亡的根本原因。

⑨厨寒：纱帐寒峭，一派早春景象。厨，纱厨，即纱帐。

⑩中州归德：在今河南商丘。

⑪夷门谱牒：形容侯家在河南的高贵地位。夷门，战国时谋士
侯嬴曾守大梁（今河南开封）夷门，信陵君闻其贤，迎门待

为上客。信陵君为救赵，自其所守门而出。侯嬴献窃符救赵之计，后自刭而死，以信义闻名天下。谱牒，记载家族主要成员世系及其事迹的档案，此处指侯家谱系。侯方域视侯嬴为家祖，故称夷门谱牒。

⑫梁苑：即梁园，西汉时梁孝王刘武建造的苑囿，方圆数十里，为梁孝王延招豪杰、宴宾、驰猎、作诗吟赋之所。

⑬"先祖太常"三句：侯方域祖父侯执蒲，官至太常寺卿。父亲侯恂，官至户部尚书，相当于古代的司徒职位。太常，官名，专掌祭祀礼乐之官。司徒，官名，周朝时设置，专掌土地和户口之官，唐朝时改称户部尚书，明清沿而用之。东林，即东林党，明末万历年间，顾宪成等修复东林书院，与高攀龙等人在书院讲学。讲习之余，清议朝政，受到一些官绅士夫的应和，一时结成团体，主张开放言路、实行改良等思想，与以魏忠贤为首的阉党互为对抗，声名达于天下。侯恂是东林党人，故曰"久树东林之帜"。

⑭"选诗云间"三句：此为侯方域自叙早年经历。据年谱，崇祯十二年（1639），侯氏二十出头，赴金陵应试，认识陈贞慧、吴应箕等名士，参加复社，成为中坚分子。复社，明末清初著名社团，由张溥等组织发起，以"兴复古学"为名，进行文学和政治活动，受到魏氏旧党马士英、阮大铖之流的打击。清军南下之时，复社志士参加抗清活动。清顺治九年（1652），被清政府取缔。云间，旧时松江府的别称，即今上海松江。白下，旧时南京别称。

⑮"早岁清词"四句：指侯方域原仿两汉大家之文，后改文风，宗唐法宋，以恣意奔放著称于清初文坛。班香宋艳，班指班

固，宋指宋玉，两人为两汉大家，文赋富丽香艳。苏海韩潮，苏指苏轼，韩指韩愈，两人为唐宋大家，诗文雄奇豪放。贾开宗《壮悔堂集序》述曰："侯子十年前，尝为整丽之作，近乃大毁其向文，求所为韩、柳、欧、苏以几于司马迁者而肆力焉。"

⑯ "人邻耀华之宫"二句：耀华之宫，耀华宫，指西汉梁孝王建造的宫殿，当时文士作赋颂之，邹阳有《酒赋》。商丘古时为梁地所属，侯方域自喻为梁孝王和邹阳。

⑰ "家近洛阳之县"二句：洛阳之县，洛阳县，指西晋石崇在洛阳东北建造私家园林"金谷园"，园内花木葱茏，繁花锦簇。侯方域自喻为石崇。

⑱ "自去年壬午"三句：壬午，指明崇祯十五年，公元1642年。南闱，指乡试，明清时期，南京应天府乡试称南闱，北方顺天府乡试称北闱。梁启超评点本案："崇祯十五年壬午五月，李自成陷睢州。六月，诏起侯恂以兵部侍郎督左良玉军援开封。时方域随父在南，代草流贼形势疏，又劝恂勿救开封而督左军距河以掎贼，恂曰：'若此，则我先反矣。'不听，遣方域还吴，道出永城，为叛将刘超所劫，谕以祸福，俾勤王自赎，超不听，然亦释之。计八月秋闱，正方域被劫时，必无应试之事。"

⑲ 靖：停止。

⑳ "你看碧草粘天"四句：粘天，指与天粘连，一望无际。黄尘，指扬起的尘土。匝地，指满地。陈维崧《龚琅霞湘笙阁诗集序》曰："碧草粘天，尽是思乡之客；黄尘匝地，谁非去国之人？"

㉑莫愁，莫愁：暖红室本眉批曰："莫愁者，愁种也，或是香君前身。"

㉒"幸喜社友陈定生、吴次尾"四句：陈定生，名贞慧，宜兴人（今属江苏），明末文坛名人，复社领袖。阮大铖把持朝政后，他曾被捕入狱。明亡后，归隐山林。著有《皇明语林》《山阳录》等。吴次尾，名应箕，号楼山，贵池（今属安徽）人，复社领袖。清兵南下时，起兵于池州，兵败被俘，不屈而死。事迹详见《明史》本传。蔡益所，明末万历间人，著名书商，在金陵三山街曾开设书坊，刻印过文翔凤《文太青先生全集》五十三卷。暖红室本眉批蔡益所曰："蔡益所为复社祸胎，故先及之。"

㉓冶城道院：指明代南京朝天宫，当时建造在冶城故址。冶城，旧址在金陵城西，相传为三国时期吴国冶铸之地。

㉔行厨：外出途中携带食盒、烹饪设备等。玉缸：指酒瓮。

㉕"莫过乌衣巷"二句：乌衣巷，在今南京秦淮河南岸，三国时期吴国在此置乌衣营，故此得名。东晋时期，豪门望族王导、谢安等大姓世族聚居于此，唐代时，为普通百姓住所。

（下。末、小生儒扮上①）

【前腔】王气金陵渐凋伤，鼙鼓旌旗何处忙？怕随梅柳渡春江。（末）小生宜兴陈贞慧是也。（小生）小生贵池吴应箕是也。（末问介）次兄可知流寇消息么②？（小生）昨见邸抄③，流寇连败官兵，渐逼京师。那宁南侯左良玉④，驻军襄阳。中原无人，大事已不可问，我辈且看春光。（合）⑤无主春飘荡，风雨梨花催晓妆。

（生上相见介）请了，两位社兄，果然早到。（小生）岂敢爽约！

（末）小弟已着人打扫道院，沽酒相待。（副净扮家僮忙上⑥）节寒嫌酒冷，花好引人多。禀相公，来迟了，请回罢！（末）怎么来迟了？（副净）魏府徐公子要请客看花⑦，一座大大道院，早已占满了。（生）既是这等，且到秦淮水榭，一访佳丽⑧，倒也有趣！（小生）依我说，不必远去，兄可知道泰州柳敬亭⑨？说书最妙，曾见赏于吴桥范大司马、桐城何老相国⑩。闻他在此侨寓，何不同往一听，消遣春愁？（末）这也好！（生怒介）那柳麻子新做了阉儿阮胡子的门客⑪，这样人说书，不听也罢了。（小生）兄还不知阮胡子漏网余生，不肯退藏，还在这里蓄养声伎，结纳朝绅。小弟做了一篇留都防乱的揭帖⑫，公讨其罪。那班门客才晓得他是崔、魏逆党⑬，不待曲终，拂衣散尽。这柳麻子也在其内，岂不可敬！（生惊介）阿呀！竟不知此辈中也有豪杰，该去物色的。（同行介）

【前腔】仙院参差弄笙簧，人住深深丹洞旁⑭，闲将双眼阅沧桑。（副净）此间是了，待我叫门。（叫介）柳麻子在家么？（末喝介）哦！他是江湖名士，称他柳相公才是。（副净又叫介）柳相公开门。（丑小帽、海青、白髯⑮，扮柳敬亭上）门掩青苔长，话旧樵渔来道房。

（见介）原来是陈、吴二位相公，老汉失迎了！（问生介）此位何人？（末）这是敝友河南侯朝宗，当今名士，久慕清谈，特来领教。（丑）不敢，不敢！请坐，献茶。（坐介。丑）相公都是读书君子，甚么《史记》《通鉴》，不曾看熟，倒来听老汉俗谈。（指介）你看。

【前腔】废苑枯松靠着颓墙，春雨如丝宫草香，六朝兴废怕思量⑯。鼓板轻轻放，沾泪说书儿女肠。

（生）不必过谦，就求赐教。（丑）既蒙光降，老汉也不敢推辞，只怕演义盲词⑰，难入尊耳。没奈何，且把相公们读的《论语》说一章罢。（生）这也奇了，《论语》如何说的？（丑笑介）相公说得，老汉就说不得？今日偏要假斯文，说他一回⑱。（上坐敲鼓板说书介）问余何事栖碧山，笑而不答心自闲。桃花流水杳然去，别有天地非人间⑲。（拍醒木说介⑳）敢告列位，今日所说不是别的，是申鲁三家欺君之罪㉑，表孔圣人正乐之功㉒。当时鲁道衰微，人心僭窃，我夫子自卫反鲁，然后乐正。那些乐官恍然大悟，愧悔交集，一个个东奔西走，把那权臣势家闹烘烘的戏场，顷刻冰冷。你说圣人的手段利害呀不利害？神妙呀不神妙？（敲鼓板唱介）

注释：

①末、小生儒扮上：末，明清传奇脚色术语，主要扮演中年男子。小生，明清传奇脚色术语，主要扮演青年男子。陈贞慧、吴应箕时为书生，故为儒扮。

②次兄可知流寇消息：流寇，指李自成部。暖红室本眉批曰："开口便问流贼消息，惊心动魄之言。"

③邸抄：也称邸报。邸，汉唐时指各地诸侯在京师设置的办公住所，他们传抄朝廷诏令、奏章及京都动态之文件，称为"邸报"或"邸抄"。后指官方报纸。

④左良玉：字昆山，临清（今属山东）人，明末大将，常与明末农民军张献忠、李自成部等在战场上交锋，有胜有负。南明时，诏封其为宁南侯。因受侯恂提拔晋用，当东林党人与马士英互相倾轧时，左氏极力袒护东林党人。清军南下之

际，他率军讨伐马士英，从九江东下途中猝然病死。其子左梦庚掌握兵权，为马士英部下黄得功所败，后于九江降清。

⑤合：原无，据清康熙刊本补。

⑥副净：明清传奇脚色术语，主要扮演次要人物，此由副净扮家僮。

⑦魏府徐公子：指徐青君，明初开国功臣徐达的后代，世袭魏国公。暖红室本眉批曰："先题徐公子，为末折皂隶伏脉。"

⑧一访佳丽：佳丽，指李香君。暖红室本眉批曰："访佳丽，乃侯郎心事。"

⑨柳敬亭：原名曹逢春，泰县（今江苏泰州）人，明末清初著名说书家。在金陵桃叶渡之长吟阁说书时，结识一些权贵、名士，与东林党人、复社社员多有交往。后为左良玉幕客，参与筹划机宜。左氏病亡后，他依旧以卖艺为生。说书技艺精湛，被视为绝技。因满面疤癵，人称柳麻子。擅长《水浒》《隋唐》等书目。

⑩范大司马：指范景文，河北吴桥（今属河北）人，官至东阁大学士。崇祯帝自缢后，他也投井而死。谥文贞。何老相国：指何如宠，桐城（今属安徽）人，官至武英殿大学士，入阁辅政，后辞官归里。明崇祯十四年（1641）卒，福王时补谥文端。

⑪阉儿阮胡子：阮胡子，指阮大铖，有一脸络腮胡子，故人称阮胡子。明天启年间，阮氏任给事中，依附阉党魏忠贤，认魏为干爹，故复社公子们称他为阉儿。阮氏蓄有家乐，演技出众，闻名金陵。

⑫留都防乱的揭帖：《留都防乱揭帖》是吴应箕撰写的公讨阮大

铖罪行的帖子，揭发阮为阉党余孽，务必根除，以免祸起萧墙，有陈贞慧等一百四十多人签名。揭帖，一种上行公文，宋朝时已出现，但作为正式文书名始于明朝，指内阁封缄进御的密奏，后来演变为公开散发的私人文书和传单。暖红室本眉批曰："留都防乱一揭，南朝钧党之根也。""防乱揭出，柳、苏散场，阮衙冰冷，情景可笑。"

⑬ 崔：指崔呈秀，河北蓟州（今属天津）人，明万历四十一年（1613）进士，官至兵部尚书兼左都御史。人品不端，贪赃枉法，依附魏氏，认魏为父，成为阉党魁首，迫害东林党人。崇祯帝即位后，崔畏罪自杀。魏：指魏忠贤，肃宁（今属河北）人，明万历时入宫。天启年间，逐渐得势，升为司礼秉笔太监，兼提督东厂，气焰日盛，把持朝政，排击清流。崇祯帝即位后，朝臣纷纷奏章弹劾魏氏，魏氏落狱，被发配至凤阳，途中自缢而亡。

⑭ 丹洞：道教修炼金丹的地方，即道教宫观的别称。

⑮ 海青：即道袍，道士穿着的深蓝色长袍，戏曲演出中道士脚色之服饰。

⑯ 六朝：三国时期吴国、东晋、宋、齐、梁、陈在南京建都，史称六朝。

⑰ 盲词：亦称瞽词，明清说唱艺术的一种形式，因弹唱者多为盲人，故曰。

⑱ "今日偏要假斯文"二句：暖红室本眉批曰："一部《桃花扇》从此看去，总是别有天地。"

⑲ "问余何事栖碧山"四句：为李白《山中答俗人》诗句，引

用古诗开场，是说书的一种形式。

⑳醒木：说书时，拍醒木，能起到静场、提醒听众注意的作用。

㉑鲁三家：指春秋时鲁国最有权势的家族孟孙、叔孙、季孙三家。这段说书内容，源于《论语·微子》篇"太师挚适齐"全章。暖红室本眉批曰："适齐一章，恰合时事。"

㉒孔圣人正乐：《诗经》三百篇是一部乐歌总集，孔子曾经对其中的一部分做过整理、校订，称"孔子正乐"。后延伸为匡正礼乐之义。

【鼓词一】①自古圣人手段能，他会呼风唤雨，撒豆成兵。见一伙乱臣无礼教歌舞，使了个些小方法，弄的他精了精②。正排着低品走狗奴才队，都做了高节清风大英雄！

（拍醒木说介）那太师名挚，他第一个先适了齐。他为何适齐？

听俺道来！（敲鼓板唱介）

【鼓词二】好一个为头为领的太师挚，他说："咳，俺为甚的替撞三家景阳钟③？往常时瞎了眼睛在泥窝里混，到如今抖起身子去个清。大撒脚步正往东北走，合伙了个敬仲老先才显俺的名④。管喜的孔子三月忘肉味⑤，景公擦泪侧着耳听⑥，那贼臣就吃了豹子心肝熊的胆，也不敢到姜太公家里去拿乐工⑦。"

（拍醒木说介）管亚饭的名干，适了楚；管三饭的名缭，适了蔡；管四饭的名缺，适了秦。这三人为何也去了？听我道来！（敲鼓板唱介）

【鼓词三】这一班劝膳的乐官不见了领队长，一个个各寻门路奔前程。亚饭说："乱臣堂上掇着碗，俺倒去吹吹打打伏侍着他听，你看咱长官此去齐邦谁敢去找？我也投那熊绎大王⑧，倚仗他的威风。"三饭说："河南蔡国虽然小，那堂堂的中原紧靠着京城。"四饭说："远望西秦有天子气，那强兵营里我去抓响筝。"一齐说："你每日倚着塞门桩子使唤俺⑨，今以后叫你闻着俺的风声脑子疼。"

　　（拍醒木说介）击鼓的名方叔，入于河；播鼗的名武⑩，入于汉；少师名阳⑪；击磬的名襄⑫，入于海。这四人另是个去法，听俺道来！（敲鼓板唱介）

【鼓词四】这击磬、播鼓的三四位，他说："你丢下这乱纷纷的排场俺也干不成。恁嫌这里乱鬼当家别处寻主，只怕到那里低三下四还干旧营生。俺们一叶扁舟桃源路，这才是江湖满地，几个渔翁⑬。"

　　（拍醒木说介）这四个人，去的好，去的妙，去的有意思。听他说些甚的？（敲鼓板唱介）

【鼓词五】他说："十丈珊瑚映日红，珍珠捧着水晶宫。龙王留俺宫中宴，那金童玉女不比凡同。凤箫象管龙吟细，可教人家吹打着俺们才听。那贼臣就溜着河边来赶俺，这万里烟波路也不明。莫道山高水远无知己，你看海角天涯都有俺旧弟兄。全要打破纸窗看世界，亏了那位神灵提出俺火坑。凭世上沧海变田田变海，俺那老师父只管矇矓着两眼定六经⑭。"

　　（说完起介）献丑，献丑！（末）妙极，妙极！如今应制讲义⑮，那能如此痛快，真绝技也！（小生）敬亭才出阮家，不肯别投主人，故此现身说法⑯。（生）俺看敬亭人品高绝，胸襟洒脱，是我辈中人，说书乃其余技耳。

【解三酲】⑰（生、末、小生）暗红尘霎时雪亮，热春光一阵冰凉，清白人会算糊涂帐。（同笑介）这笑骂风流跌宕，一声拍板温而厉，三下渔阳慨以慷⑱！（丑）重来访，但是桃花误处，问俺渔郎⑲。

（生问介）昨日同出阮衙，是那几位朋友？（丑）都已散去，只有善讴的苏昆生⑳，还寓比邻。（生）也要奉访，尚望同来赐教。（丑）自然奉拜的。

  （丑）歌声歇处已斜阳，

  （末）剩有残花隔院香。

  （小生）无数楼台无数草，

  （生）清谈霸业两茫茫㉑。

注释：

①鼓词一：暖红室本眉批曰："五段鼓词，千古绝调，当浮白歌之。此章鼓词出曲阜贾凫西刑部手，借敬亭口演之，颇合时事。"

②了：原作"大"，据清康熙刊本改。

③景阳钟：原意为南朝齐武帝在景阳楼上置钟报更，这里借指鲁三家的乐器。

④敬仲：春秋时陈厉公之子陈完，字敬仲，避难投奔齐国，改为田氏，后成为齐国国君。老先：是对长辈的一种尊称。

⑤孔子三月忘肉味：出自《论语·述而》："子在齐闻《韶》，

三月不知肉味。"形容音乐美妙无比，令人沉醉。

⑥景公：指春秋时期齐国国君齐景公。

⑦姜太公：即姜子牙，因辅助周武王灭殷有功，封于齐，成为齐国始祖，也称齐太公。这里指齐国。

⑧熊绎（yì）：芈姓，鬻熊的后裔。周成王时，受封为楚君，成为楚国的始祖。

⑨塞门：原作"寨门"，据暖红室本改。指间隔内外的屏障式建筑物，与屏、影壁的功用相同。古时，礼制规定："天子外屏，诸侯内屏，大夫以帘，士以帷是也。"《论语·八佾》："邦君树塞门，管氏亦树塞门。"天子树塞门合礼，大夫管仲也树塞门，有悖旧礼。这里讽刺鲁三家的僭窃。

⑩鞉（táo）：古代一种打击乐器，为长柄的摇鼓，俗称拨浪鼓。

⑪少师：乐官名，商殷时设置，后成为教导太子的官。

⑫磬：古代乐器名，由玉或石制成，悬于架上，用小槌击打而鸣。

⑬江湖满地，几个渔翁：出自杜甫《秋兴》"江湖满地一渔翁"。渔翁，柳敬亭自谓也。

⑭矇瞪（méng céng）：视力模糊不清、老眼昏花的样子。

⑮应制讲义：指奉皇帝之命创作，讲解经史内容。

⑯现身说法：原为佛教用语，指佛陀能变成各种身形，向众生说法解义，指点迷津。现指以亲身经历和体验为例来劝导他人或阐释某种道理。

⑰【解三酲】：原作"【解三醒】"，据暖红室本改。下同，不再出注。

⑱三下渔阳慨以慷：典出刘义庆《世说新语·言语》"祢衡

击鼓"，祢衡被曹操贬为鼓吏，敲奏《渔阳掺挝》，鼓声悲壮，有金石之声，听者闻之动容。后人据之谱成《渔阳三弄曲》。这里形容柳敬亭说书慷慨激昂，令人震撼。

⑲"但是桃花误处"二句：典出陶渊明《桃花源记》。暖红室本眉批曰："此《桃花扇》大旨也，细心领略，莫负渔郎指引之意。"

⑳苏昆生：明末清初著名清曲家，原名周如松，河南固始人。明崇祯年间入阮大铖家班教曲，后离开，曾教李香君拍曲。入清后，辗转在苏浙一带士大夫家班教曲。

㉑"歌声歇处已斜阳"四句：暖红室本眉批曰："四十二折下场诗，皆用本折宫词，簇新指出，有旨有趣，可作南朝本事诗。"

点评：

　　本出出评："传奇首一折，谓之正生家门。正生，侯朝宗也。陈定生、吴次尾是朝宗陪宾，柳敬亭是朝宗伴友。开章一义，皆露头角，为文章梁柱。此折如龙升潭底，虎出林中，稍试屈伸，微作跳掷，便令风云变色，陵谷迁形。观者须定神敛气，细看奇文。"

　　《听稗》与之后的《传歌》，延承了传奇的"生旦家门"体制。通过细密的铺陈、引介，将人物形象、矛盾冲突、情节线索等种种复杂内容寓于其中。

　　《听稗》讲述侨寓金陵的侯方域约陈贞慧、吴应箕二人看花，不想道院被占，只好转而拜访艺人柳敬亭听其说唱。然而就在这么一段几乎没有什么波澜的事件中，作者却能够将时事背景、人物性格、矛盾冲突一一说明，且充分利用自己的才学艺识，将这些内容装点得意趣盎然。

作者先借人物之口，揭示了外有兵祸、内有奸佞的时事背景：一方面，侯方域等人的游春并非雅兴，而是兵火困顿间无可奈何的遣愁之举，吴应箕所言"中原无人，大事已不可问，我辈且看春光"，颇揭示忧国而又无奈的心态；另一方面，因看花不成、转访柳敬亭一事，又借侯方域两句"那柳麻子新做了阉儿阮胡子的门客，这样人说书，不听也罢了"，将阮大铖与复社文人的冲突构织出来，亦显示出明政权内部的不稳定因素。

这一出中的人物，各有其鲜明的形象。侯方域的风流倜傥，陈、吴二人的忠正耿直，柳敬亭的机智洒脱，皆在寥寥数语中跃然而见。尤其柳敬亭的形象最为鲜明可观，作者通过一侧一正两番描写，将其性格展露无遗：起先借助侯方域"阮衙门客"的误会，侧面体现柳敬亭的正直，随后又一段以鼓词说《论语》的表演，由小说通大道，在戏谑中见才情，正面展现出柳敬亭的睿智、潇洒，以至于侯方域都称赞其"胸襟洒脱，是我辈中人，说书乃其余技耳"。事实上，不仅在《听稗》中，即便在《桃花扇》全本传奇里，柳敬亭也是一个闪亮的人物。在《听稗》这一出的初亮相中，他占尽先机。

导致全书"借离合之情，写兴亡之感"的矛盾冲突——即阮大铖与复社文人之间的冲突，也在出末有所铺垫。日后诸文人与阮大铖之间势不两立的态势，在此出借侯方域、陈贞慧、吴应箕三人的态度而彰明；侯方域与李香君的离合波劫，也是因此矛盾冲突而起；最后弘光小朝廷的覆亡、三百年基业的隳灭，也与这一矛盾冲突有着莫大的关联。

孔尚任在《桃花扇·小引》中说："传奇虽小道，凡诗赋、词曲、四六、小说家，无体不备。至于摹写须眉，点染景物，乃兼画苑矣。其旨趣实本于《三百篇》，而义则《春秋》。用笔行文，又《左》《国》、太史公也。于以警世易俗，赞圣道而辅王化，最近且切。今之乐，犹古之乐，岂不信哉！"

他在《听稗》里实践了自己这一观念，将鼓词融入到曲文中去，以通俗的表演形式演绎最具经典性质的《论语》，将孔子正乐、三家乐师出走一事演说出来，此举体现出"虽小道，必有可观焉"的意味。这一段唱词质而不野，谐而不浮，以至为平实的语言，表现极高的格调与蕴思，无怪后人评之曰："五段鼓词，千古绝调，当浮白歌之。"

同时，通过诸位乐工不同去向的对比，对《桃花扇》的大旨进行了重申。前几位乐工分别去了齐、楚诸国，希望通过投靠更强大的势力，以实现自己的价值；后几位乐工并没有选择投靠强权，而是入于河、汉、海之中，在渔樵生活里追求人生的自由。在《桃花扇》的结尾，柳敬亭正是以渔樵生活为归宿，正与这段鼓词暗合。在乱世之中，投靠强权并不能真正实现人生价值、把握自己的命运。这段唱词，正是"穷则独善其身"观念的演绎。

该出文辞可谓一字寓褒贬，杨恩寿《词余丛话》曰："名人笔下，一字不苟。《桃花扇·开场》云：'孙楚楼边，莫愁湖上，又添几树垂杨。'一'又'字，将弘光荒淫包埽殆尽，已必其不能中兴，蹈陈、隋覆辙矣。"

"一字不苟"的评价，并非虚言。其时北国已一片烽火、生灵涂炭，然而江南诸地的人们仍在纵情享乐，似乎国家大事与己无干，故而湖边垂杨仍添，人们依旧"莺颠燕狂"，麻木不仁。

其余【鹧鸪天】【懒画眉】【解三酲】亦各文辞雅致、抒叙得当，值得深玩韵味。尤其【解三酲】一曲，为生、末、小生、丑接续合唱，各方态度微妙的同与不同，表现得甚有趣味。

第二出　传歌 （癸未二月）

（小旦靓妆扮鸨妓李贞丽上^①）

【秋夜月】^②深画眉，不把红楼闭。长板桥头垂杨细^③，
丝丝牵惹游人骑。将筝弦紧系，把笙囊巧制。

> 梨花似雪草如烟，春在秦淮两岸边。一带妆楼临水盖，家家分
> 影照婵娟。妾身姓李，表字贞丽，烟花妙部，风月名班^④；生
> 长旧院之中^⑤，迎送长桥之上，铅华未谢^⑥，丰韵犹存。养成一
> 个假女^⑦，温柔纤小，才陪玳瑁之筵^⑧，宛转娇羞，未入芙蓉之
> 帐^⑨。这里有位罢职县令，叫做杨龙友^⑩，乃凤阳督抚马士英的
> 妹夫，原做光禄阮大铖的盟弟^⑪，常到院中夸奖我儿，要替他招
> 客梳栊^⑫。今日春光明媚，敢待客来也^⑬。（叫介）丫环，卷帘扫
> 地，伺候客来。（内应介）晓得！（末扮杨文骢上）三山景色供图
> 画，六代风流入品题。下官杨文骢，表字龙友，乙榜县令^⑭，罢
> 职闲居。这秦淮名妓李贞丽，是俺旧好，趁此春光，访他闲话。
> 来此已是，不免竟入。（入介）贞娘那里？（见介）好呀！你看梅
> 钱已落，柳线才黄，软软浓浓，一院春色，叫俺如何消遣也。
> （小旦）正是。请到小楼焚香煮茗、赏鉴诗篇罢。（末）极妙了。
> （登楼介）帘纹笼架鸟，花影护盆鱼。（看介）这是令嫒妆楼，他
> 往那里去了？（小旦）晓妆未竟，尚在卧房。（末）请他出来。（小
> 旦唤介）孩儿出来，杨老爷在此。（末看四壁上诗篇介）都是些名
> 公题赠，却也难得。（背手吟哦介）旦艳妆上^⑮）

【前腔】香梦回，才褪红鸳被。重点檀唇胭脂腻^⑯，匆
匆挽个抛家髻^⑰。这春愁怎替，那新词且记。

> （见介）老爷万福！（末）几日不见，益发标致了。这些诗篇赞的

不差。(又看，惊介)呀呀！张天如、夏彝仲这班大名公⑱，都有题赠，下官也少不的和韵一首。(小旦送笔砚介。末把笔久吟介)做他不过，索性藏拙，聊写墨兰数笔，点缀素壁罢。(小旦)更妙。(末看壁介)这是蓝田叔画的拳石⑲。呀！就写兰于石旁，借他的衬贴也好。(画介)

【梧桐树】绫纹素壁辉，写出骚人致⑳。嫩叶香苞，雨困烟痕醉。一拳宣石墨花碎，几点苍苔乱染砌。(远看介)也还将就得去。怎比元人潇洒墨兰意㉑，名姬恰好湘兰佩。

注释：

①小旦：明清传奇脚色术语，主要扮演次要女性人物。靓妆：打扮艳丽。鸨妓：也称鸨母，开设妓院的女人。李贞丽：字淡如，明末秦淮名妓，李香君的义母，有豪侠气，与复社公子多有来往，尤与陈贞慧交善。剧中替李香君代嫁田仰。

②【秋夜月】：暖红室本眉批曰："何等旖旎。"

③长板桥：又称长桥，金陵四十景之一，坐落在夫子庙东侧石坝街一带。桥西是艺妓集中之旧院所在地，歌楼舞榭，人流如织。晚清以后，逐渐冷清了。

④"烟花妙部"二句：烟花，原指春天美丽的景色。妙部，原指以乐舞、戏曲为业的艺人。风月，原指清风明月。后代指妓女、娼妇。名班，原指有名的戏班，此处隐含魁首、翘楚之义。此两句为李贞丽自述家门。

⑤旧院：明朝时妓院的代称，也称"曲中"。余怀《板桥杂记》："旧院，人称'曲中'，前门对武定桥，后门在钞库

街，妓家鳞次，比屋而居。"

⑥铅华未谢：指美貌犹存。铅华，原指古代妇女使用的化妆品，因化妆粉里添加了铅，起到增白效用。后借指女性的青春、美貌。

⑦假女：谓养女、义女，指李香君。

⑧才陪玳瑁（dài mào）之筵：谓李香君陪客饮宴。玳瑁之筵，指佳肴美味的华贵筵席。玳瑁，似龟，其甲壳可作装饰品，也可入药。筵，原指坐具，由竹篾、蒲苇等材料编成的坐席，后泛指筵席。

⑨未入芙蓉之帐：谓李香君尚未接客。芙蓉之帐，原指卧室里用芙蓉花染就的丝织品制成的帐子，典出白居易《长恨歌》："云鬓花颜金步摇，芙蓉帐暖度春宵。"

⑩杨龙友：名文骢，贵阳（今属贵州）人，明万历四十六年（1618）举人，后与马士英妹成婚，是复社早期社员。南明弘光时，曾任常、镇二府巡抚。隆武时，任兵部右侍郎兼右佥都御史，于浙江衢州抗清，兵败被杀。

⑪原做光禄阮大铖的盟弟：暖红室本眉批曰："二奸名姓，先从鸨妓口中道出，绝妙笔法。"

⑫梳栊：原谓女性梳理发髻，后指妓女第一次接客。

⑬敢待：谓就要、即将。

⑭乙榜：科举考试用语。明清时期，考中举人称乙榜，考中进士为甲榜。

⑮旦：明清传奇脚色术语，扮演主要女性人物。

⑯檀唇：也称檀口，古代贵族妇女、歌姬流行用檀色点唇。

⑰抛家髻：古代妇女发髻式样，将头发在头顶梳成锥髻，两鬓

抱面。

⑱张天如、夏彝仲：张溥，字天如，太仓（今属江苏）人，文
学家，著有《七录斋集》。夏允彝，字彝仲，华亭（今上海
松江）人。两位皆为明末复社领袖。

⑲蓝田叔：蓝瑛，字田叔，号蝶叟，钱塘（今浙江杭州）人，
善画山水，法自宋元，为浙派山水画之代表人物。暖红室本
眉批曰："蓝田叔是栖霞乡导，故先及之。"

⑳"绫纹素壁辉"二句：谓绫纹般质感的白壁，因为杨文骢
画的墨兰，焕发出别样光彩，摹画出诗人风致。骚人，指
诗人。

㉑怎比元人潇洒墨兰意：暖红室本眉批曰："本地风光，妙绝
千古。"

（小旦）真真名笔，替俺妆楼生色多矣！（末）见笑。（向旦介）请
教尊号，就此落款。（旦）年幼无号。（小旦）就求老爷赏他二字
罢。（末思介）《左传》云："兰有国香，人服媚之。"就叫他香君
如何①？（小旦）甚妙！香君过来谢了。（旦拜介）多谢老爷。（末
笑介）连楼名都有了。（落款介）崇祯癸未仲春，偶写墨兰于媚香
楼，博香君一笑。贵筑杨文骢②。（小旦）写画俱佳，可称双绝。
多谢了！（俱坐介。末）我看香君国色第一，只不知技艺若何？
（小旦）一向娇养惯了，不曾学习。前日才请一位清客，传他词
曲。（末）是那个？（小旦）就叫甚么苏昆生。（末）苏昆生，本姓
周，是河南人，寄居无锡。一向相熟的，果然是个名手。（问介）
传的那套词曲？（小旦）就是《玉茗堂四梦》③。（末）学会多少
了？（小旦）才将《牡丹亭》学了半本。（唤介）孩儿，杨老爷不

是外人，取出曲本快快温习。待你师父对过，好上新腔。（旦皱眉介）有客在坐，只是学歌怎的？（小旦）好傻话，我们门户人家④，舞袖歌裙，吃饭庄屯⑤。你不肯学歌，闲着做甚？（旦看曲本介）

【前腔】（小旦）生来粉黛围，跳入莺花队⑥，一串歌喉，是俺金钱地。莫将红豆轻抛弃，学就晓风残月坠⑦。缓拍红牙⑧，夺了宜春翠，门前系住王孙辔。

（净扁巾、褶子⑨，扮苏昆生上）闲来翠馆调鹦鹉⑩，懒去朱门看牡丹。在下固始苏昆生是也，自出阮衙，便投妓院，做这美人的教习，不强似做那义子的帮闲么？（竟入见介）杨老爷在此，久违了。（末）昆老恭喜，收了一个绝代的门生。（小旦）苏师父来了，孩儿见礼。（旦拜介。净）免劳罢。（问介）昨日学的曲子，可曾记熟了？（旦）记熟了。（净）趁着杨老爷在坐，随我对来，好求指示。（末）正要领教。（净、旦对坐唱介）

【皂罗袍】⑪原来姹紫嫣红开遍，似这般付与断井颓垣。良辰美景奈何天，（净）错了错了，"美"字一板，"奈"字一板，不可连下去。另来，另来！良辰美景奈何天，赏心乐事谁家院？朝飞暮卷，云霞翠轩。雨丝风片，（净）又不是了，"丝"字是务头⑫，要在嗓子内唱。雨丝风片，烟波画船，锦屏人忒看得韶光贱。

（净）妙，妙！是的狠了，往下来。

【好姐姐】遍青山啼红了杜鹃，荼蘼外烟丝醉软。牡丹虽好，他春归怎占得先？（净）这句略生些，再来一遍。牡丹虽好，他春归怎占得先？闲凝眄，生生燕语明如翦，呖呖莺声溜的圆。

（净）好，好！又完一折了。（末对小旦介）可喜令嫒聪明的紧，不愁又是一个名妓哩。（向净介）昨日会着侯司徒的公子侯朝宗，客囊颇富，又有才名，正在这里物色名姝。昆老知道么？（净）他是敝乡世家，果然大才。（末）这段姻缘，不可错过的。

【琐窗寒】破瓜碧玉佳期⑬，唱娇歌，细马骑。缠头掷锦⑭，携手倾杯；催妆艳句，迎婚油壁⑮。配他公子千金体，年年不放阮郎归⑯，买宅桃叶春水⑰。

（小旦）这样公子肯来梳栊，好的紧了。只求杨老爷极力帮衬，成此好事。（末）自然在心的。

【尾声】（小旦）掌中女好珠难比，学得新莺恰恰啼，春锁重门人未知。

如此春光，不可虚度，我们楼下小酌罢。（末）有趣。（同行介）

（末）苏小帘前花满畦⑱，

（小旦）莺酣燕懒隔春堤。

（旦）红绡裹下樱桃颗⑲，

（净）好待潘车过巷西⑳。

注释：

①香君：即李香君，上元（今江苏南京）人，秦淮名妓，娇小玲珑，肤如凝脂，面若桃花，聪慧敏俊，娇媚可怜，人称"香扇坠"。余怀曾赠诗与香君："生小倾城是李香，怀中婀娜袖中藏。缘何十二巫峰女，梦里偏来见楚王？"魏子一书诗于粉壁，杨文骢画崇兰、诡石于左偏，时人称为"三绝"。李香君所住的媚香楼因此盛名于秦淮曲中。暖红室本眉批曰："取《左传》为香君注脚，一部奇文，有本有源。"

②贵筑：即贵阳。

③《玉茗堂四梦》：明末剧作家汤显祖创作的四种传奇作品：《牡丹亭》《邯郸记》《南柯记》《紫钗记》，因四剧均写到梦，故称"四梦"。玉茗堂，为汤显祖的书斋名。因汤显祖为临川（今属江西）人，《玉茗堂四梦》也称《临川四梦》。

④门户人家：谓妓院。

⑤吃饭庄屯：谓营生之所，引申为营生之资本。

⑥"生来粉黛围"二句：粉黛围、莺花队，谓妓院。莺花，对妓女的称呼。

⑦学就晓风残月坠：谓学唱歌舞表演。晓风残月，典出柳永《雨霖铃》词，有"今宵酒醒何处，杨柳岸晓风残月"之句。

⑧红牙：奏乐的拍板，用檀木制成，色红，故曰。

⑨扁巾：原作"扇巾"，据暖红室本改。褶（xí）子：原作"裙子"，据暖红室本改。戏衣的一种，在剧中主要由普通人物穿着，即斜领长衫，分男、女两类。

⑩翠馆：指妓院。

⑪【皂罗袍】：该曲辞与之后的【好姐姐】曲，同为汤显祖《牡丹亭·惊梦》曲文，是女主角杜丽娘游玩后花园时所唱。此二曲表现了李香君随苏昆生学唱昆曲的情景。暖红室本眉批曰："教歌一事，便用三样变法，此与五段鼓词天然对待。"

⑫务头：戏曲理论术语，指曲中要点处，需要演唱者充分发挥，俗称"做腔"处。

⑬破瓜碧玉：指青春少女。破瓜，指十六岁的少女，"瓜"字拆开，是两个"八"字，故二八为十六。碧玉，人名。据

《乐府诗集》引《乐苑》载，南朝宋汝南王宠爱小妾碧玉，作《碧玉歌》三首歌之，其一曰："碧玉破瓜时，郎为情颠倒。"

⑭缠头掷锦：谓古时艺人歌舞结束后收到的财物。缠头，原指艺人将锦帛缠在头上作装饰，客人常以锦帛为礼物赠与艺人。后引申为赠送艺人财物的通称。掷锦，谓赠与锦帛。

⑮油壁："油壁车"的省称。车身用油彩装饰，多为妇女乘坐。

⑯阮郎：指阮肇。相传东汉时，剡县人刘晨、阮肇入天台山采药，巧遇仙女，相与结婚，流连半年。后回乡发现，子孙已历数代。后引申为情郎。

⑰桃叶春水：指桃叶渡，在秦淮河与青溪合流处。桃叶，人名，晋代王献之爱妾，相传曾于此渡河，故称。暖红室本眉批曰："结句绝唱。"

⑱苏小：指苏小小，南齐时钱塘歌妓，历代文人骚客为之作诗吟诵而出名。此处隐喻李香君。

⑲颗：原作"夥"，据清康熙刊本改。

⑳好待潘车过巷西：谓等待侯方域的到来。潘车，指潘岳乘坐的车子。相传潘岳貌美，乘舆上街，引得妇女们掷果、围观。

点评：

本出出评："传奇第二折，谓之正旦家门，正旦，李香君也，杨龙友、李贞丽是香君陪宾，苏昆生是香君业师，故先令出场，前折柳说贾凫西鼓词，奇文也；此折苏教汤若士南曲，妙文也。皆文章对待法。""曲白温柔艳冶，设色点染，恰与香君相称。"

　　《传歌》依旧是"生旦家门"的套数，将视野从侯方域身上移到了李香君身上，从李香君角度介绍了杨文骢、李贞丽、苏昆生。虽说仍为引出人物、铺叙情节的陈规，但该出力图有所变化，与前一出侯方域直接出场不同的是，李香君是经由杨文骢、李贞丽二人的出场铺垫后，才辗转出现在观众面前的。出场方式的不同，可以产生舞台节奏的不同，避免观众的倦怠。

　　与《听稗》出关心家国的人物相对应，《传歌》出所引出的人物，则是"不知亡国恨"的妓馆中人，比之于复社文人的无奈，他们是真正的麻木不仁。但是在这麻木之下，却又是各不相同的心态。在李香君，其年尚幼，对于家国大义并不全然了解；在李贞丽，她一心只在生意经营上，根本不闻国事；而在杨文骢，他游走于阮、马和复社文人间，不谈国事是因为其八面玲珑的性格；而在苏昆生，他愤于阮大铖认贼作父、毅然出走，视妓馆为避世之地，与李香君、李贞丽、杨文骢又有所不同。同为麻木、各自有不同心态的人物形象的塑造，与《听稗》出复社文人和柳敬亭之间虽然身份不同、却有相同志趣的人物形象设立，可以说是互相补足的。

　　从矛盾冲突而言，这两出戏的侧重也互为补充。《听稗》出的侧重点是众人对于国愁家患的担忧，在于"兴亡之感"；而《传歌》出的侧重点是诸人对于情缘的牵架，在于"离合之情"。故而，《听稗》着重点出的是复社文人与阮、马之间的冲突，这是后续矛盾的推动；《传歌》着重点出的则是李香君与侯方域的般配，这是后续情节的动因。《传歌》

一出，实现了矛盾冲突在"国仇家恨"上的达成，铺衍出了一个从国家到个人的完整架构体系。

另外杨文骢形象的设置，颇有其独特之处。他一方面与马士英、阮大铖有密切的关系，另一方面又与复社文人交好，是一个处在冲突势力夹缝中的人物。其圆滑与八面玲珑，就不言而喻了。后来杨文骢得马士英起用，而又暗中帮助侯方域等人脱逃，也正是由于他独特的身份地位，才得以实现。没有杨文骢，以血点染桃花扇的事情就无从发生，他在全剧中之地位可见一斑。

历史上的杨文骢是贵阳人，诗画皆工，因仕途不顺而寄情山水、放浪形骸，《桃花扇》中的杨文骢形象几乎全然依照事实。该出中"写兰"一事，也并非孔尚任虚构，而是真实发生、为人们流传许久的美谈。无怪日后汪笑侬改编《桃花扇》一戏时，题诗首先谈及杨文骢，说："风流输与杨龙友，扇底桃花画出来。却被云亭收拾去，侬今一跃上歌台。"

苏昆生教曲一段，也是本剧常为人所提及者。清代文学艺术作品有集大成的特色，常常广收博采，在与其他作品的互文中增加作品的厚重感，实现作品艺术境界上的超越。该出中的教曲一段亦是如此。尽管自古以来名曲名段不在少数，但是能与李香君身份、年纪相贴合的，莫过于《牡丹亭》中的【皂罗袍】【好姐姐】唱段了。《牡丹亭》中的杜丽娘正是在这两曲之后，感悟到生命的自由与无限，继而能与柳梦梅相会。剧中由李香君演唱此二曲，一方面是为了展现李香君的才情，另一方面亦是对于侯、李二人相遇的暗示。

生来粉黛围，跳入莺花队，一串歌喉，是俺金钱地。莫将红豆轻抛弃，学就晓风残月坠。缓拍红牙，夺了宜春翠，门前系住王孙辔。

第三出　哄丁[1]（癸未三月）

（副净、丑扮二坛户上[2]。副净）俎豆传家铺排户[3]，（丑）祖父。（副净）各坛祭器有号簿，（丑）查数。（副净）朔望开门点蜡炬[4]，（丑）扫路。（副净）跪迎祭酒早进署[5]，（丑）休误。（丑）怎么只说这样没体面的话？（副净）你会说，让你说来。（丑）四季关粮进户部[6]，（副净）夸富。（丑）红墙绿户阖家住，（副净）娶妇。（丑）干柴只靠一把锯，（副净）偷树。（丑）一年到头不吃素，（副净）腌胙[7]。（丑）啐！你接得不好，到底露出脚色来[8]。（同笑介）咱们南京国子监铺排户，苦熬六个月，今日又是仲春丁期[9]。太常寺早已送到祭品[10]，待俺摆设起来。（排桌介。副净）栗、枣、芡、菱、榛。（丑）牛、羊、猪、兔、鹿。（副净）鱼、芹、菁、笋、韭。（丑）盐、酒、香、帛、烛[11]。（副净）一件也不少，仔细看着，不要叫赞礼们偷吃，寻我们的晦气呀。（副末扮老赞礼暗上）啐！你坛户不偷就够了，倒赖我们。（副净拱介）得罪，得罪！我说的是那没体面的相公们，老先生是正人君子，岂有偷嘴之理？（副末）闲话少说，天已发亮，是时候了，各处快点香烛。（丑）是。（同混下。外冠带执笏[12]，扮祭酒上）

【粉蝶儿】松柏笼烟，两阶蜡红初翦。排笙歌，堂上宫悬。捧爵帛，供牲醴，香芹早荐[13]。（末冠带执笏，扮司业上[14]）列班联，敬陪南雍释奠[15]。

（外）下官南京国子监祭酒是也。（末）下官司业是也。今值文庙丁期，礼当释奠。（分立介。小生衣巾，扮吴应箕上）

【四园春】楹鼓逢逢将曙天[16]，诸生接武杏坛前[17]。（杂扮监生四人上）济济礼乐绕三千，万仞门墙瞻圣贤。（副净满髯冠带，扮阮大铖上）净洗含羞面，混入几筵边。

  （小生）小生吴应箕，约同杨维斗、刘伯宗、沈昆铜、沈眉生众社兄[18]，同来与祭。（杂四人）次尾社兄到的久了，大家依次排起班来。（副净掩面介）下官阮大铖，闲住南京，来观盛典。（立前列介。副末上，唱礼介）排班。班齐。鞠躬。俯伏。兴。伏俯。兴。俯伏。兴。伏俯。兴。（众依礼各四拜介）

【泣颜回】（合）百尺翠云巅，仰见宸题金匾[19]。素王端拱[20]，颜曾四座冠冕[21]。迎神乐奏，拜彤墀齐把袍笏展[22]。读诗书不愧胶庠[23]，畏先圣洋洋灵显。

  （拜完立介。唱礼介）焚帛，礼毕。（众相见揖介）

注释：

①哄丁：谓丁祭之日复社社员与阮大铖吵闹。哄，哄吵，哄闹。丁，指丁祭，又称祭丁，清代祭孔之礼，每年春秋仲月（阴历二月、八月）的第一个丁日祭祀孔子。

②坛户：指掌管坛场财物、负责祭奠物品的人。坛，指古代以坛作为祭天或祭祖之所。

③俎豆传家铺排户：俎、豆，器具，祭祀时用来装盛祭品。传家，指坛户子孙承袭祖辈之职。铺排户，即坛户。铺排，即摆铺、安排祭品。

④朔望开门点蜡炬：谓每月初一、十五，民间习俗要烧香拜佛。朔，指农历每月初一。望，指农历每月十五。

⑤祭酒：官名，原指飨宴时酹酒祭神或祭祖的长者，后指主管太学的首席官。自隋唐始，国子监的主管官，才称为祭酒。这里指国子监祭酒。

⑥关粮：指官府发放的粮饷，一般用于救灾或支援边关。

⑦胙（zuò）：祭祀时献祭的肉。

⑧脚色：原指履历，后指戏曲舞台上生、旦、净、末、丑人物
类型。此处采用本义，指身份、面目。

⑨仲春丁期：指每年二月第一个丁日的祭期。

⑩太常寺：古代掌管文庙礼乐的官署。

⑪帛：原作"蜡"，据清康熙刊本改。

⑫外：明清传奇脚色术语，主要扮演老年男子。冠带执笏
（hù）：指剧中脚色吴应箕穿官服、执笏上台。冠带，冠或
带，原为官吏或士大夫的代称，此处指穿戴官服。执笏，古
代大臣朝拜天子或臣僚相见时，手持玉石、象牙或竹木做的
手板为礼，此处指手持笏板。

⑬"捧爵帛"三句：捧出爵帛，献上牲醴，举荐香芹。爵，酒
器。帛，丝织品。牲，祭祀用的全牛。醴，甜酒。芹，芹
菜。爵、帛、牲、醴、香、芹，皆为供奉祭品和祭器。

⑭司业：学官名，国子监的副主管，主要协助祭酒，掌管儒
学、训导之业。

⑮南雍：也称南监，明代南京国子监的别称。释奠：祭奠先圣
先师之礼。

⑯楹鼓：也称建鼓，鼓下有木柱贯穿于中。逄逄（péng）：击
鼓后发出的声响。

⑰接武：古代在堂室缓慢步行的礼节。武，足迹。杏坛：原
指山东曲阜孔庙大成殿前孔子筑坛讲授之处，此处指南京
孔庙。

⑱杨维斗：名廷枢，吴县（今江苏苏州）人。刘伯宗：名城，

贵池（今属安徽）人。沈昆铜：名士柱，芜湖（今属安徽）人。沈眉生：名寿民，宣城（今属安徽）人。此四人与吴应箕同称复社五秀才。

⑲宸题：御题。宸，原指屋檐，后借指天子居所，引申为天子、帝王。

⑳素王：原指有帝王之德而未居帝王之位的人。后尊孔子为素王。端拱：端坐拱手的样子。

㉑颜曾四座：指配祀孔子的四人——颜渊、曾参、子思、孟子。

㉒彤墀（chí）：即丹墀，原指宫殿前的红色石阶，后借指宫殿或朝廷。

㉓胶庠（xiáng）：周朝时，称大学为胶，小学为庠，后为学校通称。

【前腔】（外、末）北面并臣肩，共事春丁荣典。趋跄环佩，鹓班鹭序旋转①。（小生等）司笾执豆②，鲁诸生尽是瑚琏选③。（副净）喜留都④，散职逍遥；叹投闲，名流谪贬。

（外、末下。副净拱介。小生惊看，问介）你是阮胡子，如何也来与祭？唐突先师，玷辱斯文。（喝介）快快出去！（副净气介）我乃堂堂进士，表表名家，有何罪过，不容与祭？（小生）你的罪过，朝野俱知，蒙面丧心，还敢入庙！难道前日防乱揭帖，不曾说着你病根么？（副净）我正为暴白心迹，故来与祭。（小生）你的心迹，待我替你说来。

【千秋岁】魏家干，又是客家干⑤，一处处儿字难免。

同气崔、田⑥，同气崔、田，热兄弟粪争尝，痈同吮⑦。东林里丢飞箭，西厂里牵长线⑧，怎掩旁人眼？（合）笑冰山消化⑨，铁柱翻掀。

（副净）诸兄不谅苦衷，横加辱骂，那知俺阮圆海原是赵忠毅先生的门人⑩。魏党暴横之时，我丁艰奔走⑪，何曾伤害一人？这些话都从何处说起？

【前腔】飞霜冤⑫，不比黑盆冤，一件件风影敷衍。初识忠贤，初识忠贤，救周、魏⑬，把好身名，甘心贬。前辈康对山，为救李崆峒，曾入刘瑾之门⑭。我前日屈节，也只为着东林诸君子，怎么倒责起我来？春灯谜谁不见⑮，十错认无人辩，个个将咱谴。（指介）恨轻薄新进，也放屁狂言！

（小生）好骂，好骂！（众）你这等人，敢在文庙之中公然骂人，真是反了。（副末亦喊介）反了，反了！让我老赞礼，打这个奸党。（打介。小生）掌他的嘴，捽他的毛⑯。（众乱采须，指骂介）

【越恁好】阉儿玙子⑰，阉儿玙子，那许你拜文宣⑱？辱人贱行，玷庠序⑲，愧班联。急将吾党鸣鼓传，攻之必远。屏荒服⑳，不与同州县；投豺虎，只当闲猪犬。

（副净）好打，好打！（指副末介）连你这老赞礼，都打起我来了。

（副末）我这老赞礼，才打你个知和而和的。（副净看须介）把胡须都捽落了，如何见人？可恼之极！（急跑介）

【红绣鞋】难当鸡肋拳揎㉒，拳揎。无端臂折腰颠，腰颠。忙躲去，莫流连。（下。小生、众）分邪正，辩奸贤，党人逆案铁同坚。

【尾声】当年势焰掀天转，今日奔逃亦可怜。儒冠打扁，归家应自焚笔砚。

（小生）今日此举，替东林雪愤，为南监生光，好不爽快！以后大家努力，莫容此辈再出头来。（众）是，是！

（众）堂堂义举圣门前，

（小生）黑白须争一着先，

（众）只恐输赢无定局，

（小生）治由人事乱由天。

注释：

①鹓（yuān）班鹭序：鹓、鹭两种鸟飞行时有行列，后比喻文武百官排列有序。此处指参加祭典的人井然有序。

②司笾（biān）执豆：原指用来盛水果、肉类的祭器，借指祭祀时的礼仪等，后指执掌礼法。笾，竹制的器具，祭礼时装放水果。豆，木制的器具，祭礼时装载酒肉，皆为古代礼器。

③瑚琏：古代举行重大祭祀活动时，用来盛黍稷的玉器。《论语·公冶长》篇，孔子称子贡为"瑚琏"，引申为有治国才能的人。

④留都：古时王朝迁都后，将旧都称作留都。明朝迁都北京后，南京称作留都。

⑤"魏家干"二句：指阮大铖趋附魏忠贤和客氏，做他们的干儿。魏家，指魏忠贤。客家，指明熹宗朱由校奶母客氏，定兴（今河北定州）人，与魏忠贤勾结，把持朝政。

⑥崔：指崔呈秀。田：指田尔耕。二人皆为魏党之凶悍者。

⑦粪争尝，痈同吮：尝粪典自战国越王勾践的故事，吮痈典自汉朝邓通的故事，此处借喻阮大铖对权奸的趋炎附势、恭维

奉承。

⑧"东林里丢飞箭"二句：谓阮大铖献媚魏党，陷害东林党人。东林，指东林党。丢飞箭，指暗中害人。西厂，指明宪宗时期设立的特务机关，由宦官掌管。牵长线，指暗中密切联系。

⑨冰山：冰山遇天暖即化，比喻权势只能显赫一时，不可久恃。典自唐代张彖（tuàn），时杨国忠势焰倾朝，有人劝张彖也去逢迎，被张彖拒绝，他认为杨的权势如同冰山，终有消融之日。后果真应验。

⑩赵忠毅：指明末大臣赵南星，字梦白，高邑（今属河北）人。明天启时，升吏部尚书，不畏权贵，直言上疏，获罪于魏忠贤，谪戍代州，病卒于戍所。崇祯朝，追谥为"忠毅"。

⑪丁艰：也称丁忧，古人对父母丧亡之讳称，意为遭逢艰难。

⑫飞霜冤：比喻受冤。典自春秋邹衍事，他受冤下狱，仰天大哭，感动天地，六月飞雪。此处阮大铖借之为己辩护。

⑬周：指周朝瑞，字思永，临清（今属山东）人。魏：指魏大中，字孔时，嘉善（今属浙江）人。两人皆明天启朝谏官，因弹劾魏氏、客氏，被杖毙。

⑭"前辈康对山"三句：康对山，指康海，字德函，号对山。李崆峒，名梦阳，字献吉，明代文学家，文学主张"文必秦汉，诗必盛唐"。李梦阳曾经获罪下狱，求救于康海，康海谒拜刘瑾为请，梦阳得以获释。后刘瑾败，康海受牵连落职，梦阳不管不救。马中锡撰《中山狼》小说讥之。

⑮春灯谜：指阮大铖所撰《春灯谜》，剧末一出《表错》借剧

中人物之口总结全剧为"十错认"，有人据此认为阮氏在表悔过之意。暖红室本眉批曰："十错认，乃悔过之书，谁知将错就错，虽有六州铁，不能更铸矣。"

⑯挦（xián）：拔、扯。

⑰珰（dāng）子：原为汉代武职宦官帽上的装饰品，后指宦官。

⑱文宣：指孔子，唐玄宗封孔子为文宣王。

⑲庠序：地方官学之名。

⑳屏（bǐng）荒服：谓屏除、放逐到荒原边地。荒服，指国家边境之地，距京都四千五百里至五千里的地方。

㉑鸡肋拳揎（xuān）：谓身体孱弱，经不住拳打。典自晋代刘伶事。他醉后与人吵架，那人挽起袖子要打他，他说，鸡肋顶不住你的拳打，那人遂大笑罢手。鸡肋，比喻身体瘦弱，像鸡的肋骨。揎，挽起袖子。

点评：

本出出评："此一折乃秀才发难之始，秀才五而次尾称雄，公子三而定生号长，皆以攻阮胡之奸也。朝宗之姻缘，遂以逼而成。""秀才之打阮也，于场上做出；公子之骂阮也，于白中说出：是文章变换法。""此折曲白俱自《史记》脱化，慷慨激昂，如见须眉，奇文也。""奇部四人，偶部八人，独阮大铖最先出场，为阳中阴生之渐。"

本出里，复社文人与阮大铖同赴丁祭，阮大铖被吴应箕认出，遂与复社文人发生冲突。最终，阮大铖被复社文人及老赞礼痛打轰出。这是复社文人与奸党的第一次冲突，以复社文人的获胜而告终，但也显示出胜利背后隐藏的危机。

值得一说的，是该出所体现的史家笔法。作者在创作过程中带有个人喜好，这是无可厚非的，但难能可贵的是，还能做到不偏不倚，既不特别抹黑阮大铖，也不刻意维护复社文人，是以能够真正让这部传奇作品跻身史诗之地位。

阮大铖在历史上颇富争议，一方面以文才而为人们所称道，《春灯谜》《燕子笺》诸传奇作品，一度被认为是踵武汤显祖的佳作；另一方面又因人品而为人们诟病，先后攀附魏忠贤、马士英，又投降南下清军，毫无人格、气节可言。但脱离开忠孝节义的伦理观念来看，阮大铖亦是一个在历史波劫中难以把握自身命运的悲剧性人物，并不是生性邪恶的歹徒。

故而在描绘此人物时，孔尚任并没有一味贬斥阮大铖，而是依据客观的史料，展现出其积极向复社文人靠拢的努力一面，给予其自我辩解的机会。然而，复社文人并没有给阮大铖一个机会，反而对其殴打、辱骂，由此在阮大铖心中埋下仇恨的种子。

复社文人素以气节著称，一度被人们视为忠孝节义的典范。但客观而言，复社文人却不可不谓一批空谈误国的理想主义者，并没有挽救明王朝的能力。

复社文人对于阮大铖的态度也是简单粗暴的，他们不顾阮大铖的辩解与悔改，一味对其进行殴打、驱逐。在屡遭奸佞专国的明代，与严嵩、魏忠贤一类奸臣进行斗争，固然已成自觉的社会风气，但这么不假思索地进行排挤、驱逐，也显示出复社文人气节掩饰下的高傲与莽撞。正因此，复社文人将阮大铖彻底推向了自己的对立面，为日后所遭受的打击报复埋下了祸根。

孔尚任自有其好恶，否则不会将阮大铖划入丑扮的副净，将复社文人划入俊扮的小生，但在人物描绘上，他并没采用脸谱化的刻画方式，而是遵从历史事实，将阮大铖、复社文人都塑造成了性格多元的人物，将他们置入《哄丁》这一精心设计的情境之中——虽然说《哄丁》一事只不过是孔尚任的虚构笔墨，然而这一虚构的关目，却与复社、阮大铖的历史形象贴合紧密，亦可见其史家笔法的精严。

为了充分展现事件与人物，出场的人物、行动安排，也是相当错落有致的。

一开场并未展现丁祭的森严场景，而先从几个坛户的戏谑、打骂起手。这样安排一是为调剂观众情绪，缓和气氛；二是为铺垫后续祭祀，形成反差。从坛户而引出赞礼、祭酒、司业，为丁祭的进行做了过渡。随后复社文人与阮大铖相继登场，是以庄严肃穆的丁祭典礼正式进行。丁祭之后，阮大铖为吴应箕所发现，众人责打阮大铖，将其轰出，场面再次陷入混乱。

由此，整出戏都在"乱—序—乱"的节奏演变中进行，"序"既是两个"乱"之间情节上的承接，又是两个"乱"节奏上的调剂。这样的安排，是从戏剧节奏的角度考量的结果，使得矛盾冲突得以循环上升，达到激化的地步。

对于脚色的唱念安排，孔尚任也颇费了一番心思，保证了每个出场脚色都有唱念。如二坛户间的对白，不仅内容生动有趣，形式也十分灵活，两者的言语长短相接、前后相承，并且运用类似后世相声"三翻四抖"的方式，托出包袱"到底露出脚色来"，颇为机趣。

随后几个曲牌，或为合唱，或为诸脚色分唱，总是兼顾到在场各方的存在，使得舞台上不存在冷场现象。如【四园春】一曲，即小生、杂、副净三方面脚色分唱，在人物的转换对比中，显示出不同人物的不同性格形象。尤其阮大铖"净洗含羞面，混入几筵边"两句，彰显出其混迹于复社文人当中诚惶诚恐的心态。后面一曲【泣颜回】（北面并臣肩），外与末、小生与杂、副净三方分唱，于场面而言，转换得当而有气度；于人物而言，分唱的相互对比更体现出人物形象的不同。

文辞与前几出戏相比，风格有所变化，前几出可称为雅致——哪怕是通俗的鼓词，也唱出《论语》中的典故。而这一出戏的文辞可用直白通俗来形容，即使以文才著名的阮大铖、复社文人，也都口出谩骂之语，毫无文雅可言。

然而直白并非粗野，骂语的出口也需要稳固情绪的支撑，才能免于鄙俗。即使是极端的语言，也须有极端的情绪为基础，才不至于显得油滑鄙贱。阮大铖两句"轻薄恨新进，也放屁狂言"，是建立在阮大铖对自己身世遭遇不满的基础之上的。复社文人对丁阮大铖的辱骂，更是源自对阉党败政的痛恨。所以，这一出虽然不乏谩骂之语，但与诸多以洒狗血为乐的戏剧作品不同，仍有高下之别。

第四出　侦戏（癸未三月）

（副净扮阮大铖忧容上）

【双劝酒】①前局尽翻，旧人皆散②；飘零鬓斑，牢骚歌懒；又遭时流欺谩，怎能得高卧加餐？

下官阮大铖，别号圆海。词章才子，科第名家。正做着光禄吟诗③，恰合着步兵爱酒④。黄金肝胆，指顾中原。白雪声名，驰驱上国。可恨身家念重，势利情多；偶投客、魏之门，便入儿孙之列。那时权飞烈焰，用着他当道豺狼。今日势败寒灰，剩了俺枯林鸮鸟⑤。人人唾骂，处处击攻。细想起来，俺阮大铖也是读破万卷之人，什么忠佞贤奸，不能辨别？彼时既无失心之疯，又非汗邪之病，怎的主意一错，竟做了一个魏党？（跌足介）才题旧事，愧悔交加。罢了，罢了！幸这京城宽广，容的杂人，新在这裤子裆里买了一所大宅⑥，巧盖园亭，精教歌舞，但有当事朝绅，肯来纳交的，不惜物力，加倍趋迎。倘遇正人君子，怜而收之，也还不失为改过之鬼。（悄语介）若是天道好还，死灰有复燃之日，我阮胡子呵，也顾不得名节，索性要倒行逆施了。这都不在话下。昨日文庙丁祭，受了复社少年一场痛辱，虽是他们孟浪，也是我自己多事。但不知有何法儿，可以结识这般轻薄。

（搔首寻思介）

【步步娇】小子翩翩皆狂简⑦，结党欺名宦，风波动几番。抨落吟须，捶折书腕。无计雪深怨，叫俺闭户空羞赧。

（丑扮家人持帖上）地僻疏冠盖⑧，门深隔燕莺。禀老爷，有帖借戏。（副净看帖介）通家教弟陈贞慧拜⑨。（惊介）呵呀！这是宜兴陈定生，声名赫赫，是个了不得的公子，他怎肯向我借戏？（问介）那来人如何说来？（丑）来人说，还有两位公子，叫什么方密之、冒辟疆^⑩，都在鸡鸣埭上吃酒^⑪，要看老爷新编的《燕子笺》^⑫，特来相借。（副净吩咐介）速速上楼，发出那一副上好行头^⑬，吩咐班里人梳头洗脸，随箱快走。你也拿帖跟去，俱要仔细着。（丑应下。杂抬箱，众戏子绕场下。副净唤丑介）转来。（悄语介）你到他席上，听他看戏之时，议论什么，速来报我。（丑）是。（下。副净笑介）哈哈！竟不知他们目中还有下官，有趣，有趣！且坐书斋，静听回话。（虚下。末巾服扮杨文骢上）周郎扇底听新曲，米老船中访故人^⑭。下官杨文骢，与圆海笔砚至交^⑮，彼之曲词，我之书画，两家绝技，一代传人。今日无事，来听他燕子新词，不免竟入。（进介）这是石巢园^⑯，你看山石花木，位置不俗，一定是华亭张南垣的手笔了^⑰。（指介）

注释：

① 【双劝酒】：暖红室本眉批曰："声调可怜。"

② "前局尽翻"二句：谓魏忠贤失势以后，魏党尽数散去的局面。前局，指魏忠贤专权时的局面。旧人，指魏党。

③ 光禄吟诗：阮大铖以颜延之自比。南朝诗人颜延之，曾官至金紫光禄大夫。光禄，官名。明末崇祯即位后，阮大铖弹劾崔呈秀、魏忠贤，攻击东林党，被升任为光禄卿，旋即被罢。

④ 步兵爱酒：阮大铖以阮籍自比。南朝诗人阮籍，曾官至步兵校尉，嗜酒，故有步兵爱酒之说。步兵，官名，阮籍曾任步兵校尉。

⑤鸮（xiāo）鸟：一种恶鸟，比喻凶恶之人。

⑥裤子裆：金陵地名，即库司坊，与"裤子裆"谐音。阮大铖曾购宅于此，被人称为"裤子裆里阮"。甘熙《白下琐言》曰："阮大铖宅在城南库司坊（即今小门口处），世人秽其名曰'裤子裆'。""裤子裆"地名是否因阮大铖而起，不确。暖红室本眉批曰："阮胡所住裤子裆，今人皆避而不居，地以人废矣。"

⑦狂简：指年轻人因自负高志而显得狂妄的样子。语出《论语·公冶长》，原文为："吾党之小子狂简，斐然成章，不知所以裁之。"

⑧冠盖：原指官员戴的帽子和所乘的车盖，借指官员。

⑨通家：指世交。

⑩方密之、冒辟疆：即方以智、冒襄，与侯方域、陈贞慧称"明末四公子"，是当时社会名流。方以智，名密之，桐城（今属安徽）人，明崇祯十三年（1640）进士。明亡后，出家为僧。冒辟疆，名襄，如皋（今属江苏）人。明诸生。复社骨干。入清后，读书自娱，拒绝出仕。著有《水绘园诗文集》等。

⑪鸡鸣埭（dài）：即鸡笼山，今南京之鸡鸣寺，南京名胜之一。

⑫《燕子笺》：阮大铖传奇作品之一。

⑬行头：戏曲专用名词，指演戏所用的服饰、道具等。

⑭"周郎扇底听新曲"二句：周郎，指周瑜，其人精通音律。扇底，化用苏轼《念奴娇》中所言周瑜"羽扇纶巾"之典故。因阮大铖创作传奇，也懂音律，故将他比作周瑜。米老，指米芾，北宋著名书画家。船中，化用米芾常携书画乘

舟游览之典故，此处为杨文骢自比米芾。

⑮笔砚至交：比喻诗友、文友。暖红室本眉批曰："两家绝技今俱传矣，以人品论，稍屈龙友。"

⑯石巢园：阮大铖私家园林之名，位于南京城南库司坊，他在此创作传奇四种。

⑰张南垣（yuán）：名涟，上海华亭（今上海松江）人，明末清初著名的园林建筑家，无锡寄畅园是其代表作。

【风入松】花林疏落石斑斓，收入倪、黄画眼①。（仰看，读介）咏怀堂，孟津王铎书②。（赞介）写的有力量。（下看介）一片红酕铺地③，此乃顾曲之所④。草堂图里乌巾岸⑤，好指点银筝红板。（指介）那边是百花深处了，为甚的萧条闭关？敢是新词改，旧稿删。

（立听介）隐隐有吟哦之声，圆老在内读书。（呼介）圆兄，略歇一歇，性命要紧呀！（副净出见，大笑介）我道是谁，原来是龙友。请坐，请坐！（坐介。末）如此春光，为何闭户？（副净）只因传奇四种，目下发刻⑥，恐有错字，在此对阅。（末）正是，闻得《燕子笺》已授梨园⑦，特来领略。（副净）恰好今日全班不在。（末）那里去了？（副净）有几位公子借去游山。（末）且把钞本赐教，权当《汉书》下酒罢。（副净唤介）叫家僮安排酒酌，我要和杨老爷在此小饮。（内）晓得。（杂即排酒果介。末、副净同饮、看书介）

【前腔】⑧（末）新词细写乌丝阑⑨，都是金淘沙拣。簪花美女心情慢⑩，又逗出烟慵云懒⑪。看到此处，令人一往情深。这燕子衔春未残⑫，怕的杨花白，人鬓斑。

（副净）芜词俚曲，见笑大方。（让介）请干一杯。（同饮介。丑急上）传将随口话，报与有心人。禀老爷，小人到鸡鸣埭上，看着酒斟十巡，戏演三折，忙来回话。（副净）那公子们怎么样来？

（丑）那公子们看老爷新戏，大加称赞。

【急三枪】点头听，击节赏，停杯看。（副净喜介）妙，妙！他竟知道赏鉴哩。（问介）可曾说些什么？（丑）他说真才子，笔不凡。（副净惊介）阿呀呀！这样倾倒，却也难得。（问介）再说什么来？

（丑）论文采，天仙吏，谪人间。好教执牛耳，主骚坛。

（副净佯恐介）太过誉了，叫我难当，越往后看，还不知怎么样哩。（吩咐介）再去打听，速来回话。（丑急下。副净大笑介）不料这班公子，倒是知己。（让介）请干一杯。俺呵，

【风入松】南朝看足古江山，翻阅风流旧案。花楼雨榭灯窗晚，呕吐了心血无限。每日携琴对墙弹，知音赏，这一番。

（末）请问借戏的是那班公子？（副净）宜兴陈定生、桐城方密之、如皋冒辟疆，都是了不得学问，他竟服了小弟。（末）他们是不轻许可人的，这本《燕子笺》词曲么好，有什么说处？（丑急上）去如走兔，来似飞鸟，禀老爷，小的又到鸡鸣埭，看着戏演半本，酒席将完，忙来回话。（副净）那公子又讲些什么？（丑）他说老爷呵！

【急三枪】是南国秀、东林彦、玉堂班⑬。（副净佯惊介）句句是赞俺，益发惶恐。（问介）还说些什么？（丑）他说为何投崔、魏，自摧残。（副净皱眉，拍案恼介）只有这点点不才，如今也不必说了。（问介）还讲些什么？（丑）话多着哩，小人也不敢说了。（副净）但说无妨。（丑）他说老爷呼亲父，称干子，忝羞颜，也不

过仗人势，狗一般。

（副净怒介）呵呀呀！了不得，竟骂起来了，气死我也！

【风入松】平章风月有何关⑭？助你看花对盏，新声一部空劳赞。不把俺心情剖辩，偏加些恶谑毒讪，这欺侮受应难。

（末）请问这是为何骂起？（副净）连小弟也不解，前日好好拜庙，受了五个秀才一顿狠打。今日好好借戏，又受这三个公子一顿狠骂。此后若不设个法子，如何出门？（愁介。末）长兄不必气恼，小弟倒有个法儿，未知肯依否？（副净喜介）这等绝妙了，怎肯不依？（末）兄可知道，吴次尾是秀才领袖，陈定生是公子班头，两将罢兵，千军解甲矣。（副净拍案介）是呀！（问介）但不知谁可解劝？（末）别个没用，只有河南侯朝宗，与两君文酒至交，言无不听，昨闻侯生闲居无聊，欲寻一秦淮佳丽，小弟已替他物色一人，名唤香君，色艺皆精，料中其意。长兄肯为出梳栊之资，结其欢心，然后托他两处分解，包管一举双擒。（副净拍手，笑介）妙妙！好个计策。（想介）这侯朝宗原是敝年侄⑮，应该料理的。（问介）但不知应用若干？（末）妆奁酒席，约费二百余金，也就丰盛了。（副净）这不难，就送三百金到尊府，凭君区处便了。（末）那消许多？

  （末）白门弱柳许谁攀⑯，
  （副净）文酒笙歌俱等闲。
  （末）惟有美人称妙计，
  （副净）凭君买黛画春山。

注释:

①倪、黄：指倪瓒、黄公望，皆为元代著名山水画家。倪瓒，字元镇，无锡（今属江苏）人。黄公望，字子久，《富春山居图》为其代表作。

②王铎：字觉斯，号十樵、嵩樵，孟津（今属河南）人，明末清初书法家。

③红毹（yú）：即红氍（qú）毹。氍毹，原指毛织地毯，多为红色，故称。古代戏曲、歌舞演出常在厅堂的地毯上表演，后借指戏曲演出。

④顾曲：谓欣赏音乐或戏曲。典自三国周瑜事，周瑜精通音乐，酒席间，如表演有误，他必知之，知之必回头看，故有"周郎顾曲"之说。顾，回头看。

⑤草堂图里乌巾岸：草堂、乌巾，指隐士的居所和装扮。岸，指岸帻，头巾高掀，露出前额，显得自由、无束缚。

⑥发刻：发覆刻印。

⑦梨园：原指唐玄宗在梨园教授歌舞，后来将戏班、家班称为梨园，戏班艺人称为梨园弟子。

⑧【前腔】：暖红室本眉批曰："谱鸡鸣埭听曲谩骂之状，而谱石巢园侦戏喜怒之情，文笔高绝。"

⑨乌丝阑：也称乌丝栏，指纸上或绢上画成或织成直行的黑格线。用红色，称朱丝阑。

⑩簪花美女：比喻诗文、书法娟秀、妍媚。典自南朝袁昂《古今书评》："卫恒书如插花美女，舞笑镜台。"

⑪逗：引。烟慵云懒：指《燕子笺》剧中书生霍都梁与妓女华行云、女子郦飞云缠绵悱恻的爱情故事。

⑫燕子衔春:《燕子笺》中有燕子衔诗笺、传递爱意的情节。

⑬南国秀、东林彦、玉堂班:夸奖阮大铖的文才。南国,指阮
氏出身于南方。东林,阮氏在投靠魏忠贤前,曾依附东林党
人左光斗。彦,优秀人才。玉堂,即翰林院。

⑭平章:评论。

⑮年侄:科举时代,同年登科的士子,称同年。同年之子,称
年侄。暖红室本眉批曰:"为年侄觅妓,而曰应该料理,丧
心语也。"

⑯白门:南朝宋时,建康(今江苏南京)城的宣阳门,俗称白
门。后作南京的别称。

点评:

　　本出出评:"此折曲白,俱自《左传》脱化,拟议顿挫,
如闻口吻,妙文也。"

　　杨恩寿《词余丛话》曾如此评价《侦戏》出:"从大铖
着笔,始而惊,继而喜,继而怒且惧,写金壬失路,鬓眉
欲活。"

　　确实如此,本出开场的一段自白,充分体现出阮大铖
机诡诌媚的一面:他首先自夸文才,随后悔恨自己因"身
家念重",堕入了魏党泥淖中,写出阮大铖尚有悔改之心,
并非全然的恶人。然而后面他试图通过歌舞、钱财,结交
权贵、复社文人,以期自我洗白,充分暴露了其用心:并
无真正悔改之意,依然想通过结交攀附的手段争名夺利。

　　阮大铖一方面自惜才名、不甘堕落,另一方面又诌媚
逢迎、毫无廉耻;既想报复旧敌、倒行逆施,又想巴结刚

刚痛殴自己的复社文人，洗白名节——这样的人物形象，与以往片面化、脸谱化的恶人形象截然不同，体现了人性的复杂，这在传奇作品中也是很少见的。《桃花扇》传奇中人物众多，性格鲜明者如柳敬亭、苏昆生、杨文骢等，然而性格最为丰富的，则莫过于阮大铖。

在随后的段落中，阮大铖的变化确如杨恩寿所说，是"金壬失路"的典型。

第一轮陈贞慧等人对阮氏的戏大加赞赏，阮大铖高兴异常，甚至还有些受宠若惊，只道"这样倾倒，却也难得"，于是迫不及待地催促下人再去打探。这时，阮大铖的心态已呈膨胀态势，开始对杨文骢自夸："宜兴陈定生、桐城方密之、如皋冒辟疆，都是了不得学问，他竟服了小弟。"然而还不等他继续自夸下去，下人的到来已经打破了他沉浸其中的幻想——陈贞慧等人在赞叹他的才思之余，又把话锋陡转到他的人品上。

孔尚任充分运用欲抑先扬的手法，通过阮大铖心境的迭转，反映出其对于复社文人群体的憎恶。梁启超在评点《桃花扇》时，引用了阮大铖《春灯谜》的结尾词："满盘错事如天样，今来兼古往，饶他算将来，到底是个糊涂账。"嘲讽阮大铖机关算尽、却不免受辱的可笑，恐怕阮大铖自己都不会想到，自己的文辞在日后会被人这样引用。

正是由于这样的迭转，阮大铖确知了自己在复社文人心中的定位，这便有了杨文骢其后献计要帮阮大铖改善人际关系的提议：为侯方域梳栊李香君出资，从而借助侯方域结交陈贞慧、吴应箕，以洗白自己的声名。这一建议，也为后面的侯、李相遇以及一系列连贯的情节埋下了伏笔。

　　该出的遣词造句也是富于文人色彩。阮大铖开场的表白，全是四六骈体，朗朗上口，雅致通俗，"正做着光禄吟诗，恰合着步兵爱酒"两句，因阮大铖曾担任过"光禄卿"一职，在此借机与被人们称为"颜光禄""阮步兵"的颜延之、阮籍相比照，颇有意味。

　　即使文人手笔，也不乏戏谑、夸张元素。比如阮大铖所居之地"裤子裆"一事——阮大铖当年所居之处，为南京城司库坊。甘熙在《白下琐言》一书中说："阮大铖宅在城南库司坊（即今小门口处），世人秽其名曰'裤子裆'。""裤子裆"一名，原为百姓对阮大铖的讽刺。但在戏中，阮大铖竟以"裤子裆"自称其寓所，这不可不说是玩笑戏谑了。不过这样的玩笑无伤大雅，不会影响全剧的大格局。

第五出　访翠①（癸未三月）

（生丽服上）

【缑山月】金粉未消亡，闻得六朝香，满天涯烟草断人肠。怕催花信紧②，风风雨雨，误了春光。

> 小生侯方域，书剑飘零，归家无日。对三月艳阳之节，住六朝佳丽之场，虽是客况不堪，却也春情难按。昨日会着杨龙友，盛夸李香君妙龄绝色，平康第一③。现在苏昆生教他吹歌，也来劝俺梳栊。争奈萧索奚囊④，难成好事。今日清明佳节，独坐无聊，不免信步踏青⑤，竟到旧院一访，有何不可？（行介）

【锦缠道】⑥望平康，凤城东，千门绿杨。一路紫丝缰，引游郎，谁家乳燕双双？（丑扮柳敬亭上）黄莺惊晓梦，白发动春愁。（唤介）侯相公何处闲游？（生回头见介）原来是敬亭，来的好也。俺去城东踏青，正苦无伴哩。（丑）老汉无事，便好奉陪。（同行介。丑指介）那是秦淮水了。（生）隔春波，碧烟染窗；倚晴天，红杏窥墙。（丑指介）这是长桥，我们慢慢的走。（生）一带板桥长，闲指点茶寮酒舫。（丑）不觉来到旧院了。（生）听声声卖花忙，穿过了条条深巷。（丑指介）这一条巷里，都是有名姊妹家。（生）果然不同，你看黑漆双门之上，插一枝带露柳娇黄。

> （丑指介）这个高门儿，便是李贞丽家。（生）我问你，李香君住在那个门里？（丑）香君就是贞丽的女儿。（生）妙，妙！俺正要访他，恰好到此。（丑）待我敲门。（敲介。内问介）那个？（丑）常来走动的老柳，陪着贵客来拜。（内）贞娘、香姐，都不在家。（丑）那里去了？（内）在卞姨娘家做盒子会哩⑦。（丑）正是，我

竟忘了，今日是盛会。（生）为何今日做会？（丑拍腿介）老腿走乏了，且在这石磴上略歇一歇，从容告你。（同坐介。丑）相公不知，这院中名妓，结为手帕姊妹⑧，就像香火兄弟一般，每遇时节，便做盛会。

【朱奴剔银灯】结罗帕，烟花雁行。逢令节，齐斗新妆。（生）是了，今日清明佳节，故此皆去赴会，但不知怎么叫做盒子会？（丑）赴会之日，各携一副盒儿，都是鲜物异品，有海错、江瑶、玉液浆⑨。（生）那会期做些甚么？（丑）大家比较技艺，拨琴阮⑩，笙箫嘹亮。（生）这样有趣，也许子弟入会么⑪？（丑摇手介）不许，不许！最怕的是子弟混闹，深深锁住楼门，只许楼下赏鉴。（生）赏鉴中意的如何会面？（丑）若中了意，便把物事抛上楼头，他楼上也便抛下果子来。相当，竟飞来捧觞，密约在芙蓉锦帐。

（生）既然如此，小生也好走走了。（丑）走走何妨？（生）只不知卞家住在那厢⑫？（丑）住在暖翠楼，离此不远，即便同行。（行介。生）扫墓家家柳，（丑）吹饧处处箫⑬。（生）莺花三里巷，（丑）烟水两条桥。（指介）此间便是，相公请进。（同入介。末扮杨文骢、净扮苏昆生迎上。末）闲陪簇簇莺花队，（净）同望迢迢粉黛围。（见介。末）侯世兄怎肯到此？难得，难得！（生）闻杨兄今日去看阮胡子，不想这里遇着。（净）特为侯相公喜事而来。（丑）请坐。（俱坐。生望介）好个暖翠楼！

【雁过声】端详，窗明院敞，早来到温柔睡乡。（问介）李香君为何不见？（末）现在楼头。（净指介）你看，楼头奏技了。（内吹笙、笛介。生听介）鸾笙凤管云中响，（内弹琵琶、筝介。生听介）弦悠扬，（内打云锣介⑭。生听介）玉玎璫，一声声乱我柔肠。（内吹箫介。生听介）翱翔双凤凰。（大叫介）这几声箫，吹的我消魂，小生忍不住要打采了⑮。（取扇坠抛上楼介）海南异品风飘荡，要打着美人心上痒！

注释：

①访翠：指侯方域拜访李香君。翠，指美人，这里指香君。

②催花信紧：指催花开放的风信频频来临。花信，指花信风，植物开花相期而至的风。梁宗懔《荆楚岁时记》："始梅花，终楝花，凡二十四番花信风。"

③平康：指妓院。王仁裕《开元天宝遗事·风流薮泽》："长安有平康坊，妓女所居之地，京都侠少萃集于此。"

④萧索奚囊：指诗囊疏落、荒芜，意为经济拮据。奚囊，指诗囊，典自《新唐书·李贺传》："（贺）每旦日出，骑弱马，从小奚奴，背古锦囊，遇所得，书投囊中。"

⑤踏青：指春季郊外游赏。旧时有清明时节郊外踏青之习俗。

⑥【锦缠道】：暖红室本眉批曰："锦缠一曲，绝妙好词。"

⑦盒子会：明代清明时节南京妓女所行之聚会习俗，每人携带一盒食物或果品赴会，会上评比，以新奇者为胜。席间，大家奏乐、演唱，尽兴嬉乐，一连数日。

⑧手帕姊妹：旧时习俗，妓女结拜为姐妹。

⑨海错、江瑶、玉液浆：指各种海味、美酒。海错，泛指海中物产，种类繁多，故称。江瑶，指干贝。玉液浆，指美酒。

⑩阮：传统中国乐器名，相传东晋时阮咸擅长此乐器。形状为圆形琴箱，直柄，十二柱，四弦，可独奏，可重奏，也可伴奏。汉时称为秦琵琶。

⑪子弟：原指弟、子等青年后辈，这里为宋元俗语，指嫖客。

⑫卞家：指卞玉京所在的暖翠楼。卞玉京，名赛，又名赛赛，自号玉京道人，人称玉京。出身于秦淮官宦人家，家道衰落后，年十八，沦落为歌妓。善诗文，工书画，尤擅画兰。后为女道士。

⑬吹饧（xíng）：卖饧人吹糖做糖人，多携箫、笛揽客。饧，指用麦芽熬成的糖稀。

⑭云锣：打击乐器名，又名九音锣。由若干大小相同而厚薄不同、音高不同的铜制小锣组成，按照音高顺序排在固定的木格里。主要用于民乐队的合奏。

⑮打采：旧时戏曲演出时，演到精彩处，观众向演员投掷钱币、缠头等作为奖赏。

（内将白汗巾包樱桃抛下介。丑）有趣，有趣！掷下果子来了。（净解汗巾，倾樱桃盘内介）好奇怪，如今竟有樱桃了。（生）不知是那个掷来的，若是香君，岂不可喜！（末取汗巾看介）看这一条冰绡汗巾①，有九分是他了。（小旦扮李贞丽捧茶壶，领香君捧花瓶上。小旦）香草偏随蝴蝶扇，美人又下凤凰台②。（净惊指介）都看天人下界了。（丑合掌介）阿弥陀佛。（众起介。末拉生介）世兄认认，这是贞丽，这是香君。（生见小旦介）小生河南侯朝宗，一向渴慕，今才遂愿。（见旦介）果然妙龄绝色，龙友赏鉴，真是法眼③。（坐介。小旦）虎丘新茶④，泡来奉敬。（斟茶。众饮介。旦）绿杨红杏，点缀新节。（众赞介）有趣，有趣！煮茗看花，可称雅集矣⑤。（末）如此雅集，不可无酒。（小旦）酒已备下，玉京主会，不得下楼奉陪，贱妾代东罢。（唤介）保儿烫酒来！（杂提酒上。小旦）何不行个令儿，大家欢饮？（丑）敬候主人发挥。（小旦）怎敢僭越⑥？（净）这是院中旧例。（小旦取骰盘介）得罪了。（唤介）香君把盏，待我掷色奉敬⑦。（众）遵令。（小旦宣令介）酒要依次流饮，每一杯干，各献所长，便是酒底⑧。么为樱桃，二为茶，三为柳，四为杏花，五为香扇坠，六为冰绡汗巾。（唤介）香君敬候相公酒。（旦斟，生饮介。小旦掷色介）是香扇坠。（让介）侯相公速干此杯，请说酒底。（生告干介）小生做首诗罢。（吟介）南国佳人佩，休教袖里藏。随郎团扇影，摇动一身香⑨。（末）好诗！好诗！（丑）好个香扇坠，只怕摇摆坏了。（小旦）该奉杨老爷酒了。（旦斟，末饮介。小旦掷介）是冰绡汗巾。（末）我也做诗了。（小旦）不许雷同。（末）也罢，下官做个破承题罢⑩。（念介）睹拭汗之物，而春色撩人矣。夫汗之沾巾，必由于春之生面也。伊何人之面，而以冰绡拭之，红素相著之际，不亦深可爱也耶？（生）绝妙佳章。（丑）这样好文彩，还该中两榜才是⑪。（旦斟丑酒介）柳师父请酒。（小旦掷色介）是茶。（丑饮酒介）我道怎薄。（小旦笑介）非也，你的酒底是茶。（丑）待我说个张三郎吃茶罢⑫。（小旦）说书太长，说个笑话更好。（丑）就说笑话。（说介）苏东坡同黄山谷访佛印禅师⑬，东坡送了一把定瓷壶⑭，山谷送了一斤阳羡茶⑮。三人松下品茶，佛印说："黄秀才的茶天下闻名⑯，但不知苏胡子的茶量何如，今日何不斗一斗，分个谁大谁小？"东坡说："如何斗来？"佛印说："你问一机锋⑰，叫黄秀才答。他若答不来，吃你一棒，我便记一笔：胡子打了秀才了。你若答不来，也吃黄秀才一棒，我便记一笔：秀才打了胡子了。末后总算，打一下吃一碗。"东坡说："就依你说。"东坡先问："没鼻针如何穿线？"山谷答："把针尖磨去。"

佛印说："答的好。"山谷问："没把葫芦怎生拿？"东坡答："抛在水中。"佛印说："答的也不错。"东坡又问："虱在裤中，有见无见？"山谷未及答，东坡持棒就打。山谷正拿壶子斟茶，失手落地，打个粉碎。东坡大叫道："和尚记着，胡子打了秀才了。"佛印笑道："你听哝哪一声，胡子没打着秀才，秀才倒打了壶子了。"（众笑介。丑）众位休笑，秀才利害多着哩。（弹壶介）这样硬壶子都打坏，何况软壶子^⑱？（生）敬老妙人，随口诙谐，都是机锋。（小旦）香君，敬你师父。（旦斟，净饮介。小旦掷介）是杏花。（净唱介）晚妆楼上杏花残，犹自怯衣单^⑲。（旦向小旦介）孩儿敬妈妈酒了。（小旦饮干，掷介）是樱桃。（净）让我代唱罢。（唱介）樱桃红绽，玉粳白露，半晌恰方言^⑳。（丑）昆生该罚了，唱的唇上樱桃，不是盘中樱桃。（净）领罚。（自斟，饮介。小旦）香君该自斟自饮了。（生）待小生奉敬。（生斟，旦饮介^㉑。小旦掷介）不消猜，是柳了，香君唱来。（旦羞介。小旦）孩儿腼腆，请个代笔相公罢。（掷介）三点，是柳师父。（净）好好！今日是他当值之日。（丑）我老汉姓柳，飘零半世，最怕的是"柳"字。今日清明佳节，偏把个柳圈儿套住我老狗头^㉒。（众大笑介。净）算了你的笑话罢。（生）酒已有了，大家别过。（丑）才子佳人，难得聚会。（拉生、旦介）你们一对儿，吃个交心酒何如？（旦羞，遮袖下。净）香君面嫩，当面不好讲得。前日所订梳栊之事相公意下介否？（生笑介）秀才中状元，有甚么不肯处？（小旦）既蒙不弃，择定吉期，贱妾就要奉攀了。（末）这三月十五日，花月良辰，便好成亲。（生）只是一件，客囊羞涩，恐难备礼。（末）这不须愁，妆奁酒席，待小弟备来。（生）怎好相累？（末）当得效力。（生）多谢了。

【小桃红】误走到巫峰上，添了些行云想，匆匆忘却仙模样。春宵花月休成谎，良缘到手难推让，准备着身赴高唐㉓。

（作辞介。小旦）也不再留了。择定十五日，请下清客，邀下姊妹，奏乐迎亲罢。（小旦下。丑向净介）阿呀！忘了，忘了，咱两个不得奉陪了。（末）为何？（净）黄将军船泊水西门㉔，也是十五日祭旗，约下我们吃酒的。（生）这等怎处？（末）还有丁继之、沈公宪、张燕筑㉕，都是大清客，借重他们陪陪罢。

（净）暖翠楼前粉黛香，

（末）六朝风致说平康。

（丑）踏青归去春犹浅，

（生）明日重来花满床。

注释：

①冰绡（xiāo）：指轻薄洁白的丝绢。绡，指用生丝织成的绸。

②下：原作"上"，据清康熙刊本改。凤凰台：此台筑在金陵凤凰山上。相传南朝刘宋时，有三鸟翔集山间，状如孔雀，文采斑斓，音声和谐，众鸟翔附，人谓之凤凰，筑台于山，谓凤凰台，山曰凤凰山。

③法眼：指观察事物、鉴别能力的眼光。

④虎丘：地名，苏州名胜之一，在江苏吴县西北。

⑤雅集：指文人雅士通过吟咏诗文、抚琴礼茶等方式聚集在一起。

⑥僭（jiàn）越：指地位低下的人超越本分，冒用地位高上的人的名义或物品。

⑦掷色（shǎi）：掷骰（tóu）子。

⑧酒底：酒令术语，指宴席上行酒令时，饮酒后行下一部分。

⑨"南国佳人佩"四句：侯方域《壮悔堂集》无此佳句。

⑩破承题：指科举时代八股文开头的"破题"和"承题"。破题，用两句话点破题义。承题，承接前后文，阐明破题之意义。

⑪两榜：清代进士考试分甲、乙两榜，乡试（举人）为乙榜，会试（进士）为甲榜。

⑫张三郎吃茶：指阎婆惜留张三郎喝茶事，典自《水浒传》第二十回。

⑬佛印：宋代名僧，法号了元，字觉老，俗姓林，饶州浮梁（今属江西）人。曾任承天寺、金山寺、焦山寺、大仰山寺、云居寺等古刹住持，与苏轼、黄庭坚友善，赠诗往来。

⑭定瓷：中国著名瓷器名，产于河北曲阳，古时此地属定州辖区，故名，宋代时极为兴盛，有"定州花瓷瓯，颜色天下白"之誉。

⑮阳羡：中国名茶产地，在江苏宜兴，阳羡茶汤清、味醇，唐代始被定为贡茶。

⑯黄秀才：即黄庭坚，北宋文学家、诗人，字鲁直，号山谷道人，洪州分宁（今江西修水）人，曾与张耒、晁补之、秦观游学于苏轼门下，世称"苏门四学士"。善诗文，为江西诗派创始人。又擅行、草书法，与米芾、苏轼、蔡襄，称为"宋四家"。

⑰机锋：佛教禅宗用语。原指弓上的机牙和箭锋，禅宗里指那种富于机警、深刻、令人顿悟的思想或语言。

⑱软壶子：即阮大铖，谐音"阮胡子"。

⑲"晚妆楼上杏花残"二句：出自王实甫《西厢记》第三本第二折。

⑳"樱桃红绽"三句：樱桃，比喻女子的嘴唇。玉粳（jīng），比喻细白的牙齿，形容一位腼腆、娇羞、欲言又止的美女形象。出自王实甫《西厢记》第一本第一折。

㉑生斟，旦饮介：暖红室本眉批曰："尚未定情，先饮合卺，名士美人，目挑心许者，是此时。"

70

㉒柳圈儿：用柳条编成的圈儿，可以戴在头上。这是江南一带清明时节的习俗，意为珍惜青春年华，珍惜时光。清乾隆湖北《东湖县志》载："又戴柳于首，并插柳枝于户，谓之'记年华'。"

㉓高唐：指男女欢会之事，典自宋玉《高唐赋》，传说楚怀王曾游览高唐，梦见与一妇人相会，临别时，妇人曰："妾在巫山之阳，高丘之阻。旦为朝云，暮为行雨。朝朝暮暮，阳台之下。"巫山、云雨、高唐、阳台，比喻男女欢爱。

㉔黄将军船泊水西门：指黄得功部队船只泊在南京城水西门。黄将军，指黄得功，南明将领，号虎山，开原卫（今辽宁开原）人。明崇祯时，因功被封为靖南伯。福王时，守江北，后移镇太平。清兵至，仓促应战，死。水西门，位于南京城西南，外临护城河。

㉕丁继之、沈公宪、张燕筑：明末清初三位昆曲清唱家，他们常在秦淮歌场里串戏、演出。丁继之，南京（今属江苏）人，主要扮丑、净脚色。

点评：

本出出评："《访翠》一折，却与《闹榭》正对。《访翠》在卞玉京家，玉京后为李香君所皈依；《闹榭》在丁继之家，继之后为侯朝宗所皈依，皆天然整齐之文。"

这出戏充满文人意趣与传统的才子佳人气息，讲述侯方域为排遣飘零愁情，外出踏青。他路遇柳敬亭，便在柳敬亭的引导下前去拜访李香君，并在盒子会上与李香君相遇。在与杨文骢、苏昆生简单集会之后，侯方域与李香君定下了梳栊日期。

侯方域之所以踏青，一方面是排遣书剑飘零的孤独寂寞，另一方面也是愁苦于囊中羞涩、无法与梦寐以求的佳人李香君相会。然而，侯方域却偶遇柳敬亭，继而得以与李香君相见——这样的情节安排，虽然不脱才子佳人的旧套，但是发生在六朝烟水不散、正值清明时节的秦淮河边，也算是巧而成书，偶然之中有其必然所在。

最为精彩的，便是侯方域、李香君、杨文骢、柳敬亭、苏昆生、李贞丽六人雅集的片段。有名的"柳敬亭茶话"便源于此出，孔尚任"无体不备"的传奇写作思路也在这一场中得以充分体现，其作诗、作八股、作笑话、作曲，且各有可观之处，充分展现了孔氏的文人笔墨与词家才情。

"柳敬亭茶话"一段，几乎已成专典，"秀才打了壶子"谐音之玩笑，颇可玩味。柳敬亭的"这样硬胡子都打坏，何况软壶子"两句，在嬉笑怒骂之中，表现出他爱憎鲜明的态度。后面柳敬亭自嘲的几句"我老汉姓柳，飘零半世，最怕的是'柳'字。今日清明佳节，偏把个柳圈儿套住我老狗头"，将半生坎坷以玩笑带过，由此颇可见出柳敬亭正直而豁达、开朗而潇洒的性格。董每戡将柳敬亭的性格归结为"任侠侈雄辩，粗豪善解纷"，可谓解人。

该出对起承转合的勾连把握到位。首先是开场一段，侯方域叙述杨文骢、苏昆生二人劝说他梳栊李香君，与前面的情节相勾连，使得侯方域踏青期间拜访李香君一事不显过分突兀。

但这只是一个小铺垫，结尾处，柳敬亭告知侯方域他和苏昆生不能参与其梳栊集会一事，则对之后的情节起到关键性的作用：柳敬亭、苏昆生两人，都是因吴应箕的揭帖而离开阮大铖的门客。所以一旦他们获知阮大铖出资助奁，势必会劝阻侯方域。那么后来李香君对于阮大铖大义凛然的态度，便无法得到充分展现。事先铺垫柳敬亭、苏昆生有事不在，届时两人缺席，便不会显得十分奇怪。

此外，苏、柳二人因黄得功祭旗而缺席，此事或当早为杨文骢所洞悉，故而在商定梳栊日期时，他便提出三月十五日之期，好避开苏、柳二人。侯方域询问梳栊之资何来，杨文骢也并不明言是出自阮大铖之手，由此亦可见出杨氏心机所在。

该出戏文辞优美恰切，将清明时节的金陵春色，描绘得秀丽可感。【锦缠道】中"隔春波，碧烟染窗；倚晴天，红杏窥墙"几句，将天水相映的春色与烟杏袭人的景致合而为一，颇有天人相感之致。"隔""染""窥""倚"生动地形容出波上碧烟、日下红杏的态势与景别，织就一幅化然诗境。相比于宋元杂剧，明清传奇作品最大的弊端在于词藻堆砌，割人触感于文词之外。王国维所谓文辞的"隔"与"不隔"，正在于此。王实甫的"夕阳古道无人语，禾黍秋风听马嘶"两句，历历如在目前；而邵璨的"滚滚红尘拂面，东风花满烟"，虽然视野宏大，却流于空泛抽象。孔尚任之语意，当是追元人而去。

第六出　眠香（癸未三月）

（小旦艳妆上）

【临江仙】短短春衫双卷袖，调筝花里迷楼①。今朝全把绣帘钩，不教金线柳，遮断木兰舟②。

妾身李贞丽，只因孩儿香君，年及破瓜，梳栊无人，日夜放心不下。幸亏杨龙友，替俺招了一位世家公子，就是前日饮酒的侯朝宗，家道才名，皆称第一。今乃上头吉日，大排筵席，广列笙歌，清客俱到，姊妹全来，好不费事。（唤介）保儿那里？（杂扮保儿扇扇慢上）席前搀趣话，花里听情声。妈妈唤保儿那处送衾枕么？（小旦怒介）啐！今日香姐上头③，贵人将到，你还做梦哩。快快卷帘扫地，安排桌椅。（杂）是了。（小旦指点排席介。末新服上）

【一枝花】园桃红似绣，艳覆文君酒④。屏开金孔雀⑤，围春昼。涤了金瓯⑥，点着喷香兽⑦。这当炉红袖，谁最温柔？拉与相如消受⑧。

下官杨文骢，受圆海嘱托，来送梳栊之物。（唤介）贞娘那里？（小旦见介）多谢作伐⑨，喜筵俱已齐备。（问介）怎么官人还不见到？（末）想必就来。（笑介）下官备有箱笼数件，为香君助妆，教人搬来。（杂抬箱笼、首饰、衣物上。末吩咐介）抬入洞房，铺陈齐整着！（杂应下。小旦喜谢介）如何这般破费，多谢老爷！（末袖出银介）还有备席银三十两⑩，交与厨房，一应酒肴，俱要丰盛。（小旦）益发当不起了。（唤介）香君快来！（旦盛妆上。小旦）杨老爷赏了许多东西，上前拜谢。（旦拜谢介。末）些须小意，何敢当谢？请回，请回。（旦即入介。杂急上报介）新官人到门了。(生盛服,从人上)虽非科第天边客,也是嫦娥月里人。(末、小旦迎见介。末)恭喜世兄,得了平康佳丽。小弟无以为敬,草办妆奁,粗陈筵席,聊助一宵之乐。(生揖介)过承周旋,何以克当?(小旦)请坐,献茶。(俱坐。杂捧茶上,饮介。末)一应喜筵,安排齐备了么?(小旦)托赖老爷,件件完全。(末向生拱介)今日吉席,小弟不敢搀越,竟此告别⑪,明日早来道喜罢。(生)同坐何妨?(末)不便,不便。(别下。杂)请新官人更衣。(生更衣介。小旦)妾身不得奉陪,替官人打扮新妇,撺掇喜酒罢⑫。(别下。副净、外、净扮三清客上)一生花月张三影⑬,五字宫商李二红⑭。(副净)在下丁继之。(外)在下沈公宪。(净)在下张燕筑。(副净)今日吃侯公子喜酒,只得早到。(净)不知请那几位贤歌来陪俺哩⑮?(外)说是旧院几个老在行。(净)这等都是我梳栊的了。(副净)你有多大家私,梳栊许多?(净)各人有帮手,你看今日侯公子,何曾费了分文?(外)不要多话,侯公子堂上更衣,大家前去作揖。(众与生揖介。众)恭喜,恭喜!(生)今日借光。(小旦、老旦、丑扮三妓女上)情如芳草连天醉,身似杨花尽日忙。(见介。净)唤的那一部歌妓?都报名来。(丑)你是教坊司么⑯?叫俺报名。(生笑介)正要请教大号。(老旦)贱妾卞玉京。(生)果然玉京仙子。(小旦)贱妾寇白门⑰。(生)果然白门柳色⑱。(丑)奴家郑妥娘⑲。(生沉吟介)果然妥当不过。(净)不妥,不妥!(外)怎么不妥?(净)好偷汉子。(丑)呸!我不偷汉,你如何吃得恁胖?(众诨笑介。老旦)官人在此,快请香君出来罢。(小旦、丑扶香君上。外)我们做乐迎接。(副净、净、外吹打十番介⑳。生、旦见介。丑)俺院中规矩,不兴拜堂,就吃喜酒罢。(生、旦上坐。副净、外、净坐左边介。小旦、老

旦坐右边介。杂执壶上。左边奉酒，右边吹弹介）

注释：

①迷楼：隋炀帝所建的楼名，地点在扬州，一说在长安。据文献记载，迷楼中千门万户，幽房曲屋，纸醉金迷。这里借指媚香楼。

②木兰舟：原指用木兰树材造的船，后作为船的美称。

③上头：指梳栊事。

④文君酒：原指卓文君在临邛当垆卖酒事，典自《史记·司马相如列传》，引申为美酒或美满的爱情。

⑤屏开金孔雀：典自《旧唐书》，述说隋朝窦毅挑选女婿，在门上画了两只孔雀，暗中约定，求婚用两箭射孔雀，射中孔雀双目者，女嫁之。唐高祖李渊两发各中一目，终于抱得美人归。

⑥金瓯：金质的或金属的盛酒器皿。

⑦喷香兽：一种外形为兽状的香炉，香气从兽口中散出。

⑧"这当垆红袖"三句：用司马相如、卓文君的故事来形容侯方域、李香君婚姻的美满。当垆红袖，指卓文君。

⑨作伐：做媒。

⑩还有备席银三十两：暖红室本眉批曰："龙友慷他人之慨，亦世局中不可少之人。"

⑪"今日吉席"三句：暖红室本眉批曰："龙友、贞丽，今日主婚之人，预令回避，或嫁娶周堂图中应尔耶。"

⑫撺掇（cuān duō）：怂恿、鼓动某人做某事，此处作准备义。

⑬张三影：指北宋词人张先，他的词中有三处带"影"字："云

破月来花弄影"、"娇柔懒起，帘压卷花影"、"柳径无人，
堕风絮无影"，人称"张三影"，典自胡仔《苕溪渔隐丛话》
前集卷三十七。钱谦益赠张燕筑诗曰："一生花月张三影，
两鬓沧桑郭四朝。"此处借用前一句来比喻丁继之、沈公宪
和张燕筑三位昆曲清客。

⑭五字宫商李二红：五字宫商，即宫、商、角、徵、羽五音。
李二红，指元曲家红字李二，与马致远合撰杂剧《黄粱
梦》。

⑮贤歌：对歌妓的敬称。

⑯教坊司：官署名，主要掌管乐舞承应之事。

⑰寇白门：即寇湄，字白门，能度曲，善画兰，也会吟诗。

⑱白门柳色：柳色，春天柳叶繁茂，代表春色。李白《杨叛
儿》诗云："何许最关人？乌啼白门柳。"寇湄，字白门，恰
好代指。

⑲郑妥娘：即郑如英，字无美，小字妥娘，工诗词。余怀《板
桥杂记》曰："顿老琵琶，妥娘词曲，只应天上，难得人
间。"足见秦淮旧院里她的诗才超群。

⑳十番：俗称"打十番"，一种兼有打击乐和管弦乐的音乐合
奏，明万历年间于苏州兴起，到清乾隆时期达到鼎盛。常用
乐器有锣、鼓、钹、笙、笛、箫、唢呐、海笛等。

【梁州序】(生)齐梁词赋，陈隋花柳，日日芳情迤逗①。
青衫偎倚，今番小杜扬州②。寻思描黛，指点吹箫，从
此春入手。秀才渴病急须救，偏是斜阳迟下楼，刚饮
得一杯酒。

【前腔】（旦）楼台花颤，帘栊风抖，倚着雄姿英秀。春情无限，金钗肯与梳头③。闲花添艳，野草生香，消得夫人做。今宵灯影纱红透，见惯司空也应羞③，破题儿真难就。

（副净）你看红日衔山，乌鸦选树，快送新人回房罢。（外）且不要忙，侯官人当今才子，梳栊了绝代佳人，合欢有酒，岂可定情无诗乎？（净）说的有理，待我磨墨拂笺，伺候挥毫。（生）不消诗笺，小生带着有宫扇一柄④，就题赠香君，永为订盟之物罢。（丑）妙，妙！我来捧砚。（小旦）看你这嘴脸，只好脱靴罢了。（老旦）这个砚儿，倒该借重香君。（众）是呀！（旦捧砚，生书写扇介。众念介）夹道朱楼一径斜，王孙初御富平车。青溪尽是辛夷树，不及东风桃李花⑤。（众）好诗，好诗！香君收了。（旦收扇袖中介。丑）俺们不及桃李花罢了，怎的便是辛夷树？（净）辛夷树者，枯木逢春也。（丑）如今枯木逢春，也曾鲜花着雨来。（杂持诗笺上）杨老爷送诗来了。（生接读介）生小倾城是李香，怀中婀娜袖中藏。缘何十二巫峰女，梦里偏来见楚王⑥？（生笑介）此老多情，送来一首催妆诗，妙绝，妙绝！（净）怀中婀娜袖中藏，说的香君一搦身材⑦，竟是个香扇坠儿⑧。（丑）他那香扇坠，能值几文，怎比得我这琥珀猫儿坠？（众笑介。副净）大家吹弹起来，劝新人多饮几杯。（丑）正是带些酒兴，好入洞房。（左右吹弹，生、旦交让酒介）

【节节高】（生、旦）金樽佐酒筹，劝不休，沉沉玉倒黄昏后⑨。私携手，眉黛愁，香肌瘦。春宵一刻天长久，人前怎解芙蓉扣？盼到灯昏玳筵收，宫壶滴尽莲花漏^⑩。

（副净）你听谯楼二鼓，天气太晚，撤了席罢。（净）这样好席，不曾吃净就撤去了，岂不可惜？（丑）我没吃够哩，众位略等一等儿。（老旦）休得胡缠，大家奏乐，送新人入房罢。（众起吹打十番，送生、旦介）

【前腔】（合）笙箫下画楼，度清讴^⑪，迷离灯火如春昼。天台岫，逢阮、刘，真佳偶。重重锦帐香熏透，旁人妒得眉头皱。酒态扶人太风流，贪花福分生来有。

（杂执灯，生、旦携手下。净）我们都配成对儿，也去睡罢。（丑）老张休得妄想，我老妥是要现钱的。（净数与十文钱，拉介。丑接钱再数，换低钱^⑫，诨下）

【尾声】（合）秦淮烟月无新旧，脂香粉腻满东流，夜夜春情散不收。

（副净）江南花发水悠悠，

（小旦）人到秦淮解尽愁。

（外）不管烽烟家万里，

（老旦）五更怀里啭歌喉。

注释：

①迤（tuó）逗：撩拨，勾引。

②小杜扬州：指杜牧在扬州的风流生活。文学史上，为了与杜甫相区别，称杜牧为"小杜"。

③肯：原作"由"，据暖红室本改。

③见惯司空：同"司空见惯"，比喻常见的事物，不足为奇。

④小生带着有宫扇一柄：暖红室本眉批曰："桃花扇，托始于

此。"

⑤ "夹道朱楼一径斜"四句：暖红室本眉批曰："此诗见《壮悔集》中，不待血染，已成桃花扇矣。"

⑥ "生小倾城是李香"四句：暖红室本眉批曰："或传龙友诗，乃余澹心（余怀）代作。"诗见余怀《板桥杂记》。

⑦ 搦（nuò）：握，拿。

⑧ 竟是个香扇坠儿：暖红室本眉批曰："香君身材娇小，诨号'香扇坠'，旧院人多呼之。"

⑨ 玉倒：即玉山自倒，形容醉酒。

⑩ 宫壶滴尽莲花漏：漏尽，说明夜已深。古代用铜壶滴漏计时。莲花漏，铜壶滴漏的一种。暖红室本眉批曰："秀才坐态，美人羞态，愈出愈妙。"

⑪ 度清讴：唱清曲。清讴，指清凉的歌声。

⑫ 换低钱：将成色差的铜钱换了。

点评：

本出出评："陪席清客三，而继之为冠冕；妓女三，而玉京为领袖，皆于此折出场。柳与苏所称伴友、业师者，偏不在场；陪宾之龙友、贞娘，虽早出而早下，是何等幻笔！曲白整练，排场齐楚，堂堂正正之文也。一本《桃花扇》，托端于此。"

《眠香》一出的情节并不复杂，通篇描绘的都是侯方域、李香君的梳栊筵席，矛盾冲突有限，人物行动也不多，但此戏却长期活跃在昆曲舞台上。一则《眠香》一出的曲段耐唱悦耳，适合反复欣赏，二则这一场在情节安排上井井有条，宜于搬演。

曼殊在《小说丛话》中，曾对本出有过如下评价："词家写缺憾易着笔，写团圆难着笔；说多愁多恨易工，说因缘美满难工。故泛观诸家，无一能于此处取胜者，惟《桃花扇》之《眠香》神乎技矣。"此言并非妄语。

曲文以李贞丽忙着收拾场地开始，为即将到来的宴会做铺垫，随后杨文骢、侯方域两个主要人物到来，整个筵席便已初具待发之势。然而作者并不急于让筵席开始，而是为情节演进引入丁继之、沈公宪、张燕筑、卞玉京、寇白门、郑妥娘这六位插科打诨的脚色。他们的出场，使得整出戏能够在演绎生、旦情缘的同时，以谐谑逗乐为调剂，使得整个情节能够生动有趣地进行下去。

至此，李香君在千呼万唤中出场，筵席正式开始，先前的铺垫与张力也由此被扭合至一处，不紧不慢地铺展开来。

侯方域所唱的一曲【梁州序】，将书生情态、新婚得意、风流倜傥之情，演绎得淋漓尽致。"秀才渴病急须救，偏是斜阳迟下楼，刚饮得一杯酒"几句，用急盼日落这个细节，表现其急切的心情。之后，作者安排了"右边奉酒，左边吹弹介"的调度，使左右酒乐对举，场面甚为好看。虽说仅是一个承转的调度，却颇能体现出作者的舞台意识。

与侯方域的【梁州序】相对应，李香君也同腔演唱了一曲，将其少小新婚、倾慕难抑、娇羞犹豫之情，也活灵活现地表现出来，可见二人的心德同守。

至此，生、旦相会已结束，整个筵席当在送新人中结束，接下来也似乎无可再写。但作者笔锋一转，生出定情诗一段戏，使整个情节在脱离仓促收束之外，更进一步表现出人物的性格。

该出中两首定情诗，一首是侯方域给李香君的定情诗，一首是杨文骢给李香君的题赠诗，皆有所原本。

前一首定情诗，是侯方域本人所作，见于其《四忆堂诗集》中。此诗原是侯方域题赠他人之作，此处被用以题赠李香君，却甚合适。后一首的本诗并非杨文骢手笔，而是余怀所作。其以"婀娜袖中藏"形容香君体态娇小，几乎使人物形象跃然于眼前。

这两首诗，既为新婚筵席添彩，又是历史遗留的真迹，而且借插科打诨使场面鲜活不失沉闷，足见作者合考据、戏剧于一体的良苦用心。

通观全出，以筵席为内容而不失意蕴，以欢悦为基调而不显浮浪，以情缘为贯穿而不显轻薄，对于整体基调为悲剧的《桃花扇》而言，不失为一抹亮色。

第七出　却奁 (癸未三月)

（杂扮保儿掇马桶上）龟尿龟尿，撒出小龟；鳖血鳖血，变成小鳖。龟尿鳖血，看不分别；鳖血龟尿，说不清白。看不分别，混了亲爹；说不清白，混了亲伯。（笑介）胡闹，胡闹！昨日香姐上头①，乱了半夜；今日早起，又要刷马桶，倒溺壶，忙个不了。那些孤老、表子②，还不知搂到几时哩。（刷马桶介）

【夜行船】（末）人宿平康深柳巷，惊好梦，门外花郎③。绣户未开，帘钩才响，春阻十层纱帐。

下官杨文骢，早来与侯兄道喜。你看院门深闭，侍婢无声，想是高眠未起。（唤介）保儿，你到新人窗外，说我早来道喜。（杂）昨夜睡迟了，今日未必起来哩④。老爷请回，明日再来罢。（介）胡说！快快去问。（小旦内问介）保儿！来的是那一个？（杂）是杨老爷道喜来了。（小旦忙上）倚枕春宵短，敲门好事多。（见介）多谢老爷，成了孩儿一世姻缘。（末）好说。（问介）新人起来不曾？（小旦）昨晚睡迟，都还未起哩。（让坐介）老爷请坐，待我去催他。（末）不必，不必。（小旦下）

【步步娇】（末）儿女浓情如花酿，美满无他想，黑甜共一乡⑤。可也亏了俺帮衬，珠翠辉煌，罗绮飘荡，件件助新妆，悬出风流榜。

（小旦上）好笑，好笑！两个在那里交扣丁香，并照菱花⑥，梳洗才完，穿戴未毕。请老爷同到洞房，唤他出来，好饮扶头卯酒⑦。（末）惊却好梦，得罪不浅。（同下。生、旦艳妆上）

【沉醉东风】（生、旦）这云情接着雨况⑧，刚搔了心窝奇痒，谁搅起睡鸳鸯。被翻红浪，喜匆匆满怀欢畅。枕上余香，帕上余香^⑨，消魂滋味，才从梦里尝。

> （末、小旦上。末）果然起来了，恭喜，恭喜！（一揖，坐介。末）昨晚催妆拙句^⑩，可还说的入情么？（生揖介）多谢！（笑介）妙是妙极了，只有一件。（末）那一件？（生）香君虽小，还该藏之金屋^⑪。（看袖介）小生衫袖，如何着得下？（俱笑介。末）夜来定情，必有佳作。（生）草草塞责，不敢请教。（末）诗在那里？（旦）诗在扇头。（旦向袖中取出扇介。末接看介）是一柄白纱宫扇^⑫。（嗅介）香的有趣。（吟诗介）妙，妙！只有香君不愧此诗。（付旦介）还收好了。（旦收扇介）

【园林好】（末）正芬芳桃香李香，都题在宫纱扇上。怕遇着狂风吹荡，须紧紧袖中藏，须紧紧袖中藏。

> （末看旦介）你看香君上头之后，更觉艳丽了。（向生介）世兄有福，消此尤物。（生）香君天姿国色，今日插了几朵珠翠，穿了一套绮罗，十分花貌，又添二分，果然可爱。（小旦）这都亏了杨老爷帮衬哩。

【江儿水】送到缠头锦，百宝箱，珠围翠绕流苏帐，银烛笼纱通宵亮，金杯劝酒合席唱。今日又早早来看，恰似亲生自养，陪了妆奁，又早敲门来望。

> （旦）俺看杨老爷，虽是马督抚至亲，却也拮据作客，为何轻掷金钱，来填烟花之窟？在奴家受之有愧，在老爷施之无名。今日问个明白，以便图报。（生）香君问得有理，小弟与杨兄萍水相交，昨日承情太厚，也觉不安。（末）既蒙问及，小弟只得实告了。这些妆奁酒席，约费二百余金，皆出怀宁之手。（生）那个怀宁？（末）曾做过光禄的阮圆海。（生）是那皖人阮大铖么？（末）正是。（生）他为何这样周旋？（末）不过欲纳交足下之意。

【五供养】(末)羡你风流雅望，东洛才名，西汉文章⑬。逢迎随处有，争看坐车郎⑭。秦淮妙处，暂寻个佳人相傍，也要些鸳鸯被，芙蓉妆。你道是谁的，是那南邻大阮⑮，嫁衣全忙。

(生)阮圆老原是敝年伯⑯，小弟鄙其为人，绝之已久。他今日无故用情，令人不解。(末)圆老有一段苦衷，欲见白于足下。(生)请教。(末)圆老当日曾游赵梦白之门，原是吾辈。后来结交魏党，只为救护东林，不料魏党一败，东林反与之水火⑰。近日复社诸生，倡论攻击，大肆殴辱，岂非操同室之戈乎？圆老故交虽多，因其形迹可疑，亦无人代为分辨。每日向天大哭，说道："同类相残，伤心惨目，非河南侯君，不能救我。"所以今日谆谆纳交⑱。(生)原来如此，俺看圆海情辞迫切，亦觉可怜。就便真是魏党，悔过来归，亦不可绝之太甚，况罪有可原乎⑲？定生、次尾，皆我至交，明日相见，即为分解。(末)果然如此，吾党之幸也。(旦怒介)官人是何说话？阮大铖趋附权奸，廉耻丧尽，妇人女子，无不唾骂。他人攻之，官人救之，官人自处于何等也？

【川拨棹】不思想，把话儿轻易讲。要与他消释灾殃，要与他消释灾殃，也提防旁人短长。官人之意，不过因他助俺妆奁，便要狥私废公。那知道这几件钗钏衣裙，原放不到我香君眼里。(拔簪脱衣介)脱裙衫，穷不妨；布荆人，名自香。

(末)阿呀！香君气性，忒也刚烈。(小旦)把好好东西，都丢一地，可惜，可惜！(拾介。生)好，好，好！这等见识，我倒不如，真乃侯生畏友也。(向末介)老兄休怪，弟非不领教，但恐为女子所笑耳。

【前腔】(生)平康巷，他能将名节讲。偏是咱学校、朝堂，偏是咱学校、朝堂，混贤奸不问青黄⑳。那些社友平日重俺侯生者，也只为这点义气。我若依附奸邪，那时群起来攻，自救不暇，焉能救人乎？节和名，非泛常；重和轻，须审详。

（末）圆老一段好意，也还不可激烈。（生）我虽至愚，亦不肯从井救人。（末）既然如此，小弟告辞了。（生）这些箱笼，原是阮家之物，香君不用，留之无益，还求取去罢。（末）正是"多情反被无情恼，乘兴而来兴尽还"。（下。旦恼介。生看旦介）俺看香君天姿国色，摘了几朵珠翠，脱去一套绮罗，十分容貌，又添十分，更觉可爱。（小旦）虽如此说，舍了许多东西，到底可惜。

【尾声】金珠到手轻轻放，惯成了娇痴模样，辜负俺辛勤做老娘。

（生）些须东西，何足挂念？小生照样赔来。（小旦）这等才好。

　　（小旦）花钱粉钞费商量，
　　（旦）裙布钗荆也不妨。
　　（生）只有湘君能解佩㉑，
　　（旦）风标不学世时妆㉒。

注释：

①上头：一种婚俗，指女子出嫁时将辫子改为发髻，此处指侯方域梳栊李香君事。

②孤老：此处指嫖客。

③花郎：卖花人。

④今日未必起来哩：暖红室本眉批曰："保儿口中，说破男女贪恋之状。"

⑤黑甜：据魏庆之《诗人玉屑》卷六引《西清诗话》，相传南

方人以饮酒为软饱，北方人以昼寝为黑甜。后指熟睡之状。

⑥"两个在那里交扣丁香"二句：指侯方域、李香君情投意合。丁香，指丁香结，引申为纽扣。菱花，指古时铜镜背面常见的菱花图案，引申为镜子。

⑦扶头卯酒：指卯时饮用、化解宿醉的淡酒。扶头，有二义，一指化解宿醉的淡酒，二指令人醉倒的烈酒，此处应以第一解为准。卯酒，早上五点至七点间所饮之酒。

⑧云情、雨况：意同"云雨"，指男女欢会。

⑨帕上余香：暖红室本眉批曰："枕上、帕上之香，非香君不能有也。"

⑩催妆拙句：指杨文骢赠李香君的诗句。催妆诗，旧时婚俗，新婚前夕，贺者做诗催促新娘梳妆、出嫁。

⑪金屋：化用"金屋藏娇"之典故，与后文"袖中"相对应，是侯方域与杨文骢间的调笑之语。金屋，相传汉武帝刘彻为太子时，长公主问他愿不愿意娶阿娇做妻子，他回答："如得阿娇，我造一栋金屋送她住。"

⑫是一柄白纱宫扇：暖红室本眉批曰："白纱宫扇，绘事后素也，故郑重言之。"

⑬东洛才名，西汉文章：形容侯方域才名显赫。东洛才名，原指晋代左思十年磨一剑写成《三都赋》，大获成功。西汉文章，指西汉时期涌现了司马迁、司马相如等文学大家。

⑭争看坐车郎：形容侯方域风流倜傥。坐车郎，典自刘义庆《世说新语·容止》，西晋人潘安貌美，坐车为人围观，后指美男子。

⑮南邻大阮：指阮大铖。晋代阮籍、阮咸叔侄并有名声，时称

大、小阮。他们贫穷居道南，诸阮富裕居道北。

⑯阮圆老原是敝年伯：暖红室本眉批曰："改称圆老，已有左袒之意。"年伯，原指科举时代与父亲同年上榜的长辈，后泛指父辈。

⑰东林反与之水火：暖红室本眉批曰："龙友受阮胡之诳，几败身名，可畏也。"

⑱谆谆：诚恳、耐心的样子。

⑲况罪有可原乎：暖红室本眉批曰："侯生亦是平情之论，但恐小人得志，不能践旧盟耳。"

⑳混贤奸不问青黄：指不分是非、贤奸之官场境况。青，禾苗。黄，谷物。暖红室本眉批曰："妓女倡正论，真学校、朝堂之羞也。"

㉑湘君能解佩：指李香君却奁。典自《楚辞·九歌·湘君》"遗余佩兮澧浦"。传说湘水有一对夫妻神，男的叫湘君，女的叫湘夫人。祭祀时，男巫扮湘君，女巫迎神，边歌边舞。

㉒风标：风度，品格。

点评：

本出出评："秀才之打也，公子之骂也，皆于此折结穴；侯郎之去也，香君之守也，皆于此折生隙。五官咸凑，百节不松，文章关摵也。"

这一出是剧中主要的转折场次，复社文人与阮、马势力间的冲突第一次波及侯方域身上，李香君正直忠贞的态度也在此出中被彰明。后续的一系列波折事件，也因这一却奁事件而渐次展开。雍、嘉年间诗人茹纶常在《题桃花扇传奇十首》中，专有一首是吟诵此事的，诗曰："前身应是李师师，赢得芳名擅一时。莫道却奁多侠骨，何曾眼底有阉儿？"诗中所传达出的李香君形象，正与《却奁》里的李氏形象相合。

值得一提的是，"却奁"一事并非孔尚任生造，而是有本可循的。侯方域在《李姬传》中曾记叙：

> 初，皖人阮大铖者，以阿附魏忠贤论城旦，屏居金陵，为清议所斥。阳羡陈贞慧、贵池吴应箕实首其事，持之力。大铖不得已，欲侯生为解之，乃假所善王将军，日载酒食与侯生游。姬曰："王将军贫，非结客者，公子盍叩之？"侯生三问，将军乃屏人述大铖意。姬私语侯生曰："妾少从假母识阳羡君，其人有高义，闻吴君尤铮铮，今皆与公子善，奈何以阮公负至交乎！且以公子之世望，安事阮公！公子读万卷书，所见岂后于贱妾耶？"侯生大呼称善，醉而卧。王将军者殊怏怏，因辞去，不复通。

由此可见，阮大铖欲纳交侯方域以求自我洗白一事，确为实有；李香君贞谏侯方域远离，亦非虚构；据一些史料记载，对于阮大铖，侯方域是有心结交帮助的，侯方域弃绝阮大铖一事，的确是缘于李香君的劝戒。

开场的笔墨并不着意于侯、李情意，而是从杨文骢开始写起。随后侯、李上场，在谈话中兼及定情诗、"扇坠"玩笑等内容，气氛和谐。其后李贞丽提及妆奁一事，才引起李香君的疑问——杨文骢本是拮据之人，何以会助奁侯方域？不过此时李香君态度是缓和的，对杨文骢是尊敬的。随着对话的继续，气氛逐渐转向紧张：杨文骢答以阮大铖助奁一事，颇令李香君感到意外；侯方域意欲应和阮大铖一举，更使她感到震惊。李香君正由此被激怒，从而拔钗脱衣、毅然却奁。

在这样层层的事件升级中，矛盾冲突得以渐次演化，而不显突兀。侯方域、李香君诸人物形象也在此间被凸显出来。

李香君的形象在戏中尤为鲜明。之前虽然出场不少，但展现的是她的天生丽质、兼富才情。此时，李香君的理智与刚烈，作为其独特的一面被展现出来。且在刚烈之余，又不失忠贞，并没有因为侯方域曾着意于为阮大铖辩解，就弃他不理，而是希望他能够迷途知返。

侯方域的形象虽然不及李香君鲜明，但其个性有值得玩味的一面。前几出戏中，侯方域有嫉恶如仇、才思敏捷等形象展示，但并不能使得他的形象与一般的才子相区别，至少不能和复社文人相区别。而在这出戏中，侯方域愿为阮大铖劝解一事，却显出性格中软弱、麻木的一面，还是因为李香君而改变了态度，体现出其知错能改的性格。

杨文骢八面玲珑的性格，在此出尤为显见。孔尚任在此对他的处理也很特殊，他固然是在为阮大铖驰驱，然而遭李香君却奁、侯方域拒绝，他也并没有与二人交恶，只是两句"多情反被无情恼，乘兴而来兴尽还"，毫无怨恨憎恶。这就体现出杨文骢豁达、正直的一面，既不死命纠缠，也不怀恨在心。

李贞丽的性格，表现得较为世故，其喜悲完全以钱财为转移。然而她也并没有因为李香君却奁就与李、侯翻脸，只是对事不对人地可惜财物，亦可见其世故只是表象，性格中隐含着侠义之气。

要与他消释灾殃，也提防旁人短长。脱裙衫，穷不妨；布荆人，名自香。

第八出　闹榭（癸未五月）

（末、小生扮陈贞慧、吴应箕上）

【金鸡叫】（末）贡院秦淮近，冷青衫，剩金零粉①。（小生）节闹端阳只一瞬②，满眼繁华，王谢少人问③。

（末唤小生介）次尾兄，我和你旅邸抑郁④，特到秦淮赏节，怎的不见同社一人？（小生）想都在灯船之上⑤。（指介）这是丁继之水榭，正好登眺。（场上搭河房一座，悬灯垂帘。同登介。末唤介）丁继老在家么？（杂扮小僮上）榴花红似火，艾叶碧如烟。（见介）原来是陈、吴二位相公，我家主人赴外船会去了⑥。家中备下酒席，但有客来，随便留坐的。（末）这样有趣，（小生）可称主人好事矣⑦。（末）我们在此雅集，恐有俗子阑入⑧，不免设法拒绝他。（唤介）童子取个灯笼来。（杂应下。取灯笼上。末写介）"复社会文，闲人免进。"（杂挂灯笼介。小生）若同社朋友到此，便该请他入会了。（末）正是。（杂指介）你听鼓吹之声，灯船早已来了。（末、小生凭栏望介。生、旦雅妆同丑扮柳敬亭、净扮苏昆生，吹弹鼓板坐船上）

【八声甘州】（末）丝竹隐隐，载将来一队乌帽红裙⑨。天然风韵，映着柳陌斜曛⑩。名姝也须名士衬，画舫偏宜画阁邻。（小生）消魂，趁晚凉仙侣同群⑪。

（末指介）那灯船上，好似侯朝宗。（小生）侯朝宗是我们同社，该请入会的。（末指介）那个女客便是李香君，也好请他么？（小生）李香君不受阮胡子妆奁，竟是复社的朋友，请来何妨？（末）这等说来，（指介）那两个吹歌的柳敬亭、苏昆生，不肯做阮胡子门客，都是复社朋友了。请上楼来，更是有趣。（小生）待我唤他。（唤介）侯社兄，侯社兄！（生望见介）那水榭之上，高声唤我的，是陈定生、吴次尾。（拱介）请了。（末招手介）这是丁继之水榭，备有酒席[12]，侯兄同香君、敬亭、昆生都上楼来，大家赏节罢。（生）最妙了。（向丑、净、旦介）我们同上楼去。（吹弹上介）

【排歌】（生、旦）龙舟并，画桨分，葵花蒲叶泛金樽。朱楼密，紫障匀，吹箫打鼓入层云。

（见介。末）四位到来，果然成了个"复社文会"了。（生）如何是"复社文会"？（小生指灯介）请看。（生看灯笼介）不知今日会文，小弟来的恰好。（丑）"闲人免进"，我们未免唐突了。（小生）你们不肯做阮家门客的，那个不是复社朋友？（生）难道香君也是复社朋友么？（小生）香君却奁一事，只怕复社朋友还让一筹哩。（末）已后竟该称他老社嫂了。（旦笑介）岂敢？（末唤介）童子把酒来斟，我们赏节。（末、小生、生坐一边，丑、净、旦坐一边。饮酒介）

【八声甘州】（末、小生）相亲[13]，风流俊品，满座上都是语笑春温。（丑、净）梁愁隋恨，凭他燕恼莺嗔[14]。（生、旦）榴花照楼如火喷，暑汗难沾白玉人[15]。（杂报介）灯船来了，灯船来了。（指介）你看人山人海，围着一条烛龙，快快看来！（众起凭栏看介。扮出灯船，悬五色角灯，大鼓大吹绕场数回下。丑）你看这般富丽，都是公侯勋卫之家。（又扮灯船悬五色纱灯，打粗十番，绕场数回下。净）这是些富商大贾，衙门书办，却也闹热。（又扮灯船悬五色纸灯[16]，打细十番，绕场数回下。末）你看船上吃酒的，都是些翰林部院老先生们。（小生）我辈的施为，到底有些"郊寒岛瘦"[17]。（众笑介。合）纷纭，望金波天汉迷津[18]。

注释：

①"贡院秦淮近"三句：指文人雅士和秦淮名妓相互竞逐奢华。贡院，指明代士子考试之所。南京贡院在秦淮河边，与旧院隔岸相对。冷青衫，清康熙刻本作"赛青衿"。青衿，本义为青色的衣领，借指文人士子。剩金零粉，借喻秦淮歌妓。暖红室本眉批曰："以金粉赛青衿，毕竟谁输谁赢？"

②节闹端阳：指端阳节庆期间，南京热闹繁华之景象。

③王谢少人问：指无人关心国家大事。王谢，指东晋时的王导与谢安，典自《南史》卷八十《贼臣传·侯景传》，王、谢两族为六朝望族，后借指高门世族。

④旅邸：旅店，旅馆。

⑤想都在灯船之上：暖红室本眉批曰："秀才公子，合局结社，令阮胡鼠窜而避，更甚于《哄丁》之打、《侦戏》之骂矣。他日得志，无怪甘心吾党也。"

⑥灯船会：每年端午节，秦淮河上举行灯船比赛。余怀《板桥杂记》："秦淮灯船之盛，天下所无。"

⑦好（hào）事：指喜欢多事。

⑧阑入：擅自闯入。

⑨乌帽红裙：借喻男女成群结队。乌帽，黑帽子。

⑩斜曛：夕阳。

⑪仙侣同群：指船上结伴的男女。

⑫"这是丁继之水榭"二句：暖红室本眉批曰："水榭一席，自足千古，可谓盛会矣。"

⑬相亲：原作"相貌"，据清康熙刊本改。指座中人融洽的气氛。

⑭ "梁愁隋恨"二句：指对国家危亡的担忧，暂借与歌妓的欢娱来消遣。

⑮ 暑汗难沾白玉人：指美人冰清玉洁，清凉无汗。白玉人，指美女。此句借用苏轼《洞仙歌》"冰肌玉骨，自清凉无汗"之义。

⑯ 又扮灯船悬五色纸灯：暖红室本眉批曰："灯船亦分三等，可以观世变矣。"

⑰ 郊寒岛瘦：郊指孟郊，岛指贾岛，两人诗风以凄清见长。此处为吴应箕借喻，与翰林部院老先生们的奢华相比，他们的聚会简陋而寒酸。

⑱ 望金波天汉迷津：指灯船会繁华之景象。金波，灯光照耀在水面，反射出金光。天汉迷津，指渡口灯船聚集，光彩闪耀，如同夜空。天汉，指银河。津，渡口。

（生）夜阑更深，灯船过尽了，我们做篇诗赋，也不负会文之约。（末）是，但不知做何题目？（小生）做一篇《哀湘赋》①，倒有意思的。（生）依小弟愚见，不如即景联句，更觉畅怀。（末）妙，妙！（问介）我三人谁起谁结？（生）自然让定生兄起结了。（丑问介）三位相公联句消夜，我们三个陪着打盹么？（末）也有个借重之处。（净）有何使唤？（末）俺们得成四韵，饮酒一杯，你们便吹弹一回。（生）有趣，有趣！真是文酒笙歌之会。（末拱介）小弟竟僭了。（吟介）赏节秦淮榭，论心剧孟家②。（小生）黄开金裹叶，红绽火烧花。（生）蒲剑何须试？葵心未肯差③。（末）辟兵逢彩缕，却鬼得丹砂④。（末、小生、生饮酒，丑击云锣，净弹月琴，旦吹第一回介。小生）蜃市楼缥缈，虹桥洞曲斜⑤。（生）灯疑羲氏驭，舟是叅龙拿⑥。（末）星宿才离海，玻璃更炼娲⑦。（小生）光流银汉水，影动赤城霞⑧。（照前介。生）《玉树》难谐拍，《渔阳》不辨挝⑨。（末）龟年喧笛管⑩，中散奏筝琶⑪。（小生）系缆千条锦⑫，连窗万眼纱⑬。（生）楸枰停斗子，瓷注屡呼茶⑭。（照前介。末）焰比焚燎烈⑮，声同对垒哗。（小生）电雷争此夜，珠翠剩谁家？（生）萤照无人苑，乌啼有树衙。（末）凭栏人散后，作赋吊长沙⑯。（照前介。众起介。末）有趣，有趣！竟联成一十六韵，明日可以发刻了。（小生）我们倡和得许多感慨，他们吹弹出无限凄凉，楼下船中，料无解人也。（净向丑介）闲语且休讲，自古道良宵苦短，胜事难逢。我两个一边唱曲，陈、吴二位相公一边劝酒，让他名士、美人，另做一个风流佳会何如⑰？（丑）使得，这是我们帮闲本等也⑱。（末）我与次兄原有主道⑲，正该少申敬意。（小生）就请依次坐来。（生、旦正坐，末、小生坐左，丑、净坐右介。生向旦介）承众位雅意，让我两个并坐牙床，又吃一回合卺双杯⑳，倒也有趣。（旦微笑介。末、小生劝酒，净、丑唱介）

【排歌】歌才发，灯未昏，佳人重抖玉精神。诗题壁，酒沾唇，才郎偏会语温存。

（杂报介）灯船又来了。（末）夜已三更，怎的还有灯船？（俱起凭栏看介。副净扮阮大铖，坐灯船。杂扮优人，细吹细唱缓缓上。（净）这船上像些老白相㉑，大家洗耳，细细听听㉒。（副净立船头自语介）我阮大铖买舟载歌，原要早出游赏，只恐遇着轻薄厮闹，故此半夜才来，好恼人也！（指介）那丁家河房，尚有灯火。（唤介）小厮，看有何人在上？（杂上岸看，回报介）灯笼上写着"复社会文，闲人免进"。（副净惊介）了不得，了不得！（摇袖

介）快歇笙歌，快灭灯火，（灭灯、止吹，悄悄撑船下。末）好好
一只灯船，为何歇了笙歌，灭了灯火，悄然而去？（小生）这也
奇怪，快着人看来。（丑）不必去看，我老眼虽昏，早已看真了。
那个胡子，便是阮圆海㉓。（净）我道吹歌那样不同。（末怒介）好
大胆老奴才，这贡院之前，也许他来游耍么！（小生）待我走去，
采掉他胡子。（欲下介。生拦介）罢！罢！他既回避，我们也不必
为已甚之行。（末）侯兄，不知我不已甚，他便已甚了㉔。（丑）船
已去远，丢开手罢。（小生）便益了这胡子，（旦）夜色已深，大
家散罢。（丑）香姐想妈妈了，我们送他回去。（末、小生）我二人
不回寓，就下榻此间了。（生）两兄既不回寓，我们过船的，就此
作别罢。请了。（末、小生）请了。（先下。生、旦、丑、净下船，
杂摇船行介）

【余文】下楼台，游人尽，小舟留得一家春，只怕花底
难敲深夜门。

  （生）月落烟浓路不真，
  （旦）小楼红处是东邻㉕。
  （丑）秦淮一里盈盈水，
  （净）夜半春帆送美人。

注释：

①《哀湘赋》：指祭奠屈原之赋，与端阳节相应。

②论心剧孟家：指众人相聚欢谈，如在剧孟家。剧孟，著名游
 侠，汉代洛阳（今属河南）人，喜欢博棋。吴、楚七国叛乱
 时，周亚夫担任太尉前去平叛，在洛阳时，得到剧孟，大
 喜。天下动乱之时，太尉得到剧孟如同得一敌国，足见剧孟

势力之大，可以左右形势之发展。

③"蒲剑何须试"二句：借喻在场人初心未改。蒲剑，指蒲叶，形状似剑。旧俗端午，蒲叶做成的剑，还有艾蒿插在门楣上，可以辟邪。葵心，指向日葵之心，借喻臣子的忠心。

④"辟兵逢彩缕"二句：旧俗端午节时，五彩丝系臂，可以躲避兵器和鬼怪，不生病。辟兵，民间信仰中消除鬼兵、瘟疫之习俗。彩缕，指五彩丝线。丹砂，即朱砂，旧俗端午节时，用朱砂画符、画钟馗，贴于门上驱鬼。暖红室本眉批曰："当时何处非兵？何处非鬼？恐彩缕、丹砂，不能辟却也。"

⑤"蜃市楼缥缈"二句：指当夜景致，灯船众多，恍如幻景。蜃市，指海市蜃楼。虹桥，像彩虹一样的彩桥，形容两岸河房，雕栏画槛，河桥绮丽，桥洞曲斜，一派迷人景象。

⑥"灯疑羲氏驭"二句：灯船如同羲和、豢龙驾驭，形容灯船会的盛大景象。羲氏，指羲和，传说中他每天驾驭龙车，在天上环行。豢龙，传说中的养龙人。

⑦"星宿才离海"二句：形容河上灯火移动，光彩灿烂。星宿海，为黄河发源地，那里飞泉杂涌，水泡千百，大小圆点灿如星星，故名。玻璃，指女娲补天之五彩石。

⑧赤城霞：指赤城山，其山为红色，远望如云霞。此山在浙江天台。

⑨"《玉树》难谐拍"二句：指河上回响的嘈杂、热闹的音乐。谐，原作"教"，据清康熙刊本改。辨，原作"便"，据清康熙刊本改。《玉树》，指《玉树后庭花》曲。《渔阳》，指《渔阳三挝》曲。

⑩龟年：指李龟年，唐代著名乐师。

⑪中散：指嵇康，字叔夜，做过中散大夫，故称"嵇中散"，善诗文、音乐，著有《琴赋》，会弹奏《广陵散》。他死后，《广陵散》就此绝传。奏，清康熙刊本作"阄"。

⑫系缆千条锦：形容河上灯船奢华，典自隋炀帝坐龙船出巡江都。

⑬万眼纱：也作万眼灯，旧时江浙一带节日所用之纱灯。范成大《上元纪吴中节物俳谐体三十二韵》："万窗花眼密，千隙玉虹明。"自注："万眼灯，以碎罗红白相间砌成，功夫妙天下，多至万眼。"

⑭"楸枰停斗子"二句：指斗棋、饮茶各项娱乐活动。楸枰，围棋棋盘，用楸木制成，故名。瓷注，又称执壶，指瓷质茶壶。

⑮燎烈：原作"燎列"，清康熙刊本作"椒烈"，参改。

⑯作赋吊长沙：典自贾谊于长沙作《吊屈原赋》，应和端午节之立意。

⑰另做一个风流佳会何如：暖红室本眉批曰："合欢定情之后，又作一风流佳会，名士美人，称心称意者，只此一时。"

⑱本等：本分。

⑲主道：指主人之谊。

⑳合卺（jǐn）双杯：旧时婚礼中新人在洞房中交杯饮酒。卺，本义为一种瓢，婚礼时用作酒器，将一个瓠瓜剖成两个瓢，新人各拿一个对饮。

㉑老白相：不务正业、寻欢作乐之人。白相，苏州话，嬉游。

㉒听听：清康熙刊本作"领略"。

㉓"那个胡子"二句：暖红室本眉批曰："柳、苏二人，寓耳目而识阮胡，盖作门客时，窃其色笑也。"

㉔"不知我不已甚"二句：暖红室本眉批曰："我不已甚，他便已甚，所以大人不为姑息之爱。"

㉕东邻：美女之代称。

点评：

本出出评："未定情之先，在卞家翠楼；即合欢之后，在丁家水榭，俱有柳、苏。一有龙友、贞娘，一有定生、次尾，而卞、丁两主人，俱不出场，此天然对待法也。""《哄丁》之打，《侦戏》之骂，甚矣；继打骂之后，又驱逐之，甚之甚者也，皆为辞院张本。姻缘以逼而成，姻缘又以逼而散也。""以上八折，皆离合之情。左部八人，未出蔡益所，而其名先标于第一折；右部八人，未出蓝田叔，而其名先标于第二折；总部二人，未出张瑶星，而其名先标于开场。直至闰折，始令出场，为后本关纽。后本二十八、二十九、三十折，三人乃挨次冲场。自述脚色，匠心精细，神工鬼斧矣。"

该出将秦淮灯会的盛况予以还原，颇寄予兴感之怀。历史上，秦淮灯会是当时金陵的一大盛会。余怀在《板桥杂记》中曾说："秦淮灯船之盛，天下所无。两岸河房，雕栏画槛，绮窗丝障，十里珠帘。"如此繁华的场面，不仅是金陵过往的代表，更是故国兴亡的一个表征。就如同毁于一旦的三百年明王朝基业，沉浮于其间的兴废起落，是颇值人感怀的。王士禛、钱谦益、张岱等经历过这个时代的文士，都曾对此有过感慨凭吊。

孔尚任选取了端午夜游的四个典型方面，予以表现：

其一是文人的水榭集会，即陈贞慧、吴应箕、侯方域等人在丁继之的水榭集会。关于丁家水榭，吴应箕曾有论说，曰："近水关有丁郎中河房，丁为余贵池人，以南京河房不过以轩阆竞丽耳，特出新意于堂外设屏，竖石数片而栽竹其前，亦修然有致。"该出结尾陈贞慧、吴应箕二人留宿水榭，也是当年真实情况的复现。

其二是乘船夜游。在端午节的秦淮河上，人们所乘并非一般的游船，而是装饰华丽、有奏乐宴会的灯船。众多灯船往来河上，形成一道流动的风景。侯方域携李香君乘船夜游，亦是时人风尚。【八声甘州】中的"名姝也须名士衬，画舫偏宜画阁邻"，亦非捏造。

其三是复社文会——这一诗文酬唱活动传统悠久，在端阳节的秦淮河上，犹与当时的气氛相应和。金陵自古是文人汇集之地，茅元仪《秦淮大社集序》中说："士之能诗者，必游金陵，不游金陵则其识不廓，不游金陵则其名不成。士之宦金陵者，不能诗者必能诗，能诗者必能驰天下之诗人。"信非虚言。

其四是文会时所作之诗，采用"即景联句"的方式，将灯会场面表现了出来。这首联句诗也如同谶语一般，暗寓了秦淮即将遭遇战火的命运。诗中描绘了秦淮灯会期间的诸多景物，随后又写作端阳风俗，将旧时秦淮景象毫无保留地呈现于纸上。但在描绘端阳秦淮景致的同时，亦带有一股感伤的气息。尤其最后一联"凭栏人散后，作赋吊长沙"两句，将游冶之欢洽转回到追怀先辈上，将屈原的哀国之情类比到此处，隐喻着南国倾覆在即。

此出中，复社文人与奸佞之辈的矛盾还在继续发酵，陈贞慧、吴应箕二人听闻李香君却奁一事，对她盛赞有加。侯方域都未能做到的事情，李香君却做到了，她加入复社文会，选择了自己的政治立场，也将自己引入了一场政治斗争的波劫中。

在酬唱饮酒之后，阮大铖的游船靠近水榭，再次将这一矛盾凸显出来。先是为避免"轻薄厮闹"（实际上就是为了避开复社文人）的阮大铖，特意乘晚出游，一看见"复社会文"四个字，立刻仓促逃脱。陈贞慧、吴应箕等人发现阮大铖之后，意欲追上去再次打骂，却被侯方域劝阻住了。

复社文人对于阮大铖的毫不姑息显得冒失，此处更是将其逼至极点。这才为后来阮大铖投靠马士英并转而报复复社文人，最终埋下了祸根。原本欢闹的集会，为这样的插曲所打断，可谓乘兴而来、败兴而去。

无论如何，相比于《眠香》一场全盘热烈的气氛，这一场已在光明中见出阴影了。清初人李良年有《好事近·秦淮灯船》一词，颇与此出接近："相对卷珠帘，中有画桡来路。花烬玉虫零乱，小桥红楼。横笛络鼓夜纷纷，声咽晚潮去。五十五船旧事，听白头人语。"

第九出　抚兵（癸未七月）

（副净、末扮二将官，杂扮四小卒上）

【点绛唇】旗卷军牙①，射潮弩发鲸鲵怕②。操弓试马，鼓角斜阳下。

　　俺们镇守武昌兵马大元帅宁南侯麾下将士是也。今日点卯日期③，元帅升帐，只得在此伺候。（吹打开门介。小生戎装，扮左良玉上）

【粉蝶儿】七尺昂藏④，虎头燕颔如画，莽男儿走遍天涯。活骑人，飞食肉，风云叱咤。报国恩，一腔热血挥洒。

　　建牙吹角不闻喧，三十登坛众所尊。家散万金酬士死，身留一剑答君恩⑤。咱家左良玉，表字昆山，家住辽阳，世为都司⑥，只因得罪罢职⑦，补粮昌平。幸遇军门侯恂⑧，拔于走卒，命为战将，不到一年，又拜总兵之官。北讨南征，功加侯伯，强兵劲马，列镇荆、襄⑨。（作势介）看俺左良玉，自幼习学武艺，能挽五石之弓，善为左右之射，那李自成、张献忠几个反贼⑩，何难剿灭？只可恨督师无人，机宜错过，熊文灿、杨嗣昌既以偏私而败绩，丁启睿、吕大器又因怠玩而无功⑪。只有俺恩帅侯公，智勇兼全，尽能经理中原，不意奸人忌功，才用即休，叫俺一腔热血，报主无期，好不恨也！（顿足介）罢，罢，罢！这湖南、湖北，也还可战可守，且观成败，再定行藏⑫。（坐介。内作众兵喊叫，小生惊问介）辕门之外，何人喧哗？（副净、末禀介）禀上元帅，辕门肃静，谁敢喧哗？（小生怒介）现在喧哗，怎报没有？（副净、末）那是饥兵讨饷，并非喧哗。（小生）咦！前自湖南借粮三十船，不到一月，难道支完了？（副净、末）禀元帅，本镇人马已足三十万了，些须粮草，那够支销？（小生拍案介）呵呀！这等却也难处哩。（立，唱介）

【北石榴花】你看中原豺虎乱如麻，都窥伺龙楼凤阙帝王家[13]。有何人勤王报主[14]，肯把义旗拿？那督师无老将，选士皆娇娃。却教俺自撑达[15]，却教俺自撑达。正腾腾杀气，这军粮又早缺乏[16]。一阵阵拍手喧哗，一阵阵拍手喧哗。百忙中教我如何答话？好一似薨薨白昼闹蜂衙[17]。

　　（坐介。内又喊介。小生）你听外边将士，益发鼓噪，好像要反的光景，左右听俺吩咐。（立起，唱介）

【上小楼】您不要错怨咱家，您不要错怨咱家。谁不是天朝犬马，他三百年养士不差，三百年养士不差。都要把良心拍打，为甚么击鼓敲门闹转加[18]，敢则要劫库抢官衙。俺这里望眼巴巴，俺这里望眼巴巴，候江州军粮飞下。

　　（坐介。抽令箭掷地介。副净、末拾箭，向内吩咐介）元帅有令，三军听者：目下军饷缺乏，乃人马归附之多，非粮草屯积之少。朝廷深恩，不可不报；将军严令，不可不遵。况江西助饷，指日到辕，各宜静听，勿得喧哗。（副净、末回话介）奉元帅军令，俱已晓谕三军了。（内又喊叫介。小生）怎么鼓噪之声，渐入辕门[19]？你再去吩咐。（立起，唱介）

【黄龙犯】您且忍枵腹这一宵[20]，盼江西那几艓。俺待要飞檄金陵，俺待要飞檄金陵，告兵曹转达车驾，许咱们迁镇移家，许咱们迁镇移家。就粮东去，安营歇马，驾楼船到燕子矶边耍㉑。

（副净、末持令箭向内吩咐介）元帅有令，三军听者：粮船一到，即便支发。仍恐转运维艰，枵腹难待，不日撤兵汉口，就食南京，永无缺乏之虞，同享饱腾之乐㉒。各宜静听，勿再喧哗！（内吹呼介）好，好，好！大家收拾行装，豫备东去呀。（副净、末回生介）禀上元帅，三军闻令，俱各欢呼散去了。（小生）事已如此，无可奈何，只得择期移镇，暂慰军心。（想介）且住，未奉明旨，辄自前行，虽圣恩宽大，未必加诛，只恐形迹之间，难免天下之议。事非小可，再做商量㉓。

【尾声】慰三军没别法，许就粮喧声才罢，谁知俺一片葵倾向日花。

（下。内作吹打掩门，四卒下。副净向末）老哥，咱弟兄们商量，天下强兵勇将，让俺武昌。明日顺流东下，料知没人抵当。大家拥着元帅爷，一直抢了南京，就扯起黄旗，往北京进取，有何不可㉔？（末摇手介）我们左爷爷忠义之人，这样风话，且不要题。依着我说，还是移家就粮，且吃饱饭为妙。（副净）你还不知，一移南京，人心惊慌，就不取北京，这个恶名也免不得了。

（末）纷纷将士愿移家，
（副净）细柳营中起暮笳㉕。
（末）千古英雄须打算，
（副净）楼船东下一生差。

注释：

①军牙：指牙旗，古时立于军营前之大旗，上以象牙装饰旗杆。

②射潮弩发鲸鲵怕：形容军队的英勇、威武。射潮弩发，典自《吴越备史·武肃王》，相传五代时吴越王钱镠（liú）修筑钱塘堤岸，但潮水日夜冲刷，无法施工。他率五百弓箭手射退潮水，终于筑成堤坝。鲸鲵，鲸鲵长百尺，雄曰鲸，雌曰鲵。

③点卯：古代官署卯时开始办公，按花名册查点吏役，故名。

④昂藏：形容人挺拔轩昂之态。

⑤"建牙吹角不闻喧"四句：借用刘长卿《献淮宁军节度使李相公》中前四句，形容左良玉功勋卓著。建牙，原指出兵前在军营前树牙旗，后也指武将出镇。三十登坛，左良玉三十二岁任总兵。登坛，指登坛拜将，典自《史记·淮阴侯列传》，汉王刘邦设立坛场，择日斋戒，拜韩信为大将军。

⑥都司：官名，为都指挥使司的简称，掌管一省或一方的军政。到了清初，职权削弱，属于四品武官。

⑦得罪罢职：据侯方域《宁南侯传》，左良玉曾因抢劫锦州军备而被治罪。

⑧侯恂：字若谷，号六真，商丘（今属河南）人，侯方域之父。明万历四十四年（1616）进士，官至户部尚书。清顺治三年（1646）归里。

⑨荆、襄：荆州和襄阳，均为金陵的上游屏障。

⑩李自成、张献忠：明末农民起义军首领。

⑪熊文灿、杨嗣昌、丁启睿、吕大器：明末官员，曾督师中原攻剿起义军。

⑫行藏：行止。

⑬龙楼凤阙：指帝王宫殿。

⑭勤王：指君王临危，臣下带兵救援。

⑮撑达：原为方言，指漂亮、老练。此处为支撑义。

⑯这军粮又早缺乏：暖红室本眉批曰："有名无实，有兵无饷，是明末大弊。"

⑰薨薨：象声词。飞虫振翅发出的声音。蜂衙：蜂房。

⑱转加：越发，更加。

⑲辕门：指军营大门。

⑳枵（xiāo）腹：空腹。枵，空肚子。

㉑驾楼船到燕子矶边耍：暖红室本眉批曰："乱兵迫协，不得不为此言，遂为千古口实，可不慎哉！"

㉒饱腾：指士饱马腾，军士腹饱，军马欢腾，形容给养充足，士气高昂。

㉓事非小可，再做商量：暖红室本眉批曰："宁南即时改悔，而讹言纷纷，决川难防矣。"

㉔"往北京进取"二句：暖红室本眉批曰："天下事坏于此辈，后日诱左梦庚者，此辈也。"

㉕细柳营：此指部队纪律严明、军容整饬。典自《史记·绛侯周勃世家》，西汉时，周亚夫屯兵细柳，军纪森严，文帝进入军营，必须按军纪行事。暮笳：指黄昏时的笳乐。笳，古代西域少数民族的一种管乐器。

点评：

本出出评："兴亡之感，从此折发端，而左兵又治乱之机也。淋漓北调，当击唾壶歌之。"

这一出将视野从金陵移到了武昌，从侯、李诸人身上移到了左良玉身上，主要讲述左良玉发愁军中缺粮，唯恐变乱，故而以"移师南京"为借口安抚众人。

在该出中，孔尚任塑造了一个忠贞不二的左良玉形象，一心报国，却掣肘于各种积弊，与历史上的左良玉形象有一定差距。

历史上的左良玉极富军事才干，但人品却并不如戏中所写一般高尚。《明史》曰："左良玉以骁勇之材，频歼剧寇，遂拥强兵，骄亢自恣，缓则养寇以贻忧，急则弃甲以致溃。当时以不用命罪诸将者屡矣，而良玉偃蹇债事，未正刑章，姑息酿患，是以卒至称兵犯阙而不顾也。"可见，左良玉固然战功卓著，但在行事上有诸多不端，曾做过纵兵抢粮、养寇自保的事情，也屡屡不服从上级命令，并非如本出中自己所言的忠贞，反而是偏私甚重的。

塑造这样的左良玉形象，孔尚任当也有所考虑——因为在当时的南明阵营中，尚无一个足以与弘光朝廷相抗衡、足以钳制弘光朝廷的人。而历史上左良玉则足以与弘光朝廷相抗衡，也曾以"清君侧"为名进军南京。而且，孔尚任也并未将左良玉形象塑造得全忠全孝、无可指摘，左良玉"移师南京"的口号宣扬，已体现出其莽撞的一面，在大敌当前的时刻与弘光朝廷的军事力量内斗，更显自负、不负责任。

该出从多种角度，塑造了左良玉的形象。

开场的独白一段，通过对左良玉勇武形象、卓著武功的介绍，奠定了人物基调。在表明其善战的同时，更表示出对于君王的忠诚无二，为其赋予了正义的光环。由这两方面看来，左良玉便从能力上与道义上，足以成为一个可与弘光朝廷抗衡的人了。

随后在面对军营缺粮喧哗时，左良玉表示无奈：诸多勤王力量，不是年轻缺乏经验，就是只知空喊口号，并无足够的实力与决心。左良玉固然有力维持大局，但却后勤匮乏、难以为继。虽说英雄气短，却也说明他有知其不可为而为之的坚毅。他向众军许下"移师就粮"的空言，也是出于无奈，几句"慰三军没别法，许就粮喧声才罢，谁知俺一片葵倾向日花"，正将其心迹表露无遗。

出中还有诸多侧面写照，体现出左良玉义勇的形象。其一是副末、副净二将官的登场——这样气势威严的人物上场，或者凸显后上场人物的猥琐鄙陋，或者铺垫其威严肃穆，而左良玉的出场，即属后者；其二是结尾两个军士的议论，前者以为左良玉"移师就粮"，或有黄袍加身之想，但劝解的人却以左良玉忠义为说，也是一个有力的侧面写照。

桃花扇传奇卷二（上本）

第十出　修札（癸未八月）

（丑扮柳敬亭上）老子江湖漫自夸，收古贩今是生涯[1]。年来怕作朱门客[2]，闲坐街坊吃冷茶[3]。（笑介）在下柳敬亭，自幼无藉[4]，流落江湖，虽则为谈词之辈，却不是饮食之人[5]。（拱介）列位看我像个甚的，好像一位阎罗王，掌着这本大帐簿，写了没数的鬼魂名姓[6]。又像一尊弥勒佛，腆着这副大肚皮，装了无限的世态炎凉。鼓板轻敲，便有风雷雨露；舌唇才动，也成月旦春秋[7]。这些含冤的孝子忠臣，少不得还他个扬眉吐气；那班得意的奸雄邪党，免不了加他些人祸天诛。此乃补救之微权[8]，亦是褒诛之妙用。（笑介）俺柳麻子信口胡谈，却也燥脾[9]。昨日河南侯公子，送到茶资，约定今日午后来听平话，且把鼓板取出，打个招客的利市[10]。（取出鼓板敲唱介）无事消闲清淡，就中滋味酸甜，古来七万九百年[11]，一霎飞鸿去远。几阵狂风暴雨，各家虎帐龙船。争名夺利几时休[12]？让他陈抟睡扁[13]。（生上）芳草烟中寻粉黛，斜阳影里说英雄。今日来听老柳平话，里面鼓板铿锵，早已有人领教。（相见大笑介）看官俱未到，独自在此，说与谁听？（丑）这说书是老汉的小业，譬如相公闲坐书斋，弹琴吟诗，都要人听么？（生笑介）说的有理。（丑）请问今日要听那一朝故事？（生）不拘何朝，你只拣着热闹爽快的说一回罢。（丑）相公不知，那热闹局就是冷淡的根芽，爽快事就是牵缠的枝叶，倒不如把些剩水残山、孤臣孽子，讲他几句，大家滴些眼泪罢。（生叹介）咳！不料敬老你也看到这个田地，真可虑也！（末扮杨文骢急上）休教铁锁沉江底，怕有降幡出石头⑭。下官杨文骢，有紧急大事，要寻侯兄计议⑮，一路问来，知在此处，不免竟入。（见介。生）来的正好，大家听敬老平话。（末急介）目下何等时候，还听平话？（生）龙老为何这样惊慌？（末）兄还不知么？左良玉领兵东下，要抢南京，且有窥伺北京之意。本兵熊明遇束手无策⑯，故此托弟前来，恳求妙计。（生）小弟有何计策？（末）久闻尊翁老先生乃宁南之恩帅，若肯发一手谕，必能退却。不知足下主意若何？（生）这样好事，怎肯不做？但家父罢政林居⑰，纵肯发书，未必有济⑱。且往返三千里，何以解目前之危？（末）吾兄素称豪侠，当此国家大事，岂忍坐视？何不代写一书，且救目前，另日禀明尊翁，料不见责也。（生）应急权变，倒也可行，待我回寓起稿，大家商量。（末）事不宜迟，即刻发书，还恐无及，那里等的商量？（生）既是如此，就此修书便了。（写书介）

注释：

①收古贩今：指收集古事，贩讲于今人，这是柳敬亭对自己说书工作的概括。

②年来怕作朱门客：指柳敬亭从阮大铖府上出走事。朱门客，指富贵人家的客人。朱门，红门。

③街坊：街头坊间。

④无藉：无依无靠之意。

⑤饮食之人：指混吃混喝的庸碌之辈。

⑥写了没数的鬼魂名姓：指柳敬亭心中装着许多古今人物、故事。

⑦月旦春秋：指批评历史，评论人物。月旦，也作"月旦评"，指定期进行诗文品评，典自范晔《后汉书·许劭传》，东汉许劭与其表兄许靖，喜欢核论人物，每月一个品题，人称"月旦评"。春秋，原指鲁国编年史，后泛指历史。

⑧微权：指微妙的权术。《黄石公三略》："智者乐立其功，勇者好行其志，贪者邀趋其利，愚者不顾其死。因其至情而用之，此军之微权也。"

⑨燥脾：方言。指开心、痛快。

⑩利市：吉兆，好运气。

⑪七万九百年：清康熙刊本作"十万八千年"。

⑫几时休：清康熙刊本作"片时喧"。

⑬让他陈抟（tuán）睡扁：陈抟，字图南，号扶摇子，人称希夷先生，亳州真源（今河南鹿邑）人。五代宋初道士，隐居修行于华山。以嗜睡闻名，据传曾一睡百日不起。暖红室本眉批曰："吾恐希夷先生当此时，亦不能安枕。"

⑭"休教铁锁沉江"二句：化用刘禹锡《西塞山怀古》"千寻铁锁沉江底，一片降幡出石头"，典自西晋王濬攻打东吴事。东吴以铁索封住长江，试图阻拦王濬东进，王濬烧断铁索，攻破防线，致使吴国投降。石头，指南京城。

⑮"有紧急大事"二句：暖红室本眉批曰："杨龙友，香君陪客也。而关兴亡之讯，春秋笔法，颇有与之之意。"

⑯本兵：明代兵部尚书别称。熊明遇：字良孺，号坛石，南昌进贤（今属江西）人，时任兵部尚书。

⑰林居：闲居，退隐。

⑱济：接济，帮助。

【一封书】老夫愚不揣①，劝将军自忖裁②，旌旗且慢来，兵出无名道路猜。高帝留都陵树在，谁敢轻将马足蹦③。乏粮柴，善安排，一片忠心穷莫改④。

（写完，末看介）妙，妙！写的激切婉转，有情有理，叫他不好不依，又不敢不依，足见世兄经济⑤。（生）虽如此说，还该送与熊大司马，细加改正，方为万妥。（末）不必烦扰，待小弟说与他便了。（愁介）只是一件，书虽有了，须差一个的当家人早寄为妙⑥。（生）小弟轻装薄游，只带两个童子，那能下的书来？（末）这样密书，岂是生人可以去得？（生）这却没法了。（丑）不必着忙，让我老柳走一遭何如？（末）敬老肯去，妙的狠了，只是一路盘诘，也不是当耍的。（丑）不瞒老爷说，我柳麻子本姓曹，虽则身长九尺，却不肯食粟而已⑦。那些随机应变的口头、左冲右挡的膂力，都还有些儿。（生）闻得左良玉军门严肃，出入游客⑧，一概不容擅入。你这般老态，如何去的？（丑）相公又来激俺了，这是俺说书的熟套子⑨。我老汉要去就行，不去就止，那在乎一激之力⑩？（起问介）

【北斗鹌鹑】你那里笔下诌文，我这里胸中画策。舌战群雄⑪，让俺不才；柳毅传书⑫，何妨下海？丢却俺的痴騃⑬，用着俺的诙谐，悄去明来，万人喝采。

（末）果然好个本领，只是书中意思，还要你明白解说，才能有济。

【紫花儿序】（丑）书中意不须细解，何用明白，费俺唇腮？一双空手，也去当差，也会挝乖⑭。凭着俺舌尖儿把他的人马骂开，仍倒回八百里外。（生）你怎的骂他？（丑）则问他防贼自作贼⑮，该也不该。

（生）好，好，好！比俺的书子还说得明白。（末）你快进去收拾行李，俺替你送盘缠来，今夜务必出城才好。（丑）晓得，晓得！（拱手介）不得奉陪了。（竟下。末）竟不知柳敬亭是个有用之才。

（生）我常夸他是我辈中人，说书乃其余技耳。

【尾声】一封书信权宜代，仗柳生舌尖口快。阻回那莽元帅万马晨霜，保住这好江城三山暮霭。

　　　　（末）一纸飞传汗马才，
　　　　（生）荆州无复战船开。
　　　　（末）从来名士夸江左，
　　　　（生）挥麈今登拜将台⑯。

注释：

①老夫愚不揣：侯恂自谦，意为老夫愚笨，没有自知之明。揣，揣度，度量。

②忖裁：思考，思量。

③蹝（xǐ）：践踏。

④一片忠心穷莫改：暖红室本眉批曰："堂堂之论，隐括原书，更觉爽健。"

⑤经济：本义为经邦济世、治理国家之能力。

⑥的当：稳妥，妥当。

⑦"我柳麻了本姓曹"三句：典自《孟子·告子下》，曹交问孟子曰："交闻文王十尺，汤九尺，今交九尺四寸以长，食粟而已，如何则可？"曹交觉得自己与文王相比，碌碌无为。柳敬亭本姓曹，同时身高九尺，自比曹交，不甘碌碌无为。暖红室本眉批曰："柳敬亭，原姓曹，体躯伟长，自比

曹交，寓嘲皆妙。"食粟，吃饭，指碌碌无为。

⑧出入：清康熙刊本作"山人"。

⑨熟套子：惯用的方法。

⑩那在乎一激之力：暖红室本眉批曰："《西厢记》《水浒传》多用激法，亦属厌套。"

⑪舌战群雄：典自三国诸葛亮舌战群雄，使孙权与刘备结盟对抗曹操事，柳敬亭借用来自夸口才、辩才。

⑫柳毅传书：典自《异闻录》柳毅为洞庭湖龙女传书给龙王事，柳敬亭借用来自比柳毅，自荐为侯方域传信。暖红室本眉批曰："敬亭因传书而去，后因传书而还，自比柳毅，巧极，趣极。"

⑬痴骏（ái）：愚笨。

⑭挝（zhuā）乖：方言。找窍门。

⑮则问他防贼自作贼：暖红室本眉批曰："防贼自作贼，骂死明末诸镇。"

⑯挥麈（zhǔ）：晋人清谈常挥麈，以助谈兴。麈，一种鹿类动物，其尾巴可做拂尘。

点评：

本出出评："此一折敬亭欲为朝宗说平话，龙友来报宁南之变；后一折昆生欲为香君演新腔，龙友来报阮胡之诬，皆天然对待之文。至于曲之爽快，别有灵舌。"

该出讲述侯方域赴柳敬亭处听书，杨文骢赶来请侯方域代父修书劝阻左良玉东进，柳敬亭愿意代为传书一事。这一出虽非重场戏，但却将许多重要的情节埋藏其中，为后续情节的转折埋下了诸多伏笔。

最大的伏笔莫过于，侯方域修书左良玉一事，日后成为马、阮构陷他的把柄，是以侯方域不得不离开金陵，与李香君烽火相隔。孔尚任善用戏剧冲突中的"突转"手法，有效地处理了事件之间的联络与阻断，从而使得矛盾冲突的设置与爆发出乎人意料之外，而又在情理之中。

这一场戏，是因为左良玉移师就粮而来，前面侯方域、李香君等人的事迹，并不会导致这样的结果；而在上一出左良玉移师就粮一事中，也没有显出任何迹象将会惊动杨文骢、侯方域等人。正因为潜在的联系没有被孔尚任表现在之前的剧本中，该出情节便在出乎观者意料之外的地方，将故事的主线渐次展开。柳敬亭、苏昆生游说左良玉、侯李离乱分别、杨文骢点染桃花扇等情节，无不因此一事件而引发。

这一出中三人的行为，都可以"急公好义"一词概括。杨文骢是罢职县令，侯方域是待试书生，柳敬亭是说书艺人，这三人中无一人身居要职，却都试图身体力行，以阻止左良玉东进。"天下兴亡，匹夫有责"八个字，在他们身上得到了至为鲜明的展现。

不顾年老、亲为驱驰送书的柳敬亭，是最为感人的形象。他在开场时分，便颇显出潇洒的风范。"年来怕作朱门客，闲坐街坊吃冷茶"、"虽则为谈词之辈，却不是饮食之人"几句，显示出其不媚权贵、傲然自得的态度。随后他独自说书的部分，也体现出任性自适的态度。

其后，面对侯方域、杨文骢愁于无人可以送书的忧虑，柳敬亭主动提出愿为驱驰，也颇见出其任侠的态度。柳敬亭不仅是有心于此，而且的确有能力为此。他向侯方域、杨文骢展示其行走江湖之经验与气魄，亦能见出其堪当大事的不凡气度。如此形象，实可比肩于鲁仲连等辈。

杨文骢的形象，在此也被树立起来。从前面看，似乎他只是一个游走于阮大铖、复社文人之间的中间人物，气节略显不足，圆滑却见有余。但此出之中，杨文骢为力保金陵而奔走，使其暂免战火，则显出这个人物根柢上的正直与节义。这虽然不合史实，但却符合人物形象，也使得情节更为集中。

侯方域在此也免去了成为一个麻痹于大义、只知寻欢作乐的公子哥之嫌疑，他应声答应杨文骢的邀请，写出了文辞恰当、颇有说服力的书信，体现了自己的大义凛然、文思敏捷。但他仍不免有些书生意气，修书献策固然可为，一旦落到具体行事之时，他却无能为力了。这也为其之后飘零战火的不易做了铺垫。正因为这封书信，导致了他后来诸多蹉跎，更见出此举的义无反顾。

总而言之，三人为保救金陵一事，各自行其所能，毫无保留，视天下兴亡为己责。

通过三人的行为，该剧也对雅俗之间的分立做了一个对照与融合。相比于侯方域、杨文骢，柳敬亭只能说是一个市井人士，不为士大夫见重，然而他竟能参与此事之中，可见大事之前，人们彼此间的分界是无足轻重的。至为关键的，是各人的决心与能力。柳敬亭为侯方域、杨文骢所尊敬，正是因为这样的决心与能力。

第十一出　投辕（癸未九月）

（净、副净扮二卒上。净）杀贼拾贼囊①，救民占民房，当官领官仓，一兵吃三粮②。（副净）如今不是这样唱了。（净）你唱来。（副净）贼凶不弃囊，民逃剩空房，官穷不开仓，千兵无一粮。（净）这等说，我们这穷兵当真要饿死了。（副净）也差不多哩。（净）前日鼓噪之时③，元帅着忙，许俺们就粮南京，这几日不见动静，想又变卦了。（副净）他变了卦，俺们依旧鼓噪，有何虑哉！（净）闲话少说，且到辕门点卯，再作商量。正是："不怕饿杀，谁肯犯法？"（俱下。丑扮柳敬亭，背包裹上）

【北新水令】走出了空林落叶响萧萧，一丛丛芦花红蓼。倒戴着接䍦帽④，横跨着湛卢刀⑤，白髯飘飘，谁认的诙谐玩世东方老⑥。

俺柳敬亭冲风冒雨，沿江行来，并不见乱兵抢夺，想是讹传了。且喜已到武昌城外，不免在这草地下打开包裹，换了靴帽，好去投书。（坐地换靴帽介。副净、净上）

【南步步娇】晓雨城边饥乌叫，来往荒烟道，军营半里遥。（指介）风卷旌旗，鼓角缥缈。前面是辕门了，大家趱行几步⑦。饿腹好难熬，还点三八卯⑧。

（丑起拱介）两位将爷，借问一声，那是将军辕门？（净向副净私语介）这个老儿是江北语音，不是逃兵，就是流贼。（副净）何不收拾起来⑨，诈他几文，且买饭吃？（净）妙！（副净问介）你寻将军衙门么？（丑）正是。（净）待我送你去。（丢绳套住丑介。丑）呵呀！怎么拿起我来了？（副净）俺们是武昌营专管巡逻的弓兵，不拿你，拿谁呀？（丑推二净倒地，指笑介）两个没眼色的花子⑩，怪不得饿的东倒西歪的。（净）你怎晓得我们挨饿？（丑）不为你们挨饿，我为何到此？（副净）这等说来，你敢是解粮来的么？（丑）不是解粮的，是做甚的？（净）啐！我们瞎眼了，快搬行李，送老哥辕门去。（副净、净同丑行介）

【北折桂令】（丑）你看城枕着江水滔滔，鹦鹉洲阔，黄鹤楼高⑪。鸡犬寂寥，人烟惨淡，市井萧条。都只把豺狼喂饱，好江城画破图抛。满耳呼号，鼙鼓声雄⑫，铁马嘶骄。

120

（副净指介）这是帅府辕门了。（唤介）老哥在此等候，待我传鼓⑬。（击鼓介。末扮中军官上⑭）封拜惟知元帅大，征诛不让帝王尊。（问介）门外击鼓，有何军情？速速报来。（净）适在汛地捉了一个面生可疑之人⑮，口称解粮到此，未知真假，拿赴辕门⑯，听候发落。（末问丑介）你称解粮到此，有何公文？（丑）没有公文，止有书函。（末）这就可疑了。

【南江儿水】你的此来意费推敲⑰，一封书信无名号，荒唐言语多虚冒，凭空何处军粮到？无端左支右调⑱，看他神形，大抵非逃即盗。

注释：

①贼囊：指流贼的行囊。

②一兵吃三粮：暖红室本眉批曰："官制之弊，非老兵不能说出。"

③鼓噪：原指古代战时双方擂鼓呐喊，以壮士威。后泛指喧嚷、躁动。

④接䍦（lí）帽：指白接䍦，一种白头巾，饰以白鹭羽毛。

⑤湛（zhàn）卢刀：著名的剑名，相传为春秋战国时铸剑师欧冶子所铸。此处指宝刀。

⑥东方老：指东方朔，一位诙谐滑稽的人物。

⑦趱（zǎn）行：快步行走。

⑧三八卯：军营中的一种点名方式，例逢三（如三、十三、二十三）、八（八、十八、二十八）日点名之意。卯，点卯。

⑨收拾：惩治。

⑩花子：乞丐。

⑪"鹦鹉洲阔"二句：武昌两大名胜。鹦鹉洲在武昌西南江中，黄鹤楼在武昌西南江边。

⑫鼙（pí）鼓：军中用的一种乐鼓，也称骑鼓，小曰鼙，大曰鼓。诗文中多借指战争。

⑬传鼓：击鼓传报。

⑭中军官：军职官名。明清时期，主要管理军中营务。

⑮汛地：军事组织名称。明清时期，军队驻防之地。汛，指千总、把总等官员掌管的军队。

⑯拿：押送。

⑰费推敲：需要思考斟酌。典自贾岛"推敲"之故事。

⑱左支右调：方言。指支支吾吾、敷衍塞责。

（丑）此话差矣，若是逃、盗，为何白寻辕门？（末）说的也是。既有书函，待我替你传进。（丑）这是一封密书，要当面交与元帅的。（末）这话益发可疑了。你且外边伺候，待我禀过元帅，传你进见。（净、副净、丑俱下。内吹打开门，杂扮军卒六人各执械对立介。小生扮左良玉戎服上）荆襄雄镇大江滨，四海安危七尺身。日日军储劳计画①，那能谈笑净烟尘②？（升坐，吩咐介）昨因饥兵鼓噪，本帅许他就粮南京，后来细想，兵去就粮，何如粮来就兵？闻得九江助饷，不日就到，今日暂免点卯，各回汛地，静候关粮。（末）得令。（虚下③，即上）奉元帅军令，挂牌免卯，三军各回汛地了。（小生）有甚军情？早早报来。（末）别无军情，只有差校一名，口称解粮到此，要见元帅。（小生喜介）果然粮船到了，可喜，可喜！（问介）所赍文书④，系何衙门？（末）并无文书，止有私书，要当堂投递。（小生）这话就奇了，或是流贼细作，亦未可定。（吩咐介）左右军牢⑤，小心防备，命他膝行而进。（众）是！（末唤丑进介。左右交执器械，丑钻入见介）元帅在上，晚生拜揖了。（小生）哎！你是何等样人，敢到此处放肆？

（丑）晚生一介平民，怎敢放肆？

【北雁儿落带得胜令】⑥俺是个不出山老渔樵，那晓的王侯大宾客小？看这长枪大剑列门旗，只当深林密树穿荒草。尽着狐狸纵横虎咆哮，这威风何须要？偏吓俺孤身客无门跑，便作个长揖儿不是骄。（拱介）求饶，军中礼原不晓。（笑介）气也么消，有书函将军仔细瞧。

（小生问介）有谁的书函？（丑）归德侯老先生寄来奉候的。（小生）侯司徒是俺的恩帅，你如何认的？（丑）晚生现在侯府。（小生拱介）这等失敬了。（问介）书在那里？（丑送上书介。小生）吩咐掩门。（内吹打掩门，众下。小生）尊客请坐。（丑傍坐介。小生看书介）

【南侥侥令】看他谆谆情意好，不啻教儿曹⑦。这书中文理，一时也看不透彻，无非劝俺镇守边方，不可移兵内地。（叹介）恩帅，恩帅！那知俺左良玉，一片忠心天可告，怎肯背深恩，辱荐保⑧？

> （问丑介）足下尊姓大号？（丑）不敢，晚生姓柳，草号敬亭。（杂捧茶上。小生）敬亭请茶。（丑接茶介。小生）你可知这座武昌城，自经张献忠一番焚掠，十室九空。俺虽镇守在此，缺草乏粮，日日鼓噪，连俺也做不得主了。（丑气介）元帅说那里话？自古道"兵随将转"，再没个将逐兵移的。

【北收江南】你坐在细柳营，手握着虎龙韬⑨，管千军山可动，令不摇。饥兵鼓噪犯天朝，将军无计，从他去自逍遥。这恶名怎逃？这恶名怎逃？说不起三军权柄帅难操。

> （摔茶盅于地下介。小生怒介）呵呀！这等无礼，竟把茶杯掷地。（丑笑介）晚生怎敢无礼？一时说的高兴，顺手摔去了。（小生）顺手摔去，难道你的心里作不得主么⑩？（丑）心若做得主呵，也不叫手下乱动了⑪。（小生笑介）敬亭讲的有理。只因兵丁饿的急了，就粮内里，亦是无可奈何之一着。（丑）晚生远来，也饿急了，元帅竟不问一声儿。（小生）我倒忘了，叫左右快摆饭来。（丑摩腹介）好饿，好饿！（小生催介）可恶奴才，还不快摆！（丑起介）等不的了，竟往内里吃去罢。（向内行介。小生怒介）如何进我内里？（丑回顾介）饿的急了。（小生）饿的急了，就许你进内里么？（丑笑介）饿的急了，也不许进内里，元帅竟也晓得哩⑫。（小生人笑介）句句讥消俺的错处，好个舌辩之士！俺这帐下倒少不得你这个人哩。

【南园林好】俺虽是江湖泛交，认得出滑稽曼老⑬。这胸次包罗不少⑭，能直谏，会旁嘲。

> （丑）那里，那里！只不过游戏江湖，图哺啜耳⑮。（小生问介）俺

看敬亭，既与缙绅往来，必有绝技，正要请教。（丑）晚生自幼失学，有何技艺，偶读几句野史，信口演说，曾蒙吴桥范大司马、桐城何老相国谬加赏赞，因而得交缙绅，实堪惭愧。

【北沽美酒带太平令】俺读些稗官词，寄牢骚；稗官词，寄牢骚。对江山吃一斗苦松醪⑯。小鼓儿颤杖轻敲⑰，寸板儿软手频摇。一字字臣忠子孝，一声声龙吟虎啸。快舌尖钢刀出鞘，响喉咙轰雷烈炮。呀！似这般冷嘲、热挑，用不着笔抄、墨描。劝英豪，一盘错帐速勾了。

（小生）说的爽快，竟不知敬亭有此绝技，就留下榻衙斋⑱，早晚领教罢。

【清江引】从此谈今论古日倾倒，风雨开怀抱。你那苏、张舌辩高⑲，我的巧射惊羿、暴⑳，只愁那匝地烟尘何日扫㉑。

（丑）闲话多时，到底不知元帅移兵向内，有何主见？（小生）耿耿臣心，惟天可表，不须口劝，何用书责？

（小生）臣心如水照清霄，

（丑）咫尺天颜路不遥。

（小生）要与西南撑半壁，

（丑）不须东看海门潮㉒。

注释：

①军储：军需供应。计画：同"计划"。

②那能谈笑净烟尘：指筹划军中事务的不易，化用苏轼《念奴娇·赤壁怀古》"谈笑间，樯橹灰飞烟灭"句。

③虚下：戏曲术语，提示脚色下场的方式。

④赍（jī）：指拿东西给人，引申为携带、持。

⑤军牢：为官府服役的兵士。

⑥【北雁儿落带得胜令】：暖红室本眉批曰："此曲嬉笑谩骂，尽情极态，熟读快歌，不知足之蹈之，手之舞之。"

⑦不啻（chì）：不止。

⑧辱荐保：有辱于侯恂的推荐、保举。辱，有辱，愧对。荐保，推荐，保举。

⑨虎龙韬：指用兵的谋略。兵书《六韬》有文、武、龙、虎、豹、犬六韬，此句用了虎、龙二韬。

⑩心：原作"手心"，据清康熙刊本改。

⑪"心若做得主呵"二句：一语双关，讽刺左良玉无法控制自己的军队。暖红室本眉批曰："策士之舌，不减仪、秦。"

⑫"饿的急了"三句：一语双关，讽刺左良玉因为缺粮而移师南京之举动。

⑬滑稽曼老：柳敬亭自比为东方朔。东方朔，字曼倩，性诙谐、滑稽，善词赋，常讽谏汉武帝。

⑭胸次：心胸，胸怀。

⑮图哺啜：柳敬亭的自谦，混吃混喝的。哺，吃。啜，喝。

⑯松醪（láo）：酒名，用松膏酿制的酒。

⑰颤杖：小鼓槌。

⑱衙斋：衙门里官员起居之所。

⑲苏、张：指苏秦、张仪，春秋战国时期的说客。

⑳羿（yì）、奡（áo）：《论语·宪问》有"羿善射，奡荡舟"句。羿，指后羿，以善射著称。奡，后羿的心腹寒浞之子，

相传他会陆地荡舟。

㉑匝：遍。

㉒东看海门潮：形容引兵东下。

点评：

　　本出出评："此《投辕》一折，与后《草檄》一折对看者，投辕是柳见宁南，草檄是苏见宁南，俱被捉获，而谒见不同。是对峙法，又是变换法。""曲白爽口快目，极舌辩滑稽之致。古人发汗已头风者，此等文字也。"

　　这一出的内容，是顺承前面的《抚兵》《修札》二出而来的，左良玉与柳敬亭分别作为这两出中所延伸出的线索，在此处得到交汇，是为"移师就粮"一事的解决。然而此事的解决，并不是整个波澜的终点。后续的矛盾，仍在酝酿。

　　两个已经被酝酿成熟的矛盾冲突，并未经由人物行动，便已得到解决：其一是移师就粮问题，未经柳敬亭劝阻，左良玉早已打消了这个想法，并不成为冲突。其二是军粮缺乏问题，左良玉、柳敬亭并未在该出中解决此问题，只是经由左良玉口中一句自九江借粮，便将此问题消解透彻。

　　实际营造戏剧效果的冲突，是左良玉对于柳敬亭从轻视到尊敬的转变，也几乎是支撑情节进行的最实在动力。这是历史逻辑与戏剧逻辑共同作用的结果。

　　柳敬亭为左良玉纳入帐下，是历史中实有之事。然而此事并未发生在武昌，契机也并非柳敬亭为侯方域传书，而是左良玉在皖城筵席上遇见柳敬亭。但此出让柳敬亭介入传书，使得整个故事得以串联起来，亦整饬客观，增加戏剧性。梁启超批注时，也以为"时日相值"，是为妙笔。

柳敬亭与左良玉的结识，固非如该出中所写一样，但是该出中二人的关系，却与历史上的情境相符。如黄宗羲在《柳敬亭传》中所说："宁南（即左良玉）不知书，所有文檄，幕下儒生设意修词，援古证今，极力为之，宁南皆不悦。而敬亭耳剽口熟，从委巷活套中来者，无不与宁南意合。"

左良玉与柳敬亭关系之密切，一如该出中所介绍的一般，虽然虚构却见真实。

柳敬亭与左良玉的相会，节奏把握得很好，柳、左二人一来一往，不急躁不混乱，层次分明。先是左良玉斥责柳敬亭，而柳敬亭以侯方域代父所修书信化解；随后左良玉敬问姓名，而柳敬亭则借机游说；左良玉为柳敬亭所激怒，而柳敬亭却借机讽谏，是以最终取得了左良玉的信任，被他纳为帐下心腹。

柳敬亭的两番讽谏，颇有语言意趣。在讽谏文字的写作上，孔尚任可能借鉴了《左传》《史记》诸书中谏君的方法。第一番讽谏，是柳敬亭故意摔碎茶杯，引得左良玉斥责。柳敬亭以自己手不受心的控制为喻，讽刺左良玉的手下不为其所控制、移师就粮；第二番，承接第一番而来，应着左良玉以饥饿辩解，柳敬亭以自己饥饿甚急为由，要求进入左良玉帐后，还以"饿的急了，也不许进内里，元帅竟也晓得哩"，再次讽刺了左良玉"移师就粮"之说。

这两番讽谏，柳敬亭皆是从身边事说起，看似无心，却可以于突然之间转移到"移师就粮"问题上。这种巧涉譬喻的方法，在诸多古代典籍中可以见到。如孟子的"齐人有一妻一妾"、邹忌的"城北徐公之美"、淳于髡的"一鸣惊人"，都是如此。不过孔尚任并没有抄袭古人，而是自出新格，以"手不从心"、"饿急就内"两个论说为意，亦可见其才思。

也正是凭借这两番讽谏，柳敬亭得以为左良玉所敬重，成为其幕下之人。这一安排，也是与历史实情相符合的。

看这长枪大剑列门旗，只当深林密树穿荒草。尽着狐狸纵横虎咆哮，这威风何须要？偏吓俺孤身客无门跑，便作个长揖儿不是骄。

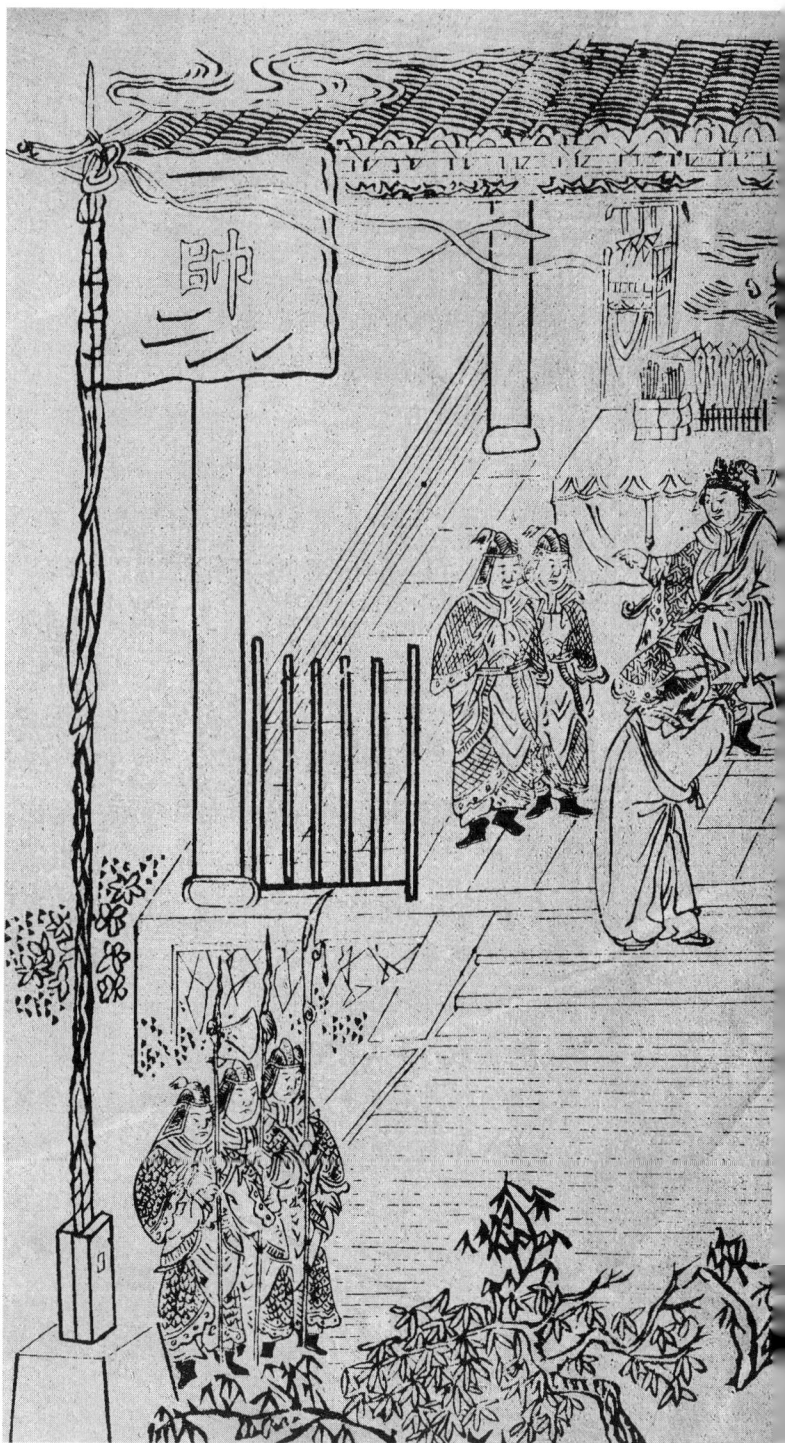

第十二出　辞院（癸未十月）

（末扮杨文骢冠带上）

【西地锦】锦绣东南列郡，英雄割据纷纷。而今还起周郎恨，江水向东奔①。

> 下官杨文骢，昨奉熊司马之命，托侯兄发书宁南，阻其北上，已遣柳敬亭连夜寄去。还怕投书未稳，一面奏闻朝廷，加他官爵，荫他子侄。又一面知会各处督抚，及在城大小文武，齐集清议堂②，公同计议，助他粮饷，这也是不得已调停之法。下官与阮圆海虽罢闲流寓③，都有传单④，只得早到。（副净扮阮大铖冠带上）黑白看成棋里事，须眉扮作戏中人。（见介）龙友请了，今日会议军情，既传我们到此，也不可默默无言。（末）事体重大，我们废员闲宦，立不得主意，身到就是了。（副净）说那里话？

【啄木儿】朝廷事，须认真，太祖神京今未稳。莫漫愁铁锁船开，只怕有萧墙人引⑤。角声鼓音城楼震，帆扬帜飞江风顺，明取金陵，有人私放门。

> （末）这话未确，且莫轻言。（副净）小弟实有所闻，岂可不说？（丑扮长班上⑥）处处军情紧，朝朝会议多。禀老爷，淮安漕抚史可法老爷、凤阳督抚马士英老爷俱到了⑦。（末、副净出候介）外白须扮史可法，净秃须扮马士英，各冠带上。外）天下军储一线漕⑧，无能空佩吕虔刀⑨。（净）长陵抔土关龙脉，愁绝烽烟搔二毛⑩。（末、副净见各揖介。外问介）本兵熊老先生为何不到？（丑禀介）今日有旨，往江上点兵去了。（净）这等又会议不成，如何是好？

【前腔】（外）黄尘起，王气昏，羽扇难挥建业军⑪。幕府山羽檄星驰，五马渡楼船飞滚^⑫。江东应须夷吾镇^⑬，清谈怎消南朝恨^⑭？少不得努力同捐衰病身。

（末）老先生不必深忧，左良玉系侯司徒旧卒，昨已发书劝止，料无不从者。（外）学生亦闻此举虽出熊司马之意，实皆年兄之功也。（副净）这倒不知，只闻左兵之来，实有暗里勾之者。（外）是那个？（副净）就是敝同年侯恂之子侯方域。（外）他也是敝世兄，在复社中铮铮有声^⑮，岂肯为此？（副净）老公祖不知，他与左良玉相交最密，常有私书往来，若不早除此人，将来必为内应。（净）说的有理，何惜一人，致陷满城之命乎？（外）这也是莫须有之事^⑯，况阮老先生罢闲之人，国家大事也不可乱讲。（别介）请了，正是："邪人无正论，公议总私情。"（下。副净指恨介。向净介）怎么史道邻就拂衣而去，小弟之言凿凿有据，闻得前日还托柳麻子去下私书的。（末）这太屈他了，敬亭之去，小弟所使，写书之时，小弟在傍，倒亏他写的恳切，怎反疑起他来？（副净）龙友不知，那书中都有字眼暗号，人那里晓得？（净点头介）是呀，这样人该杀的，小弟回去，即着人访拿。（向末介）老妹丈^⑰，就此同行罢。（末）请舅翁先行一步^⑱，小弟随后就来。（副净向净介）小弟与令妹丈不曾同胞，常道及老公祖垂念^⑲，难得今日会着。小弟有许多心事，要为竟夕之谈，不知可否？（净）久荷高雅，正要请教。（同下。末）这是那里说起？侯兄之素行，虽未深知，只论写书一事呵。

【三段子】这冤怎伸？硬叠成曾参杀人^⑳；这恨怎吞？强书为陈恒弑君^㉑。不免报他一信，叫他趁早躲避。（行介）眠香占花风流阵，今宵正倚熏笼困^㉒，那知打散鸳鸯金弹狠。

来此是李家别院，不免叫门。（敲门介。内吹唱介。净扮苏昆生上）是那个？（末）快快开门！（净开门见介）原来是杨老爷，天色已晚，还来闲游。（末认介）你是苏昆老。（问介）侯兄在那里？（净）今日香君学完一套新曲，都在楼上听他演腔。（末）请快下楼！（净入唤介。小旦、生、旦出介。生）浓情人带酒，寒夜帐笼花。杨兄高兴，也来消夜。（末）兄还不知，有天大祸事来寻你了。（生）有何祸事，如此相吓？（末）今日清议堂议事，阮圆海对着大众，说你与宁南有旧，常通私书，将为内应，那些当事诸公，俱有拿你之意。（生惊介）我与阮圆海素无深仇，为何下这毒手？（末）想因却奁一事，太激烈了，故此老羞变怒耳。（小旦）事不宜迟，趁早高飞远遁，不要连累别人。（生）说的有理。（愁介）只是燕尔新婚㉒，如何舍得？（旦正色介）官人素以豪杰自命，为何学儿女子态？（生）是，是，但不知那里去好？

【滴溜子】双亲在，双亲在，信音未准；烽烟起，烽烟起，梓桑半损㉓。欲归，归途难问。天涯到处迷，将身怎隐？岐路穷途，天暗地昏。

（末）不必着慌，小弟倒有个算计。（生）请教！（末）会议之时，漕抚史可法、凤抚马舍舅俱在坐。舍舅语言甚不为，全亏史公一力分豁㉔，且说与尊府原有世谊的。（生想介）是，是，史道邻是家父门生。（末）这等何不随他到淮，再候家信？（生）妙，妙！多谢指引了。（旦）待奴家收拾行装。（旦束装介）

【前腔】欢娱事，欢娱事，两心自忖；生离苦，生离苦，且将恨忍，结成眉峰一寸。香沾翠被冷，重重束紧。药裹巾箱，都带泪痕㉕。

（丑上。挑行李介。生别旦介）暂此分别，后会不远。（旦弹泪介）

满地烟尘，重来亦未可必也。

【哭相思】离合悲欢分一瞬，后会期无凭准。(小旦)怕有巡兵踪迹，快行一步罢。(生)吹散俺西风太紧，停一刻无人肯。

（生）但不知史漕抚寓在那厢？(净)闻他来京公干，常寓市隐园㉗，待我送官人去㉘。(生)这等，多谢。(生、净、丑急下。小旦)这桩祸事，都从杨老爷起的，也还求杨老爷归结。明日果来拿人，作何计较？(末)贞娘放心，侯郎既去，都与你无干了。

（末）人生聚散事难论，

（旦）酒尽歌终被尚温。

（小旦）独照花枝眠不稳，

（末）来朝风雨掩重门。

注释：

①"而今还起周郎恨"二句：指左良玉军队东进南京。周郎，指周瑜，他为吴国将领时，曹操发兵从荆州东下进攻东吴，孙权、刘备联手应战，诸葛亮借东风推动赤壁之战的胜利，却成为周瑜心中一大憾事。

②清议堂：朝廷大臣商议军政大事之所。

③流寓：客居他乡。

④传单：要求参议的通知。

⑤只怕有萧墙人引：只担心内部有人策应左良玉军。典自《论语·季氏》："谋动干戈于邦内，吾恐季孙之忧，不在颛臾，而在萧墙之内也。"比喻内部发生祸乱。

⑥长班：官吏的随从。

⑦淮安漕抚史可法老爷、凤阳督抚马士英老爷俱到了：暖红室本眉批曰："至此始出史公及马士英，一忠一奸，阴阳将判，读者细参之。"史可法，字宪之，号道邻，祖籍北京大兴，生于河南祥符（今河南开封），明崇祯元年（1628）进士，官至兵部尚书、武英殿大学士，驻守扬州。后清军攻陷扬州，他身先士卒，殉难。

⑧一线漕：一条漕运。

⑨无能空佩吕虔刀：这是史可法自谦，认为自己才微不配官位。吕虔刀，宝刀名，典自《晋书·王览传》。三国魏刺史吕虔持有一宝刀，铸匠见之，以为必三公始可佩戴。吕虔赠刀于王祥，王祥位列三公。王祥临终前将刀转赠其弟王览，王览位至大中大夫，说明此刀助人显贵，佩戴之人可至卿相。

⑩"长陵抔（póu）土关龙脉"二句：受李自成起义军影响，各地农民纷纷起义，已经威胁到安徽凤阳附近各地。凤阳是明太祖祖陵所在，马士英时任凤阳都督，护陵是他的职责，但外界形势却令其担忧。长陵，指汉高祖的陵墓，借指凤阳皇陵。二毛，黑、白二发相间，指花发。

⑪羽扇难挥建业军：指史可法担忧南京的安危。羽扇，典自《晋书·顾荣传》，晋代广陵相陈敏反叛朝廷，独据江陵，顾荣等起兵攻打，顾氏羽扇指挥，叛军纷纷溃败。建业，即南京。

⑫"幕府山羽檄星驰"二句：史可法追忆南京的历史。幕府山，位于长江南岸，南京西北，据传王导曾于此设立幕府。羽檄，清康熙刊本作"蜡檄"。檄，古代官府用以征召臣民、

声讨叛军的文书。星驰，星夜奔驰，比喻行动快速。五马渡，在幕府山下江边，西晋末年琅琊王司马睿等五位晋王于此渡江，进入南京。后来司马睿成为晋元帝。

⑬江东应须夷吾镇：指江东应有管仲、王导这样的贤相、名将来防守。此句为双关语。夷吾，原指管仲，字夷吾，春秋初期齐国卿相，辅助齐桓公成就霸业。引申为"江左夷吾"，即东晋丞相王导，大臣温峤誉其为"江左夷吾"。江左，即江东。

⑭清谈怎消南朝恨：指清谈误国。南朝盛行清谈，朝廷大臣、社会名士以谈玄、谈佛为上。

⑮铮铮：指金属撞击发出的声音，比喻人的品德刚正、坚定。

⑯莫须有：指阮大铖冤枉侯方域。典自《宋史·岳飞传》，岳飞被秦桧用"莫须有"罪名谋害致死。

⑰妹丈：妹夫。

⑱舅翁：大舅子之尊称。

⑲老公祖：明清时期地方士绅对地方官僚之尊称。垂念：挂念，关怀，多用于上对下、尊对卑。

⑳曾参杀人：指人被诬陷多次后，会被信以为真。典自《战国策·秦策二》，甘茂向秦武王讲述曾参的故事，孔子的弟子曾参住在费邑，一位与他同名者犯了杀人罪。有邻居来告诉曾母，曾母不信。第二次还是不信。当第三次有人相告时，曾母相信了，扔下织布梭子，越墙而逃。

㉑陈恒弑君：指侯方域的冤屈。典自《春秋·哀公十四年》，春秋齐简公昏庸无道，大臣陈恒将其弑除，期间陈恒是被迫的。后引申为代人受过。

㉒熏笼：古时专门为衣物、被褥熏香的笼罩，材质分竹、铜、银、石、玉等。

㉓燕尔：同"宴尔"，原指安乐的意思。《诗经·邶风·谷风》："宴尔新昏，如兄如弟。"欢庆新婚，亲密得如兄如弟。后指代新婚。

㉔梓桑：同"桑梓"，古时家屋旁会栽种桑树和梓树，比喻家乡、故乡、父母之邦。

㉕分豁：分辨，开脱，豁免。

㉖"药裹巾箱"二句：暖红室本眉批曰："香君虽英雄，而不能制眼泪也。"巾箱，古时放置头巾、书籍的小箱子。

㉗市隐园：原金陵名园之一，在武定桥油坊巷，明万历年间姚元白所造，为当时文人雅集之所。后来史可法寓居于此。现已不存。

㉘待我送官人去：暖红室本眉批曰："今日昆生送去，后日昆生寻来。"

点评：

本出出评："左右奇偶，男女贤奸，皆会此折。离合之情，于此折尽矣，而未尽也；兴亡之感，于此折动矣，而未动也。承上启下，又一关纽。"

该出叙述阮大铖在清议堂中伤侯方域，将杀身之祸引向他。杨文骢周旋无果，只得提前通知侯方域，让他投奔史可法避祸。

该出矛盾冲突尖锐，许多伏隐的危机汇聚爆发。具体而言，即复社文人、侯方域、李香君对于阮大铖造成的侮辱，终于酿成阮大铖的报复。在清议堂上阮大铖恶语中伤了侯方域，还取得了马士英的信任。但这并不是阮大铖报复的终点，而仅仅是他报复诸文人、实现自己野心的开始。

阮大铖构陷侯方域一事，也并非全然虚构，而是史上实有。其时阮大铖构陷侯方域仅因他与左良玉有旧，并没有以侯方域修书一事为证据，马士英也没有参与其中。但是此处将侯方域修札一事作为中伤的理由，确实颇有迷惑性，不可不谓妙笔，同时也不违历史态势。

因为阮大铖的报复，侯方域不得不奔走逃亡，暂离李香君。

该出中新登场两个人物，即史可法与马士英。两人在《桃花扇·凡例》中，被分到了相对的"奇""偶"二部中，而史可法是"中气"，马士英是"戾气"，二者之间的分立判然可别。

面对侯方域是否私通于左良玉一事，史可法尚带有一丝疑惑，而马士英则恨不得立杀侯方域而后快——史、马间固然有阵营之分立，但是以如此不同的方式行事，则非阵营问题，而是素质问题了。这样的形象，应了《明史》对于马士英的评价："为人贪鄙无远略，复引用大铖，日事报复，招权罔利，以迄于亡。"但这样的定位，其实与史上的马士英有别。因为马士英起用阮大铖、制造内讧一事虽然属实，但马士英本人尚有传统士大夫的气节在身，他最终并未如阮大铖一般毫无廉耻，而是不屈被杀。但此剧中马士英的形象比较脸谱化，并未如阮大铖一般展现出丰富的多面性。这样处理，可以使阮大铖与马士英相区别，以体现人物形象的不同。

相对于马士英，史可法的形象则更见耿直忠正，出中的【前腔】表现出他力救危亡的决心。如此塑造，使得他后续解救侯方域成为可能，这也合于史实。

该出中颇表现出阮大铖狡诈、谄媚的一面。从狡诈一面说，他选出侯方域与左良玉有私一事作为构陷侯的理由，是具有相当迷惑性的。尤其是在侯方域下书给左良玉之后，这一指责对于侯方域而言确实难以辩白。当杨文骢为侯辩白时，阮大铖还捏造出暗留记号的指控，亦可见其老谋深算。从谄媚一面说，阮大铖对于马士英的巴结，可谓丑态百出。其以"小弟与令妹丈不啻同胞"为理由巴结马士英，更以"常道及老公祖垂念"一句奉承，其媚意不言而喻。

杨文骢将消息传达至侯方域处一事，颇显出李香君的果敢。侯方域尚在忧愁难以与李香君分立，她却以"官人素以豪杰自命，为何学儿女子态"激发侯方域，与"却奁"时对于侯方域的劝谏一脉相承，更强化了其刚烈的性格。对于爱人的离别，李香君也并非毫无感触，她感叹道"离合悲欢分一瞬，后会期无凭准"，但是在生死大义面前，她并没有别的选择，必须忍得分离，以期方长之来日。

杨文骢虽八面玲珑却根柢正直的形象，也在此出中显现出来。他先是为侯方域辩白，在辩白无果之后又及时劝其脱逃，还提供了投奔史可法的可靠建议。虽然杨文骢仍称马士英为"舅翁"，但他的这些举动，已经将自己与马士英、阮大铖之流区分开来了。

第十三出　哭主 (甲申三月)^①

（副净扮旗牌官上^②）汉阳烟树隔江滨^③，影里青山画里人。可惜城西佳绝处，朝朝遮断马头尘。在下宁南帅府一个旗牌官儿便是，俺元帅收复武昌，功封侯爵。昨日又奉新恩，加了太傅之衔^④。小爷左梦庚^⑤，亦挂总兵之印，特差巡按御史黄澍老爷到府宣旨^⑥。今日九江督抚袁继咸老爷^⑦，又解粮三十船，亲来给发。元帅大喜，命俺设宴黄鹤楼，请两位老爷饮酒看江。（望介）遥见晴川树底、芳草洲边^⑧，万姓欢歌，三军嬉笑，好一段太平景象也。远远喝道之声^⑨，元帅将到，不免设起席来。（台上挂黄鹤楼匾。副净设席安床介。杂扮军校旗仗鼓吹引导。小生扮左良玉戎装上）

【声声慢】逐人春色，入眼晴光，连江芳草青青。百尺楼高，吹笛落梅风景^⑩。领着花间小乘^⑪，载行厨，带缓衣轻。便笑咱将军好武，也爱儒生。

咱家左良玉，今日设宴黄鹤楼，请袁、黄两公饮酒看江，只得早候。（吩咐介）大小军卒楼下伺候。（众应下。作登楼介）三春云物归胸次，万里风烟到眼前。（望介）你看浩浩洞庭，苍苍云梦^⑫，控西南之险，当江汉之冲^⑬，俺左良玉镇此名邦，好不壮哉！（坐呼介）旗牌官何在？（副净跪介）有。（小生）酒席齐备不曾？（副净）齐备多时了。（小生）怎么两位老爷还不见到？（副净）连请数次，袁老爷正在江岸盘粮，黄老爷又往龙华寺拜客^⑭，大约傍晚才来。（小生）在此久候，岂不困倦？叫左右速接柳相公上楼，闲谈拨闷。（杂跪禀介）柳相公现在楼下。（小生）快请。（杂请介。丑扮柳敬亭上）气吞云梦泽，声撼岳阳楼^⑮。（见介。小生）敬亭为何早来了？（丑）晚生知道元帅闷坐，特来奉陪的。（小生）这也奇了，你如何晓得？（丑）常言"秀才会课，点灯告坐"⑯。天生文官，再不能爽快的。（小生笑介）说的有理。（指介）你看天才午转，几时等到点灯也。（丑）若不嫌聒噪呵，把昨晚说的《秦叔宝见姑娘》⑰，再接上一回罢。（小生）极妙了。（问介）带有鼓板么？（丑）自古"官不离印，货不离身"，老汉管着做甚的？（取出鼓板介。小生）叫左右看茶，安下胡床。咱要纱帽隐囊⑱，清谈消遣哩。（杂设床，泡茶，小生更衣坐，杂搥背搔痒介。丑傍坐敲鼓板说书介）大江滚滚浪东流，淘尽兴亡古渡头。屈指英雄无半个，从来遗恨是荆州⑲。按下新诗，还提旧话。且说人生最难得的是乱离之后，骨肉重逢。总是地北天南，时移物换，经几番凶荒战斗，怎免得梗泛萍飘⑳？可喜秦叔宝解到罗公帅府，枷锁连身，正在候审，遇着嫡亲姑娘，卷帘下阶，抱头大哭。当时换了新衣，设席款待，一个候死的囚徒，登时上了青天。这叫做"运去黄金减价，时来顽铁生光"。（拍醒木介。小生掩泪介）咱家也都经过了。（丑）再说那罗公问及叔宝的武艺，满心欢喜，特地要夸其本领，即日放炮传操。下了教场，雄兵十万，雁翅排开。罗公独坐当中，一呼百诺，掌着生杀之权。秦叔宝站在傍边，点头赞叹，口里不言，心中暗道，大丈夫定当如此！（拍醒木介。小生作骄态，笑介）俺左良玉也不枉为人一世矣。（丑）那罗公眼看叔宝，高声问道："秦琼，看你身材高大，可曾学些武艺么？"叔宝慌忙跪下，应答如流："小人会使双锏。"罗公即命家人，将自己用的两条银锏，抬将下来。那两条银锏，共重六十余斤，比叔宝所用铁锏，轻了一半。叔宝是用过重锏的人，接在手中，如同无物。走下阶来，使尽身法，左轮右舞，恰似银龙绕体，玉蟒缠身。万道毫光台下落㉑，一轮月影面前悬。罗公在中军帐里，大声喝采道："好呀！"那十万雄兵，一齐答应。（作喊介）如同山崩雷响，十里皆闻。（拍醒木介。小生照镜镊须介㉒）俺左良玉立功边塞，万夫不当，也是天下一个好健儿。如今白发渐生，杀贼未尽，好不恨也。（副净上）禀元帅爷，两位老爷俱到楼了。（丑暗下。小生换冠带、杂撤床卷席介。外扮袁继咸，末扮黄澍，冠带喝道上。外）长湖落日气苍茫，黄鹤楼高望故乡。（末）吹笛仙人称地主㉓，临风把酒喜洋洋。（小生迎揖介）二位老先生俯临敝镇，曷胜光荣㉔？聊设杯酒，同看春江。（外、末）久钦威望，喜近节麾㉕，高楼盛设，大快生平。（安席坐，斟酒欲饮介）净扮塘报人急上）忙将覆地翻天事，报与勤王救主人。禀元帅爷，不好了，不好了！（众惊起介）有甚么紧急军情，这等喊叫㉖？（净急介）禀元帅爷，大伙流贼北犯㉗，层层围住神京㉘，不见救援守兵，暗把城门开动，放火焚烧宫阙，持刀杀害生灵。（拍地介）可怜圣主好崇祯㉙，（哭说介）缢死煤山树顶。（众惊问介）有这等事？是那一日来？（净喘介）就是这、这、这三月十九日。（众望北叩头，大哭介。小生起，搓手跳哭介）我的圣上呀！我的崇祯主子呀！我的大行皇帝呀㉚！孤臣左良玉，远在边方，不能一旅勤王，罪该万死了。

【胜如花】高皇帝在九京，不管亡家破鼎㉛。那知他圣子神孙，反不如飘蓬断梗。十七年忧国如病㉜，呼不应天灵祖灵，调不来亲兵救兵。白练无情，送君王一命。伤心煞煤山私幸，独殉了社稷苍生㉝，独殉了社稷苍生！

（众又大哭介。外摇手喊介）且莫举哀，还有大事相商。（小生）

有何大事？（外）既失北京，江山无主，将军若不早建义旗，顷刻乱生，如何安抚？（末）正是。（指介）这江汉荆襄，亦是东南半壁，万一失守，恢复无及矣。（小生）小弟滥握兵权，实难辞责，也须两公努力，共保长生㉞。（外、末）敢不从事？（小生）既然如此，大家换了白衣，对着大行皇帝在天之灵，恸哭拜盟一番。（唤介）左右可曾备下缞衣么㉟？（副净）一时不能备齐，皆借附近民家素衣三领，白布三条。（小生）也罢，且穿戴起来。（吩咐介）大小三军，亦各随拜。（小生、外、末穿衣裹布介。领众齐拜，举哀介）我那先帝呀，

【前腔】（合）宫车出㊱，庙社倾，破碎中原费整。养文臣帷幄无谋㊲，蓑武夫疆场不猛。到今日山残水剩，对大江月明浪明，满楼头呼声哭声。（又哭介）这恨怎平？有皇天作证。从今后戮力奔命，报国仇早复神京，报国仇早复神京。

（小生）我等拜盟之后，义同兄弟，临侯督师，仲霖监军，我左昆山操兵练马，死守边方。倘有太子诸王，中兴定鼎㊳，那时勤王北上，恢复中原，也不负今日一番义举。（外、末）领教了。（副净禀介）禀元帅，满城喧哗，似有变动之意，快请下楼，安抚民心。（俱下楼介。小生）二位要向那里去？（外）小弟还回九江。（末）小弟要到襄阳。（小生）这等且各分手。请了。（别介。小生问介）转来，若有国家要事，还望到此公议。（外、末）但寄片纸，无不奔赴。请了。（外、末下。小生）呵呀呀！不料今日天翻地覆，吓死俺也！

飞花送酒不曾擎，
片语传来满座惊。

黄鹤楼中人哭罢，

江昏月暗夜三更。

注释：

①甲申：指明崇祯十七年，公元 1644 年。当年，崇祯帝亡故，弘光帝即位。

②旗牌官：官名，明清时期掌管将军令旗、令牌之人。

③烟树：云烟缭绕着的树。

④太傅：古代三公之一，周代始设置。明清两代，与太师、太保一起，为赠官，不是实职。

⑤左梦庚：临清（今属山东）人，左良玉之子。左良玉死后，左梦庚被推为帅，率军攻打金陵，为黄得功击退，遂投降清军。

⑥巡按御史：官名，明代中央派遣的对地方官员进行巡回考察的监察官。黄澍，字仲霖，徽州（今属安徽）人，明崇祯十年（1637）进士。官至御史，巡抚湖广，监督左良玉军队。清兵渡江时，他和左梦庚投降。

⑦督抚：总督和巡抚的合称。总督，是清代地方最高长官，辖一省或二三省，正二品官。巡抚，省级地方政府长官，从二品官。袁继咸：字临侯，一字季通，江西分宜（今江西宜春）人，明天启五年（1625）进士。官至兵部侍郎。以右都御史总督九江军务。左良玉领兵东下，袁继咸留军中，被左梦庚所绐，被获，后不屈清军，死。

⑧遥见晴川树底、芳草洲边：化用崔颢《黄鹤楼》"晴川历历汉阳树，芳草萋萋鹦鹉洲"之句。芳草洲，即鹦鹉洲。

⑨喝道：旧时官员出行时，差役为其开道吆喝行人回避。

⑩"百尺楼高"二句：化用李白《与史郎中钦听黄鹤楼上吹笛》"黄鹤楼中吹玉笛，江城五月落梅花"之句。

⑪小乘：小车。

⑫云梦：湖泽名，在今湖北安陆。

⑬冲：险要之处。

⑭龙华寺：在今湖北武汉。

⑮"气吞云梦泽"二句：柳敬亭自况，化用孟浩然《望洞庭湖赠张丞相》"气吞云梦泽，波撼岳阳楼"句。

⑯秀才会课，点灯告坐：指秀才们相约一起做功课，到了晚上点灯时才到齐。比喻做事拖拉。会课，相约一起做功课。告坐，到齐。

⑰《秦叔宝见姑娘》：《隋唐演义》第十三、十四回里的故事，据传柳敬亭最善于演说此段。暖红室本眉批曰："《秦琼见姑娘》，柳老绝技也。"

⑱隐囊：即今之圆枕、靠垫，内充绵絮，外包绫缎，置于床榻，可倚靠。

⑲从来遗恨是荆州：指荆州为军事要地，历来为兵家必争之地，亦为败者所遗恨之所。

⑳梗泛萍飘：断梗、浮萍在水面上东泛西漂，比喻漂泊、流离，这里指因战乱而漂泊的经历。

㉑毫光：光芒四射如毫毛。

㉒须：原作"鬓"，据清康熙刊本改。

㉓吹笛仙人：据《江夏县志》引《报恩录》，相传辛氏卖酒，常有一位道士来喝酒，不给钱，辛氏也不讨酒钱。一天，道士

用橘皮在墙上画了一只鹤，说，只要辛氏拍手，鹤便会起舞。辛氏为此发了大财。后来道士再来，用铁笛吹了几曲，骑鹤而去。为了纪念道士，辛氏盖了一座楼，名为"黄鹤楼"。

㉔曷：通"何"。

㉕节麾：天子赐予大将的符节、令旗，比喻军队的权柄。

㉖"有甚么紧急军情"二句：暖红室本眉批曰："满心快意之时，风雷雨雹横空而下，令人惊魂悸魄，不知所云。"

㉗流贼：原指四处流窜的盗贼，明末多指官方对李自成农民起义军的称谓。

㉘神京：指京师，即北京。

㉙崇祯：指明思宗朱由检，明朝末代皇帝，因李自成农民军攻破京城，在煤山（景山）自缢。

㉚大行皇帝：指新死而未葬的帝王，此处寓不忘故君之意。大行，古时臣下讳言皇帝之死，而谓其一去不返。暖红室本眉批曰："乱称乱呼，极肖武臣匆遽不知大体之状。"

㉛破鼎：指亡国。鼎，传说夏禹治水成功，九州一统，他铸九鼎来象征九州。后来鼎成了国家和权力的象征。

㉜十七年：明崇祯皇帝在位时间是十七年。

㉝独殉了社稷苍生：暖红室本眉批曰："千古帝王，未有博得一场恸哭者。听此曲，谁不失声？"

㉞长生：清康熙刊本作"边疆"。

㉟缞（cuī）衣：一种丧服。

㊱宫车出：即宫车晚出，对皇帝死亡的委婉说法。

㊲帷幄无谋：指无谋略，无对策。帷幄，军中的帐幕，典自张良运筹帷幄故事，指有才能的谋士在军中策划，可以决定千

里之外的胜负。

㊳定鼎：原指定都，引申指王朝的建立。此处指稳定国家。

点评：

　　本出出评："兴亡大案，归于宁南，盖以宁南心在烈帝也。正满心快意，忽惊魂悸魄，文章变幻，与气运盘旋。"

　　左良玉新近受封，而粮困又解，故而请黄澍、袁继咸宴饮。因二人有事延误，便请柳敬亭说书以消磨时间。终于待到黄昏点灯时分二人到来，却又听见北京被攻破的消息。众人祭祀君主，随后商议了一番今后对策，是以结束。

　　该出以喜起手，开始写左良玉受封、粮困得解诸事，皆是一派喜气，并不见任何不顺。至于柳敬亭说书，仍然是道尽豪杰心境，不见悲伤哀痛之气氛。至筵席开始，随着报信人突然上场，整个气氛陡然转变，先前的一切喜庆、昂扬之表现，统统成了凸显举国哀恸的铺垫对照。这种以乐写哀、于无事处陡转的写法，固然对戏剧节奏的波澜起伏很有帮助，但这也势必要求节奏之间的转折必须合情合理，否则便会显得突兀、仓促。该出从情绪与调度两个方面入手，对此问题进行了解决。

　　首先，是在情绪方面的转折顺畅——剧中人的情绪并不是从欢乐直接过渡到悲伤的，而是开始以利好消息而嬉笑太平，中段以柳敬亭说书而慷慨激昂，其后才是哭主的悲愤忧伤，最后由几人盟拜商议又可见出悲愤过后的理智冷静。正是在这种情绪的逐步转换而非陡然跌宕上，哭主才得以自然呈现出来，妥善收场。

同时，该出在出现转折的地方，总是予以充分的行动铺垫，以避免仓促交待。在柳敬亭出场之前，左良玉交待了黄、袁二人的拖延，这才使得柳敬亭的出场合情合理。其后报信人的上场固然不大需要合情合理的铺垫，但是在戏剧表现上仍要有合理的调度铺排，以避免节奏的忙乱。在宴会开场与报信人登台之间，几个脚色有"安席坐，斟酒欲饮介"的动作。这个动作虽然无多大意义，甚至无须写明，但是放在这里，这一冷场动作却可以借助片刻的安静淡化喜庆气氛，从而为报信人所带来的噩耗做出铺垫。前面已经说过，孔尚任是个极重视场上调度者，此处以一细微小动作顺利承接截然相反的情绪，就是其注重调度的一个证明。最后回归冷静的收尾，是通过众人盟拜实现的，亦和谐顺畅，毫无生涩阻滞。

　　柳敬亭说书一段尤为精采。此段还有一小细节可与历史中的柳敬亭呼应，即柳敬亭所提的《秦叔宝见姑娘》，确实真有其书。《板桥杂记》中曾载有此段，曰："（柳敬亭）年已八十余矣，间过余侨寓宜睡轩中，犹说《秦叔宝见姑娘》也。"其书辞明快凌厉、通俗雅致，将秦叔宝见信于罗公之事一气呵成，淋漓痛快之至。

　　更值圈点的，是可以与左良玉的生平相互对照，这就不仅是评书故事的再演绎，同样也是左良玉人生轨迹的写照。因而，表面上说的是秦琼，实际上是在反写左良玉。左良玉掩泪一句"咱家也都经过了"，并非虚语，历史上的左良玉因为战争，付出了家破人亡的代价。但就当时的大局势而言，有此经历的人又何止左良玉一个？柳敬亭此段说辞，不止写照左良玉，同时也是为众多奔走疆场的勇士们做传。

这一段书在情绪推进上也有着细致的变化，其开场说秦琼见女，各叙离乱，表现出的是悲情；随后罗公问秦琼武艺，则体现出转机；之后秦琼当众演武，则是说书的高潮，将男儿本色、武将威风全然展现；最后"如同山崩雷响，十里皆闻"，于最惊响处收束，也留下了无穷的韵味。

左良玉《哭主》一段，是该出最重点的部分。

作者对于左良玉哭相的描写，颇值得玩味。因身份地位、性格气质的不同，各人的哭相皆会有所差别。左良玉作为武昌军镇的大将，其哭相必然不能与士女之哭相类似。孔尚任仅用两个动作便得以表明：一个是"拍地"，一个是"搓手大哭"。这样两个动作，便可见出人物性格之豪放，固与弱质的文人士子有所别；同时，也仅止于"拍地""搓手"，并非放肆无忌。在传奇作品中不乏涉及"哭"的桥段，如《荆钗记》里有《哭鞋》，《鸣凤记》里有《哭夏》，《清忠谱》里有《哭追》，《长生殿》里有《哭像》等，但是写武将之哭而又至为恰当的，则推《哭主》一段。

左良玉《哭主》的词句，颇为感人。其【胜如花】一曲，先说帝王遭遇之不幸，再说局势无法挽回之无奈。最后"独殉了社稷苍生"两句叠用，明说崇祯之不幸，实际上却是在说满场文武的无能、以至于崇祯"独自"殉国，是为崇祯而发、为局势而发的牢骚语。崇祯自杀前曾留有遗言说：

朕自登极十七年，逆贼直逼京师，虽朕薄德匪躬，上干天怒，致逆贼直逼京师，然皆诸臣之误朕也。朕死，无面目见祖宗于地下，自去冠冕，以发覆面，任贼分裂朕尸，无伤百姓一人。

左良玉哭主之内容，实可与此遗言相互对照。

第十四出　阻奸 (甲申四月)

（生上）

【绕池游】①飘飘家舍，怎把平安写？哭苍天满喉新血。国仇未雪，乡心难说，把闲情丢开后些②。

小生侯方域，自去冬仓皇避祸，夜投史公，随到淮安漕署，不觉半载。昨因南大司马熊公内召③，史公即补其缺，小生又随渡江。亏他重俺才学，待同骨肉，正思移家金陵，不料南北隔绝。目今议立纷纷④，尚无定局，好生愁闷。且候史公回衙，一问消息。（暂下。外扮史可法忧容，丑扮长班随上）

【三台令】山河今日崩竭，白面谈兵掉舌⑤。弈局事堪嗟，望长安谁家传舍⑥？

下官史可法，表字道邻，本贯河南，寄籍燕京。自崇祯辛未，叨中进士，便值中原多故，内为曹郎⑦，外作监司⑧，敿历十年⑨，不曾一日安枕⑩。今由淮安漕抚升补南京兵部尚书。那知到任一月，遭此大变，万死无裨⑪，一筹莫展。幸亏长江天险，护此留都。但一月无君，人心皇皇，每日议立议迎，全无成说。今早操兵江上，探得北信，不免请出侯兄，大家快谈。（丑）侯爷，有请。（生上见介）请问老先生，北信若何？（外）今日得一喜信，说北京虽失，圣上无恙，早已航海而南⑫，太子亦间道东奔⑬，未知果否？（生）果然如此，苍生之福也。（小生扮差役上）朝廷无诏旨，将相多传闻。（到门介）门上有人么？（丑问介）那里来的？（小生）是凤抚衙门来的，有马老爷候札⑭，即讨回书。（丑）待我传上去。（入见介）禀老爷，凤抚马老爷差人投书。（外拆看，皱眉介）这个马瑶草，又讲甚么迎立之事了。

【高阳台】清议堂中，三番公会，攒眉仰屋蹴靴⑮。相对长吁，低头不语如呆。堪嗟！军国大事非轻举，俺纵有庙谟难说⑯。这来书谋迎议立，邀功情切。

　　（向生介）看他书中意思，属意福王。又说圣上确确缢死煤山，太子奔逃无踪⑰。若果如此，俺纵不依，他也竟自举行了。况且昭穆伦次⑱，立福王亦无大差。罢，罢，罢！答他回书，明日会稿⑲，一同列名便了。（生）老先生所言差矣。福王分藩敞乡⑳，晚生知之最详，断断立不得。（外）如何立不得？（生）有三大罪，人人俱知㉑。（外）那三大罪？（生）待晚生数来。

【前腔】福邸藩王，神宗骄子，母妃郑氏淫邪。当日谋害太子，欲行自立，若无调护良臣，几将神器夺了。（外）此一罪却也不小。（问介）还有那二罪？（生）骄奢，盈装满载分封去，把内府金钱偷竭㉒。及至寇逼河南，竟不舍一文助饷，以致国破身亡，满宫财宝，徒饱贼囊。（外）这也算的一大罪。（问介）那第三大罪哩？（生）这一大罪，就是现今世子德昌王㉓，父死贼手，暴尸未葬，竟忍心远游，还乘离乱之时，纳民妻女。这君德全亏尽丧，怎图皇业？

　　（外）说的一些不差，果然是三大罪。（生）不特此也，还有五不可立。（外）怎么又有五不可立？

【前腔】（生）第一件，车驾存亡㉔，传闻不一，天无二日同协。第二件，圣上果殉社稷，尚有太子监国，为何明弃储君，翻寻枝叶傍牒㉕。第三件，这中兴之主，原不必拘定伦次的。分别，中兴定要如光武㉖，要访取出群英杰。第四件，怕强藩乘机保立。第五件，又恐小人呵，将拥戴功挟。

注释：

①【绕池游】：原作【绕地游】，据《南词新谱》改。下同，不再出注。

②把闲情丢开后些：暖红室本眉批曰："末句仍题闲情，恐未尽丢也。"

③内召：被皇帝召见，任官。

④议立：商议另立新君。

⑤白面谈兵掉舌：白面书生议论军事，多为纸上谈兵。白面，指书生。掉舌，鼓动舌头，指善于鼓吹、游说。

⑥望长安谁家传舍：指首都易主。长安，西安的旧称，这里指北京。传舍，古时驿站中供人休息的房舍。

⑦曹郎：尚书省二十四郎官通称。

⑧监司：监察州郡的地方长官的简称。

⑨敭（yáng）历：指做官的经历。

⑩不曾一日安枕：暖红室本眉批曰："史公一生吃苦，可怜。其吃苦者，认真尽职也。快活奴才岂少哉？"

⑪裨：补。

⑫早已航海而南：暖红室本眉批曰："乱世讹言，真有此等情形。"

⑬间（jiàn）道：偏僻的小路。

⑭候札：表示问候的信件。

⑮攒眉仰屋蹴靴：形容众人一筹莫展的模样。攒眉，皱眉。仰屋，仰看屋顶，束手无策。《后汉书·寒朗传》有"及其归舍，口虽不言，而仰屋窃叹"之语。蹴靴，踢鞋。

⑯庙谟（mó）：庙谋，指为朝廷出谋划策。谟，计谋。

⑰太子奔逃无踪：暖红室本眉批曰："小人举事，侦探便捷，反有确信。"

⑱昭穆伦次：指宗族里的辈分排列。古代宗庙排列有一定制度，始祖庙居中，其他的按辈分左右排列。明者为昭，次者为穆。故父为昭，子为穆；昭在左，穆在右。

⑲会稿：会同起草稿件。

⑳分藩敝乡：福王藩地在河南，是侯方域的故乡，侯氏故称。

㉑人人俱知：暖红室本眉批曰："三大罪、五不可立之论，实出周仲驭、雷介公，侯生述之耳。"

㉒"福邸"至"偷窃"：梁启超评注："福王名由崧，福恭王常洵子也，常洵为神宗（万历）子。母曰郑贵妃，恃宠谋夺嫡，万历末及天启初'挺击''红丸''移宫'三大案，皆因此而起。东林杨、左诸人攻之，阉徒崔、魏辈党之，倾轧报复，至明亡而后已。"神器，神圣的器物，如代表国家政权的玉玺、宝鼎等。借指皇位、政权。

㉓德昌王：指福王由崧，初封德昌王，进封世子，明崇祯十四年（1641）正月李自成攻陷洛阳，其父常洵被杀，由崧出走怀庆，到七月嗣封福王。

㉔车驾存亡：指明崇祯帝的存亡。

㉕枝叶傍牒：指福王在皇族里属于旁系，不是嫡亲。牒，指谱牒，记载某宗族世系及其事迹的档案。

㉖光武：指汉光武帝刘秀在王莽篡汉之后，起兵击败王莽，登基称帝。

（外）是，是！世兄高见，虑的深远。前日见副使雷缜祚、礼部周镳①，都有此论，但不及这番透彻耳。就烦世兄把这三大罪、五不可立之论，写书回他便了。（生）遵命。（点烛写书介。副净扮阮大铖，杂扮家僮提灯上）须将奇货归吾手②，莫把新功让别人。下官阮大铖，潜往江浦，寻着福王，连夜回来，与马士英倡议迎立。只怕兵部史可法临时掣肘，今日修书相商，还恐不妥，故此昏夜叩门，与他细讲。（见小生介）你早来下书，如何还不回去？（小生）等候回书，不见发出。（喜介）阮老爷来的正好，替小人催一催。（杂）门上大叔那里？（丑）是那个？（副净见，作足恭介③）烦位下通报一声④，说裤子裆里阮，求见老爷。（丑混介）裤子裆里软，这可未必。常言"十个胡子九个骚"，待我摸一摸，果然软不软？（副净）休得取笑，快些方便罢。（丑）天色已晚，老爷安歇了，怎敢乱传？（副净）有要话商议，定求一见的。（丑）待我传上去。（进禀介）禀老爷，有裤子裆里阮，到门求见。（外）是那个姓阮的？（生）在裤子裆里住，自然是阮胡子了。（外）如此昏夜，他来何干？（生）不消说，又是讲迎立之事了。（外）去年在清议堂诬害世兄的便是他。这人原是魏党，真正小人，不必理他，叫长班回他罢了。（丑出，怒介）我说夜晚了，不便相会，果然惹个没趣。请回罢！（副净拍丑肩介）位下是极在行的，怎不晓得？夜晚来会，才说的是极有趣的话哩，那青天白日，都是些扫帐儿⑤。（丑）你老说的有理，事成之后，随封都要双分的⑥。（副净）不消说，还要加厚些。（丑）既是这等，待我再传。（进禀介）禀老爷，姓阮的定求一见，要说极有趣的话。（外）啐，放屁！国破家亡之时，还有甚么趣话说！快快赶出，闭上宅门。（丑）凤抚回书尚未打发哩。（生）书已写就，求老先生过目。（外读介）

【前腔】二祖列宗⑦，经营垂创⑧，吾皇辛苦力竭。一旦倾移，谁能重续灭绝？详列，福藩罪案三桩大，五不可，势局当歇。再寻求贤宗雅望⑨，去留先决。

（外）写的明白，料他也不敢妄动了⑩。（吩咐介）就交与凤抚家人，早闭宅门，不许再来啰唣。（起介）正是，江上孤臣生白发，（生）灯前旅客罢朱弦⑪。（外、生下。丑出呼介）马老爷差人呢？（小生）有。（丑）领了回书，快快出去，我要闭门哩。（小生接书介）还有阮老爷要见，怎么就闭门？（副净向丑介）正是，我方才央过求见老爷的，难道忘了？（丑佯问介）你是谁呀？（副净）我便是裤裆里阮哪。（丑）啐！半夜三更，只管软里硬里，奈何的人不得睡。（推介）好好的去罢。（竟闭门入介。小生）得了回书，我先去了。（下。副净恼介）好可恶也，竟自闭门不内了。（呆介）罢了！俺老阮十年之前，这样气儿也不知受过多少，且自耐他。（搓手介）只是当前机会，不可错过。这史可法现掌着本兵之印，如此执拗起来，目下迎立之事，便行不去了，这怎么处？（想介）呸！我倒呆气了，如今皇帝玉玺且无下落，你那一颗部印有何用处⑫？（指介）老史，老史，一盘好肉包掇上门来，你不会吃，反去让了别人，日后不要见怪！正是：

穷途才解阮生嗟⑬，

无主江山信手拿。

奇货居来随处赠，

不知福分在谁家？

注释：

①雷縯（yǎn）祚：字介之，太湖（今属江苏）人，明崇祯三

年（1630）举人。十三年（1640）庚辰特用，被破格提拔为刑部主事，官至山东按察使佥事。东林党人，后为马、阮构杀。周镳：字仲驭，号鹿溪，金坛（今属江苏）人，明崇祯元年（1628）进士，崇祯十五年（1642）升任礼部郎中。东林党人。与雷缜祚一起为马、阮构陷，后自尽。

②奇货：指福王。原指将珍稀的物品囤积起来，等候时机高价售卖。比喻凭借独特的专长或事物，谋取名利地位。典自《史记·吕不韦列传》，秦国商人吕不韦到赵国邯郸做生意，遇到秦公子子楚在赵国当人质，吕氏认为他是可以贮藏的奇货。

③足恭：过分谦卑，以谄媚讨好他人。

④位下：对官宦家庭门人的敬称。

⑤扫帐儿：无聊的话。

⑥随封：红包。

⑦二祖：指明太祖与明成祖。列宗：指明仁宗及其后的明朝皇帝。

⑧垂创：延续帝业。

⑨雅望：美好的名望。

⑩料他也不敢妄动了：暖红室本眉批曰："君子作事，如此疏懒，焉得不败？"

⑪朱弦：清康熙刊本作"冰弦"。冰弦，指冰蚕丝制成的弦。典自《杨太真外传》，开元中，中官白季贞从蜀国归来，献一琵琶，丝弦为末诃弥罗国进贡的绿冰蚕丝，其色五彩。此处隐含琴音凄清之义。

⑫你那一颗部印有何用处：暖红室本眉批曰："此一想小人而

无忌惮矣，天下事从此不可问。"

⑬穷途才解阮生嗟：指西晋阮籍驾车外出，不走大路，车迹渐
芜，不禁恸哭，驾车返回。比喻遭受挫折，陷于困顿。典自
《三国志·魏书·王粲传》附《阮籍传》注引《魏氏春秋》。

点评：

　　本出出评："贤奸争胜，未判阴阳，此一折治乱关头也，
句句曲白，可作信史，而诙谐笑骂，笔法森然。"

　　该出讲述侯方域、史可法就迎立福王一事进行商议，
并且修书于马士英试图阻止此事。阮大铖深夜造访企图劝
说迎立，但是侯方域、史可法却拒不接见，使其扫兴而归。

　　这一出所呈现出来的，便是在北京沦陷以后、崇祯缢
死煤山之时，南明政局内部的紊乱与冲突。大臣们一方面
困惑于君王、太子生死与否，另一方面又瞩目于新君拥立
花落谁家。这些表面上看似关涉政治统一，但混杂其中的
诸多势力却各打着不同的算盘。这一出中便将这种矛盾的
一个侧影表现了出来，即侯方域、史可法对于马士英、阮
大铖拥立福王行动的阻止。

　　在这场阻止行动中，侯方域与史可法总结出"三大
罪""五不可"共八条理由。这八条理由是有历史原型的，
不讨侯方域并未参与提出的过程，主要行事者是钱谦益、
雷缜祚，他们提出了"七不可"的理由，准备阻止福王登
基。史可法参与到这场斗争中，并且为钱谦益、雷缜祚传
达了"七不可"之指摘。这里将钱谦益与雷缜祚换成了侯方
域，虽然是虚构，却也与史实不甚违背。这场矛盾从表面

看来是拥立与否、拥立谁的问题，但其背后则是复社文人与马士英、阮大铖之间的政治斗争。侯方域在这里的出现，实际上是代表着复社文人群体。

在当时的纷争中，与马士英、阮大铖拥立福王相对，史可法、复社群体则提倡拥立潞王。但在该出中，史可法与侯方域并没有提及拥立潞王一事，而是仅着意于福王的不可拥立。这一方面是为了集中矛盾于忠奸斗争上，另一方面潞王最终也未得被立，表现与否亦不与历史相冲突。

在这一段冲突的演绎中，孔尚任借助三层次之表现，逐层推进情节。

第一层，是福王迎立的争议出现。史可法请侯方域前来商议。这是事情的起因与铺垫。

第二层，是分歧与反驳的表达。马士英文书送至，史可法迫于无奈准备同意，但侯方域却坚决反对，并提出"三大罪""五不可"之理由。这一描写，也是符合历史真实情况的——史可法固然是一介忠臣，但在迎立福王问题上，其态度却是摇摆不定的，最终福王得以登基，也是经由史可法的默许的。

正因为史可法态度的摇摆，才体现出侯方域态度的坚决。侯方域所提出的"三大罪""五不可"之说，从文理上而言，由不同侧面交待了福王迎立之弊端；从文辞上而言，也使其憎恨昏君奸佞的态度纤毫毕现。可谓字字珠玑。

第三层，是阮大铖的上场。他为了说服史可法前来夜访，但史可法、侯方域早已对阮大铖的小人之心了解充分，因而拒绝与他见面。这一段，再次表现出阮大铖媚态百出的丑相，同时又借助史可法对他的排斥，说明史可法与侯方域立场的一致。

但是忠奸的斗争并没有在此结束，史可法给马士英的回信，最终也没有起到效果。阮大铖怀恨的几句"老史，老史，一盘好肉包掇上门来，你不会吃，反去让了别人，日后不要见怪"，实际上正是斗争还在延续的表现。

阮大铖夜访史可法一段，虽然不是该出的重头戏，但作为辅线内容，看似插科打诨，却与该出的矛盾紧密联系在一起。从人物的行动可以看出，阮大铖之来，是因为迎立福王一事；阮大铖之去，是因为侯方域、史可法二人已在福王问题上达成了共识。所以虽然阮大铖始终未能与史可法、侯方域对话，但是借助他的去留，却侧面映衬出侯方域、史可法二人的态度。这使得二人对于福王拥立问题的讨论得以不显单薄，整场戏的表演也显得富有层次感。

阮大铖在场上的行动也可圈可点，他一上来并非直接与侯方域、史可法见面，而是先遇到了马士英的下人。马家下人对于阮大铖的祈求，使得阮大铖不由得带有一丝自豪感。然而随后阮大铖上前通报，媚态毕现，则破坏了自己的形象。在门房嘲讽他之后，他的尊严甚至还不如马家下人。"喜剧即是把人生无价值的东西撕破给人看"，固然未必符合所有喜剧的真实情况，但在阮大铖的这一段表现来看，的确如此。

阮大铖的语言也颇为戏谑，在被史可法拒见之后，竟然胡诌说"极有趣的话"，欲借此哄骗门房。如此昏话竟然也能说动门房，亦是荒唐可笑。最终，史可法以国家兴亡为说，这才终于将阮大铖劝走，也将气氛从荒唐戏谑之中拉回。

虽说《桃花扇》情节至此，已无甚足资调笑谐谑的场面了，然而为了避免过分冷场，作者还是相当注重气氛之间的冷热调剂。如前面《哭主》一出，在悲壮的场面中，也有柳敬亭的调笑逗趣，而此一出《阻奸》，在严肃命题的探讨中，也掺杂着阮大铖的插科打诨。

第十五出　迎驾 (甲申四月)

（净扮马士英冠带上）

【番卜算】一旦神京失守，看中原逐鹿交走①。捷足争先，拜相与封侯，凭着这拥立功大权归手。

> 下官马士英，别字瑶草，贵州贵阳卫人也，起家万历己未进士②，现任凤阳督抚。幸遇国家大变，正我辈得意之秋。前日发书约会史可法，同迎福王。他回书中有"三大罪""五不可立"之言。阮大铖走去面商，他又闭门不内③。看来是不肯行的了。但他现握着兵权，一倡此论，那九卿班里④，如高弘图、姜日广、吕大器、张国维等⑤，谁敢竟行？这迎立之事，便有几分不妥了。没奈何，又托阮大铖约会四镇武臣⑥，及勋戚内侍⑦，未知如何？好生焦躁。（副净扮阮大铖急上）胸有已成之竹⑧，山无难劈之柴。此是马公书房，不免竟入。（净见问介）圆老回来了，大事如何？（副净）四镇武臣见了书函，欣然许诺，约定四月念八，全备仪仗，齐赴江浦矣。（净）妙，妙！那高、黄、二刘⑨，如何说来？（坐介）

【催拍】（副净）他说受君恩爵封列侯，镇江淮千里借筹⑩。神京未收，神京未收，似我辈滥功糜饷，建牙堪羞。江浦迎銮⑪，愿领貔貅⑫，扶新主持节复仇⑬。临大事，敢夷犹。

> （净）此外还有何人肯去？（副净）还有魏国公徐鸿基、司礼监韩赞周、吏科给事李治、监察御史朱国昌⑭。（净）勋、卫、科、道⑮，都有个把，也就好了。他们都怎么说来？

【前腔】（副净）他说马中丞当先出头，众公卿谁肯逗留？职名早投^⑯，职名早投，大家去上书陈表，拥入皇州。新主中兴，拜舞龙楼，将今日劳苦功酬，迁旧秩，壮新猷^⑰。

（净）果然如此，妙的狠了。只是一件，我是一个外吏；那几个武臣勋卫，也算不的部院卿僚，目下写表如何列名？（副净）这有甚么考证，取本缙绅便览来^⑱，从头抄写便了。（净）虽如此说，万一驾到，没有百官迎接，我们三五个官，如何引进朝去？（副净）我看满朝诸公，那个是有定见的？乘舆一到，只怕递职名的还挨挤不上哩。（净）是，是！表已写就，只空衔名，取本缙绅来，快快开列。（外扮书办取缙绅上^⑲）西河沿洪家高头便览在此^⑳。（下。副净）待我抄起来。（偏头远视介）表上字体，俱要细楷的，目昏难写，这怎么处？（想介）有了。（腰内取出眼镜戴，抄介）"吏部尚书臣高弘图"。（作手颤介）这手又颤起来了，目下等着起身。一时写不出，急杀人也。（净）还叫书办写去罢。（副净）这姓名里面都有去取，他如何写得？（净）你指示明白，自然不错了。（叫介）书办快来。（外上。副净照缙绅指点向外介。外下。净）自古道："中原逐鹿，捷足先得。"我们不可落他人之后。快整衣冠，收拾箱包，今日务要出城。（丑扮长班收拾介。副净问介）请问老公祖，小弟怎生打扮？（净）迎驾大典，比不的寻常私谒，俱要冠带才是。（副净）小弟原是废员，如何冠带？（净）正是。（想介）没奈何，你且权充个赍表官罢，只是屈尊些儿。（副净）说那里话，大丈夫要立功业，何所不可？到这时候还讲刚方么^㉑！（净笑介）妙，妙！才是个软圆老。（副净换差吏服色介）

【前腔】拚余生寒灰已休，喜今朝涸海更流。金鳌上钩，

金鳌上钩，好似太公一钓^㉒，享国千秋。牛马风尘^㉓，暂屈何忧，刀笔吏丞相根由^㉔。人笑骂，我不羞^㉕。

（外上）表已列名，老爷过目。（副净看介）果然一些不差，就包裹好了，装入箱中。（外包裹装箱内介。副净）下官只得背起来了。（外、丑与副净绑箱背上介。净看，笑介）圆老这件功劳却也不小哩。（副净正色介）不要取笑，日后画在凌烟阁上^㉖，倒有些神气的。（丑牵马介）天色将晚，请老爷上马。（净吩咐介）这迎驾大事，带不的多人，只你两个跟去罢。（副净）便益你们，后日都要议叙的。（俱上马，急走绕场介）

【前腔】（合）趁斜阳南山雨收，控青骢烟驿水邮^㉗。金鞭急抽，金鞭急抽，望见浦江云气^㉘，楚尾吴头^㉙。应运英雄，虎赴龙投，恨不的双翅飕飕，银烛下，拜冕旒^㉚。

（净）叫左右早去寻下店房。（副净）阿呀！我们做的何事，今日还想安歇？快跑，快跑！（加鞭跑）

　　　　（净）江云山气晚悠悠，
　　　　（副净）马走平川似水流。
　　　　（净）莫学防风随后到^㉛，
　　　　（副净）涂山明日会诸侯。

注释：

①中原逐鹿：指群雄并起，夺取国家政权。典自《史记·淮阴侯列传》："秦失其鹿，天下共逐之。"中原，指中国。逐，追捕。鹿，原指要围捕的动物或对象，比喻政权。

②万历己未：公元1619年。

③内：同"纳"。

④九卿：指众多高官。在明代，指六部（吏部、礼部、兵部、户部、刑部、工部）尚书外，加都察院都御史、大理寺卿、通政司使，也称大九卿。

⑤高弘图、姜曰广、吕大器、张国维：明末高官，位居九卿之列。高弘图，字子犹，一字研文，胶州（今属山东）人，明万历三十八年（1610）进士，官至户部尚书，金陵城破后漂泊江南，后绝食饿死于会稽。姜曰广，字居之，号燕及，一号浠湖老人，江西新建（今江西南昌）人，明万历四十七年（1619）进士，东林党人，官至吏部尚书兼东阁大学士，清廉、正直，福王朝时，掣肘了马士英的独权。抗清兵败后，投水而死。吕大器，字俨若，号先自，遂宁（今属四川）人，明崇祯元年（1628）进士，曾巡抚甘肃，定西陲有功。唐王时，擢兵部尚书兼东阁大学士。在广东拥立永明王，未几，病逝。张国维，字玉笥，东阳（今属浙江）人，明天启二年（1622）进士，官至武英殿大学士，督师江上，不久还守东阳，知道势不可支，投水而死。

⑥四镇武臣：指黄得功、高杰、刘良佐、刘泽清。黄得功，号虎山，开原卫（今辽宁开原）人。福王时，守江北，后移镇太平。清兵至，仓促应战，死。高杰，陕西米脂（今属陕西）人。原与李自成一起为起义军，后降明，官至总兵，抵御清兵，后被总兵许定国所杀。刘良佐，字明辅，大同（今属山西）人，先为起义军，降明后任总兵，拥立福王。清顺治二年（1645）降清，后病死。刘泽清，字鹤洲，曹县（今属山东）人。明崇祯年间在河北铁厂抗清有功，升为总兵，

负责山东海防。清兵南下，奉命驰援扬州，却暗中投降清军。清廷恶其反复，杀之。

⑦勋戚：为国立过功勋的皇亲国戚。内侍：宦官。

⑧胸有已成之竹：原指画竹之时，心中已有竹子的形象，比喻做事之前已有完整的计划。典自苏轼《文与可画筼筜谷偃竹记》："画竹，必先得成竹于胸中。"暖红室本眉批曰："四镇旧为士英提拔，故招之甚易。"

⑨高、黄、二刘：指四镇武臣高杰、黄得功、刘泽清、刘良佐。

⑩借筹：同"借箸"，指出谋划策。典自《史记·留侯世家》，刘邦在饭桌上与张良谋划，张良曰："请借前箸为大王筹之。"用筷子来比划谋略。

⑪迎銮：迎接皇帝的车驾。銮，原指古时皇帝所乘车辆上的铃，引申为皇帝的车驾，也作皇帝的代称。

⑫貔貅（pí xiū）：一种瑞兽，雄性曰貔，雌性名貅。民间认为可以聚财和辟邪。后世借喻为勇猛的军队。

⑬持节：古代受命出使他国的使臣，需要持节前往。此处有受命、奉命之义。

⑭魏国公徐鸿基：明代开国元勋徐达的九世孙，承荫祖上，袭封魏国公。司礼监：官名。明代设置，由宦官担任，负责监理内廷一切礼仪等。宦官刘瑾专权后，司礼监专掌机密，批阅奏章，权势倾朝。韩赞周：明崇祯时为司礼太监，守备金陵，城破后自杀。吏科给事：当作"吏科给事中"，明清官名，掌管稽核人事，负责弹劾、进谏。李沾，与阮大铖拥立福王，官至左都御史、太常寺少卿。后降清。监察御史：官名，掌管考核百官、巡按郡县、纠视刑狱等事务。朱国昌：

明王室成员，曾拥立福王，后守备旅顺，清军攻城，战死。

⑮科、道：明清设立的官署名。科，指给事中，包括吏、户、礼、兵、刑、工六科。道，指监察御史，明代有十三道，主管部门为都察院，到了清代，六科并入都察院。

⑯职名早投：指早将履历投上。暖红室本眉批曰："南朝立君，亦是人心公论，职名早投，皆不足怪。"

⑰迁旧秩，壮新猷：指迎立福王的人得到封赏和官阶。旧秩，旧的官阶。新猷，新的功勋。

⑱缙绅便览：指官吏名录。缙绅，指官员。

⑲书办：旧时管文书者通称。

⑳西河沿：北京地名，旧址在前门楼附近。洪家：指洪家书铺，当时著名的刻字店。高头：俗称"天头"，册页上端所留的空白。韩泰华《无事为福斋随笔》有载："自明以来，缙绅齿录俱刻于京师西河沿洪家老铺。"

㉑到这时候还讲刚方么：暖红室本眉批曰："患得患失，无所不为。古今小人，最能忍辱。"

㉒好似太公一钓：指阮大铖等待时机、升官显贵的心理。典自《史记·齐太公世家》，周文王出猎，遇姜太公钓鱼于渭水，载与俱归，拜为师。

㉓牛马风尘：拉车的牛马奔驰在风尘中，形容旅途奔波，比喻人处于不得志的环境中。

㉔刀笔吏丞相根由：指阮大铖卧薪尝胆、等待重用机会。刀笔吏，指负责文书或司法的官吏。典自《史记·萧相国世家》，萧何刀笔吏出身，却终成丞相。

㉕人笑骂，我不羞：指阮大铖为得官而不择手段。典自《宋

史·奸臣传》，宋人邓绾在仕途上钻营有术，为了升官，溜
须拍马，人骂他厚颜无耻，他说："笑骂从汝，好官须我为
之。"暖红室本眉批曰："笑骂不羞，是求官妙诀。"

㉖凌烟阁：唐太宗李世民于贞观十七年（643）在皇宫内建的
小楼，陈列二十四位功臣画像，纪念他们的功勋。

㉗青骢：指毛色青白相间的马。烟驿水邮：指江南烟缭水绕的
景象。驿，驿站。邮，邮亭。

㉘浦江：指长江北岸的浦口，福王避难于此。

㉙楚尾吴头：指江西北部一带，此处为吴国、楚国交界地，是
江苏的上游，湖北的下游。暖红室本眉批曰："词中有踊跃
奔趋之状。"

㉚冕旒（liú）：原指古代帝王、诸侯参加重要祭典活动时所戴
的礼帽，后专指皇冠，也代称皇帝。此处指福王。

㉛防风随后到：典自《述异记》，旧时大禹在涂山聚集各路诸
侯，防风氏迟到，大禹诛杀之。

点评：

本出出评："此折有佞无忠，阴胜于阳矣。描画拥戴之
状，令人失笑，史公笔也。"

《迎驾》一出，写马士英、阮大铖二人商议对策，绕开
史可法以拥立福王，并开始为拥立福王一事驱驰奔忙。乱
世之中，一切伦理纪律都废弛待兴，怪事迭出。马士英、
阮大铖之所以能上演这样一出闹剧，正是因乱世而发起，
最终也将为乱世所吞没。

马士英开场的话，具有颠倒是非的意味。他竟然将

"神京失守"作为逐鹿中原、夺取功名的大好时机，毫无礼义廉耻可言。"幸遇国家多故，正我辈得意之秋"，更是荒唐至极。阮大铖上场所言"胸有已成之竹，山无难劈之柴"，看似展现出个人强大的行动力，实则在为个人牟利，更彰显其贪婪的本性。

随后，马、阮二人盘算了一下支持拥立福王的力量，可见拥立福王这一荒唐之举，并非二人的疯狂臆想，而是众多大臣的共同欲念。更值得玩味的是，这些支持者们并不似马、阮一般亲力驱驰，而是持观望态度等待马士英牵头起事，这更加无耻且无能。

马士英担心迎驾人数不够，然而阮大铖却说："我看满朝诸公，那个是有定见的？乘舆一到，只怕递职名的还挨挤不上哩。"可见阮大铖深知人们的贪婪本性。这出戏中，虽然只有马、阮两个主要脚色出场，他俩也无疑是这出戏的表现重心，但其所言所行并非独有，而是整个南明朝廷诸多官员的真实写照。

接着，是马、阮二人开始着手操办迎立一事，这一段里阮大铖丑态百出，几乎到了让人难以忍受的程度。先是阮大铖眼昏手抖却仍要强为文书抄写之事。之后，阮大铖以服饰请教马士英，马士英要求他暂时屈尊为赍表官（即持捧奏表之人），他欣然答应，还说："大丈夫要立功业，何所不可？到这时候还讲刚方么？"足见其为达目的不择手段之个性。紧接着，马士英利用谐音，以"软圆老"三字调笑阮大铖，但只可做案头玩笑看，场上展现的效果并不甚佳。最后，马士英与阮大铖谈及论功行赏，可见二人动机之不纯。阮大铖还转头对跟班的说"便益你们，后日都要议叙的"，同样也见出书办、长班功名心之重，"我们做的何事，今日还想安歇？快跑快跑"，更是将其渴望、迫切的心境描绘得淋漓尽致，以至于连安歇都顾及不上。

在《辞院》《阻奸》二出中，已可看出阮大铖性格变化的苗头，《辞院》中构陷侯方域，只是为了报复受辱并且试图巴结马士英；《阻奸》中拜访史可法，也只是体现出其拥立福王的政治立场。到这一出中，阮大铖的性格变化已经被充分酝酿到一定的程度，变成了一个在功利面前放下一切矜持与责任、只知拼命钻营的人。

该出的对话，充分体现了人物的性格、心态，如第一段叙述马、阮的贪婪机诡处，及后面阮大铖的诸多性格特征等。这些对白以简洁利落的文字将人物曲折的心境表达出来，最能反映人物性格、心态的话，体现在戏剧行动中。如阮大铖的满朝诸公"有定见"、"后日都要议叙的"等语，都是自然而然生发、于不经意间说出的。

唱段只用了【番卜算】与【催拍】两个曲牌，但也颇有一番表现空间，有叙述行动的，也有展现人物心境的，但最终都为表现阮、马的贪婪形象。

总而言之，该出总体上并未涉及较多的人物冲突，也没有什么关键性的情节表现，阮大铖的性格却得到充分表现，由此可见作者的匠心，使每出戏都不落于冷场。

第十六出　设朝 (甲申五月)

（小生扮弘光衮冕^①，小旦、老旦扮二监引上）

【念奴娇】高皇旧宇^②，看宫门殿阁，重重初敞。满目飞腾新紫气^③，倚着钟山千丈^④。祖德重光，民心合仰，迎俺青天上。云消帘卷，东南烟景雄壮。

一朵黄云捧御床^⑤，醒来魂梦自徬徨。中兴不用亲征战，才洗尘颜着衮裳。寡人乃神宗皇帝之孙，福邸亲王之子，自幼封为德昌郡王。去年贼陷河南，父王殉国，寡人逃避江浦，九死余生。不料北京失守，先帝升遐^⑥，南京臣民推俺为监国之主。今乃甲申年五月初一日，早谒孝陵回宫^⑦，暂御偏殿，看百官有何章奏？

（外扮史可法、净扮马士英、末扮黄得功、丑扮刘泽清，文武袍笏上）再见冠裳盛，重瞻殿阁高。金瓯仍未缺^⑧，玉烛又新调^⑨。我等文武百官，昨日迎銮江浦，今早陪位孝陵^⑩，虽投职名，未称朝贺，礼当恭上表文，请登大宝^⑪。（众前跪上表介）南京吏部尚书臣高弘图等，恭请陛下早正大位，改元听政^⑫，以慰臣民之望。恭惟陛下呵！

【本序】潜龙福邸^⑬，望扬扬，貌似神宗，嫡派天潢^⑭。久著仁贤声誉重，中外推戴陶唐^⑮。瞻仰，牒出金枝，系连花萼^⑯，宜承大统诸宗长^⑰。臣伏愿登庸御宇^⑱，早继高皇。

（四拜介。小生）寡人外藩衰宗^⑲，才德凉薄，俯顺臣民之请，来守高帝之宫。君父含冤，大仇未报，有何面颜，忝然正位^⑳？今暂以藩王监国，仍称崇祯十七年，一切政务，照常办理。诸卿勿得谆请，以重寡人之罪。

注释：

①弘光衮冕：指艺人扮福王穿戴冠服。弘光，指福王。衮，衮衣，绣着蜷曲龙形的衣服，也称"龙袍"。冕，冠冕。

②高皇旧宇：指南京明代宫殿。高皇，明太祖。旧宇，指南京宫殿，原为明太祖所造，明太宗将京都迁往北京，南京宫殿就成了旧宫殿。

③紫气：瑞祥之气。

④钟山：指紫金山，位于南京东北郊，原称蒋山，因山上时有紫云缭绕，故名紫金山。

⑤黄云：指天子气，帝王头上显现的瑞气。《太平御览》卷八引《洛书》："黄帝起，黄云扶日；白帝起，白云扶日。"

⑥先帝升遐：指明崇祯帝驾崩。先帝，指崇祯帝。升遐，帝王之死的婉转说法。升，升天。遐，远去。

⑦孝陵：指明太祖朱元璋和皇后马氏合葬的陵墓，在南京紫金山南麓。

⑧金瓯仍未缺：指国土依然完整。典自李延寿《南史·朱异传》："（梁武帝）尝凤兴至武德阁口，独言：'我国家犹若金瓯，无一伤缺。'"金瓯，金制的或金属的盛酒器皿，借指国土。

⑨玉烛：指天下太平。

⑩陪位：指从祭。祭礼分主祭、从祭。

⑪大宝：指帝王之位。《易·系辞下》："圣人之大宝曰位。"

⑫改元：指新帝即位，改变纪年的年号。每个年号开始的一年，称元年。

⑬潜龙福邸：指福王是潜藏之天子。潜龙，福王未做过太子，

但他继承了皇位。福邸，福王未登基前的住所。

⑭天潢：指皇室、皇族。

⑮陶唐：指帝尧。尧，初为唐侯，后为天子，定都陶地，故曰陶唐。

⑯牒出金枝，系连花萼：指福王为皇室的后裔。牒，此处指皇家族谱。金枝，指皇族。系，指世系。花萼，指皇亲关系。萼，花瓣下的一圈叶片。

⑰诸宗长：指弘光帝地位之高。诸，各派。宗长，宗族里的长辈。

⑱登庸御宇：指帝王登基，御临天下。

⑲外藩衰宗：福王自谦之语。外藩，指分封在外地的明朝宗室。衰宗，指衰微的宗族。

⑳忝然正位：指继承皇位，于心有愧。暖红室本眉批曰："弘光数语，堂堂皇皇，或有文臣预教之。"

【前腔】休强①，中原板荡②，叹王孙乞食江头③，栖止榛莽④。回首尘沙何处去？洛下名园花放⑤。盼望，兵燹难消⑥，松楸多恙⑦，鼎湖弓剑无人葬⑧。吾怎忍垂旒正冕⑨，受贺当阳⑩？

（众跪呼介）万岁，万万岁！真仁君圣主之言，臣等敢不遵旨？但大仇不当迟报，中原不可久失，将相不宜缓设，谨具题本⑪，伏候裁决。（上本介）

【前腔】开朗，中兴气象，见罘罳瑞霭祥云⑫，王业重创。不共天仇⑬，从此后尝胆眠薪休忘⑭。参想，收复中原，调燮黄阁，急须封拜卜忠亮⑮。还缺少百官庶士⑯，乞选才良。

（小生）览卿题本，汲汲以报仇复国为请，俱见忠悃。至于设立将相，寡人已有成议，众卿听着。

【前腔】职掌，先设将相，论麒麟画阁功劳，迎立为上⑰。捧表江头，星夜去拥着乘舆仪仗。寻访，加体黄袍⑱，嵩呼拜舞⑲，百忙难把玺符让⑳。今日里论功叙赏，文武谁当？

众卿且退，午门候旨。（小生、内官随下。外、净、末、丑退班立介。外）若论迎立之功，今日大拜，自然让马老先生了。（净）下官风尘外吏，焉能越次而升？若论国家用武之际，史老先生现居本兵，理当大拜。（向末、丑介）四镇实有护驾之劳，加封公侯只在目下。（末、丑）皆赖恩帅提拔。（老旦扮内监捧旨上）圣旨下：凤阳督抚马士英，倡议迎立，功居第一，即升补内阁大学士，兼兵部尚书，入阁办事。吏部尚书高弘图、礼部尚书姜曰广、兵部尚书史可法，亦皆升补大学士，各兼本衔㉑。高弘图、姜曰广入阁办事，史可法着督师江北。其余部院大小官员，现任者，各加三级，缺者，将迎驾人员，论功先补。又四镇武臣，靖南伯黄得功、兴平伯高杰、东平伯刘泽清、广昌伯刘良佐，俱进封侯爵，各归汛地。谢恩！（众谢恩介）万岁，万万岁！（起介。外向末、丑介）老夫职居本兵，每以不能克复中原为耻，圣上命俺督师江北，正好戮力报效。今与列侯约定，于五月初十日，齐集扬州，共商复仇之事㉒。各须努力，勿得迟延。（末、丑）是。（外）老夫走马到任去也㉓。正是，重兴东汉逢明主，收复中原任老臣。（别众下。末、丑欲下介。净唤介）将军转来。（拉手话介）圣上录咱迎立之功，拜相封侯，我等皆系勋旧大臣，比不得别个。此后内外消息，须要两相照应，千秋富贵，可以常保矣。（末、丑）蒙恩携带，得有今日，敢不遵谕？（末、丑急下。净笑介）不料今日做了堂堂首相，好快活也！（副净扮阮大铖探头瞧介。净欲下介）且住，立国之初，诸事未定，不要叫高、姜二相夺了俺的大权。且慢回家，竟自入阁办事便了。（欲入介。副净悄上作揖介）恭喜老公祖，果然大拜了。（净惊问介）你从那里来？（副净）晚生在朝房藏着打听新闻来。（净）此系禁地，今日立法之始，你青衣小帽在此不便，请出去罢。（副净）晚生有要紧话说。（附耳介）老师相叙迎立之功，获此大位，晚生赍表前往，亦有微劳，如何不见提起？（净）方才宣告，各部院缺员，许将迎驾之人叙功选补矣。（副净喜介）好，好！还求老师相荐拔。（净）你的事何待谆嘱？（欲入介。副净）事不宜迟，晚生权当班役，跟进内阁，看看机会何如？（净）学生初入内阁，未谙机务，你来帮一帮，也不妨事，只要小心着。（副净）晓得。（替净拿笏板随行介）

【赛观音】（净）旧黄扉^㉔，新丞相，喜一旦趾高气扬，廿四考中书模样^㉕。（副净）莫忘辛勤老陪堂^㉖。

　　　（净）殿阁东偏晓雾黄，

　　　（副净）新参知政气昂昂。

　　　（净）过江同是从龙彦，

　　　（副净）也步金阶抱笏囊。

注释：

①休强：不勉强。

②板荡：指天下动荡不安。典自《诗经·大雅》之《板》

《荡》，该二篇均讽刺了周厉王昏庸无道，引起混乱局面。

③叹王孙乞食江头：感叹贵族王孙遭遇流离、乞食之悲惨命运。

④栖止榛莽：栖息于杂草上，指无处安身。榛莽，芜杂丛生的草木。

⑤洛下名园：指洛阳城里著名的园林。洛下，指洛阳城。

⑥兵燹（xiǎn）：指战争、战乱。

⑦松楸多恙：指帝陵受扰，不得安宁。松楸，松树与楸树，多种于墓地上，引申为墓地。

⑧鼎湖弓剑无人葬：指崇祯帝自杀后，无人去埋葬他。鼎湖弓剑，指帝王之死。典自《史记·封禅书》。鼎湖，原为黄帝铸鼎处，鼎成后黄帝乘龙而去。弓剑，黄帝骑龙而去时，群臣随之乘龙，其余小臣也想升天，扯住龙髯，结果龙髯被拔脱，小臣们堕下，黄帝的弓剑也坠下，百姓们抱着遗弓悲号。

⑨垂旒正冕：指正式称帝。旒，帝王礼帽上垂挂的玉串。

⑩当阳：指帝王临朝，坐北面南，引申为帝王治理天下。

⑪谨具题本：暖红室本眉批曰："上表文之后，即具题本，当日情事，刻不容缓。"

⑫罘罳（fú sī）：指宫中屏风，类似于今天的影壁。

⑬不共天仇：不共戴天之仇。

⑭尝胆眠薪：品味苦胆，睡在柴草上，形容刻苦自励，奋发图强。典自司马迁《史记·越王勾践世家》，越王勾践被吴国打败后，卧薪尝胆，刻苦图强，终于灭了吴国，洗刷了耻辱。

⑮"调燮（xiè）黄阁"二句：指选取忠正的官吏，整顿政务。调燮，调和，整顿。典自《尚书》："兹惟三公，论道经邦，燮理阴阳。"黄阁，宰相公署。卜，选取。

⑯庶士：指众官吏。

⑰迎立为上：暖红室本眉批曰："前朝靖难，夺门皆议首功，兹番安得不以迎立为上也？"

⑱加体黄袍：指皇帝将袍服披在身上，借指拥立皇帝。典自赵匡胤黄袍加身事。

⑲嵩呼拜舞：指叩拜皇帝的仪式。嵩呼，欢呼。典自《汉书·武帝纪》，元封元年，武帝登嵩山，随行人听到群山齐呼万岁三次。后引申为参拜皇帝。拜舞，指臣下叩拜皇帝的礼仪。典自赵晔《吴越春秋》："群臣拜舞天颜舒，我王何忧能不移？"

⑳玺符：玉玺与符节，代表皇帝的威信。

㉑各兼本衔：暖红室本眉批曰："史公入阁，实属左迁，此不卜而知者。"

㉒共商复仇之事：暖红室本眉批曰："史公之志，何殊诸葛？"

㉓老夫走马到任去也：暖红室本眉批曰："侯生亦随史公到扬州矣。"

㉔黄扉：指宰相官署，也称黄阁。

㉕廿四考中书模样：马士英自比。廿四考中书，指郭子仪，典自《旧唐书·郭子仪传》："校中书令，考二十有四，权倾天下。"他任校中书令，主持官吏考绩达二十四次。

㉖老陪堂：阮大铖自比。原指出家而不落发的人，寄居在寺院中，陪客僧饮食。

点评：

本出出评："前半冠冕端严，后半鼠狐游戏。南朝规模，定于此折矣。一篇正面文字，却用侧笔收煞，何等深心？"

这一出讲述弘光帝为诸臣迎立、分封行赏之事。看似一派祥和，其中却隐藏着诸多矛盾冲突，显现出不同人物在这一事件中的不同态度。寅半生在《小说闲评》中说："梁任公最崇拜《桃花扇》，其实《桃花扇》之所长，寄托遥深，为当日腐败之人心写照，二语已足尽之。"

弘光帝首先登场，但该出对于他的昏庸却并未展开，似乎弘光帝之立乃民心所向、其人尚算贤君。这当是参考了历史实情的，弘光帝初登基时，的确还表现出一些自谦之态，拒不称帝，只称监国，亦与当时的局势相符合。

但从言语来看，其自谦之态实属虚伪，而骄矜之气则难以掩饰。唯一对弘光帝原形有所表现的，便是其对于朝政职位的重新设立。对于这一关乎社稷的大事，他竟然不以能力如何为考量，而提出"职掌，先设将相，论麒麟画阁功劳，迎立为上"，将迎立自己为帝视为分封职位的第一标准，全然不顾及国家的危急形势，足见其人之自私。后面诸多荒唐行径的出现，也就不足为奇了。

孔尚任擅长以言语、行为表现人物，但对不同人物有不同的表现方式。如黄得功、刘泽清之流官吏，受封之后沾沾自喜，随流盲从。福王之所以被拥立为弘光帝，正是这些人盲从的结果；南明的内斗，他们也是主要的行事力量。如马士英之流，更是只知结党营私、不顾社稷存亡。受封之后，马士英对黄得功、刘泽清说："我等皆系勋旧大臣，比不得别个。此后内外消息，须要两相照应，千秋富贵，可以常保矣。"此语不关社稷兴亡、责任使命，只知保存"千秋富贵"，其自私自利之心态不言而喻。而如史可法一类人，则是真正为社稷、为大局考虑者，并不属意于封赏功绩，只心心念念于收复失土、报还国仇。然而其"重兴东汉逢明主，收复中原任老臣"的想法，在马士英诸人结党营私、黄得功诸人盲目从流之下，并没有实现的可能。

孔尚任以黄得功、刘泽清二人为中介，借助他们与史可法、马士英的交流，分别体现出史、马二人的不同心态。而他将诸多人物放置在动态的关系谱系中，对他们进行各具特色的描绘与呈现，塑造了南明群臣的形象。

封赏完成之后，诸人退下，剩下的一段则是对于马士英、阮大铖二人的专门表现：马士英为了巩固地位，急于入阁办公，颇体现出对于权势的看重。随后阮大铖登场，以青衣小帽窥视迎立，只为催促马士英为自己安排职位，颇显出对于名利的热切追求。这两人看似处于不同位置，但其心理却如出一辙，实在可笑可叹。结尾一曲【赛观音】，将两人心态惟妙惟肖地展现出来，前半段马士英高歌自己的功成名就，而后半段阮大铖以攀附的姿态上场，以求功名。两人之丑态，跃然纸上。

第十七出　拒媒 (甲申五月)

（末扮杨文骢冠带上）

【燕归梁】南朝领略风流尽，新立个妙龄君。清江隔断
浊烟尘①，兰署里买香薰②。

> 下官杨文骢，因叙迎驾之功，补了礼部主事。盟兄阮大铖，仍
> 以光禄起用。又有同乡越其杰、田仰等③，亦皆补官，同日命
> 下，可称一时之盛。目下漕抚缺人，该推升田仰。适才送到聘金
> 三百，托俺寻一美妓，要带往任所。我想青楼色艺之精，无过香
> 君，不免替他去问。（唤介）长班走来。（杂扮长班上）胸中一部
> 缙绅，脚下千条胡同。（见介）老爷有何使唤？（末）你快请清客
> 丁继之、女客卞玉京，到我书房说话。（杂）禀老爷，小人是长
> 班，只认的各位官府，那些串客、表子④，没处寻觅。（末）听我
> 吩咐。

【渔灯儿】闹端阳，正纷纭，水阁含春。便有那乌衣
子弟伴红裙⑤，难道是织女、牵牛天汉津⑥？（杂）就在那
秦淮河房么？小人晓得了。（末指介）你望着枣花帘影杏纱纹，
那壁厢款问殷勤。

> （副净扮丁继之、外扮沈公宪、净扮张燕筑上）院里常留老白相，
> 朝中新聘大陪堂。（副净）来此是杨老爷私宅，待我叫门。（叫介）
> 位下那里？（杂出见介）众位何来？（副净）老汉是丁继之，同这
> 沈、张两敝友，求见杨老爷，烦位下通报一声。（杂喜介）正要去
> 请，来的凑巧，待我通报。（欲入介。老旦扮卞玉京、小旦扮寇
> 白门、丑扮郑妥娘上）紫燕来何早？黄莺到已迟。（小旦叫介）三
> 位略等一等，同进去罢。（副净）原来是你姊妹们。（净）你们来

第十七出　拒媒（甲申五月）

179

此何干？（丑）大家是一样病根，你们怕做师父，我们怕做徒弟的⑦。（俱入介。末喜介）如何来的恰好？（众）无事不敢轻造，今日特来恳恩，尚容拜见。（俱叩介。末立起介）请坐，有何见教？（副净问介）新补光禄阮老爷是杨老爷至交么？（末）正是。（副净）闻得新主登极，阮老爷献了四种传奇，圣心大悦，把《燕子笺》钞发总纲⑧，要选我们入内教演，有这话么？（末）果然有此盛举。（净）不瞒老爷说，我们两片唇，养着八张嘴。这一入内庭，岂不灭门绝户了一家儿⑨？（丑）我们也是八张嘴，靠着两片皮哩。（末笑介）不必着忙，当差承应⑩，自有一班教坊男女，你们都算名士数里的，谁好拿你？（众）只求老爷护庇。（末）明日开列姓名，送与阮圆海，叫他一概免拿便了。（众）多谢老爷。

【前腔】看一片秣陵春，烟水消魂；借着些笙歌裙屐醉斜曛⑪。若把俺尽数选入呵，从此后江潮暮雨掩柴门，再休想白舫青帘载酒樽。老爷果肯见怜，这功德不小，保秦淮水软山温。

  （末）下官也有一事借重。（副净）老爷有何见教？（末）舍亲田仰，不日就升漕抚，适才送到聘金三百，托俺寻一小宠。（丑）让我去罢。（净）你去不得，你去了，这院中便散了板儿了。（丑）怎的便散了板儿？（净）没人和我打钉了。（丑）啐！（副净）老爷意中可有一个人儿么？（末）人是有一个在这里，只要你去作伐。（老旦）是那个？（末）便是李家的香君。（副净摇头介）这使不得。（末）如何使不得？（副净）他是侯公子梳栊过的。

【锦渔灯】现有个秦楼上吹箫旧人⑫，何处去觅封侯柳老三春⑬？留着他燕子楼中昼闭门⑭，怎教学改嫁的卓文君？

（末）侯公子一时高兴，如今避祸远去，那里还想着香君哩？但去无妨。（老旦）香君自侯郎去后，立志守节，不肯下楼，岂有嫁人之理？去也无益。

【锦上花】似一只雁失群，单宿水，独叫云，每夜里月明楼上度黄昏。洗粉黛，抛扇裙，罢笛管，歇喉唇，竟是长斋绣佛女尼身⑮，怕落了风尘。

（末）虽如此说，但有强如侯郎的，他自然肯嫁。（副净）香君之母，是老爷厚人，倒是老爷面讲更好。（末）你是知道，侯郎梳栊香君，原是下官作伐。今日觌面，如何讲说？还烦二位走走，自有重谢，（净、外）这等，我们也去走走。（小旦、丑）呸！皮肉行里经纪⑯，只许你们做么？俺也同去。（末）不必争闹，待他二位说不来时，你们再去。（众）是，是！辞过老爷罢。（末）也不远送了。狎客满堂消我闷，嫁衣终日为人忙⑰。（下。副净、老旦）杨老爷免了咱们差事，莫大的恩典哩。（外、净）正是。（副净）你四位先回，俺要到香君那边，替杨老爷说事去了。（丑）赚了钱不可偏背，大家分分才好。（众诨下。副净、老旦同行介。副净）记得侯公子梳栊香君，也是我们帮衬来。

【锦中拍】想当初华筵盛陈，配才子佳人。排列着花林粉阵⑱，逐趁着筝声笛韵。如今又去帮衬别家，好不赧颜！似邮亭马厩⑲，迎官送宾⑳。（老旦）我们不去何如？（副净）俺若不去呵，又怕他新铮铮春官匣印，硬选入秋宫院门㉑。（老旦）这等，如之奈何？（副净）俺自有个两全之法，到那边款语商量㉒，柔情索问，做一个闲蜂蝶花里混。

（老旦）妙，妙！（副净）来此已是，不免竟进。（唤介）贞娘出来。

（旦上）空楼寂寂含愁坐，长日恹恹带病眠㉓。（问介）楼下那个？

（老旦）丁相公来了。（旦望介）原来是卞姨娘同丁大爷光降，请上楼来。（副净、老旦见介）令堂怎的不见？（旦）往盒子会里去了。（让介）请坐，献茶。（同坐介。老旦）香君闲坐楼窗，和那个顽耍？（旦）姨娘不知。

【锦后拍】俺独自守空楼，望残春，白头吟罢泪沾巾㉒。（老旦）何不招一新婚？（旦）奴家已嫁侯郎，岂肯改志？（副净）我们晓你苦心。今日礼部杨老爷说，有一位大老田仰，肯输三百金，娶你作妾，托俺来问一声。（旦）**这题目错认，这题目错认，可知定情诗红丝拴紧㉕，抵过他万两雪花银。**（老旦）这事凭你裁酌，你既不肯，另问别家。（旦）**卖笑哂㉖，有勾栏艳品㉗。奴是薄福人，不愿入朱门。**

（老旦）既如此说，回他便了。（副净）令堂回家，不要见钱眼开。（旦）妈妈疼奴，亦不肯相强的。（副净）如此甚好，可敬，可敬！（起介）别过了。（外、净、小旦、丑急上）两处红丝千里系，一条黑路六人忙。（净）快去，快去！他二人说成，便偏背我们了。（丑）我就不依他，饶他吃到口里，还倒出脏来。（进介。净）香君恭喜了。（旦）喜从何来？（小旦）双双媒人来你家，还不喜哩。（旦）敢也说田仰的事么？（净）便是。（旦）方才奴已拒绝了㉘。（外）杨老爷的好意，如何拒得？

【北骂玉郎带上小楼】他为你生小绿珠花月身，寻一个金谷绮罗里石季伦。（旦）奴家不图富贵，这话休和我讲。（副净、老旦）我二人在此劝了半日，他决不肯嫁人的。（小旦）他不嫁人，明日拿去学戏，要见个男子的面，也不能够哩。**歌残舞罢锁长门，卧氍毹夜夜伤神。**（旦）奴便终身守寡，有何难哉？只不嫁人！（丑）难道三百两花银，买不去你这黄毛丫头么？（旦）你要银子，你便嫁他，不要管人家闲事。（丑怒介）好丫头，抢白起姨娘来了，我就死在你家。（撒泼介）小私窠贱根，小私窠贱根，掉巧舌讪谤尊亲。（净发威介）好大胆奴才！杨老爷新做了礼部，连你们官儿都管的着，明日拿去掰掉你指头。管烟花要津，管烟花要津，触恼他风狂雨迅，准备着桃伤柳损。（旦）尽你吓唬，奴的主意已定了。（老旦）看他小小年纪，倒有志气。（副净）吓他不动，走罢，走罢！（丑）我这里撒泼，没个人来拉拉，气死我也。他不嫁人，我扭也扭他下楼。硬推来门外双轮，硬推来门外双轮，兜折宝钏，扭断湘裙。（副净）自古有钱难买不卖货，撒了赖当不的，大家散罢。（外、小旦）我两个原要不来，吃亏老燕、老妥强拉到此，惹了这场没趣。走，走，走！快出门，掩羞面，气忍声吞。（净、丑）我们也走罢，干发虚，没钞分，遗膘撒粪。

  （外、净、小旦、丑俱诨下。副净、老旦）香君放心，我们回绝杨老爷，再不来缠你便了。（旦拜介）这等多谢二位。（作别介）

   （副净）蜂媒蝶使闹纷纷，

    （旦）阑入红窗搅梦魂。

   （老旦）一点芳心采不去，

    （旦）朝朝楼上望夫君。

注释：

①清江：地名，指清江浦。

②兰署：也称"兰台"，指秘书省，掌管图书秘籍，原为汉代宫廷藏书处，唐高宗龙朔年间将秘书省改为兰台。此处借指礼部衙门。

③越其杰：字自兴，一字卓凡，又字汉房，贵阳（今属贵州）

人，马士英妹夫。明万历三十四年（1606）乡试，任夔州府同知。官至河南巡抚。后河南发生军变，他出走，不知所终。善诗文、骑射。田仰：字百源，思南（今属贵州）人，明万历四十二年（1614）进士，官至兵部尚书兼都察院右副都御史。后降清。

④串客：指昆曲曲友中会表演之业余演员。串，串戏，演戏。

⑤乌衣子弟：指富贵家庭的子弟。乌衣，指乌衣巷，六朝时，王、谢两大家族聚居于此，后来衰落了。

⑥难道是织女、牵牛天汉津：指妓女、串客不是织女、牛郎，容易找到。天汉，指天河，传说中织女、牵牛每年只相聚一次。

⑦你们怕做师父，我们怕做徒弟的：指丁继之、卞玉京等六人被征召入宫。做师父，指被传诏入宫教戏。做徒弟，指被传诏入宫演戏。

⑧总纲：戏曲术语，也称"总讲"，传统戏班里演出脚本的俗称，它包括演出时全部唱词、科白、化妆、舞台调度、锣鼓经等。单个脚色唱词、念白的脚本，称单头、单片、单篇。

⑨岂不灭门绝户了一家儿：化用《西厢记》第三本第一折之唱词："若不是剪草除根半万贼，险些儿灭门绝户了俺一家儿。"

⑩当差承应：旧时，乐户之属会被调遣进官府，或被传诏入宫中表演、陪席。

⑪笙歌裙屐：指清客与歌妓。笙歌，指乐器伴奏与歌唱。裙屐，指男女衣着华美。屐，木屐。

⑫秦楼上吹箫旧人：指侯方域。典自刘向《列仙传》卷上，春

秋时，萧史善吹箫，能引来孔雀、白鹤。秦穆公有女弄玉喜欢萧史，后与其结为秦晋之好。萧史每日教弄玉吹凤鸣，数年后，声似凤声，凤凰飞来，停歇在屋上。穆公为其筑凤台。几年后的一天，夫妇俩随凤凰飞走。

⑬何处去觅封侯柳老三春：指侯方域前往他处求功名，不知归期何时。典自王昌龄《闺怨》："忽见陌头杨柳色，悔教夫婿觅封侯。"

⑭燕子楼中昼闭门：指李香君空闺守节，苦等侯方域的归来。典自关盼盼燕子楼守节故事，唐代武宁军节度使（治徐州）张愔（yīn）为爱妓关盼盼建燕子楼，张死后，她在楼中守节十多年。后诗人白居易、张仲素为此事赋诗颂之。

⑮竟是长斋绣佛女尼身：指清心寡欲、闭门独守之生活。化用杜甫《饮中八仙歌》"苏晋长斋绣佛前，醉中往往爱逃禅"之语。

⑯皮肉行里经纪：指妓院之营生。

⑰嫁衣终日为人忙：杨文骢自嘲，指每日为他人奔忙却不得好处。化用秦韬玉《贫女》"苦恨年年压金线，为他人作嫁衣裳"之语。

⑱花林粉阵：指结队排列的歌妓。花林，指桃花林，借喻众多歌妓。粉阵，歌妓排成阵列，指众多歌妓。

⑲马厩：马夫。

⑳迎官送宾：暖红室本眉批曰："迎新送旧，是帮客、妓女本等，两人独以为耻，仙风道骨，毕竟不同。"

㉑"又怕他新铮铮春官匣印"二句：指丁继之、卞玉京等人担心新任礼部主事的杨文骢会挑选他们入宫承应。春官印，指

礼部官员受命之官印。

㉒款语：软话。

㉓恹恹：指精神萎靡、疲乏。

㉔白头吟：指闺怨。典自卓文君作《白头吟》之故事。相传卓
文君和司马相如结婚后，相如准备聘小妾，文君获知后，认
为他是个负心人，作了《白头吟》以示绝情，"愿得一心人，
白头不相离"，将她的心迹袒露无遗。相如读了诗句后，打
消了娶妾的念头。

㉕定情诗红丝拴紧：指侯方域定情诗将侯、李二人的情缘紧紧
系住。红丝，原指月下老人为男女所系的红绳，后指男女
之情。

㉖卖笑哂（shěn）：指妓女卖笑营生。哂，笑。

㉗勾栏：原指楼阁的栏杆，借指用古代戏剧演出、市井文娱活
动的戏棚或场所。此处指妓院。

㉘方才奴已拒绝了：暖红室本眉批曰："他人艳美而不得，香
君弃之不顾，所谓人各有志。"

点评：

　　本出出评："南朝用人，行政之始。用者何人？田仰也；
行者何政？教戏也。因田仰而香君逼嫁，因教戏而香君入
宫；离合之情，又发端于此。三清客、三妓女，齐来凑拍，
接前联后，照顾精密，非细心明眼，不能领会。"

　　该出讲述杨文骢借丁继之、卞玉京等六人，试图劝说
李香君做田仰之妾，然而李香君执着于等待侯方域，无意
于改嫁他人。

该出内容简单，并未包藏复杂的矛盾冲突。然而对于人物的演绎，则着实有趣，将真实的人性呈现了出来。

首当一提的，是田仰求亲一事。这是历史上实有的，并非虚构。侯方域在《李姬传》中，即对此事有记载："侯生去后，而故开府田仰者，以金三百镒，邀姬一见。姬固却之。开府惭且怒，且有以中伤姬。姬叹曰：'田公岂异于阮公乎？吾向之所赞于侯公子者谓何？今乃利其金而赴之，是妾卖公子矣！'卒不往。"不过这段记述只涉及李香君的拒绝，尚未涉及田仰的部分，这为后面情节的继续，留下了发挥的余地。

杨文骢也并未参与此事，但孔尚任让他做了说媒人。他的出发点非常实际：侯方域此时早已远去，而一般处于此种境地的风流文人，当早已将李香君一类青楼女子忘却。杨文骢为李香君说媒，一方面可以助益自己的交游，另一方面又能为李香君寻一尚佳之归宿，也算是利人利己。但杨文骢并非不讲礼义之人，侯方域梳拢李香君便是其引介之结果，现在他再将李香君介绍给别人，自然是抹不开面子，故而才会请丁继之等人相助，这也体现其精于人事往来的一面。

李香君在此出中，展现出其坚贞不屈的一面，与《却奁》《辞院》等出有所不同，是阴柔、内敛的，而非刚烈、爆发的。正因为其阴柔、内敛，在与丁继之等人的说媒对峙中，她是以静制动、以阴胜阳的。面对丁继之等人的好言相劝、恶语相向，李香君都无动于衷。她以自己的持守面对着来自金钱、前途、人生诸方面的威胁，虽然毫不反抗，但也毫不动摇、退缩。

这种对抗方式，不仅体现在李香君的言行上，在舞台表演上同样如此。作为后半出唯一主要人物的李香君，言辞上不及来劝媒的丁继之等人多，全出也只唱了一曲，然而她的每一次表现，都是极为有力的。【锦后拍】中两句"可知定情诗红丝拴紧，抵过他万两雪花银"，当是李香君所抱定的人生宗旨。这样的人生宗旨，实际上并不是李香君一人所独有，当时广为人知的"秦淮八艳"，无一不是其实践者，李香君实为当时诸多坚贞不屈、情感忠诚的女性的代表。

丁继之、卞玉京、沈公宪、张燕筑、郑妥娘、寇白门六人，是该出中插科打诨、调剂气氛的主要力量，也是杨文骢与李香君之间的沟通中介。

众人的出现，是有求于杨文骢设法让他们免于进宫演戏。这与历史上其他时期的情况似乎截然相反——唐宋以降，能够入宫表演是伶人至高的荣誉，然而此出，丁继之等人却认为入宫演戏一事尚不足以养家糊口，也侧面反映出新登基的弘光帝是何样人物。同时，在如此危急的局面中，帝王竟然还有闲心看戏，也着实体现了其荒淫无道之程度。

而在这六人中，他们对于劝媒李香君一事，也各持不同的态度。在丁继之、卞玉京，他们对李香君还是维护的，尊重李香君嫁或不嫁的选择；在张燕筑、郑妥娘，他们对于李香君却是指斥的，认为其不识时务与体统；而在沈公宪、寇白门，他们对于李香君出嫁一事保持沉默，因为觉得说媒一事实与自己无关。

正因为这三方不同的态度，在劝说过程中，丁、卞二人总是好言相劝，张、郑二人总是恶语相加，沈、寇二人则偶一帮腔，无意介入。这三方态度的转换调剂，使得整个劝说场面冷热相间、节奏适宜。最后郑妥娘的撒赖耍泼，在一般戏剧中俨然是撒狗血的拙劣片段，但在此处经过丁继之、卞玉京二人好言相劝的铺垫，则充分表现出戏谑，而又不失于油滑了。

第十八出　争位 (甲申五月)

（生上）无定输赢似弈棋，书空殷浩欲何为①？长江不限天南北，击楫中流看誓师②。小生侯方域，前日替史公修书，一时激烈，有"三大罪""五不可立"之议。不料福王今已登极③，马士英竟入阁办事，把那些迎驾之臣，皆录功补用。史公虽亦入阁，又令督师江北，这分明有外之之意了，史公却全不介意，反以操兵剿贼为喜，如此忠肝义胆，人所难能也。现在开府扬州④，命俺参其军事，约定今日齐集四镇，共商防河之计，不免上前一问。（作至书房介）管家那里？（小生扮书童上）侯爷来了，待我通报。（小生请外介。外上）

【北点绛唇】持节江皋⑤，龙骧虎啸⑥。忧国事，不顾残躯，双鬓苍白了。

（见生介）世兄可知今日四镇齐集，共商大事，不日整师誓旅，雪君父之仇了。（生）如此甚妙。只有一件，高杰镇守扬、通⑦，兵骄将傲，那黄、刘三镇，每发不平之恨。今日相见，大费调停，万一兄弟不和，岂不资敌人之利乎⑧？（外）所说极是。今日相见，俺自有一番劝慰之言。（小生报介）辕门传鼓，说四镇到齐，伺候参谒。（生下。外升帐吹打开门，杂排左右仪卫介。副净扮高杰、末扮黄得功、丑扮刘泽清、净扮刘良佐，俱介胄上⑨）只恨燕京无乐毅⑩，谁知江左有夷吾？（入见，禀介）四镇小将，叩谒阁部大元帅。（拜介。外拱手立介）列侯请起。（副净等俱排立介）听候元帅将令。（外）本帅以阁部督师，君命隆重，大小将士俱在指挥之下。（众）是。（外）四镇乃堂堂列侯，不比寻常武弁。（举手介）屈尊侍坐，共议军情。（众）岂敢？（外）本帅

命坐，便如军令一般，不可推辞。（众）是。（揖介）告坐了。（副净首坐，末、丑、净依次坐介。末怒视副净介）

【混江龙】（外）淮南险要，江河保障势滔滔。一带奇云结阵，满目细柳垂条。铁马嘶风先突塞，犀军放弩早惊潮。说甚么徐、常、沐、邓⑪，比得上绛、灌、萧、曹⑫。同心共把乾坤造，看古来功臣阁丹青图画，似今日列侯会剑佩弓刀⑬。

（末怒介）元帅在上，小将本不该争论。（指介）这高杰乃投诚草寇，有何战功，今日公然坐俺三镇之上⑭？（副净）我投诚最早，年齿又尊，岂肯居尔等之下？（丑）此处是你汛地，我们都是客兵，连一个宾主之礼不晓得，还要统兵？（净）他在扬州享受繁华，尊大惯了，今日也该让咱们来享享。（副净）你们敢来，我就奉让。（末）那个是不敢来的！（起介）两位刘兄同我出来，即刻见个强弱。（怒下。外向副净介）他讲的有理，你还该谦逊才是。（副净）小将宁死不在他们之下。（外）你这就大错了。

【油葫芦】四镇堂堂气象豪，倚仗着恢复北朝。看你挨肩雁序⑮，恰似好同胞。为甚的争坐位失了同心好，斗齿牙变了协恭貌？一个眼睁睁同室操戈盾，一个怒冲冲平地起波涛⑯。没见阵上逞威风，早已窝里相争闹，笑中兴封了一伙（指介）小儿曹。

不料四镇英雄，可笑如此。老夫一天高兴，却早灰冷一半也。没奈何，且出张告示，晓谕三镇，叫他各回汛地，听候调遣。（向副净介）你既驻扎本境，就在本帅标下做个先锋，各有执掌，他们也不敢来争闹了。（副净）多谢元帅。（外）待老夫写起告示来。（写介。内呐喊介。副净不辞，出介。末、丑、净持刀上）高杰快快出来！（副净出见介）你青天白日，持刀呐喊，竟是反了。
（末）我们为甚么反？只要杀你这个无礼贼子。（副净）你们敢在
帅府门前如此放肆，难道不是无礼贼子么？（末、丑、净赶杀副
净介。副净入辕门叫介）阁部大老爷救命呀，黄、刘三贼杀入帅
府来了。（末、丑、净门外喊骂介。外惊立介）

【天下乐】俺只道塞马南来把战挑，杀声渐高，却是咱
兵自鏖。这时候协力同雠还愁少⑰，怎当的阋墙鼓噪⑱，
起了个离间根苗⑲？这才是将难调，北贼易讨。

注释：

①书空殷浩欲何为：侯方域自问：空自劳碌奔波，到底为了什
　么？书空殷浩，典自东晋将军殷浩的故事，他出征姚襄兵败
　后，整天在家以手指空写"咄咄怪事"四字。

②击楫中流看誓师：侯方域决心力挽狂澜，率师收复中原失地。
　击楫中流，典自《晋书·祖逖传》，祖逖任豫州刺史，渡江
　北伐符秦，在江中拍打船桨，立下定要收复中原的誓言。

③登极：指皇帝即位。极，极点，最高的地位。

④开府：指高级官员开设府署，自置僚属。汉代时，三公（大
　司马、大司徒、大司空）才有资格开府，魏晋后，以开府作
　为对高级官员的优待。

⑤持节江皋：指史可法奉命督军镇守江边。持节，受命。皋，
　水边高地。

⑥龙骧虎啸：形容将帅气概威武。骧，指昂首奔跑之态。

⑦扬、通：指扬州和通州。

⑧岂不资敌人之利乎：暖红室本眉批曰："侯生能料四镇之争，

不愧参谋。"

⑨介胄：指披戴铠甲和头盔。

⑩燕京无乐毅：指京城缺少良将，导致被攻破。乐毅，战国时燕国名将，燕昭王时，曾统率燕、赵、韩、秦、魏五国军队攻打齐国，连下七十多个城池，创造了战争史上以弱胜强的战例。

⑪徐、常、沐、邓：徐达、常遇春、沐英、邓愈，都为明朝功臣。

⑫绛、灌、萧、曹：周勃、灌婴、萧何、曹参，都是西汉功臣。

⑬似今日列侯会剑佩弓刀：暖红室本眉批曰："对待整齐，词华顿宕，关、马不足比也。"

⑭今日公然坐俺三镇之上：暖红室本眉批曰："军情未议，争端已起，主帅书生，何以驭之？"

⑮挨肩雁序：指四镇依序排列。挨肩，挨着肩膀，指有序的排列。雁序，飞雁有序的行列。

⑯一个怒冲冲平地起波涛：暖红室本眉批曰："事不可为矣，史公未肯灰心。"

⑰同雠（chóu）：即"同仇"，共同报仇。

⑱阋（xì）墙：兄弟争吵，指内部冲突。阋，争吵，源于《诗经·小雅·常棣》："兄弟阋于墙，外御其务（侮）。"

⑲起了个离间根苗：暖红室本眉批曰："文争于内，武斗于外，置国于不问，是何等乾坤？"

（吩咐介）快请侯相公出来。（杂向内介）侯爷有请。（生急上）晚生已听的明白了。（外）借重高才，传俺帅令，安抚乱军。（生）如何安抚？（外）老夫有告示一纸，快去晓谕他们便了。（生）遵命。（接告示出见介）列侯请了！小弟乃本府参谋，奉阁部大元帅之命，晓谕三镇知悉：恭逢新主中兴，闯贼未讨，正我辈枕戈待旦、立功报效之时①，不宜怀挟小忿，致乱大谋。俟收复中原，太平赐宴，论功叙坐，自有朝仪。目下军容匆遽②，凡事权宜，皆当相谅，无失旧好。兴平侯高，原镇扬、通，今即留在本帅标下，委作先锋。靖南侯黄，仍回庐、和③。东平侯刘，仍回淮、徐。广昌侯刘，仍回凤、泗④。静听调遣，勿得抗违。军法懔然，本帅不能容情也。特谕！（末）我们只要杀无礼贼子，怎敢犯元帅军法？（生）目今辕门截杀，这就是军法难容的了。（丑）既是这等，不要惊着元帅，大家且散。（净）明日杀到高杰家里去罢。正是"国仇犹可恕，私恨最难消"。（下。生入见介）三镇闻令，暂且散去，明日还要厮杀哩。（外）这却怎处？（指副净介）

【后庭花】高将军，你横将仇衅招，为甚的不谦恭，妄自骄？坐了个首席乡三老⑤，惹动他诸侯五路刀。凭仪、秦一番舌战巧⑥，也不过息兵半晌饶⑦。费调停，干焦燥；难消释，空懊恼。这情形何待瞧？那事业全去了。

（副净）元帅不必着急，明日和他见个输赢，把三镇人马并俺一处，随着元帅恢复中原，却亦不难也。（外）你说的是那里话？现今流寇北来，将渡黄河，许定国不能阻当⑧，连夜告急，正要与四镇商议，发兵防河。今日一动争端，偾俺大事⑨，岂不可忧！（副净）他三镇也不为别的，只因扬州繁华，要来夺取，俺怎肯让他？（外）这话益发可笑了！

【煞尾】领着一枝兵，和他三家傲，似垒卵泰山压倒⑩。你占住繁华廿四桥，竹西明月夜吹箫⑪。他也想隋堤柳下安营巢⑫，不教你蕃釐观独夸琼花少⑬。谁不羡扬州鹤背飘？休说你腰缠十万好⑭，怕明日杀声咽断广陵涛⑮。

> 罢，罢，罢！老夫只有一死，更无他法。侯兄长才，只索凭你筹画了⑯。（生）且看局势，再做商量。（外、生下。吹打掩门，杂俱下。副净吊场介⑰）俺高杰也是一条好汉，难道坐以待毙不成？明早黄金坝上，点齐人马，排下阵势，等他来时，迎敌便了。
>
> 正是：
>
> > 龙争虎斗逞雄豪，
> > 杯酒筵边动剑刀。
> > 刘项何须成败论⑱？
> > 将军头断不降曹⑲。

注释：

①枕戈待旦：枕着兵器，等待天亮，指随时准备拿起武器，投入战斗。形容报国心切，一时一刻也不松懈。典自《晋书·刘琨传》，西晋诗人刘琨曾言"吾枕戈待旦，志枭逆虏"，以示他的报国之心。

②匆遽：匆忙奔走。

③庐、和：指庐州与和州。

④凤、泗：原作"凤、阳"，据清康熙刊本改，指凤阳与泗州。

⑤乡三老：汉代乡官，各乡置三老一人，负责执掌乡里教化。此人需为年五十以上，有德行、有威望之老人。

⑥仪、秦：指张仪与苏秦。两位均为战国纵横家，以说辩出名。苏秦和张仪都是鬼谷子弟子。苏秦学成后，未能得仕，后他用合纵策略，到燕、韩、魏、赵、齐、楚游说，促成六国合纵，持六国相印，叱咤风云，使秦国不敢贸然出函谷关。同时，张仪到秦国劝说惠文王采用连横策略，破坏六国合纵联盟。张仪身为秦相，游走六国，使各诸侯听从他的鼓动，合纵联盟最终瓦解。

⑦饶：富足，多。

⑧许定国：太康（今属河南）人，明崇祯年间，官山西总兵官，弘光时，官至河南总兵官，驻军睢州。李自成围攻河南，他向史可法告急，史可法派高杰来协助他。后杀高杰降清。

⑨偾（fèn）：毁坏，败坏。

⑩似垒卵泰山压倒：泰山压在蛋上，比喻强者加于弱者，弱者难逃灾难。典自《晋书·孙惠传》，晋朝八王之乱时，诸侯相杀，司马越打出平灭造反诸侯的旗帜，得到孙惠的认同，他给司马越写信，称他兴兵"况履顺讨逆，执正伐邪……猛兽吞狐，泰山压卵"，说他此举如同猛兽吃狐狸，泰山压鸟蛋，必胜无疑。

⑪"你占住繁华廿四桥"二句：指高杰驻军尽享扬州繁华。廿四桥，化用杜牧《寄扬州韩绰判官》"二十四桥明月夜，玉人何处教吹箫"之语。竹西，竹西亭，扬州地名。

⑫隋堤柳：隋堤杨柳，扬州一大景观。隋炀帝大业元年（605），开通济渠，开凿邗沟，渠旁筑御堤，植以杨柳。

⑬不教你蕃釐（xī）观独夸琼花少：指不让高杰独霸扬州。蕃

鳌观，俗称琼花观，在扬州琼花路北，汉成帝元延二年（前11）建造，据传观中植有琼花一株，举世无双，元代时枯死。

⑭ "谁不羡扬州鹤背飘"二句：暗讽高杰的贪婪及三镇对他的嫉妒。典自殷芸《小说》中的故事，几个人聊天，谈自己的志愿，有的愿为扬州刺史，有的愿多资财，有的愿骑鹤上天，其中一人说，欲兼三者，"腰缠十万贯，骑鹤上扬州"。

⑮ 怕明日杀声咽断广陵涛：暖红室本眉批曰："此曲绝调，自元至今，有压倒云亭山人者，吾不信也。"

⑯ 只索：语气词。只好。

⑰ 吊场：戏曲术语。南戏和明清传奇演出中，一出戏结尾，其他脚色已下场，只留一位或几位脚色在场上表演一段相对独立的情节，起到承前启后和场面转换的作用。

⑱ 刘项：刘邦与项羽，秦末农民起义的领头人。

⑲ 将军头断不降曹：将军宁愿断头也不肯投降，宁死不屈。典自陈寿《三国志·蜀书·关张黄马赵传》，蜀军攻破江州，太守严颜被俘。张飞喝道："大军至，何以不降而敢拒战？"严颜答曰："卿等无状，侵夺我州，我州但有断头将军，无有降将军也。"张飞为其气节感动，释放了严颜。

点评：

本出出评："元帅登坛，极高兴之举，而为极败意之事，朝中军中，无处不难；佞臣忠臣，无人可用，此兴亡大机也。有侯生参其中，故必费笔传出。传出者，传侯生也。"

这一出讲述史可法召集四镇商议防河之计，然而四镇只顾互相争斗，即使史可法差遣侯方域劝解，四镇也没能彻底和解。

该出将视角转向了史可法、侯方域，目的是在借助高杰、黄得功、刘泽清、刘良佐之间的矛盾，表现南明军事力量内部的不和。四镇将军的性格各有所不同，剧中表现较为鲜明的是高杰和黄得功。

高杰外强中干，在一开始的座次争吵中，他表现得颇为强硬，甚至声称"小将宁死不在他们之下"，但等到黄、刘等人持刀以命相搏时，高杰又赶紧求取史可法的援助，大呼"阁部大老爷救命呀"，顿失强硬气势。在黄得功等人离开后，高杰便又恢复原状，还倚仗手中部队欲与三镇决战。如此前后变易，着实是小人嘴脸，这也与历史上纵兵烧杀、排挤同侪的高杰是相符合的。

黄得功的形象，则可以"意气用事"来形容。他因为小小的座次问题，便不惜与高杰开战，全然不顾南北对峙的紧张局面，其冲动之甚可想而知。然而相比于高杰，黄得功算是忠臣，在后来与清军的斗争中壮烈牺牲，没有像二刘那样投降保全，尚存气节。

对于争斗场面的描绘，该出颇为精彩。

首先以侯方域、史可法的登场，为整个事件的背景作了铺叙。对于即将召开的防务会议，史可法是兴奋的，因为他以为这一会议当是北上收复失地的开始。但侯方域的考虑则更为实际，提醒史可法注意调停四镇的矛盾——这一段极富洞见的话，也算是后面争斗爆发的预示。

在其后的防务会议上，未及讨论议题，黄得功、高杰等人便因座次问题争执起来，使得整个会议都无法继续下去。作者通过双方的两轮冲突，将此矛盾推至极点。

第一轮冲突是黄得功、高杰等人在会议上的争执。黄得功、二刘从座次问题、宾主之礼、驻地优劣三方面与高杰展开争执，将冲突的表、里诸方面都暴露出来。正因为这一暴露，双方对立的情绪也因为根基的鲜明而显得饱满。

第二轮冲突是黄得功、二刘持刀与高杰争斗，高杰求救于史可法。这一轮冲突，将矛盾表现到了极致。如果史可法、侯方域不出面调停，四人必将刀兵相见。

这两轮矛盾冲突一者指向内因，一者指向外果。二者相生互补，递进分明，而不显重复冗余。

最后侯方域调停了矛盾冲突，但问题并没有在此止步，又因四镇布兵决战的准备而延伸下去。这样的处理，使得情节富有延续的张力，而不显生硬。

由此可知，这一出对于四镇矛盾冲突的表现有铺垫、有延伸，而且内外详尽、层次分明，又为下一出的继续打下基础，实可见作者手笔之精细。

第十九出　和战（甲申五月）

（末、净、丑扮黄得功、刘良佐、刘泽清戎装，杂扮军校执旗帜器械呐喊上。末）兄弟们俱要小心着，闻得高杰点齐人马，在黄金坝上伺候迎敌①。我们分作三队，依次而进。（净）我带的人马原少，让我挑战，两兄迎敌便了。（末）我的田雄不曾来②，我作第二队，总叫河洲哥哥压哨罢③。（丑）就是如此，大家杀向前去。（摇旗呐喊急下。副净扮高杰戎装，军校执械随上）大小三军排开阵势，伺候迎敌。（杂扮卒上）报，报，报！三家贼兵摇旗呐喊，将次到营了。（净持大刀上）老高快快出马，今日和你争个谁大谁小！（众击鼓，净、副净厮杀介。副净叫介）三军齐上，活捉了这个刘贼！（杂上乱战介。净败下。末持双鞭对高介）老子的本领你是晓得的，快快磕头，饶你性命。（副净）我高老爷不稀罕你这活头，要取你那一条狗命。（内击鼓，末、副净厮杀介。副净叫介）三军击鼓前进。（乱战介。末急介）从来将对将，兵对兵，如何这样混战？到底是个无礼贼子，今日且输与你一阵。（丑持双刀领众喊上介）高杰，你不要逞强，我和你大家带着些人马哩，咱就混战一场，有何不可？（副净）④你晓得翻天鹞子不怕人的⑤，凭你竖战也可，横战也可。杀，杀，杀！（两队领众混战介。生持令箭立高处，喊叫介，敲锣介。众止杀，仰看介。生摇令箭介）阁部大元帅有令：四镇作反，皆督师之过。请先到帅府，杀了主帅，次到南京，抢了宫阙，不必在此混战，扰害平民。（丑）我们并不曾作反，只因高杰无礼，混乱坐次，我们争个明白，日后好参谒元帅。（副净）我高杰乃本标先锋⑥，怎敢作反？他们领兵来杀，只得迎敌。（生）不奉军令，妄行厮杀，都是反贼。明日奏闻朝廷，你们自去分辩罢。（丑）朝廷是我们迎立的，元帅是朝廷差来的，我们违了军令，便是叛了朝廷，如何使得？情愿束身待罪，只求元帅饶恕。（生）高将军，你如何说？（副净）我高杰是元帅先锋，犯了军法，只听元帅处分。（生）既如此说，速传黄、刘二镇，同赴辕门，央求元帅。（丑）二镇收兵，各回汛地去了。（生）你淮、扬两镇⑦，唇齿之邦，又无宿嫌⑧，为何听人指使？快快前去，候元帅发落。（众兵下。生下台。丑、副净同行，到介。生）已到辕门了，两位将军在外等候，待俺传进去。（稍迟即出介）元帅有令：四镇相争夺，皆当军法从事。但高将军不知礼体，挑嫌起衅⑨，罪有所归，着与三镇服礼。俟解和之日，再行处分。

【香柳娘】劝将军自思，劝将军自思，祸来难救，负荆早向辕门叩⑩。（副净恼介）我高杰乃元帅标下先锋，元帅不加护庇，倒叫与三镇服礼，可不羞死人也。罢，罢，罢！看来元帅也不能用俺了，不免领兵渡江，另做事业去。这屈辱怎当，这屈辱怎当，渡过大江头，事业从新做。（唤介）三军快来，从俺前去。（众兵士呐喊摇旗随下。丑望介）呀，呀，呀！高杰竟要过江了，想江南有他的党与，不日要领来与俺厮闹⑪，俺也早去约会黄、刘二镇，各带人马，到此迎敌。笑力穷远走，笑力穷远走，长江洗羞，防他重来作寇。

（丑下。生呆介）不料局势如此，叫俺怎生收救？

【前腔】恨山河半倾，恨山河半倾，怎能重构？人心瓦解忘恩旧。（南望介）那高杰竟是反了！看扬扬渡江，看扬扬渡江，旗帜乱中流，直入南徐口⑫。（北望介）那刘泽清也急忙北去，要约会三镇人马，同来迎敌。这烟尘遍有，这烟尘遍有，好叫俺元帅搔头，参谋搓手。（行介）且去回覆了阁部再作计较。正是：

> 堂堂开府辖通侯，
> 江北淮南数上游。
> 只恐楼船与铁马，
> 一时都羡好扬州。

注释：

①黄金坝：扬州地名，在市区东北处，那里是邢沟与古运河交汇处，明代名"黄巾坝"，久废。后谐音为今名。

②田雄：直隶宣化（今河北宣化）人，原为明朝总兵，在黄得功手下任战将。清兵南下，福王逃至芜湖，黄得功战死，田雄缚福王，降清。

③河洲：刘泽清别号。

④（副净）：原无，据清康熙刊本补。后一句当为高杰念白。

⑤翻天鹞子：高杰绰号。

⑥本标：指帅府本部。

⑦扬：原作"阳"，据清康熙刊本改。

⑧宿嫌：指旧有的嫌怨。

⑨起衅：指挑起事端。

⑩负荆：指高杰向史可法请罪。典自《史记·廉颇蔺相如列传》，战国时，赵国大将廉颇不服相国蔺相如被封为上卿，官位在自己之上，扬言要当众羞辱蔺相如。蔺相如获知后，以国家利益为重，处处躲避廉颇。廉颇得知后，十分惭愧，肉袒负荆，至蔺相如家请罪。后两人成为刎颈之交。

⑪不日要领来与俺厮闹：暖红室本眉批曰："兵骄帅弱，大费
　调停，况恢复中原乎？读至此，捶胸浩叹。"
⑫南徐口：指江苏镇江。

点评：

　　本出出评："有争必有和，争者四镇也，和者侯生也。
又须费笔传出，亦传侯生也。"

　　这场戏是前面一场戏情节的延伸，情节短促迅捷，前
半部分人马冲杀，后半部分辕门解纷，可谓大起大落、大
开大阖，既为该出的武斗场面预留了充分的表现空间，又
为前后情节的承转打下了坚实的基础。

　　战斗场面的设置，颇为恰当。首先是将冲突设定在开
场处爆发，简洁直白地承接了上一出所留下的线索，使得
激化的矛盾得到干脆利落的展现；其次战斗次序也被合理
安排了一番，使得黄得功、刘良佐、刘泽清三人得以分别
与高杰交战，而不显得次序混乱；最后战斗的节奏也在把
控中，三镇轮番战斗，并不是呆板地你来我往，而是两将
交战、将兵混战的交替结合，最后刘泽清与黄得功分别携
众掩杀，可见场面的宏大与激烈，是为节奏之至高处所在。

　　侯方域携史可法命令出场一段，也富于戏剧效果。他
于战斗白热化之时上场，手执令箭于高台之上，以激烈言
辞阻断高杰、刘泽清的战斗，使得侯方域这一文弱书生形
象，能够在满场文武官兵之中凸显出来。侯方域的止战说
辞，精彩凌厉，他巧妙地将矛盾从四镇混战引到史可法督
师无力上，将四镇的混战与造反祸民挂钩，从而说明了事

态的严重性。听闻此言，高杰与刘泽清才放下兵器，重新冷静审视当下的局面，并且愿意到史可法处听候惩处。

但侯方域这样的力挽狂澜，也显示出史可法对控制四镇军马的技穷。这一出戏表面上看是四镇之间的斗争，实际上也是史可法一干文臣与四镇一干武将之间的矛盾：史可法等人对于局面固然有着透彻的认识，却没有足够的兵马、人力去实现自己的构想；黄得功等人固然兵强马壮极富行动力，却总是意气用事、败坏大局。南明朝廷的军务，正是败坏在这样的矛盾之下。史可法等人施救的企图，也不得不说是悲剧性的尝试。

故而，侯方域严厉的指斥固然能够平息一时的战事，使高杰、刘泽清两人放下武器、归服认错，但还不等矛盾、责任整理清楚，高杰就因为不服史可法的裁决而带兵出走，刘泽清也随之离开，通知三镇做好军事准备。这样的情节，正是对当时文臣失据、武将无谋的混乱局面的写照。

面对此景，侯方域也只能"呆介"，感叹道："不料局势如此，叫俺怎生收救？"事实上，这也是所有志在挽救危亡南明局势的人心态之表现。武将的跋扈无限制，几乎动摇了朝廷稳固存在的根基。顾诚在《南明史》中总结到："南明几个朝廷最大的特点和致命的弱点正在于依附武将。武将既视皇帝为傀儡，朝廷徒拥虚名，文武交讧，将领纷争，内耗既烈，无暇他顾，根本谈不上恢复进取。"

在如此劣势之下，史可法与侯方域等人毫无扭转乾坤的能力，只能静待事态的继续发展，以求局面有所转变。

阁部大元帅有令：四镇作反，皆督师之过。请先到帅府，杀了元帅，次到南京，抢了官阙，不必在此混战，扰害平民。

第二十出　移防（甲申六月）

（副净扮高杰领众执械上）

【锦上花】策马欲何之？策马欲何之？江锁坚城，弩射雄师[①]。且收兵，且收兵，占住这扬州市。

　　俺高杰领兵渡江，要抢苏、杭，不料巡抚郑瑄[②]，操舟架炮，堵住江口，没奈何又回扬州。但不知黄、刘三镇，此时何往？（杂扮报卒上）报上将军，黄、刘三镇会齐人马，南来迎敌，前哨已到高邮了。（副净）阿呀！不好了！南下不得，北上又不能，好叫俺进退两难。（想介）罢，罢！还到史阁部辕门，央他的老体面，替俺解救罢[③]。（行介）

【前腔】速去乞恩慈，速去乞恩慈，空忝羞颜，答应何辞？这才是，这才是，自作孽，天教死。

　　（内喊介。副净领众走下。外扮史可法从人上）

【捣练子】局已变，势难支，踌躇中夜少眠时[④]。（生上）自叹经纶空满纸[⑤]。

　　（外向生介）世兄，你看高杰不辞而去，三镇又不遵军法，俺本标人马，为数无几，怎能守得住江北？眼看大事已去，奈何，奈何！（生）闻得巡抚郑瑄，堵住江口，高杰不能南下，又回扬州来了。（外）那三镇如何？（生）三镇知他退回，会齐人马，又来迎敌，前哨已到高邮了。（外愁介）目前局势更难处矣。

【玉抱肚】三百年事，是何人掀翻到此？只手儿怎擎青天？却莱兵总仗虚词[⑥]。（合）烟尘满眼野横尸，只倚扬州兵一枝。

　　（丑扮中军官传鼓介。杂问介）门外击鼓，有何军情？（丑）将军高杰，领兵到辕，求见元帅。（外）他果然来了。传他进来，看他有何话说？（外升帐，开门，左右排列。副净急跑上介）小将高杰，擅离汛地，罪该万死，求元帅开恩饶恕！（外）你原是一介乱民，朝廷许你投诚，加封侯爵，不曾薄待了你，为何一言不合，竟自反去？及至渡江不得，又投辕门。忽而作反，忽而投诚，把个作反、投诚，当做儿戏，岂不可恨⑦！本该军法从事，姑念你悔罪之速，暂且饶恕。（副净叩头起介。外问介）你还有何说？（副净又跪介）前日擅离汛地，只为不肯服礼。今三镇知俺回来，又要交战，小将虽强，独自怎支？还望元帅解救。（向生央介）侯先生替俺美言一句。（生）你不肯服礼，叫元帅如何处断？（外）正是，事到今日，本帅也不能偏护了。

【前腔】争论坐次，动干戈不知进止。他三家鼎足称雄，你孤军危命如丝。（合前⑧）

（副净）元帅不肯解救，小将宁可碎首辕门，断不拜他下风。（生）你那黄金坝上威风那里去了？（副净）那时他没带人马，俺用全军混战，因而取胜。今日三家卷甲齐来，小将不得不临事而惧矣⑨。（生）小生到有个妙计，只怕你不肯依从。（副净）除了服礼，都依。（生）目今流贼南下，将渡黄河，许定国不能阻当，连夜告急。元帅正要发兵防河，你何不奉命前往，坐镇开、洛⑩？既解目前之围，又立将来之功。他三镇知你远去，也不能兴无名之师了。将军以为何如？（副净低头思介）待我商量⑪。（内呐喊介。外）城外杀声震天，是何处兵马？（丑报介）黄、刘三镇，领兵到城，要与高将军厮杀哩。（副净惧介）这怎么处？只得听元帅调遣了。（外）既然肯去，速传军令，晓谕三镇。（拔令箭丢地介。丑拾令箭跪介。外）高杰无礼，本当军法从事，但时值用人之际，又念迎驾之功，暂且饶恕，罚往开、洛防河，将功赎罪，今日已离扬州。三镇各释小嫌，共图大事，速速回汛，听候调遣。（丑）得令。（下。外指高杰介）高将军，高将军，只怕你的性气，到处不能相安哩。

【前腔】 黄河难恃，劝将军谋终虑始。那许定国也不是个安静的。须提防酒前茶后，软刀枪怎斗雄雌？（合前）

（向生介）防河一事，乃国家要着，我看高将军勇多谋少，倘有疏虞⑫，罪坐老夫。仔细想来，河南原是贵乡，吾兄日图归计，路阻难行，何不随营前往？既遂还乡之愿，又好监军防河，且为桑梓造福，岂非一举而三得乎？（生）多谢美意，就此辞过元帅，收拾行装，即刻起程便了。（副净）一同告辞罢。（拜别介。外向生介）参谋此去，便如老夫亲身防河一般，只恐势局叵测⑬，须要十分小心，老夫专听好音也。正是：人事无常争胜负，天心有定管兴亡。（下。吹打掩门。生、副净出介。副净）侯先生，你听杀声未息，只怕他们前面截杀。（生）无妨也，他们知你移防，怒气已消，自然散去的。况且三镇之兵，俱走东路，我们点齐人马，直出北门，从天长、六合⑭，竟奔河南，有何阻当？（众兵旗仗伺候介。副净）就此起程。（行介）

【朝元令】（生）乡园系思，久断平安字；乌栖一枝，郁郁难居此。结伴还乡，白云如驶，遂了三年归志。（副净）统着全师，烟城柳驿行参差。莫逞旧雄姿，函关偷度时⑮。（合）扬州倒指，看不见平山萧寺⑯，平山萧寺。

　　（副净）落日林梢照大旗，

　　（生）从军北去慰乡思。

　　（副净）黄河曲里防秋将⑰，

（生）好似英雄末路时。

注释：

①江锁坚城，弩射雄师：指江南巡抚郑瑄坚守镇江，操船架炮，堵住江口，并用弩箭阻射高杰部兵。《小腆纪年》卷六曰："先是，江北诸镇兵不戢，眈眈思渡，志葵（明总兵吴志葵）以游击随抚臣郑瑄镇京口，悉心守御，江上以安，故有是命。"记载了这段真实的历史。

②郑瑄：字汉奉，自号昨非庵居士。侯官（今属福建）人，明崇祯四年（1631）进士，时为江南巡抚。

③替俺解救罢：暖红室本眉批曰："无礼无耻，高杰为最。"

④踌躇：犹豫，徘徊。中夜：指夜半时分。

⑤经纶：指治国安邦的策略。

⑥却莱兵总仗虚词：莱兵，原作"来兵"，据暖红室本改。这是史可法自嘲之词，他手无实权，只能凭借智谋退敌。典自《史记·孔子世家》，春秋时，孔子、鲁定公与齐景公在夹谷（今山东莱芜）相会。齐景公欲使鲁国臣服，设计让莱人进乐时劫持鲁定公。孔子早有防范，见莱人动手，即令卫士绑斩了莱兵，还迫使齐景公归还侵占鲁国的汶阳之地。

⑦岂不可恨：暖红室本眉批曰："责的明白剀切，此等儿戏人不少，何足责哉？"

⑧合前：也称"合头"，在南戏与明清传奇里，同一曲牌叠唱，对于第二曲以下各曲，凡重复第一曲末尾数句者，为了省写曲文，注上"合前"。

⑨临事而惧：此句化用《论语·述而》"必也临事而惧，好谋

而成者也"之语，指遭遇大事时，务必保持小心、戒惧。此处高杰错解了本义。

⑩开、洛：原作"关、洛"，据清康熙刊本改，指开封与洛阳。下同。

⑪待我商量：暖红室本眉批曰："低头寻思，非好谋也，不肯舍扬州耳。"

⑫疏虞：疏忽大意。

⑬叵（pǒ）测：不可推测。

⑭天长：今在安徽。六合：今在江苏。

⑮函关偷度时：指高杰与侯方域偷偷越过三镇防线。函关，函谷关，指孟尝君偷渡函谷关之故事。典自《史记·孟尝君列传》，战国时期，孟尝君一行逃到秦国，到达函谷关下时已值半夜。随行门客有善于口技者，仿鸡鸣，引得关内群鸡齐鸣，关吏开门，孟尝君一行得以出关。暖红室本眉批曰："将军懊悔，书生踊跃，俱为画出。"

⑯平山：平山堂，在江苏扬州西北郊，扬州名胜之地，据传为欧阳修所建。萧寺：原指梁武帝建造的佛寺，后泛指佛寺。苏鄂《杜阳杂编》记载："梁武帝好佛，造浮屠。命萧子云飞白大书曰'萧寺'。"

⑰防秋：据《唐书·陆贽传》："西北边岁调河南江淮兵，谓之防秋。"古代北方少数民族经常于秋季侵扰中原，唐朝在西北边塞布置重兵防范。

点评：

本出出评："和不成则移之，移高兵并移侯生，侯生移而香君守矣。男女之离合，与国家兴亡相关，故并为传出。"

该出在《桃花扇》中可谓颇为关键的一出，因为从结构上说是桃花扇上本的终结，从内容上说又是情节一大转折点，是相当重要的。但是该出情节本身并不复杂，讲述了高杰带兵出走，但因东、西皆被阻断，只得回来向史可法认错，并且最终同侯方域北上防河一事。但在这一段简单情节中，却埋藏了重要的线索，为后面的情节铺下坚实的基础。

从矛盾冲突上而言，该出终结了四镇冲突这一矛盾。但是这一冲突的解决，并不是武将拥兵自重问题的解决，因为高杰并非被史可法、侯方域的计划所召回，而是在东、西两方面军事力量的堵截下被迫向史可法求援的。而且即使高杰向史可法求援，仍然坚持不向另外三镇低头认错，可见史可法只是高杰所寻求的庇护，并非诚心归服之领导。

因而，该出虽然解决了四镇冲突，但是文臣、武将之间不对等的关系，却始终没有被扭转过。孔尚任虽然对南明一干文臣抱有崇敬之心，并在剧中让高杰向他们低头，但他仍然遵从了历史现实。故而，史可法、侯方域在此冲突解决上毫无主动性可言，只能"自叹经纶空满纸"，等待契机的到来。

对于四镇矛盾冲突的解决，并不是该出最关键的作用。该出最关键的作用在于，作为上本的终结，为下本的情节生发做出了充分的铺垫，而这铺垫的关键，就在于高杰移防一事。

　　《桃花扇》下本最大的情节变化，即是弘光朝廷的崩溃。这固然缘于内政纷争、军事混乱等多方面原因，但造成这一崩溃的最大推动力，则是北兵的南下。而北兵南下这一线索，正是借助高杰北上防河一事引出的。因而，该出对于后续情节的转变，埋下了至关重要的伏笔。为贯穿这一伏笔，孔尚任也是颇费心思。最为巧妙的地方，即是将高杰北上与四镇冲突联络在一起，使得情节贯穿而下，毫无阻滞。

　　历史上高杰北上固是现实情况，四镇之间矛盾重重也是实情，但四镇混战、高杰被逼北上，却都是孔尚任的虚构。如果不这样叙述，那么这一段历史进程就很难被整合到短短的《争位》《和战》《移防》三出之中，而必须耗费更多笔墨叙述高杰、黄得功的矛盾以及许定国的逆反之心等内容，滋生出诸多冗余出目。孔尚任的这两笔虚构，正采用了"减头绪"的创作方法，使得各自独立的历史事件串联为一，既省略了诸多枝节笔墨，又使得情节演进流畅自如。

　　该场次对于高杰、史可法之间的来往应对，处理得当。

　　两人在相遇之前，已经处于绝望的境地中了。在高杰方面，他向东、向西都无路可去，处在进退失据的境遇中；在史可法方面，高杰出走他无法控制，另三镇擅自调兵他也无力控制。这两个绝望之人的相遇，是戏剧性的，他们的关系也颇为微妙：高杰虽然不听令于史可法，史可法却是高杰的救命稻草。

　　从表现上而言，高杰以性命之忧求救于史可法，则必须顺服于史可法，故而赧首羞颜地来到史可法面前，痛陈自己的错误；但是从实力上而言，史可法并无调转高杰兵力的能力，他虽然严厉指斥高杰，但其文辞虚浮，根本不能解决任何实质性问题。故而高杰认错之后，史可法也没有对他做出实质性的处罚，只能说"本该军法从事，姑念你悔罪之速，暂且饶恕"，给各自保留一个下地的台阶。

这一段的戏剧节奏把握也很巧妙，开场先分别表现高杰与史可法、侯方域，两方都是渐近绝望，情绪愈发低迷。然而绝望的双方突然相遇，却使得节奏发生变化，出现转机——尤其在高杰向史可法认错之后，危机得以妥善解决，双方的命运也都各有转变，走向明朗。

正是经由这样的对峙，高杰才在史可法的指引之下，北上支援许定国防河，为后面的《赚将》诸出打下基础。按照传奇惯例，这是《桃花扇》的"小收煞"。所谓"小收煞"者，即整个剧情并没有完全结束，但是上本的诸多矛盾冲突却得以暂时告一段落，可以悬置于下本再得解决。该出以四镇解纷、高杰北上为冲突，交代了当前的局势与各人的去向，是恰当妥帖的暂时收束。

第二十出　移防（甲申六月）

213

闰二十出　闲话（甲申七月）

（内鸣金擂鼓呐喊介。外扮老官人，白巾麻衣背包裹急上）戎马消何日？乾坤剩此身。白头江上客，红泪自沾巾。（立住大哭介。小生扮山人背行李上）日淡村烟起，江寒雨气来。（丑扮贾客背行李上）年年经过路，离乱使人猜。（小生见丑介）请了，我们都是上南京的，天色将晚，快些趱行。（丑）正是兵荒马乱，江路难行，大家作伴才好。（指外介）那个老者为何立住了脚，只顾啼哭？（小生问外介）老兄想是走错了路，失迷什么亲人了？（外摇手介）不是，不是。俺是从北京下来的，行到河南，遇着高杰兵马，受了无限惊恐。刚得逃生，渡过江来，看见满路都是逃生奔命之人，不觉伤心恸哭几声。（掩泪介。小生）原来如此，可怜，可叹！（丑）既是北京下来的，俺正要问问近日的消息，何不同宿村店，大家谈谈？（外）甚妙，我老腿无力，也要早歇哩。（小生指介）这座村店稍有墙壁，就此同宿了罢。（让介）请进。（同入介。外仰看介）好一架豆棚。（小生）大家放下行李，便坐这豆棚之下，促膝闲话也好。（同放行李，坐介。副净扮店主人上）村店新泥壁，田家老瓦盆。（问介）众位客官，还用晚饭么？（众）不消了。（小生）烦你买壶酒来，削瓜剥豆，我与二位解解困乏罢。（外向小生介）怎好取扰？（丑向外介）四海兄弟，却也无妨。待用完此酒，咱两个再回敬他。（副净取酒、菜上。三人对饮介。外问介）方才都是路遇，不曾请教尊姓大号，要到南京有何贵干？（小生）在下姓蓝名瑛，字田叔，是西湖画士，特到南京访友的。（丑）在下蔡益所，世代南京书客，才从江浦索债回来的。（问外介）老兄是从北京下来的了，敢问高姓大名，有甚急事，这等狼狈？（外）不瞒二位说，下官姓张名薇，原是锦衣卫堂官。（丑惊介）原来是位老爷，失敬了。（小生问介）为何南来？（外）三月十九日，流贼攻破北京，崇祯先帝缢死煤山，周皇后也殉难自尽。下官走下城头，领了些本管校尉，寻着尸骸，抬到东华门外①，买棺收殓，独自一个戴孝守灵②。（小生）那旧日的文武百官，那里去了？（外）何曾看见一人？那时闯贼搜查朝官，逼索兵饷，将我监禁夹打。我把家财尽数与他，才放我守灵戴孝。别个官儿走的走，藏的藏，或被杀，或下狱，或一身殉难，或阖门死节。（小生）有这样忠臣，可敬，可敬！（外）还有进朝称贺、做闯贼伪官的哩。（丑）有这样狗彘，该杀，该杀！（外掩泪介）可怜皇帝、皇后两位梓宫③，丢在路旁，竟没人过问。（小生、丑俱掩泪介。外）直到四月初三日，礼部奉了伪旨，将梓宫抬送皇陵。我执幡送殡，走到昌平州④，亏了一个赵吏目⑤，纠合义民，捐钱三百串，掘开田皇妃旧坟⑥，安葬当中。下官就看守陵旁，早晚上香。谁想五月初旬，大兵进关⑦，杀退流贼，安了百姓，替明朝报了大仇，特差工部查宝泉局内铸的崇祯遗钱⑧，发买工料，从新修造享殿碑亭⑨，门墙桥道，与十二陵一般规模⑩，真是亘古希有的事。下官也没等工完，亲手题了神牌，写了墓碑，连夜走来，报与南京臣民知道，所以这般狼狈。（小生）难得，难得！若非老先生在京，崇祯先帝竟无守灵之人。（丑问介）但不知太子二王⑪，今在何处？（外）定、永两王，并无消息。闻太子渡海南来，恐亦为乱兵所害矣。（掩泪介。小生问介）闻得北京发书一封与阁部史可法⑫，责备亡国将相，不去奔丧哭主，又不请兵报仇。史公答了回书，特着左懋第披麻扶杖⑬，前去哭灵，老先生可晓得么？（外）下官半路相遇，还执手恸哭了一场的。（内作大风雷声介。副净掌灯急上）大雨来了，快些进房罢。（众起，以袖遮头入房介）好雨，好雨！（外）天色已晚，下官该行香了。（丑问介）替那个行香？（外）大行皇帝未满周年，下官现穿孝服，每早每晚要行香哭拜的。（取包裹出香炉、香盒，设几上介。洗手介。望北两拜介。跪上香介）大行皇帝呀，大行皇帝呀！今日七月十五，孤臣张薇，叩头上香了。（内作大风雷不止介。外伏地放声大哭介。小生呼丑介）过来，过来，我两个草莽之臣，也该随拜举哀的。（小生、丑同跪，陪哭介。哭毕，俱叩头起，又两拜介。小生）老先生远路疲倦，早早安歇了罢。（外）正是，各人自便了。（各解行李卧倒介。小生）窗外风雨益发不住了，明早如何登程？（外）老天的阴晴，人也料他不定。（丑问介）请问老爷，方才说的那些殉节文武，都有姓名么？（外）问他怎的？（丑）我小铺中要编成唱本，传示四方，叫万人景仰他哩。（外）好，好！下官写有手摺⑭，明日取出奉送罢。（丑）多谢！（小生）那些投顺闯贼、不忠不义的姓名，也该流传，叫人唾骂。（外）都有抄本，一总奉上。（丑）更妙。（俱作睡熟介。内作众鬼号呼介。外惊听介）奇怪，奇怪！窗外风雨声中，又有哀苦号呼之声，是何物类？（杂扮阵亡厉鬼，跳叫上。外隔窗看介）怕人，怕人！都是些没头折足阵亡厉鬼，为何到此？（众鬼下。外睡倒介。内作细乐警跸声介⑮。外惊听介）窗外又有人马鼓乐声，待我开门看来。（起看介。杂扮文武冠带骑马，幡幢细乐引导⑯，扮帝、后乘舆上。外惊出跪迎介）万岁，万岁，万万岁！孤臣张薇恭迎圣驾。（众下。外起呼介）皇帝，皇后，何处巡游？我孤臣张薇不能随驾了。（又拜哭介。小生、丑醒问介）天已发亮，老爷怎的又哭起来？想是该上早香了。（外掩泪介）奇事，奇事！方才睡去，听得许多号呼之声，隔窗张看，都是些阵亡厉鬼。（小生）是了，昨夜乃中元赦罪之期[17]，想是赴盂兰会的[18]。（外）这也没相干，还有奇事哩。（丑）还有什么奇事？（外）后来又听的人马鼓吹之声，我便开门出看，明明见崇祯先帝同着周皇后乘舆东行，引着文武官员，都是殉难忠臣。前面奏着细乐，排着仪仗，像个要升天的光景。我伏俯路旁，送驾过去，不觉失声大哭起来。（小生）有这等异事！先皇帝、先皇后自然是超升天界的，也还是张老爷一片至诚所感，故此特特显圣。（外）下官今日发一愿心，要到明年七十五日，在南京胜境，募建水陆道场[19]，修斋追荐，并脱度一切冤魂，二位也肯随喜么[20]？（丑）老爷果能做此好事，俺们情愿搭醮[21]。（外）好人，好人！到南京时，或买书，或求画，不时要相会的。（丑）正是。（小生）大家收拾行李前路作别罢。（各背行李下介）

> 雨洗鸡笼翠[22]，
> 江行趁晓凉。
> 乌啼荒冢树，
> 槐落废宫墙。
> 帝子魂何弱，
> 将军气不扬。
> 中原垂老别[23]，
> 恸哭过沙场。

注释：

①东华门：紫禁城东侧门，在皇城东面偏南，始建于明永乐十八年（1420）。

②独自一个戴孝守灵：暖红室本眉批曰："崇祯帝、后大行始末，历历分明，皆胜国实录，不可以野史目之。"

③梓宫：指明崇祯帝、周后的灵柩。

④昌平州：今北京昌平。明代属顺天府，明代皇陵之处。

⑤赵吏目：即赵一桂，明崇祯末年，以省察官署昌平州吏目，奉命将崇祯帝、后葬于田皇妃坟圹里。

⑥田皇妃：明崇祯帝的妃子，死于明崇祯十五年（1642）五月京城被攻破前二年，葬于昌平州。

⑦大兵进关：指清兵入关。

⑧宝泉局：官署名，掌管铸币。明代始设，清代沿用，隶属户部。

⑨享殿：也称"享堂"，古代陵墓供奉祖先牌位以供祭典的殿堂，是帝王陵园中举行祭祀活动之所。明代称其为"祾恩殿"，清代称为"隆恩殿"。

⑩十二陵：明代十二帝王之陵墓，在北京昌平天寿山麓，包括长陵（成祖）、献陵（仁宗）、景陵（宣宗）、裕陵（英宗）、茂陵（宪宗）、泰陵（孝宗）、康陵（武宗）、永陵（世宗）、昭陵（穆宗）、定陵（神宗）、庆陵（光宗）、德陵（熹宗），各陵依山面水而建，布局主从分明。

⑪太子二王：指明崇祯帝太子朱慈烺和永王朱慈炤、定王朱慈炯。

⑫北京发书一封与阁部史可法：清兵入关后，清摄政王多尔衮致信史可法，称清兵已为崇祯帝报仇，剿灭了农民军，指责南明自立小朝廷，应削号为藩，以降清朝。史可法回信拒绝了多尔衮的要求，但依然希望能与清军合作。

⑬左懋第：字梦石，莱阳（今属山东）人，明崇祯四年
（1631）进士，官至户部给事中。在南明朝任右佥都御史，
被派赴清议和，后不降而死。

⑭手摺：指官吏禀呈公事所用者，多为折纸形式，因亲手呈
递，故曰。

⑮警跸：古代帝王、王公大臣出行时，所经道路严加戒备，禁
止行人走动。

⑯幡幢：指佛教中用来装饰和供奉佛、菩萨等像的庄严具品。
幡，旌旗的总称。幢，佛教中书写了佛号或经咒的圆筒状
旗帜。

⑰中元：农历七月十五日，道教称为"中元节"，是民间祭祀
祖先、缅怀亡亲的节日。

⑱盂兰会：俗称"放焰口"，民间习俗，一般在农历七月十五
日举行，人们会请和尚或尼姑结盂兰会、诵经，以超度亡魂
和饿鬼。

⑲水陆道场：佛教的一种法会，由僧人诵经，超度亡魂。时间
短则一周，长则49天。据称始自梁武帝，后在民间流行。

⑳随喜：佛家语，指见人行善。此处指布施。

㉑搭醮（jiào）：他人延请僧尼、道士设坛打醮时，附资参与一
份，求福禳灾。

㉒鸡笼：指鸡笼山，即鸡鸣山。

㉓垂老别：借用杜甫《垂老别》之诗名和内容。

点评：

　　本出出评："哭主一折，止报北京之失，而帝后殉

国、流贼破城始末，皆于此折出。虽补笔也，实小结场法。""张道士、蔡益所、蓝田叔，皆下本结场之人，而此上本末折，方令出场，笔意高绝。又两结场皆是中元，皆鬼神之事；又全折但用科白，不填一曲，是异样变化文字。"

该出并不关涉主要情节，其主要内容也与全书剧情关涉不大：崇祯旧臣张薇在去往南京的路上与画士蓝瑛、商人蔡益所相遇，三人叙说崇祯殉国前后经过，并相约南京再见。

该出看似与全书无涉，确为"闰"出，但也自有一些特殊作用。

其一，在于补叙上本所涉及的历史内容，尤其是对北京城破之后相关情况的补叙。《桃花扇》一剧涉及地点集中于金陵、淮扬一带，所述及的人物也大多是活动于这一带的人，因而全剧几乎没有涉及北方地区的情况——农民军攻破北京、崇祯殉国等一系列事件，并没有被直接表现出来，但这些事件却是导致迎立福王等重大情节的原因，如果对此避而不谈，会使得全剧的视野狭小，失去史诗的格局与气度。因此，作者借张薇之口，将这一段历史予以补充说明，从而对于全剧内容进行了扩展、延伸。

其二，为《桃花扇》一书的立意合法性寻求稳固的根基。《桃花扇》有浓重的缅怀前朝的情绪，如果不对此做出妥善处理，很容易便掉入"文字狱"的陷阱之中，引来祸事。对于崇祯殉国一事的转述，一方面可以将明朝毁亡之责推到李自成等"流贼"身上，另一方面又可以顺便歌颂清军为崇祯及明朝报仇的功德，这就为《桃花扇》确立了合法的政治立场。

据金埴在《巾箱说》中的记载，康熙己卯秋，内侍就曾向孔尚任索要过《桃花扇》一剧，面对朝廷的审阅，孔尚任却丝毫不怵，"于张平州中丞家觅得一本，午夜进之直邸，遂入内府"，甚至没有对文字进行修改就呈送内廷了。孔尚任之所以有如此把握，此出当有功绩在其中。

以上二者，便是该出在情节、立意上的功用。但该出并不仅仅是功能性的，还包含了丰富的内容在其中。首当提及的，便是寄予了作者对崇祯及一干殉国忠臣的崇敬之情。

崇祯殉国一事，素为时人感慨万千，也是官方、民间所一致尊敬的，连入关的清军也对崇祯钦佩有加，对崇祯、后妃善加厚葬。清朝官修的《明史》一书的评价，亦可谓官方评价："是则圣朝盛德，度越千古，亦可以知帝之蒙难而不辱其身，为亡国之义烈矣。"

张薇为崇祯守孝之事，固是当时实情，但此段的编撰，实为表达对崇祯的哀思。诸多随崇祯死节的忠臣，也是孔尚任所表彰的对象。作者借蔡益所编纂唱本一事，表达了对于这些亡故忠臣的纪念。

该出中对于诸多叛臣的贬斥，也是不言而喻的。在历史上，北京城的陷落不仅源于李自成大军的攻击，同样也源于诸多崇祯朝臣的叛变——这些大臣当国难之时，无意为国驱驰，反而中饱私囊，置政局于水火，弃生民于涂炭。当李自成大军赶到时，还不等战况分明，这些大臣就纷纷倒戈相向，开城迎贼。如此嘴脸，令人不齿。以明朝二百六十余年的基业，最终却落得皇帝、皇后的棺椁无人收拾的局面，这些中饱私囊、毫无廉耻的大臣当负主要责任。

桃花扇传奇卷三（下本）

加二十一出　孤吟（康熙甲子八月）

（副末毡巾道袍，扮老赞礼上）

【天下乐】雨洗秋街不动尘，青山红树满城新。谁家剩有闲金粉，撒与歌楼照镜人①？

老客无家恋，名园杯自劝②。朝朝贺太平，看演《桃花扇》。（内问）老相公又往太平园，看演《桃花扇》么？（答）正是。（内问）昨日看完上本，演的何如？（答）演的快意，演的伤心。无端笑哈哈，不觉泪纷纷。司马迁作史笔，东方朔上场人③。只怕世事含糊八九件，人情遮盖两三分④。（行唱介）

【甘州歌】流光箭紧⑤，正柳林蝉噪，荷沼香喷。轻衫凉笠，行到水边人困。西窗乍惊连夜雨，北里重消一枕魂⑥。梧桐院，砧杵村⑦，青苔虫语不堪闻。闲携杖，漫出门，宫槐满路叶纷纷。

【前腔】鸡皮瘦损⑧，看饱经霜雪，丝鬓如银。伤秋扶病，偏带旅愁客闷。欢场那知还剩我？老境翻嫌多此身⑨。儿孙累，名利奔，一般流水付行云。诸侯怒，丞相嗔，无边衰草对斜曛⑩。

【前腔】【换头】望春不见春，想汉宫图画，风飘灰烬⑪。棋枰客散⑫，黑白胜负难分。南朝古寺王谢坟⑬，江上残山花柳阵。人不见，烟已昏，击筑弹铗与谁论⑭？黄尘变⑮，江流滚，一篇诗话易沉沦。

【前腔】【换头】难寻吴宫旧舞茵⑯，问开元遗事，白头人尽⑰。云亭词客，阁笔几度酸辛。声传皓齿曲未终，泪滴红盘蜡已寸⑱。袍笏样，墨粉痕，一番妆点一番新⑲。文章假，功业诨，逢场只合酒沾唇。

【余文】老不羞，偏风流，偷将拄杖拨红绸。那管他扇底桃花解笑人？

> 当年真是戏，
> 今日戏如真。
> 两度旁观者⑳，
> 天留冷眼人。

那马士英又早登场，列位请看。（拱下）

注释：

① "谁家剩有闲金粉"二句：指南京城秋光艳丽，谁能有闲情逸致到歌楼看《桃花扇》演出呢？金粉，铅粉，古代女性使用的化妆品。歌楼照镜人，指演出《桃花扇》的歌妓。

② 名园杯自劝：暖红室本眉批曰："下本开场，又辟新境，真匪夷所思。"

③ "司马迁作史笔"二句：指《桃花扇》内容符合史实，舞台演出诙谐有趣。司马迁，西汉文学家、史学家，字子长，陕西夏阳（今陕西韩城）人。元封三年（前108）任太史令。因为李陵辩护，受宫刑。他发愤著书，完成中国第一部纪传体通史《史记》，"实录"自轩辕黄帝至汉武帝太初年间的历史事件和历史人物。东方朔，字曼倩，平原厌次（今山东惠民）人。官至太中大夫。诙谐善辩，经常讽谏汉武帝。

④"只怕世事含糊八九件"二句：世事十有八九含糊不清，遇事总要看人情遮蔽三分，指为人处世不必过于认真。含糊，指是非不明。

⑤流光箭紧：指时光飞逝，化用"光阴似箭"之语。紧，急迫。

⑥北里：原指唐代长安城北平康里歌妓的聚居地，后指妓馆。

⑦砧杵村：指秋天乡村妇女捣衣景象，化用陆游《晚饭后步至门外并溪而归》"商略最关诗思处，满村砧杵捣秋衣"句，对应前句"梧桐院"。砧，捣衣石。杵，捣衣用的棒槌。

⑧鸡皮：指皮肤有皱纹，如同鸡皮，形容年迈的老人。

⑨老境翻嫌多此身：年老之后，反而厌恶此身多余。暖红室本眉批曰："客孤齿暮之嗟。"

⑩"诸侯怒"三句：指那些气焰嚣张的诸侯、骄横跋扈的丞相，到头来如衰草映斜阳，一片凋零、凄凉。化用杜甫《丽人行》"炙手可热势绝伦，慎莫近前丞相嗔"句。曛，指斜阳落山时黯淡无光。

⑪"想汉宫图画"二句：回想汉宫那繁华如画的景象，如今如风飘散，似灰灭烬。

⑫棋枰客散：指棋局结束，客人散去。枰，棋盘。

⑬南朝古寺王谢坟：指朝代更迭、兴替。寺庙与王、谢两大家族是南朝繁华的标志，而今一成古迹，一剩坟茔。

⑭击筑弹铗与谁论：指空怀一腔报国之心。击筑，指高渐离击筑送荆轲的故事。战国时，荆轲被遣去刺杀秦王，高渐离在易水边击筑送别，荆轲引歌而和。弹铗，指冯谖弹铗作歌的故事。战国时，孟尝君门客冯谖不满于每日的待遇，弹铗吟

歌，孟尝君得知后，满足了他的要求。击筑，敲打筑。筑，古乐器，似筝。弹铗，弹击剑把。铗，剑把。

⑮黄尘：原作"黄唐"，据暖红室本改。

⑯吴宫旧舞茵：指吴王宠幸西施时笛声飘漾、舞姿袅娜的欢乐场面。舞茵，指在氍毹之类毯子上歌舞。茵，原指车子上的垫、席，引申为铺垫。

⑰"问开元遗事"二句：以开元遗事暗喻南明遗事，化用元稹《宫怨》："寥落古行宫，宫花寂寞红。白头宫女在，闲坐说玄宗。"开元遗事，指唐玄宗故事。

⑱泪：蜡泪。

⑲"袍笏样"三句：指演出时的装扮、化妆。袍，朝服，大臣上朝所穿。墨粉，戏曲演员搽脸和画眉用的化妆品。

⑳两度旁观者：指老赞礼两次见证南明的灭亡，先是亲眼目睹，后是戏中所演。暖红室本眉批曰："非冷眼人，不知朝堂是戏，不知戏场是真。"

点评：

　　本出出评："此出全用词曲与《闲话》一出相配。《闲话》上本之末，《孤吟》下本之首。"

　　该出是《桃花扇》下本的开场戏，与上本开场的"试一出"相呼应，是下本情节的索引。

　　但此出与"试一出"有所不同，虽然老赞礼依旧保持了"局外人"的身份，但并没有如"试一出"中那样言辞丰富、插科打诨，而是在简洁的说白演出和观感之后，演唱了四支【甘州歌】便匆匆下场了。这便使得两出区别开来，避免了对人物形象的重复表述和情节构织的因袭套用。

四支【甘州歌】曲意委婉，而又环环相扣，从老赞礼的衰老写起，转到历史人生的有限，最后又转到剧场对有限人生的虚构表达上。这样的表达逻辑，可谓入乎其内，又以出人意料的方式出乎其外。

自感衰老与凭吊历史二者，在古诗文中往往是相伴相生的，在感时伤怀的文学作品中尤其常见。经典者如元稹"寥落古行宫，宫花寂寞红。白头宫女在，闲坐说玄宗"四句，将年华老去之人、萧瑟衰颓之景与一去不返之时间相联接，从而表达出绵绵无尽的伤感、无奈之情。与此相类的作品还有很多，作者们大多可以沉浸在此情绪之中，偶有归于一醉之假解脱，少见看淡烟云之真豁达。

老赞礼的前三支【甘州歌】，便是一承此种文学作品之思绪，在自身衰退与天地无限之间，追思不可逆转之历史，从而凭吊过往的时光。然而在第四支【甘州歌】中，则曲意陡转，将剧作家个人笔触的有限与历史的无限之间的矛盾点出，继而转到场上之作皆是"一番装点一番新"的游戏。既然历史已无从追索，演义又仅是虚妄，人也自然可以从感伤中解脱出来，转向豁达，乃至成为冷眼旁观者。

"当年真是戏，今日戏如真。两度旁观者，天留冷眼人"的下场诗，可谓这四支【甘州歌】大意的总结，也体现了老赞礼对于往事的看淡与超脱。

这种对历史的看淡与超脱，便是《孤吟》一出的主旨所在。这可以与第四十出《入道》相呼应。老赞礼对于过往历史的超脱，与张瑶星对于现实兴亡离合的超脱，互为支撑。

孔尚任在安排角色时，即将老赞礼和张道士安排在了最为提纲挈领的"经部"中，并且将两人分在互相呼应的"经星"与"纬星"上："张道士，方外人也，总结兴亡之案；老赞礼，无名氏也，细参离合之场。"可见《孤吟》一出并非闲笔，而是全剧伸张主旨的一大关目。

此外，在孔尚任创格的《先声》《孤吟》《余韵》三折中，《孤吟》也是承接性的存在。它将《先声》中老赞礼的老而豁达，升华为看淡历史过往的超脱，同时也以与《余韵》一出所表达的伤逝、幻灭之后的寂静相承接，使得这三出在"静—动—静"的转变中得以完善收束。

在节奏上，该出对于上本跌宕起伏的情节而言，也是一个很好的冷场调剂，使得观者可以从冲突激烈的情节中暂时脱离出来，获得些许放松、休息，从而为后面紧张情节的继续做好准备。

所以，《孤吟》固然是"加"出来的，但并非无意的冗言，而是经作者充分构思、审慎考虑的绝妙篇章。其在立意上的高远与文辞上的灵逸超脱，断不可以"蛇足"视之。

第二十一出　媚座 (甲申十月)

（净冠带扮马士英，外扮长班从人喝道上）

【菊花新】调和鼎鼐费心机①，别户分门恩济威。钻火燃寒灰，这燮理阴阳非细。

下官马士英，官居首辅，权握中枢。天子无为，从他闭目拱手；相公养体，尽咱吐气扬眉。那朱紫半朝②，只不过呼朋引党；这经纶满腹，也无非报怨施恩。人都说养马成群，滚尘不定③；他怎知立君由我，杀人何妨？（笑介）这几日太平无事，又且早放红梅，设席万玉园中，会些亲戚故旧，但看他趋奉之多，越显俺尊荣之至。人生行乐耳，须富贵此时④。（叫介）长班，今日下的是那几位请帖？（外）都是老爷同乡。有兵部主事杨文骢、金都御史越其杰、新推漕抚田仰、光禄寺卿阮大铖，这几位老爷。（净疑介）那阮大铖不是同乡呀。（外）他常对人说是老爷至亲。（净笑介）相与不同⑤，也算的个至亲了。（吩咐介）今日不是外客，就在这梅花书屋设席罢。（外）是！（净）天已过午，快去请客。（外）不用去请，俱在门房候着哩。只传他一声，便齐齐进来了。（传介）老爷有请！（末、副净忙上）阍人片语千钧重⑥，相府重门万里深。（进见足恭介。净）我道是谁？（向末介）杨妹丈是咱内亲，为何也不竟进？（末）如今亲不敌贵了。（净）说那里话？（向副净介）圆老一向来熟了的，为何也等人传？（副净）府体尊严，岂敢冒昧？（净）这就见外了。（让净位坐，打恭介）

【好事近】（净）吾辈得施为，正好谈心花底。阑干边载，门外不须倒屣⑦。休疑，总是一班桃李，相逢处把臂倾杯，何必拘冠裳套礼⑧？俺肯堂堂相府，宾从疏稀⑨。

（茶到让净先取，打恭介。净）今日天气微寒，正宜小饮。（副净、末打恭介）正是。（净）才下朝来，日已过午，昼短夜长，差了三个时辰了。（副净、末打恭介）是，是！皆老师相调燮之功也。（吃茶完，让净先放茶杯，打恭介。净问外介）怎么越、田二位还不见到？（外）越老爷痔漏发了，早有辞帖；田老爷明日起身，打发家眷上船，夜间才来辞行。（净）罢了，吩咐排席。（吹打，排三席，安坐介。副净、末谦恭告坐介。入坐饮介）

【泣颜回】（净）朝罢袖香微，换了轻裘朱履。阳春十月⑩，梅花早破红蕊。南朝雅客，半闲堂且说风流嘴⑪。拚长宵读画评诗，叹吾党知心有几⑫。

（副净问介）相府连日宴客，都是那几位年翁？（净）总是吾党，但不如两公风雅耳。（末问介）是谁？（净叫介）长班拿客单来看。（外）客单在此。（副净接看介）张孙振、袁宏勋、黄鼎、张捷、杨维垣⑬。（末）果然都是大有经济的。（净）个个是学生提拔，如今皆成大僚了。（副净打恭介）晚生等已废之员，还蒙起用，老师相为国吐握⑭，真不啻周公矣。（净）岂敢？（拱介）二位不比他人，明日嘱托吏部，还要破格超升。（末打恭介。副净跪介）多谢提拔。（净拉起介）

【前腔】（副净、末）提携，铩羽忽高飞，剑出丰城狱底⑮。随朝待漏⑯，犹如狗续貂尾。华筵一饮，出公门，满面春风起。这恩荣锡衮封圭，不比那登龙御李⑰。

（起介。净）撤了大席，安排小酌，我们促膝谈心。（设一席，更衣围坐介。净）也不再把盏了。（副净、末）岂敢重劳？（杂扮二价献赏封介）净摇手介）不必，不必！花间雅集，又无梨园，怎么行这官席之礼？（副净）舍下小班，日日得闲，为何不唤来承应?（净）圆老见惯的，另请别客，借来领教罢。

【太平令】妙部新奇，见惯司空自品题。（副净）是，是！名园山水清音美，又何用丝竹随？

　　（末笑介）从来名花倾国，缺一不可。今日红梅之下，梨园可省，倒少不了一声"晓风残月"哩⑲。

【前腔】半放红梅，只少韦娘一曲催。（净大笑介）妹丈多情，竟要做个苏州刺史了。苏州刺史魂消矣，想一个丽人陪。

　　（净）这也容易。（吩咐介）叫长班传几名歌妓，快来伺候。（外）禀老爷，要旧院的，要珠市的⑳？（净向末介）请教杨姑老爷。（末）小弟物色已过，总无佳者。只有旧院李香君，新学《牡丹亭》，倒还唱得出。（净吩咐介）长班快去唤来！（外应下。副净问末介）前日田百源用三百金，要娶做妾的，想是他了？（末）正是。（净问末介）为何不娶去？（末）可笑这个呆丫头，要与侯朝宗守节，断断不从。俺往说数次竟不下楼，令我扫兴而回。（净怒介）有这样大胆奴才。

【风入松】不知明府爪牙威，杀人如同虮。笑他命薄烟花鬼，好一似蛾扑灯蕊。（副净）这都是侯朝宗教坏的，前番辱的晚生也不浅。（净大怒介）了不得，了不得！一位新任漕抚，拿银三百，买不去一个妓女。岂有此理㉑！难道是珍珠一斛㉒，偏不能换蛾眉？

　　（副净）田漕台是老师相的乡亲，被他羞辱，所关不小。（净）正是，等他来时，自有处法。（外上）禀老爷，小人走到旧院，寻着香君，他推托有病，不肯下楼。（净寻思介）也罢！叫长班家人，拿着衣服财礼，竟去娶他。

【前腔】不须月老几番催，一霎红丝联喜。花花彩轿门前挤，不少欠分毫茶礼。莫管他肯不肯，竟将香君拉上轿子，今夜还送到田漕抚船上。惊的他迷离似痴，只当烟波上遇湘妃㉑。

（外等急应下。副净喜介）妙，妙！这才燥脾。（末）天色太晚，我们告辞罢。（净）正好快谈，为何就去？（副净）动劳久陪，晚生不安。（俱起打恭介。净）还该远送一步。（副净、末）不敢。（连打三恭。净先入内介。副净）难得令舅老师相在乡亲面上，动此义举。龙老也该去帮一帮。（末）如何去帮？（副净）旧院是你熟游之处，竟去拉下楼来，打发起身便了。（末）也不可太难为他。（副净怒介）这还便益了他。想起前番，就处死这奴才，难泄我恨！

【尾声】当年旧恨重提起，便折花损柳心无悔。那侯朝宗空梳栊了。你看今日琵琶抱向阿谁㉔？

　　（副净）封侯夫婿几时归㉕，

　　（末）独守妆楼掩翠帏。

　　（副净）不解巫山风力猛，

　　（末）三更即换雨云衣。

注释：

①调和鼎鼐：指在鼎或鼐里调和五味，比喻协调大臣之间的关系。鼎、鼐，烹饪器具。鼎，用以和五味。鼐，大鼎。

②朱紫半朝：指朝廷上的大部分官员。朱紫，唐代朝官大臣的别称。唐代，三品以上官服用紫，五品以上用朱。

③养马成群，滚尘不定：指马士英培植自己的势力，搅乱朝纲。滚尘，指马在尘埃里翻滚。

④"人生行乐尔"二句：指人生短暂，须及时行乐，化用杨恽《答孙会宗书》"人生行乐耳，须富贵何时"句。

⑤相与：结交。

⑥阍（hūn）人：掌管宫门或官府的禁卫、门人。

⑦门外不须倒屣（xǐ）：指至亲好友间不客套，无须到门外迎接。倒屣，因急忙起身迎接客人，连鞋子都穿倒了，引申为热情迎客。典自《三国志·魏书·王粲传》，三国汉献帝时，蔡邕才学显著，为朝廷重用，家里宾客盈门。一次，闻听王粲来，慌忙中倒穿着鞋子，前往迎接。

⑧冠裳套礼：指官场上的惯用礼节。

⑨宾从疏稀：暖红室本眉批曰："此辈亦有三乐：父母俱忘，兄弟无干，一乐也；仰不知愧天，俯不知怍人，二乐也；得天下英才而教育之，三乐也。"

⑩阳春十月：习俗称十月为"小阳春"。

⑪半闲堂：堂名，在杭州西湖葛岭，为南宋权相贾似道所造，他经常于此会见群臣，商定朝政。

⑫叹吾党知心有几：暖红室本眉批曰："三人在当日，颇有风雅之趣，故为填此曲。"

⑬张孙振、袁宏勋、黄鼎、张捷、杨维垣：皆为马士英、阮大铖私党。暖红室本眉批曰："狐朋狗党，脚色难遍，说白中稍为点出。"

⑭为国吐握：指为了国家招揽人才，礼贤下士，这里指阮大铖献媚马士英。

⑮"铩（shā）羽忽高飞"二句：指失势者东山再起。铩羽，指羽毛脱落，比喻失败、失势。剑出丰城狱底，典自《晋

书·张华传》。晋武帝时，张华邀请雷焕共观天文，雷焕说，斗、牛间有紫气，是宝剑之精气冲彻于天，宝剑在江西丰城。于是，张华派雷焕秘密寻剑。雷焕在丰城古狱底下挖到龙泉和太阿两把宝剑。后比喻人才有待发现。

⑯待漏：指古代臣僚上朝前集于殿廷等待。漏，古代计时工具，铜壶滴漏。

⑰"这恩荣锡衮封圭"二句：指深受帝王之隆恩，远胜东汉御李之荣耀。典自《太平御览》卷四六七引司马彪《续汉书》，东汉时，李膺富有名望。荀爽曾拜谒他，为其御车，归家后，逢人便告："今日乃得御李君矣。"后荀爽官至司空。比喻获得恩宠。锡，赏赐。衮，贵族礼服。圭，古代诸侯朝拜所用执之玉器。

⑱二价（jiè）：指杨文骢、阮大铖带来的给马士英家乐伎送赏的仆人。价，指被派去传送物品或传达信息的人。

⑲晓风残月：指拂晓时阵阵凉风，天边一弯残月。源自柳永《雨霖铃》"杨柳岸，晓风残月"句。此处指歌妓的清唱。

⑳珠市：金陵地名，妓馆聚集处。《首都志》载："建邺路珠宝廊明日珠市。"

㉑岂有此理：暖红室本眉批曰："香君触马怒浅，触阮怒深，从今莫救矣。"

㉒珍珠一斛：典自《乐史·绿珠传》，西晋时，洛阳巨富石崇凭十斛珍珠购得歌妓绿珠为妾，藏于金谷园中。斛，量器名。

㉓烟波上遇湘妃：指田仰在船上遇见李香君。湘妃，指舜妃娥皇、女英，传说二人为舜守节投水而死，后化为湘水女神。

㉔琵琶抱向阿谁：指李香君改嫁。白居易《琵琶行》，称"千呼万唤始出来，犹抱琵琶半遮面"。后来以"琵琶别抱"指妇女改嫁。

㉕封侯夫婿：指侯方域，化用王昌龄《闺怨》"悔教夫婿觅封侯"句。

点评：

本出出评："上本之末，皆写草创争斗之状；下本之首，皆写偷安宴游之情。争斗，则朝宗分其忧；宴游，则香君罹其苦，一生一旦，为全本纲领，而南朝之治乱系焉。香君一生，谁合之？谁离之？谁害之，谁救之？作好作恶者，皆龙友也。昔贤云：'善且不为，而况乎恶？'龙友多事，殊不可解。传中不即不离，能写其神。"

该出内容并不复杂：阮大铖、杨文骢二人为求得职位，前往马士英家攀附做客。他们欲请李香君前来唱曲，但遭到李香君的推辞。席间又谈及李香君守节侯方域、拒绝田仰一事，终于引得马士英大怒，于是着人前去强嫁李香君于田仰。

该出对于当时官场现状的描摹，可谓真实而深刻。

一是马士英的飞扬跋扈，由他的独白"人都说养马成群，滚尘不定；他怎知立君由我，杀人何妨"，可见其大权独揽后的气焰之盛；"但看他趋奉之多，越显俺尊荣之至。"更可见其骄矜之状。此时的马士英已近乎当年的刘瑾、严嵩、魏忠贤之流了。

二是官员们极力奉承的媚态。该出之中杨文骢、阮大铖尤为典型，两人接到马士英的请帖，急忙赶来，敬候在门房，不敢擅进，令马士英也觉得见外。

三是官场拉帮结派的流弊。席间，三人谈及马士英在府中连连宴请宾客之事，这些宾客都是马士英所提携的下属，此举旨在培植自己的官场势力，从而牢牢把控权力。马士英对于阮、杨的提携，也是出于此意。

随后牵扯出李香君的一段，是全剧冲突设置上的妙笔。借助马士英等人的集会，将之前《哄丁》《却奁》《闹榭》诸出所埋藏下的矛盾再次激起，并且将矛盾冲突引到李香君身上。马、阮、杨三人酒席过后，意欲寻艺人助兴。马士英因为见惯阮大铖的家班，故而欲另寻新鲜调剂，杨文骢荐出李香君，引出阮大铖询问、李香君拒媒一事，由此才引得马士英的不满，怒道："难道是珍珠一斛，偏不能换蛾眉？"随后下人传来消息，李香君以生病为由推脱，这更激发了马士英的不满，从而使其想出派人强嫁李香君于田仰的想法。

这样构织矛盾冲突，可谓环环相扣。情节线索的进展、人物情绪的变动，都是合情合理、层层递进的。

该出阮大铖的表现当以"诌媚"二字来形容。他与杨文骢自入场开始便扭捏作态，媚上之情态令人肉麻，连马士英都觉得二人太过见外。比之于杨文骢，阮大铖的诌媚更为极致。当马士英许诺二人升官时，杨文骢对马士英打拱致谢，而阮大铖则直接下跪致谢。只此一个细节，便将其小人心态暴露无遗。

此外杨文骢的形象亦值一提，他本是个八面玲珑的角色，游走于忠奸之间，亦正亦邪。在该出中，杨文骢先是表现出一副谄媚之态，随后又于不经意间将李香君推到风口浪尖之上，一副小人做派。然而细细分析杨文骢的言行，却尚能见出他与阮、马不同之所在。首先他固然也取媚于马士英，但并非如阮大铖一般毫无节操，而是保持了一定气节的。其次对于马士英要强逼李香君一事，杨文骢也是持反对态度的。杨文骢之所以打断马士英的谈话告辞离开，多半是想通风报信；阮大铖建议杨文骢做逼嫁的帮凶，也使得杨文骢颇不自在。然而面对愤怒的马、阮，八面玲珑的杨文骢是不敢忤逆的，他只能以一句"也不可太难为他"，做出了微弱的抗争。而且，惹祸之后，他并没有逃避，而是主动介入事件之中，设法补救。李贞丽在《辞院》一出中的话，用在此出也颇为合适："这桩祸事，都从杨老爷起的，也还求杨老爷归结。"

阑干边载，门外不须倒屣。休疑，总是一班桃李。相逢处把臂倾杯，何必拘冠裳套礼？

第二十二出　守楼 _(甲申十月)

（外、小生拿内阁灯笼、衣、银跟轿上）天上从无差月老，人间竟有错花星①。（外）我们奉老爷之命，硬娶香君，只得快走。（小生）旧院李家母子两个，知他谁是香君？（末急上呼介）转来同我去罢。（外见介）杨姑老爷肯去，定娶不错了。（同行介）月照青溪水，霜沾长板桥。来此已是，快快叫门。（叫门介。杂扮保儿上）才关后户，又开前庭。迎官接客，接客迎客。（内问介）那个叫门？（外）快开门来。（杂开门惊介）呵呀！灯笼火把，轿马人夫，杨老爷来夸官了②。（末）哎！快唤贞娘出来。（杂大叫介）妈妈出来，杨老爷到门了。（小旦急上问介）老爷从那里赴席回来么？（末）适在马舅爷相府，特来报喜。（小旦）有什么喜？（末）有个大老官来娶你令媛哩。（指介）

【渔家傲】你看这彩轿青衣门外催③，你看这三百花银，一套绣衣。（小旦惊介）是那家来娶，怎不早说？（末）你看灯笼大字成双对，是中堂阁内④。（小旦）就是内阁老爷自己娶么？（末）非也。漕抚田公，同乡至戚，赠个佳人奉玉杯。

（小旦）田家亲事，久已回断，如何又来歪缠⑤？（小生拿银交介）你就是香君么？请受财礼。（小旦）待我进去商量。（外）相府要人，还等你商量！快快收了银子，出来上轿罢！（末）他怎敢不去⑥？你们在外伺候，待我拿银进去，催他梳洗。（末接银，杂接衣，同小旦作进介。小生、外）我们且寻个老表子燥脾去。（俱暂下。小旦、末、杂作上楼介。末唤介）香君睡下不曾？（旦上）有甚么紧事，一片吵闹？（小旦）你还不知么？（旦见末介）想是杨老爷要来听歌。（小旦）还说甚么歌不歌哩。

【剔银灯】忙忙的来交聘礼，凶凶的强夺歌妓。对着面一时难回避，执着名别人谁替？（旦惊介）唬杀奴也！又是那个天杀的？（小旦）还是田仰，又借着相府的势力，硬来娶你。堪悲，青楼薄命，一霎时杨花乱吹。

> （小旦向末介）老爷从来疼俺母子，为何下这毒手？（末）不干我事，那马瑶草知你拒绝田仰，动了大怒，差一班恶仆登门强娶。下官怕你受气，特为护你而来。（小旦）这等多谢了，还求老爷始终救解。（末）依我说三百财礼，也不算吃亏，香君嫁个漕抚，也不算失所，你有多大本事，能敌他两家势力？（小旦思介）杨老爷说的有理，看这局面，拗不去了。孩儿趁早收拾下楼罢！（旦怒介）妈妈说那里话来！当日杨老爷作媒，妈妈主婚，把奴嫁与侯郎，满堂宾客，谁没看见？现收着定盟之物。（急向内取出扇介）这首定情诗，杨老爷都看过，难道忘了不成？

【摊破锦地花】案齐眉⑦，他是我终身倚，盟誓怎移？宫纱扇现有诗题，万种恩情，一夜夫妻。（末）那侯郎避祸逃走，不知去向，设若三年不归，你也只顾等他么？（旦）便等他三年，便等他十年，便等他一百年，只不嫁田仰！（末）呵呀！好性气，又像摘脱衣饰骂阮圆海的那番光景了。（旦）又可来，阮、田同是魏党，阮家妆奁尚且不受，倒去跟着田仰么？（内喊介）夜已深了，快些上轿，还要赶到船上去哩。（小旦劝介）傻丫头！嫁到田府，少不了你的吃穿哩。（旦）呸！我立志守节，岂在温饱？忍寒饥，决不下这翠楼梯。

> （小旦）事到今日，也顾不得他了。（叫介）杨老爷放下财礼，大家都替他梳头穿衣罢。（小旦替梳头，末替穿衣介。旦持扇前后乱打介。末）好利害，一柄诗扇，倒像一把防身的利剑。（小旦）

草草妆完，抱他下楼罢。（末抱介。旦哭介）奴家就死不下此楼。（倒地撞头晕卧介。小旦惊介）呵呀！我儿苏醒，竟把花容，碰了个稀烂。（末拾扇介）你看血喷满地，连这诗扇都溅坏了。（拾扇付杂介。小旦唤介）保儿，扶起香君，且到卧房安歇罢。（杂扶旦下。内喊介）夜已三更了，诓去银子，不打发上轿，我们要上楼拿人哩。（末向楼下介）管家略等一等，他母子难舍，其实可怜的。（小旦急介）孩儿碰坏，外边声声要人，这怎么处？（末）那宰相势力，你是知道的，这番羞了他去，你母子不要性命了。（小旦怕介）求杨老爷救俺则个。（末）没奈何，且寻个权宜之法罢！（小旦）有何权宜之法？（末）娼家从良，原是好事，况嫁与田府，不少吃穿，香君既没造化，你倒替他享受去罢。（小旦急介）这断不能，一时一霎，叫我如何舍得？（末怒介）明日早来拿人，看你舍得舍不得？（小旦呆介）也罢！叫香君守着楼，我去走一遭儿。（想介）不好，不好，只怕有人认的。（末）我说你是香君，谁能辨别？（小旦）既是这等，少不得又装新人了。（忙打扮完介。向内叫介）香君我儿，好好将息，我替你去了。（又嘱介）三百两银子，替我收好，不要花费了。（末扶小旦下楼介）

【麻婆子】（小旦）下楼下楼三更夜，红灯满路辉。出户出户寒风起，看花未必归。（小生、外打灯抬轿上）好，好，新人出来了，快请上轿。（小旦别末介）别过老爷罢。（末）前途保重，后会有期。（小旦）老爷今晚且宿院中，照管孩儿。（末）自然。（小旦上轿介）萧郎从此路人窥，侯门再出岂容易⑧？（行介）舍了笙歌队，今夜伴阿谁？

（俱下。末笑介）贞丽从良，香君守节，雪了阮兄之恨，全了马舅之威！将李代桃⑨，一举四得，倒也是个妙计。（叹介）只是母子分别，未免伤心。

匆匆夜去替蛾眉，
一曲歌同易水悲。
燕子楼中人卧病，
灯昏被冷有谁知？

注释：

①花星：古代算命时所用的一种术语，指执掌男女风月的星宿。于奕正《帝京景物略》："女怕花星照，儿怕贼星照。"

②夸官：古代科举制度中，新科状元殿试后，着红袍，骑骏马，在鼓乐、仪仗的导引下，走过御街，接受官民朝贺。

③青衣：原指奴仆、百姓所穿的衣服，借指奴仆、下人。

④中堂：旧制宰相在中书省内政事堂中办公，故指宰相。

⑤歪缠：胡搅蛮缠。

⑥他怎敢不去：暖红室本眉批曰："来人之错认，妙；贞娘之含糊，妙；龙友之调停，妙，皆为错娶张本。"

⑦案齐眉：形容夫妻间相敬如宾。典自《后汉书·梁鸿传》，东汉时，梁鸿隐居为人舂米，归家后，妻子孟光将食盘托得与眉头平齐，以示敬意。

⑧"萧郎从此路人窥"二句：李贞丽自比崔郊，一入田府，恐怕再无自由。化用崔郊《赠婢》"侯门一入深如海，从此萧郎是路人"句。据范摅《云溪友议》"襄阳杰"，唐德宗时，崔郊爱恋姑母的婢女，此女被卖给山南东道节度使于頔。崔思念不已。一次寒食节两人相遇，崔郊写了此诗相赠。于頔得知后，让崔郊领走婢女，二人团聚。萧郎，男子的泛称。

⑨将李代桃：指李贞丽代李香君出嫁事。典自《宋书·乐志三·鸡鸣高树颠》："桃生露井上，李树生桃旁。虫来啮桃根，李树代桃僵。"以桃李喻兄弟，意为李树代桃树受灾，共患难，而兄弟却忘记亲情，不能同甘苦。比喻代人受过、受难。

点评：

本出出评："《桃花扇》正题，本于此折。若无血心，何以有血痕？若无血痕，何以淋漓痛快，成四十四折之奇文耶？""《却奁》一折，写香君之有为；《守楼》一折，写香君之有守。""传奇中多有错娶，亦属厌套。此折错娶，却是新文。"

该出可谓冲突尖锐、场面热闹、情节精巧，是全剧中较为精彩的段落，讲述马士英着人强娶李香君，李香君宁死不从。杨文骢让李贞丽代替李香君前往赴婚，从而勾销诸多牵绊。

全出以暴风骤雨之势将矛盾展开，又以暴风骤雨之势将矛盾化解，可谓大开大阖，甚至带有闹剧色彩。

开场的一段，便已奠定了这样的风格。迎亲者所说"天上从无差月老，人间竟有错花星"，已经带有一丝谐谑的意味。其后杨文骢介入，李贞丽家杂院开门见到身后的车马，还误以为杨文骢是"夺官"而来。虽然危急的冲突还没有展开，但是忙乱折腾的气势已经显现。

随着李贞丽和李香君的登场、逼婚一事被挑明，谐谑的气氛很快转而为激烈的冲突。面对马士英的逼迫、杨文骢和李贞丽的劝说，李香君表示宁死不从，她甚至不惜以头触地来对抗这突如其来的压迫。如此一来，受伤的李香君断然无法继续出嫁了。但如果婚事不成，马士英势必要严厉报复，面对此景，杨文骢竟然急中生智，让李贞丽代替李香君出嫁，这才勉强应付了过去。这样的矛盾化解法，着实令人称奇，但在通信不甚发达的古代，这样的事情是极有可能的。

出场的杨文骢、李贞丽、李香君三人，各有风采。

杨文骢以劝婚者的身份出现，但最终却阻止了李香君被强娶；前后的转变，是其人玲珑性格的体现，更是他处在矛盾冲突当口纠结的反映。他的自辩颇可玩味："不干我事，那马瑶草知你拒绝田仰，动了大怒，差一班恶仆登门强娶。下官怕你受气，特为护你而来。"这段话可谓滴水不漏：既隐藏了自己在马士英面前的引火之责，同时又借口说是为保护李香君免受欺辱而来，隐藏了自己前来劝婚的身份。不过，杨文骢的圆滑毕竟是务实的——无论是李贞丽、李香君还是他自己都无力与田仰、马士英相抗衡，在这样的前提下，不如顺从其意，反而可能转弊为利。在面对李香君刚烈的回应时，杨文骢并没有落井下石，而是设计解决危机，这又可见他善良正直的一面。其人在务实与善良之间的摇摆，并非出于己愿，而是情势所迫的结果。当时的众多官吏多处于这样的纠结之中，杨文骢仅是其代表之一。

李香君的形象，可谓坚贞不屈的典型。正是由于她的坚持，杨文骢才会受其感动，设想计策。她对爱情的忠贞表现，作者是借助有层次的行动予以表现的。首先，面对杨文骢、李贞丽的劝说，李香君坚决反对，还拿出写有侯方域定情诗的扇子呈示两人，有理有据地反对逼婚，指责二人的前后不一；其次，当杨文骢、李贞丽劝说无果，强为她化妆着衣时，她以扇子奋起反抗，足见其坚决；最后，两人欲强抱她下楼时，她不甘受辱，干脆以头触地，做出了最后的抗争，也将自己贞烈的性格表现到了极致。正是在你来我往、层层升级的矛盾中，李香君的刚烈形象才得以有所依托地呈现出来，触动杨文骢才会显得合理，为观众所信服。

而李贞丽，此前呈现的最大特点便是世故，一切言行都以金钱来衡量，似乎全然是一个重利轻义的人。然而在此出中，她的世故本身并非意味着冷酷绝情、重利轻义——有时一个人正直善良的一面，也可以通过世故的方式展现出来。

所谓世故者，老到于各种社会上的风波，以至于生出一种圆滑、务实的心态，同时，面对危机和冲突，世故者也可以利用其圆滑、务实解决问题。杨文骢正是因之而想出计策，李贞丽也是因之而接受了杨文骢的计策。对于如此大事，她几乎没有怨言，只说了"既是这等，少不得又妆新人了"，颇显得云淡风轻。如果不是老于世故之人，断不能如此轻描淡写地，就置自己于一段未知的命运中。

总而言之，该出在极忙乱而上、又极忙乱而下的激烈冲突之中，充分表现出了杨文骢的圆滑、李香君的贞烈与李贞丽的老成。能以妥善计策解决此问题，已是不易；能在这一过程中同时将三个性格完全不同的人物写得活灵活现，更是作者精蕴深思的结果。

第二十三出　寄扇（甲申十一月）

（旦包帕病容上）

【醉桃源】寒风料峭透冰绡①，香炬懒去烧。血痕一缕在眉梢，胭脂红让娇②。孤影怯，弱魂飘，春丝命一条③。满楼霜月夜迢迢④，天河耿未销。

（坐介）奴家香君，一时无奈，用了苦肉之计，得遂全身之节。

只是孤身只影，卧病空楼，冷帐寒衾，无人作伴，好生凄凉。

【北新水令】冻云残雪阻长桥，闭红楼冶游人少。栏杆低雁字，帘幕挂冰条。炭冷香消，人瘦晚风峭。

奴家虽在青楼，那些花月欢场，从今罢却了。

【驻马听】绣户萧萧，鹦鹉呼茶声自巧。香闺悄悄，雪狸偎枕睡偏牢⑤。榴裙裂破舞风腰，鸾靴剪碎凌波靿⑥。愁多病转饶，这妆楼再不许风情闹。

想起侯郎匆匆避祸，不知流落何所，怎知奴家独住空楼，替他守节也。（起唱介）

【沉醉东风】记得一霎时娇歌兴扫，半夜里浓雨情抛。从桃叶渡头寻，向燕子矶边找，乱云山风高雁杳。那知道梅开有信，人去越遥。凭栏凝眺，把盈盈秋水，受风冻了⑦。

可恨恶仆盈门，硬来娶俺，俺怎肯负了侯郎？

【雁儿落】欺负俺贱烟花薄命飘飖，倚着那丞相府忒骄傲。得保住这无瑕白玉身，免不得揉碎如花貌。

最可怜妈妈代奴当灾，飘然竟去。（指介）你看床榻依然，归来何日？

【得胜令】恰便似桃片逐雪涛，柳絮儿随风飘。袖掩春风面，黄昏出汉朝⑧。萧条，满被尘无人扫；寂寥，花开了独自瞧。

　　说到这里，不觉一阵酸心。（掩泪坐介）

【乔牌儿】这肝肠似搅，泪点儿滴多少。也没个姊妹闲相邀，听那挂帘栊的钩自敲。

　　独坐无聊，不免取出侯郎诗扇，展看一回。（取扇介）嗳呀！都被血点儿污坏了，这怎么处？

【甜水令】你看疏疏密密，浓浓淡淡，鲜血乱洒。不是杜鹃抛⑨，是脸上桃花做红雨儿飞落⑩，一点点溅上冰绡。

　　侯郎，侯郎！这都是为你来。

【折桂令】叫奴家揉开云髻，折损宫腰。睡昏昏似妃葬坡平，血淋淋似妾堕楼高⑪。怕旁人呼号，舍着俺软丢答的魂灵没人招⑫。银镜里朱霞残照⑬，鸳枕上红泪春潮。恨在心苗，愁在眉梢，洗了胭脂，浣了鲛绡⑭。

　　一时困倦起来，且在妆台盹睡片时。（压扇睡介。末扮杨文骢便服上）认得红楼水面斜，一行衰柳带残鸦。（净扮苏昆生上）银筝象板佳人院，风雪今同处士家。（末回头见介）呀！苏昆老也来了。（净）贞丽从良，香君独住，放心不下，故此常来走走。（末）下官自那日打发贞丽起身，守了香君一夜，这几日衙门有事，不能脱身。方才城东拜客，便道一瞧。（入介。净）香君不肯下楼，我们上去一谈罢。（末）甚好。（登楼介。末指介）你看香君抑郁病损，困睡妆台，且不必唤他。（净看介）这柄扇儿展在面前，怎么有许多红点儿？（末）此乃侯兄定情之物，一向珍藏不肯示人，想因面血溅污，晾在此间。（抽扇看介）几点血痕，红艳非常，不免添些枝叶，替他点缀起来。（想介）没有颜色怎好？（净）待我采摘盆草，扭取鲜汁，权当颜色罢。（末）妙极！（净取草汁上。末画介）草随公子绿，花借美人红。（画完介。净看喜介）妙，妙！竟是几笔折枝桃花。（末大笑指介）真乃桃花扇也。（旦惊醒见介）杨老爷、苏师父都来了，奴家得罪。（让坐介。末）几日不曾来看，额角伤痕渐已平复了。（笑介）下官有画扇一柄，奉赠妆台。（付旦扇介。旦接看介）这是奴的旧扇，血迹模糊，看他怎的？（入袖介。净）扇头妙染，怎不赏鉴？（旦）几时画的？（末）得罪，得罪！方才点坏了。（旦看扇叹介）咳！桃花薄命，扇底飘零。多谢杨老爷替奴写照。

【锦上花】一朵朵伤情，春风懒笑；一片片消魂，流水愁漂。摘的下娇色，天然蘸好。便妙手徐熙⑯，怎能画到？樱唇上调朱，莲腮上临稿。写意儿几笔红桃。补衬些翠枝青叶，分外夭夭⑰，薄命人写了一幅桃花照⑱。

（末）你有这柄桃花扇，少不得个顾曲周郎，难道青春守寡，竟做个入月嫦娥不成？（旦）说那里话？那关盼盼也是烟花，何尝不在燕子楼中，关门到老？（净）明日侯郎重到，你也不下楼么？（旦）那时锦片前程，尽俺受用，何处不许游耍，岂但下楼？（末）香君这段苦节，今世少有。（向净介）昆老看师弟之情，寻着侯郎，将他诓去，也省俺一番悬挂。（净）是，是！一向留心访问，知他随任史公，住淮半载。自淮来京，自京到扬，今又同着高兵防河去了。晚生不日还乡，顺便找寻。（向旦介）须得香君一书才好。（旦向末介）奴家言出不成文，求杨老爷代写罢。（末）你的心事，叫俺如何写得出？（旦寻思介）罢，罢！奴的千愁万

苦，俱在扇头，就把这扇儿寄去罢。（净喜介）这封家书，倒也新样。（旦）待奴封他起来。（封扇介）

【碧玉箫】挥洒银毫⑲，旧句他知道；点染红么⑳，新画你收着。便面小，血心肠一万条。手帕儿包，头绳儿绕，抵过锦字书多少㉑。

（净接扇介）待我收好了，替你寄去。（旦）师父几时起身？（净）不日束装了。（旦）只望早行一步。（净）晓得。（末）我们下楼罢。（向旦介）香君保重。你这段苦节，说与侯郎，自然来娶你的。（净）我也不再来别了。正是：新书远寄桃花扇。（末）旧院当同燕子楼。（下。旦掩泪介）妈妈不归，师父又去，妆楼独闭，益发凄凉了。

【鸳鸯煞】莺喉歇了南北套㉒，冰弦住了陈隋调。唇底罢吹箫，笛儿丢，笙儿坏，板儿掉㉓。只愿扇儿寄去的速，师父束装得早。三月三刘郎到了，携手儿下妆楼，桃花粥吃个饱㉔。

　　书到梁园雪未消，
　　青溪一道阻春潮。
　　桃根桃叶无人问，
　　丁字帘前是断桥㉕。

注释：

①料峭：形容微寒，也形容风力寒冷。

②胭脂红让娇：指眉上血痕胜过胭脂般的鲜红。

③春丝命一条：指生命像春日的柳条般柔弱。

④迢迢：遥远，此处指夜的漫长。

⑤雪狸：白色的狸猫。

⑥"榴裙裂破舞风腰"二句：舞裙撕裂了，舞靴剪碎了，指不再做歌妓。榴裙，红色的裙子。凌波靿（yào），一种舞靴。靿，靴筒。

⑦"把盈盈秋水"二句：在冷风中长久凝望，凄寒凝绝。盈盈，指女子仪态美好。秋水，指秋天的水明净透彻，比喻明亮的眼睛。

⑧"袖掩春风面"二句：指李贞丽心酸、幽怨地出嫁，典自昭君出塞之故事。

⑨杜鹃抛：传说杜鹃鸟啼声凄婉。抛，指杜鹃鸟血点飞撒。

⑩桃花做红雨儿飞落：形容李香君头破血流的样子，化用李贺《将进酒》"桃花乱落如红雨"句。

⑪"睡昏昏似妃葬坡平"二句：形容李香君的花容受损。妃葬坡平，典自杨贵妃自尽、葬于马嵬坡之故事。妾堕楼高，典自石崇爱妾绿珠跳楼而死之故事。

⑫"怕旁人呼号"二句：指李贞丽担心旁人知晓代嫁一事，只好低调孤身出嫁。丢答，程度副词，相当于"很"。

⑬朱霞残照：形容脸上残阳般的血痕。

⑭涴（wò）：弄脏，污染。鲛绡：指丝质手帕。据说南海有鲛人，生活在水中，善于织绢，薄如蝉翼，故称鲛绡。

⑯徐熙：五代南唐画家，钟陵（今江西进贤）人，擅画花草虫鸟，与五代后蜀黄筌并称"黄徐"，有"黄家富贵，徐熙野逸"之说，形成五代、宋初花鸟画两个流派。

⑰夭夭：艳丽娇美之态。

⑱薄命人写了一幅桃花照：暖红室本眉批曰："点染桃花，或

正或衬，用异样鲜妍之笔。扇上几点，或未必如纸上一句也。"

⑲银毫：指毛笔。

⑳红么（yāo）：指扇子上点点桃花。么，骰子上的一点，为红色。

㉑锦字书：用锦织成字的信。前秦苏蕙思念被徙的丈夫窦涛，织锦为回文诗寄之。

㉒南北套：指由南曲、北曲组合而成的套曲。南曲、北曲风格不同，南曲字少调缓，风格柔婉，北曲字多调促，风格豪放。

㉓板儿掠：拍板丢弃。

㉔桃花粥：旧时风俗，寒食节以新鲜桃花瓣煮粥。

㉕丁字帘：金陵地名，在秦淮河边上，为妓馆聚集之所。

点评：

本出出评："一折北曲，不硬不凑，日新日婉，何关、马之足云？今无曲子相公，谁能咀其宫而嚼其徵耶？""借血点作桃花，千古新奇之事。既新矣奇矣，安得不传？既传矣，遂将离合兴亡之故，付于鲜血数点中。闻《桃花扇》之名者，羡其最艳最韵，而不知其最伤心最惨目也。"

该出是《桃花扇》的经典一出，也是常为伶人搬演到舞台上的经典折子戏的一出。清人许宗衡曾就观看王蕊仙演《寄扇》一出，做过如下记录："昔在道光乙未、丙申间，余留京师，尝观王郎蕊仙演《桃花扇传奇·寄扇》一出，艳绝一时。士大夫宾筵酒座，盛称叹之。碧玉梳妆，绿鬟结束，五花爨弄，不复置念寻常粉墨也。"

这固然是对演员王蕊仙精湛演技的赞赏，然而如果没有《寄扇》一出坚实的文学根底，定会减色不少。金埴在《巾箱说》一书中，记叙了自己与孔尚任共读此出时的情境："予过岸堂，索观《桃花扇》至《香君寄扇》一折，借血点作桃花红雨着于便面，真千古新奇之事。所谓全秉巧心，独抒妙手，关、马能不下拜耶？予一读一击节，东塘亦自读自击节。当是时也，不觉秋爽侵人，坠叶响于庭阶矣。"

这样的描写，固然有文人附会在其中，但是《寄扇》一折的精彩绝伦，则是毋庸置疑的。李香君的痴情、忠贞，颇足唤人恻隐心肠；后面杨文骢点染桃花扇一事，则将一段佳话凝固于文字之中了。

该出中的李香君，以病体残躯、孤独寂寞、坚贞痴情的形象呈现，也是当时诸多女性命运的代表。这一形象，是通过她所唱的九支曲实现的。这九支曲可分三部分：第一部分【醉桃源】【北新水令】二曲，以情景交融的方式，写李香君孤单身病之状貌；第二部分【驻马听】【沉醉东风】二曲，开始将表达重点从写照自身状态，转向相思之苦，从而为后面追忆往事打下基础；第三部分【雁儿落】【得胜令】【乔牌儿】【甜水令】【折桂令】五曲，则将守节的艰辛、寂寥、痛苦之状态交替托出，从不同的方面表达对侯方域归来的渴望。正是通过这层层递进的三部分内容，李香君的形象才得以鲜明可感、凄恻动人地呈现出来。

同时，这几只曲文辞雅致，格律和谐，读之即显酣畅，歌之亦见谐律。王蕊仙表演《寄扇》之精湛，承蒙此歌词的文学基础；金埴与孔尚任读此畅快淋漓，亦当是此九支曲之功绩。

另外，杨文骢以血点染桃花扇之事，可谓整部《桃花扇》中堪称传奇之典故。此事不见载于历史典籍中，是孔尚任听人转述而来的。历史上也不时传出桃花扇真实存在的消息，然而无一被印证过。尽管现实中的桃花扇并不可信，但传奇中的桃花扇，已经足资引人感慨了。

这一柄"桃花扇"，也是经历了诸多变化才实现的。首先，在《眠香》一场，侯方域题诗于扇，将其作为与李香君盟誓的信物，这是首先为扇子附上了一层爱情象征的意义；随后，杨文骢、李贞丽劝婚一场，李香君以此扇为证拒斥马士英的逼婚，这时扇子又带上了抵御权奸的意味；最后，此扇从李香君之手寄出，历经波折传到侯方域手上，更成了历史兴亡的见证者，是为此扇至高意义之所在。

古来的传奇作品中，多有以"关键物件"命名者，如《荆钗记》《宝剑记》《玉簪记》等，这些"关键物件"也都在传奇的起承转合中发挥了重要的作用。然而这些"关键物件"中，没有任何一个的意义足以与此"桃花扇"相匹配。

最后的一段，通过杨文骢拜托苏昆生寻找侯方域一事，使得分离已久的侯、李两条线索，终于呈现出合拢的趋势，这为后续的情节发展埋下了伏笔，也为观众、读者追索后续剧情挂起了巨大的悬念。

李香君欲寄信给侯方域，然而千言万语又怎么抵得过"桃花薄命，扇底飘零"的桃花扇呢？最后这"寄扇"一段，既是对于古来寄递信物传统的延续，又是整个剧情、剧境的自然生发。

　　该出的语言，也是凄绝哀艳。李香君所唱的九支曲子，无不是如泣如诉。其后【锦上花】曲中"补衬些翠枝青叶，分外夭夭，薄命人写了一幅桃花照"几句，以绮丽之乐景写哀情，犹见悲惨哀伤。而"桃花薄命，扇底飘零"八字，在凄绝哀艳之余，更见警醒之意味，既是人物命运的写照，也是剧情走向的描摹，可谓哀而有致，艳而有韵。

一朵朵伤情，春风懒笑，一片片销魂，流水愁漂……樱唇上调朱，莲腮上临稿。写意儿几笔红桃，补衬些翠枝青叶，分外夭夭，薄命人写了一幅桃花照。

第二十四出　骂筵（乙酉正月）①

（副净扮阮大铖吉服上）

【缕缕金】风流代，又遭逢，六朝金粉样，我偏得。管领烟花，衔名供奉。簇新新帽乌衬袍红，皂皮靴绿缝，皂皮靴绿缝。

（笑介）我阮大铖，亏了贵阳相公破格提挈，又取在内庭供奉。今日到任回来，好不荣耀。且喜今上性喜文墨，把王铎补了内阁大学士，钱谦益补了礼部尚书。区区不才，同在文学侍从之班。天颜日近，知无不言。前日进了四种传奇，圣心大悦，立刻传旨，命礼部采选宫人，要将《燕子笺》被之声歌，为中兴一代之乐。我想这本传奇，精深奥妙，倘被俗手教坏，岂不损我文名？因而乘机启奏："生口不如熟口，清客强似教手。"圣上从谏如流，就命广搜旧院，大罗秦淮，拿了清客妓女数十余人，交与礼部拣选。前日验他色艺，都只平常，还有几个有名的，都是杨龙友旧交，求情免选，下官只得勾去。昨见贵阳相公说道："教演新戏是圣上心事，难道不选好的，倒选坏的不成？"只得又去传他，尚未到来。今乃乙酉新年，人日佳节②，下官约同龙友，移樽赏心亭③，邀俺贵阳师相，饮酒看雪。早已吩咐把新选的妓女，带到席前验看。正是：花柳笙歌隋事业，谈谐裙屐晋风流。

（下。老旦扮卞玉京道妆背包急上）

【黄莺儿】家住蕊珠宫④，恨无端业海风，把人轻向烟花送。喉尖唱肿，裙腰舞松，一生魂在巫山洞。俺卞玉京，今日为何这般打扮？只因朝廷要拿歌妓，逼俺断了尘心。昨夜别过姊妹，换上道妆，飘然出院，但不知那里好去投师？望城东云山满眼，仙界路无穷。

（飘飘下。副净、外、净扮丁继之、沈公宪、张燕筑三清客上）

【皂罗袍】（副净）正把秦淮箫弄，看名花好月，乱上帘栊。凤纸金名唤乐工⑤，南朝天子春心动。我丁继之年过六旬，歌板久抛，前日托过杨老爷，免我前往，怎的今日又传起来了？（外、净）俺两个也都是免过的，不知又传，有何话说？（副净拱介）两位老弟，大家商量，我们一班清客，感动皇爷，召去教歌，也不是容易的。（外、净）正是。（副净）二位青年上进，该去走走，我老汉多病年衰，也不望甚么际遇了。今日我要躲过，求二位遮盖一二。（外）这有何妨？太公钓鱼，愿者上钩。（净）是，是！难道王法定要拿去审问不成？（副净）既然如此，我老汉就回去了。（回行介）急忙回首，青青远峰；逍遥寻路，森森乱松。（顿足介）若不离了尘埃，怎能免得牵绊？（袖出道巾、黄绦换介。转头呼介）二位看俺打扮罢，道人醒了扬州梦⑥。

（摇摆下。外）咦！他竟出家去了，好狠心也。（净）我们且坐廊下晒暖，待他姊妹到来，同去礼部过堂。（坐地介。小旦扮寇白门，丑扮郑妥娘，杂扮差役跟上。小旦）桃片随风不结子⑦。（丑）柳绵浮水又成萍⑧。（望介）你看老沈、老张不约俺一声儿，先到廊下向暖，我们走去，打他个耳刮子。（相见混介。外问杂介）又传我们到那里去？（杂）传你们到礼部过堂，送入内庭教戏。（外）前日免过俺们了。（杂）内阁大老爷不依，定要借重你们几个老清客哩。（净）是那几个？（杂）待我瞧瞧票子。（取票看介）丁继之、沈公宪、张燕筑。（问介）那姓丁的如何不见？（外）他出家去了。（杂）既出了家，没处寻他，待我回宫罢！（向净、外介）你到了的，竟往礼部过堂去。（净）等他姊妹们到齐着。

（杂）今日老爷们秦淮赏雪，吩咐带着女客，席上验看哩。（外、净）既是这等，我们先去了。正是：传歌留乐府，摽笛傍宫墙⑨。（下。杂看票问小旦介）你是寇白门么？（小旦）是。（杂问丑介）你是卞玉京么？（丑）不是，我是老妥。（杂）是郑妥娘了。（问介）那卞玉京呢？（丑）他出家去了。（杂）咦！怎么出家的都配成对儿？（问介）后边还有一个脚小走不上来的，想是李贞丽了？（小旦）不是，李贞丽从良去了。（杂）我方才拉他下楼，他说是李贞丽，怎的又不是？（丑）想是他女儿顶名替来的。（杂）母子总是一般，只少不了数儿就好了。（望介）他早赶上来也。

【忒忒令】（旦）下红楼残腊雪浓，过紫陌早春泥冻。不惯行走，脚儿十分痛。传凤诏，选蛾眉；把丝鞭，骑骄马，催花使乱拥。

奴家香君，被捉下楼，叫去学歌，是俺烟花本等，只有这点志气，就死不磨。（杂喊介）快些走动！（旦到介。小旦）你也下楼了，屈尊，屈尊。（丑）我们造化，就得服侍皇帝了。（旦）情愿奉让罢。（同行介。杂）前面是赏心亭了，内阁马老爷、光禄阮老爷、兵部杨老爷，少刻即到。你们各人整理伺候。（杂同小旦、丑下。旦私语介）难得他们凑来一处，正好吐俺胸中之气。

【前腔】赵文华陪着严嵩⑩，抹粉脸席前趋奉。丑腔恶态，演出真《鸣凤》⑪。俺做个女祢衡，挝渔阳，声声骂，看他懂不懂？

（净扮马士英，副净扮阮大铖，末扮杨文骢，外、小生扮从人喝道上。旦避下。副净）琼瑶楼阁朱微抹。（末）金碧峰峦粉细勾。（净）好一派雪景也。（副净）这座赏心亭，原是看雪之所。（净）怎么原是看雪之所？（副净）宋真宗曾出周昉雪图，赐与丁谓。

说道："卿到金陵，可选一绝景处张之。"因建此亭。（净看壁介）
这壁上单条，想是周昉雪图了。（末）非也。这是画友蓝瑛新来见
赠的。（净）妙，妙！你看雪压钟山，正对图画，赏心胜地，无过
此亭矣。（末吩咐介）就把炉、榼、游具摆设起来。（外、小生设
席坐介。副净向净介）荒亭草具，恃爱高攀，着实得罪了。（净）
说那里话？可笑一班小人，奉承权贵，费千金盛设，十分丑态，
一无所取，徒传笑柄。（副净）晚生今日扫雪烹茶，清谈侍教，显
得老师相高怀雅量，晚生辈也免了几笔粉抹。（净）呵呀！那戏场
粉笔⑫，最是利害，一抹上脸，再洗不掉，虽有孝子慈孙，都不
肯认做祖父的。（末）虽然利害，却也公道，原以儆戒无忌惮之
小人，非为我辈而设。（净）据学生看来，都吃了奉承的亏。（末）
为何？（净）你看前辈分宜相公严嵩，何尝不是一个文人？现今
《鸣凤记》里抹了花脸，着实丑看。岂非赵文华辈奉承坏了？（副
净打恭介）是！是！老师相是不喜奉承的，晚生惟有心悦诚服而
已。（末）请酒！（同举杯介。副净问外介）选的妓女，可曾叫到
了么？（外禀介）叫到了。（杂领众妓叩头介。净细看介。吩咐介）
今日雅集，用不着他们，叫他礼部过堂去罢。（副净）特令到此伺
候酒席的。（净）留下那个年少的罢。（众下。净问介）他唤什么名
字？（杂禀介）李贞丽。（净笑介）丽而未必贞也。（笑向副净介）
我们扮过陶学士了，再扮一折党太尉何如⑬？（副净）妙，妙！
（唤介）贞丽过来斟酒唱曲。（旦摇头介。净）为何摇头？（旦）不
会。（净）呵呀！样样不会，怎称名妓？（旦）原非名妓。（掩泪介。
净）你有甚心事？容你说来。

【江儿水】（旦）妾的心中事，乱似蓬，几番要向君王
控。拆散夫妻惊魂迸，割开母子鲜血涌，比那流贼还

猛。做哑装聋，骂着不知惶恐。

（净）原来有这些心事。（副净）这个女子却也苦了。（末）今日老
爷们在此行乐，不必只是诉冤了。（旦）杨老爷知道的，奴家冤
苦，也值当不的一诉⑭。

【五供养】堂堂列公，半边南朝，望你峥嵘⑮。出身希
贵宠，创业选声容，《后庭花》又添几种⑯。把俺胡撮
弄⑰，对寒风雪海冰山，苦陪觞咏⑱。

（净怒介）哇！这妮子胡言乱道，该打嘴了。（副净）闻得李贞丽，
原是张天如、夏彝仲辈品题之妓，自然是放肆的。该打，该打！
（末）看他年纪甚小，未必是那个李贞丽。（旦恨介）便是他待
怎的？

【玉交枝】东林伯仲⑲，俺青楼皆知敬重。干儿义子从
新用，绝不了魏家种。（副净）好大胆，骂的是那个？快快采去
丢在雪中。（外采旦推倒介。旦）冰肌雪肠原自同，铁心石腹
何愁冻！（副净）这奴才，当着内阁大老爷，这般放肆，叫我们都
开罪了。可恨，可恨！（下席踢旦介。末起拉介。净）罢，罢！这样奴
才，何难处死？只怕妨了俺宰相之度。（末）是，是！丞相之尊，娼女
之贱，天地悬绝，何足介意？（副净）也罢！启过老师相，送入内庭，
拣着极苦的脚色，叫他去当。（净）这也该的。（末）着人拉去罢！（杂
拉旦介。旦）奴家已拚一死。吐不尽鹃血满胸，吐不尽鹃血
满胸。

（拉旦下。净）好好一个雅集，被这奴才搅乱坏了。可笑，可
笑！（副净、末连三揖介）得罪，得罪！望乞海涵，另日竭诚罢。
（净）兴尽宜回春雪棹⑳。（副净）客羞应斩美人头㉑。（净、副净
从人喝道下。末吊场介）可笑香君才下楼来，偏撞两个冤对，这

场是非免不了的，若无下官遮盖，香君性命也有些不妥哩。罢，罢！选入内庭，倒也省了几日悬挂，只是媚香楼无人看守，如何是好？（想介）有了，画友蓝瑛托俺寻寓，就接他暂住楼上。待香君出来，再作商量。

赏心亭上雪初融，
煮鹤烧琴宴巨公㉒。
恼杀秦淮歌舞伴，
不同西子入吴宫。

注释：

①乙酉：指南明弘光二年，公元 1645 年。当年，弘光朝灭亡。

②人日：阴历正月初七。

③赏心亭：亭名，在南京下水门城上，下临秦淮，北宋人丁谓
所造。

④家住蕊珠宫：指卞玉京与道家有缘，表现她即将出家的心
境。蕊珠宫，传说天上上清宫中有蕊珠宫，为仙人之居所。
后指道观。

⑤凤纸：同"凤诏"，帝王用纸，上面绘有金凤，也指帝王
诏书。

⑥道人醒了扬州梦：指丁继之看透烟花尘世，化用杜牧《遣
怀》"十年一觉扬州梦，赢得青楼薄幸名"句。

⑦桃片随风不结子：指妓女生活随风动荡，不会有结果。化用
王建《宫词》"自是桃花贪结子，错教人恨五更风"句。

⑧柳绵浮水又成萍：指妓女生活如同浮萍，无处寄托。传说浮
萍由柳绵入水所化。柳绵，指柳絮。

⑨挖（yè）笛傍宫墙：挖笛，用手按笛孔。据传唐代乐工李謩隔墙偷听宫内御乐，记下乐谱。

⑩赵文华陪着严嵩：暗讽阮大铖奉承马士英。赵文华、严嵩是明传奇《鸣凤记》中的奸臣，也是历史上有名的乱国奸臣。赵文华，慈溪（今属浙江）人，明嘉靖间进士，官至翰林学士，曾巴结严嵩，拜他为义父。严嵩，字惟中，分宜（今属江西）人。明弘治间进士，官至内阁首辅。后被弹劾，罢官归乡。

⑪《鸣凤》：指明代传奇作品《鸣凤记》。

⑫戏场粉笔：戏曲里，奸臣的脸部化妆，用粉笔来涂大花脸，隐含贬义。

⑬"我们扮过陶学士了"二句：指两种不同的装扮和表演方式。陶学士，指陶穀，字秀实，邠州新平（今陕西彬县）人，历仕晋、汉、周、宋，官至户部二尚书，是文官。党太尉，党进，朔州马邑（今山西朔州）人，官至彰信军节度兼侍卫步军都指挥使，是位将领，武官。

⑭值当不的：值不得。

⑮峥嵘：原指山峰高耸险峻，此处指兴盛，李香君道出心愿，希望南朝重新强盛、繁荣。

⑯《后庭花》：即《玉树后庭花》，南朝陈后主（叔宝）所作之乐曲，他不理朝政，荒淫享乐，以致亡国。他是六朝最后一位帝王，此乐被视作亡国之音。暖红室本眉批曰："希贵宠，选声容，犹浅之乎骂也。美人而兼佞口，千古奇才。"

⑰撺弄：戏弄，教唆。

⑱觞咏：指边饮酒边赋诗。觞，酒杯，借指饮酒。咏，赋诗，

吟作。

⑲伯仲：原指兄弟排行的次序，后代指兄弟，此处指党人。

⑳兴尽宜回春雪棹：指赏乐未成，兴尽可归。典自《世说新
语·任诞》，晋人王子猷雪夜乘船访友，中途而返，曰：乘
兴而行，兴尽而返。

㉑客羞应斩美人头：指阮大铖想致李香君于死地。典自《史
记·平原君列传》，为了招贤纳士，平原君斩杀了取笑邻居
足疾的姬妾。

㉒煮鹤烧琴宴巨公：指李香君大杀风景，破坏了阮大铖、马士
英的雅集。煮鹤焚琴，把鹤煮了，把琴烧了。比喻鲁莽的行
为糟蹋了美好的事物、破坏了美景。巨公，王公大臣。

点评：

　　本出出评："赏梅一会，逼香君改嫁；看雪一会，选香
君串戏。所谓群居终日，言不及义，好行小慧也。谱此二
折者，非为马、阮宴游之数，为香君操守之坚也。卞玉京、
丁继之是香君、侯郎皈依之师，两人翩然早去，从此步步
收场矣。""《骂筵》一折，比之《四声猿·渔阳三弄》，尤
觉痛快。《哄丁》《侦戏》之辱，仅及于阮，非此一骂，而马
竟漏网。"

　　该出的冲突十分激烈，是正邪间的直接交锋：李香君
被召于马士英、阮大铖、杨文骢的宴会上，借机大骂马、
阮，为二人所责打。在杨文骢的劝解下，李香君被分到内
廷应差，得以保全性命。复杂的人物关系、多维的矛盾冲
突都在该出中被展现出来，加之冷热相济的节奏与跌宕反

转的情节，使得整出戏惊心动魄而又精彩纷呈。

作为冲突如此激烈的一场戏，作者并不急于在开场时就把矛盾展现出来，而是先铺叙阮大铖重召清客一事：从逻辑上而言，正是因为重召清客一事，李香君才有可能与马士英等人相遇，"骂筵"才会成为可能；从节奏上而言，这一段夹杂戏谑调笑、相对缓和的情节之出现，也为后续激烈的矛盾冲突做了铺垫；从内容上而言，这一段借阮大铖、卞玉京、丁继之等人之口，反映出当时的一些情况。

阮大铖的开场颇有小人得志的意味，他不过担任"内廷供奉"这一负责皇帝娱乐的微职，却以"同在文学侍从之班"的借口，将自己比附于王铎、钱谦益，颇有些精神胜利法的味道。但钱谦益、王铎二人后来都以降清为终，阮大铖将自己比附于此二人，当是作者有意安排的讽刺之笔。

同时，作者也借阮大铖之口，对马士英专横跋扈的形象作了一定写照。马士英不顾清客自愿与否，就将他们强征入宫，这与逼李香君出嫁田仰一事，可谓如出一辙。而且这一次，马士英甚至不顾及杨文骢对丁继之等清客的保护，更见其气焰之嚣张已达到倾轧同侪的地步。

卞玉京、丁继之的出家，以及沈公宪、张燕筑、寇白门、郑妥娘四人的响应，是当时伶人无奈生存境遇的体现——他们毫无主宰自身命运的权利，全然受制于他人，如果不愿低首接受，就只能了断尘缘、避世出离。

该段中还包含"你看老沈、老张不约俺一声儿，先到廊下向暖，我们走去，打他个耳刮子"、"怎么出家的都配成对儿"两个戏谑调笑的桥段，调剂紧张的气氛，以确保情节的张弛有度。之后李香君出场，该出最为激烈的矛盾冲突这才开始。李香君自白的两句"难得他们凑来一处，正好吐俺胸中之气"，更是为后面矛盾冲突的爆发做足了势。

李香君的出场固然已为矛盾冲突起势，但作者却并不急于让矛盾冲突立刻爆发，而是通过两轮调剂让冲突继续酝酿、发酵。

第一轮调剂，是马士英、阮大铖二人说"戏场粉笔"的厉害。马、阮二人在诉说严嵩被抹花脸时，似乎完全没有意识到自己也是被抹花脸而呈示人间数百年的，颇具反讽的意味。马士英以奉承为祸害之根本，并与阮大铖共同贬斥奉承的危害，无异于贼喊捉贼。这一段将两人的丑恶嘴脸暴露无遗，也就使得李香君指斥二人的理据更加充足。

第二轮调剂则较为简单，即马士英劝退众清客却留下李香君一事。这个关目设置得十分巧妙——如果李香君也随众多清客一同被劝下，那么"骂筵"一事便无从谈起，整个矛盾冲突也就消弭殆尽。这样的安排，以山重水复之势吊足了观众的胃口，也为矛盾冲突扬起了激昂的节奏。

《骂筵》一场，冲突的爆发也是层层推进的。最开始时，马士英还准备为李香君排解不平之事，甚至在李香君【江儿水】一曲唱完后，马士英还对她有一丝同情。然而随着【五供养】一曲唱出，矛盾终于以图穷匕见之势铺衍开来。席上三人的反应也有所不同：马士英、阮大铖二人是惊中带怒，而杨文骢则极力遮掩。但这并不是冲突的完结，因为李香君趁众人反应不及之时，又唱出了一曲【玉交枝】。

这一曲【玉交枝】可谓字字诛心，李香君之抵抗、阮大铖与马士英之反应、杨文骢之阻拦在词句间来往，这才终于将矛盾冲突推至最高潮。李香君坚贞不屈的形象，也在此被淋漓尽致地展现出来。虽说她经受了阮、马的侮辱、打骂，却毫不屈服，将阮大铖、马士英逼得哑口无言，她才是真正的胜利者。

由此，该出细致的节奏铺排才终于完成：从阮大铖强征清客，到李香君当席骂奸，于无关处推进，于推进处转折，于转折处酝酿，于酝酿处推到极致。《桃花扇》构思之细致、铺排之繁密，可以此出为代表。

第二十五出　选优 (乙酉正月)

（场上正中悬一匾，书"熏风殿"，两傍悬联，书"万事无如杯在手，百年几见月当头"。款书"东阁大学士臣铎奉敕书"。外扮沈公宪，净扮张燕筑，小旦扮寇白门，丑扮郑妥娘同上。外）天子多情爱沈郎①。（净）当年也是画眉张②。（小旦）可怜一树白门柳。（丑）让我风流郑妥娘。（外）我们被选入宫，伺候两日，怎么还不见动静？（净仰看介）此处是熏风殿，乃奏乐之所。闻得圣驾将到，选定脚色，就叫串戏哩。（外）如何名熏风殿？（净）你不晓得，琴曲里有一句"南风之熏兮"③，取这个意思。（丑）呸！你们男风兴头，要我们女客何用？（小旦）我们女客得了宠眷，做个大嫔妃，还强如他男风哩。（丑）正是，他男风得了宠眷，到底是个小兄弟。（净）好徒弟，骂及师父来了。（外）咱们掌了班时，不要饶他。（净）谁肯饶他？明日教动戏，叫老妥试试我的鼓槌子罢。（丑笑，指介）你老张的鼓槌子，我曾试过，没相干的。（众笑介。副净冠带扮阮大铖上）

【绕池游】汉宫如画，春晓珠帘挂，待粉蝶黄莺打。歌舞西施，文章司马④，厮混了红袖乌纱。

（见介）你们俱已在此，怎的不见李贞丽？（小旦）他从雪中一跌，至今忍痛，还卧在廊下哩。（副净）圣驾将到，选定脚色，就要串戏，怎么由得他的性儿？（众）是，是，俺们拉他过来。（同下。副净自语介）李贞丽这个奴才，如此可恶，今日净、丑脚色，一定借重他了。（杂扮二内监执龙扇前引，小生扮弘光帝，又扮二监提壶捧盒，随上。小生）满城烟树间梁陈，高下楼台望不真。原是洛阳花里客，偏来管领秣陵春。（坐介）寡人登极御宇，将近一年，幸亏四镇阻当，流贼不能南下。虽有叛臣倡议欲立潞藩⑤，昨已捕拿下狱。目今外侮不来，内患不生，正在采选淑女，册立正宫，这也都算小事，只是朕独享帝王之尊，无多声色之奉⑥，端居高拱⑦，好不闷也。（副净跪介）光禄寺卿臣阮大铖恭请万安。（小生）平身。（副净起介）

【掉角儿】（小生）看阳春残雪早花，蹙愁眉慵游倦耍。（副净）圣上安享太平，正宜及时行乐，慵游倦耍，却是为何？（小生）朕有一桩心事，料你也应晓得。（副净）想怕流贼南犯？（小生）非也。阻隔着黄河雪浪，那怕他天汉浮槎⑧？（副净）想愁兵弱粮少？（小生）也不是。俺有那镇淮阴诸猛将，转江陵大粮艘，有甚争差？（副净）既不为内外兵马，想是正宫未立，配德无人？（小生）也不为此。那礼部钱谦益，采选淑女，不日册立。有三妃九嫔，教国宜家。（副净）又又为此，臣晓得了。（私奏介）想因叛臣周镳、雷缜祚，倡造邪谋，欲迎立潞王耳。（小生）益发说错了。那奸人倡言惑众，久已搜拿。

（副净低头沉吟介）却是为何？（小生）卿供奉内庭，乃朕心腹之臣，怎不晓得朕的心事？（副净跪介）圣虑高深，臣衷愚昧，其实不能窥测。伏望明白宣示，以便分忧。（小生）朕谕你知道罢，朕贵为天子，何求不遂？只因你所献《燕子笺》，乃中兴一代之乐，点缀太平，第一要事。今日正月初九，脚色尚未选定，万一误了灯节⑨，岂不可恼！（指介）你看阁学王铎书的对联道："万事无如杯在手，百年几见月当头？"一年宁有几个元宵？故此日夜踌躇，饮膳俱减耳。（副净）原来为此，《巴》《里》之曲⑩，有瀆圣怀⑪，皆微臣之罪也。（叩头介）臣敢不鞠躬尽瘁，以报主知。（起唱介）

【前腔】忝卿僚填词辨挝[12]，备供奉诙谐风雅。恨不能腮描粉墨，也情愿怀抱琵琶。但博得歌筵前垂一顾，舞裀边受寸赏[13]，御酒龙茶，三生侥幸，万世荣华。这便是为臣经济，报主功阀[14]。

（前问介）但不知内庭女乐，少何脚色？（小生）别样脚色，都还将就得过，只有生、旦、小丑不惬朕意。（副净）这也容易，礼部送到清客、歌妓，现在外厢，听候拣选。（小生）传他进来。（副净）领旨。（急入领外、净、旦、小旦、丑上。俱跪介。小生问外、净介）你二人是串戏清客么？（外、净）不敢，小民串戏为生。（小生）既会串戏，新出传奇也曾串过么？（外、净）新出的《牡丹亭》《燕子笺》《西楼记》[15]，都曾串过。（小生）既会《燕子笺》，就做了内庭教习罢[16]。（外、净叩头介。小生问介）那三个歌妓[17]，也会《燕子笺》么？（小旦、丑）也曾学过。（小生喜介）益发妙了。（问旦介）这个年小的，怎不答应？（旦）没学。（副净跪介）臣启圣上，那两个学过的，例应派做生、旦。这一个没学的，例应派做丑脚。（小生）既有定例，依卿所奏。（小旦、丑、旦叩头介。小生）俱着起来，伺候串戏。（俱起介。丑背喜介[18]）还是我老妥做了天下第一个正旦。（小生向副净介）卿把《燕子笺》摘出一曲，叫他串来，当面指点。（外、净、小旦、丑随意演《燕子笺》一曲，副净作态指点介。小生喜介）有趣，有趣！都是熟口，不愁扮演了。（唤介）长侍斟酒，庆贺三杯。（杂进酒，小生饮介。小生起介）我们君臣同乐，打一回十番何如？（副净）领旨。（小生）寡人善于打鼓，你们各认乐器。（众打《雨夹雪》一套，完介。小生大笑介）十分忧愁消去九分了。（唤介）长侍斟酒，再庆三杯。（杂进酒，小生饮介）

【前腔】旧吴宫重开馆娃^⑲，新扬州初教瘦马^⑳。淮阳鼓
昆山弦索，无锡口姑苏娇娃。一件件闹春风，吹暖响；
斗晴烟，飘冷袖，宫女如麻。红楼翠殿，景美天佳。
都奉俺无愁天子^㉑，语笑喧哗。

（看旦介）那个年少歌妓，美丽非常，派做丑脚，太屈他了。（问
介）你这个年少歌妓，既没学《燕子笺》，可曾学些别的么？

（旦）学过《牡丹亭》。（小生）这也好了，你便唱来。（旦羞不唱
介。小生）看他粉面发红，像是腼腆，赏他一柄桃花宫扇，遮掩
春色^㉒。（杂掷红扇与旦介。旦持扇唱介）

【懒画眉】^㉓为甚的玉真重溯武陵源，也只为水点花飞
在眼前。是他天公不费买花钱，则咱人心上有啼红怨。
咳！辜负了春三二月天。

（小生喜介）妙绝，妙绝！长侍斟酒，再庆三杯。（杂进酒，小生
饮介。指旦介）看此歌妓，声容俱佳，岂可长材短用？还派做正
旦罢。（指丑介）那个黑色的，倒该做丑脚。（副净）领旨。（丑撇
嘴介）我老妥又不妥了。（小生向副净介）你把生、丑二脚，领去
入班，就叫清客，用心教习，你也不时指点。（副净跪应介）是，
此乃微臣之专责，岂敢辞劳？（急领外、净、小旦、丑下。小生
向旦介）你就在这熏风殿中，把《燕子笺》脚本，三日念会，好
去入班。（旦）念会不难，只是没有脚本。（小生唤介）长侍，你
把王铎抄的楷字脚本，赏与此旦^㉔。（杂取脚本付旦，跪接介。小
生）千年只有歌场乐，万事何须酒国愁？（杂引下。旦掩泪介）罢
了，罢了！已入深宫，那有出头之日？

【前腔】锁重门垂杨暮鸦，映疏帘苍松碧瓦。凉飕飕风
吹罗袖，乱纷纷梅落宫髻^㉕。想起那拆鸳鸯，离魂惨，

隔云山，相思苦，会期难。空倩人寄扇，擦损桃花。到今日情丝割断，芳草天涯。

　　（叹介）没奈何，且去念会脚本。或者天恩见怜，放了出宫，再会侯郎一面，亦未可知。

【尾声】从此后入骨髓愁根难拔，真个是广寒宫姮娥守寡。只这两日呵！瘦损宫腰剩一把。

　　　　曲终人散日西斜，

　　　　殿角凄凉自一家。

　　　　纵有春风无路入，

　　　　长门关住碧桃花。

注释：

①沈郎：指沈约，南朝史学家、文学家，著有《宋书》等。此处沈公宪以沈约自况。

②画眉张：指西汉文学家张敞为妻画眉，此处张燕筑自诩风流多情。典自《汉书·张敞传》。

③南风之薰兮：指琴曲《南风歌》，相传为舜帝所作。

④文章司马：指汉代辞赋家司马相如，此处为阮大铖自比。

⑤潞藩：指潞王朱常淓，潞简王朱翊镠的嗣子，袭封潞王。钱谦益、雷缤祚、周镳等曾主张立他为帝。后降清。

⑥声色：指淫声和女色。

⑦端居高拱：指端坐，双手高拱的样子，形容清闲无事，无为而治。端居，正坐的样子。高拱，高高拱起双手的样子。

⑧那怕他天汉浮槎：传说乘坐浮槎，可由海上到达天河。此句意为不担心有人乘坐浮槎飞渡天河。天汉，天河。浮槎，指

乘筏漫游。槎，竹木编成的筏子。

⑨灯节：元宵节。

⑩《巴》《里》之曲：指战国时代楚国民间流行的通俗歌曲《巴人》《下里》。此处指《桃花扇》。

⑪廑（jǐn）：同"仅"，少，损。

⑫忝卿僚填词辨挝（zhuā）：愧列于填词作曲的王公大臣中。忝，愧对。挝，敲击，引申为敲鼓。

⑬舞裀：供舞蹈用的地毯。寸赏：微薄的赏赐。

⑭功阀：指表明功劳的等次。《史记·高祖功臣侯者年表序》："用力曰功，明其等曰阀。"

⑮《西楼记》：明代剧作家袁于令所撰的传奇作品。

⑯内庭教习：皇宫内传授歌舞技艺的师傅。

⑰三个：原作"二个"，据清康熙刊本改。

⑱背：原作"皆"，据清康熙刊本改。

⑲旧吴宫重开馆娃：指弘光帝重蹈吴王覆辙。馆娃，宫名，在苏州灵岩山山巅，春秋时吴王夫差为西施所建。

⑳新扬州初教瘦马：指弘光帝的荒淫。瘦马，指扬州有些人家买来女孩，教她琴棋书画、刺绣女工，待其成人后，再卖与富人家做妾。这些女孩非娼非妓，被称为"瘦马"。

㉑无愁天子：指北齐后主高纬，他作《无愁》曲，自弹琵琶而唱，民间称之为"无愁天子"。

㉒遮掩春色：暖红室本眉批曰："歌场之扇，真桃花扇也。况出天子所赐乎？而香君弃之如遗矣。"

㉓【懒画眉】：此曲为《牡丹亭·寻梦》里杜丽娘演唱的一支曲子，李香君以杜丽娘自比。

㉔赏与此旦：暖红室本眉批曰："王铎楷书乌丝栏《燕子笺》曲本，今人尚有藏之者，非诬也。"

㉕宫髽（zhuā）：指宫女的发髻。髽，指女子梳在头顶两旁的髻。

点评：

本出出评："此折写香君入宫，与侯郎隔绝，所谓离合之情也。而南朝君臣，荒淫景态，一一摹出，岂非兴亡之感乎？""周、雷二公被逮，南朝大狱也。虽非正传，而于行乐之时，亦先为说出。凡题外闲文，皆有源委，读《桃花扇》者，当处处留神也。"

这一出讲述弘光帝选优行乐一事，接续上一出李香君被困宫中之情节，但各有不同的侧重点：《骂筵》主要是李香君与马、阮一干奸臣的对抗，《选优》则主要描绘弘光帝之荒淫与李香君之绝望。

该出的"选优"事件，是根据历史记载改编的。《明季南略》曰："除夕，上在兴宁宫，色忽不怡。韩赞周言：'新宫宜欢。'上曰：'梨园殊少佳者。'赞周泣曰：'臣以陛下令节，或思皇考，或念先帝，乃作此想也！'"弘光帝的荒淫自私，已足与"烽火戏诸侯"之周幽王、"何不食肉糜"之晋惠帝相比肩了。

开场沈公宪、张燕筑、寇白门、郑妥娘四人于庄严的皇庭宫殿中为粗俗下劣的笑谑，便已经渲染出了浓郁的讽刺意味。随后，阮大铖、弘光帝在众星捧月中相继登场，一出好戏就此拉开帷幕。

弘光帝是个对时局、政治没有丝毫洞察力的人：四镇的祸害，其实更甚于流贼；拿捕拥立潞王的诸多大臣，也不过是互相倾轧的党争，有百害而无一利。弘光帝这样的心态，正与其忧于"梨园殊少佳者"的史实一脉相承。然而此出已没有哭泣进谏的韩赞周了，只有一个阿谀奉承的阮大铖。就连颇懂得逢迎上意的阮大铖都没有猜到弘光帝的心思，可见弘光帝之荒淫已达出人意料的地步。

为满足弘光帝，阮大铖将包括李香君在内的诸多清客招来排演，整出戏的重心也就从表现弘光帝的荒淫转换到表现李香君的困境。李香君困居深宫，与侯方域的重逢愈加遥遥无期。作者借助串演《燕子笺》一事，将李香君孤独无助的状态充分展露了出来。

《燕子笺》被反复提及，这是阮大铖文才的象征，也是俗流眼光的象征。李香君不会《燕子笺》，也是她与俗流眼光格格不入的注解。弘光帝、阮大铖、沈公宪一干人全部熟知《燕子笺》，李香君竟全然不会，她被孤立的状态也因此得以充分展现。

该出中提及的《燕子笺》《牡丹亭》两部传奇作品互文相关。从剧情上说，李香君上场时便在跟随苏昆生学习《牡丹亭》中的曲段。此出实则以昔日之歌曲照见今日之情形，以昔日之养尊处优照见今日之孤苦伶仃。从文本上说，《燕子笺》曾一度被视为承玉茗堂余绪之作。然而《牡丹亭》与《燕子笺》之间的雅俗高下，却是一目了然的。这里以李香君唱《牡丹亭》，相对于众人之《燕子笺》，也是李香君与在场众人雅俗高下的判然分别。

　　李香君所唱的【懒画眉】一曲，意味深长。此曲出自《牡丹亭》中《寻梦》一出，杜丽娘与柳梦梅千里相隔、相思之状态，与此时李香君与侯方域千里相隔、相思之状态何其相似！

　　该出有一处细节，值得赏玩。作者对于该出戏发生之地，是有所设计的。殿上挂出"熏风殿"的招牌，以及降清贰臣王铎手书的对联"万事无如杯在手，百年几见月当头"，正是对于弘光朝廷未来命运、弘光帝其人之性格状态的预示写照。值得进一步推敲的是，王铎籍贯是河南孟津，而弘光帝最终身死入葬处也是孟津。悬挂孟津人王铎之书法作品于弘光帝头顶，无疑是讽刺弘光帝对于生死祸福的毫无知觉。弘光帝等人以《燕子笺》这一情节精巧、文辞热闹却毫无格调意蕴之作品，作为"中兴一代之乐"，真是荒唐已极。众人串演《燕子笺》时，弘光帝看得高兴，便要"君臣同乐"，与众人一同打鼓玩闹，这也为他日后失势身死埋下了祸根。

第二十六出　赚将 <small>(乙酉正月)</small>

（生上）

【破阵子】水驿山城烟霭，花村酒肆尘埋。百里白云亲舍近，不得斑衣效老莱[①]，从军心事乖。

> 小生侯方域，奉史公之命，监军防河。争奈主将高杰[②]，性气乖张[③]，将总兵许定国当面责骂。只恐挑起争端，难于收救，不免到中军帐内，劝谏一番。（入介。副净扮高杰上）一声叱退黄河浪，两手推开紫塞烟[④]。（相见坐介）先生入帐，有何见教？（生）小生千里相随，只为防河大事。今到睢州呵[⑤]！

【四边静】[⑥]威名震，人人惊魄，家尽移宅。鸡犬不留群，军民少宁刻。营中一吓，帐中一责，敌国在萧墙，祸事恐难测。

> （副净）那许定国拥兵十万，夸胜争强，昨日教场点卯，一个个老弱不堪。欺君糜饷[⑦]，本当军法从事[⑧]，责骂几声，也算从轻发放了。（生）元帅差矣。

【福马郎】此时山河一半改，倚着忠良帅，速奏凯。收拾人心，招纳英才，莫将衅端开。成功业，只在将和谐。

> （副净）虽如此说，那许定国托病不来，倒请俺入城饮酒，总是十分惧怕了。俺看睢州城外，四面皆水，只有单桥小路，也是可守之邦。明日叫他让出营房，留俺歇马。他若依时便罢，若不依时，俺便夺他印牌，另委别将，却也容易。（生摇手介）这是万万行不得，昨日教场一骂，争端已起。自古道："强龙不压地头蛇"，他在唇齿肘臂之间，早晚生心，如何防备？（副净指生介）

书生之见，益发可笑。俺高杰威名盖世，便是黄、刘三镇，也拜下风，这许定国不过走狗小将，有何本领？俺倒防备起他来。（生打恭介）是，是！元帅既有高见，小生何用多言？就此辞归，竟在乡园中，打听元帅喜信罢。（副净拱介）但凭尊意。（生冷笑拂袖下。副净起唤介）叫左右。（净、丑扮二将上）元帅呼唤，有何军令？（副净）你二将各领数骑，随我入城饮酒去来。这大营人马，不许擅动。（净、丑）得令。（即下。领四卒上。副净）就此前行。（骑马绕场介）

【划锹儿】南朝划就黄河界，东流把住白云隘⑨。飞鸟不能来，强弓何用买？（合）望荒城柳栽，上危桥倾坏。按辔徐行⑩，军容潇洒。

（暂下。外扮家将捧印牌上）杀人不用将军令，奏凯全凭娘子军⑪。咱乃睢州许总兵的家将，俺总爷被高杰一骂，吓得水泻不止。亏了夫人侯氏，有胆有识⑫，昨夜画定计策，差俺捧着牌印，前来送交，就请他进城筵宴。约定饮酒中间，放爆为号，如此如此，这般这般。倒也是条妙计，只不知天意若何，好怕人也。（望介）远望高杰前来，不免在桥头跪接。（副净等唱前合上⑬。外跪接介。副净问介）你是何处先官？（外）小的是总兵许定国家将，叩接元帅大老爷。（副净）那许总兵为何不接？（外）许总兵卧病难起，特差小的送到牌印，接请元帅爷进城筵宴，点查兵马。（副净）席设何处？（外）设在察院公署⑭。（副净）左右收下牌印。（净、丑收介。副净笑介）妙，妙！牌印果然送到，明日安营歇马，任俺区处了。（吩咐外介）你便引马前行。（外前引，唱前合，行介。外跪禀介）已到察院，请元帅爷入席。（副净下马入坐介。吩咐介）军卒外面伺候。（向净、丑介）你二将不同别个，便坐下席，陪俺欢乐。（净、丑安放牌印，叩头介）告坐了。（就地列坐介。外斟副净酒。又末、小生扮二将斟净、丑酒介。又副净、净、丑身傍各立一杂摆菜介。外）请酒。（副净怒介）这样薄酒，拿来灌俺。（摔杯介。外急换酒介。外）请菜。（副净怒介）这样冷菜，如何下箸？（摔筯介。外急换菜介。副净）今日正月初十，预赏元宵，怎的花灯优人^⑮，全不预备^⑯？（外跪禀介）禀元帅爷，这睢州偏僻之所，没处买灯叫戏。且把营门灯笼悬挂起来，军中鼓角吹打一通罢。（挂灯吹打介。副净向净、丑介）我们多饮几杯。

【普天乐】镇河南，威风大；柳营列，星旗摆。灯筵上，灯筵上，将印兵牌。（净、丑起奉副净酒介）行军令，酒似官差。（副净与净、丑猜拳介）任哗拳叫彩，三家拇阵排^⑰。（外、末、小生）这八卦图中新势，只怕鬼谷难猜^⑱。

（净、丑）小的酒都有了，今日还要伺候元帅爷点查兵马哩。（副净）天色已晚，明日点查罢，大家再饮几杯。（又斟酒饮介。内放爆介。杂急拿副净手，外拔刀欲杀，副净挣脱跳梁上介。一杂急拿净手，末杀死净介。一杂急拿丑手，小生杀死丑介。闻爆声拿杀俱要一齐。外喊介）高杰走脱了，快寻，快寻！（杂点火把各处寻介。外仰视介）顶破椽瓦，想是爬房走了。（杂又寻介。外指介）那楼脊兽头边，闪闪绰绰，似有人影。快快放箭！（末、小生放箭介。副净跳下介。杂拿住副净手介，外认介）果然是老高哩。（副净呵介）好反贼，俺是皇帝差来防河大帅，你敢害我？（外）俺只认许总爷，不认的甚么黄的黑的，快伸头来。（副净跳介）罢了，罢了！俺高杰有勇无谋，竟被许定国赚了。（顿足介）咳！悔不听侯生之言，致有今日。（伸脖介）斩我头去。（外指介）老高果然是个好汉。（割副净头，手提介。唤介）两个兄弟快捧牌印，大家回报总爷去。（末、小生捧牌印介。末）且莫慌张，三将虽死，尚有小卒在外哩。（外）久已杀得干净了。（小生）还有一件，城外大营，明日知道，必来报仇。快去回了总爷，求侯夫人妙计。（外）侯夫人妙计，早已领来了。今夜悄悄出城，带着高杰首级献与北朝，就引着北朝人马，连夜踏冰渡河，杀退高兵。算我们下江南第一功了。

宛马嘶风缓辔来⑲，
黄河冰上北门开⑳。
南朝正赏春灯夜，
让我当筵杀将材。

注释：

①"百里白云亲舍近"二句：指离家很近，却因公命，不得探访。白云亲舍，典自刘肃《大唐新语·举贤》，狄仁杰望白云而怀父母。老莱，典自《艺文类聚》卷二十引《列女传》，老莱年七十，着彩衣娱乐父母。斑衣，彩衣。

②争奈：怎奈，无奈。争，怎么，如何。

③乖张：性情执拗、怪癖。

④紫塞烟：指外族入侵。紫塞，长城。崔豹《古今注·都邑》："秦筑长城，土色皆紫，汉塞亦然，故称紫塞焉。"后泛指边塞。

⑤睢州：今河南睢县。

⑥【四边静】：暖红室本眉批曰："仄韵如此稳妥，可称绝调。"

⑦糜饷：浪费军饷。

⑧军法从事：指按照军法严办。

⑨白云隘：在山西阳城，与河南济源接壤，形势险要，为兵家重地。

⑩辔：马缰绳。

⑪娘子军：指许定国妻子侯氏。典自《旧唐书·柴绍传附》，唐高祖李渊女儿平阳公主率娘子军助父征战。

⑫有胆有识：暖红室本眉批曰："康熙癸酉（1693），见侯夫人于京邸，年八十余，犹健也。历历言此事，其智略气概，有名将风。"

⑬唱前合：唱前支曲子里"（合）"的部分"望荒城柳栽，上危桥倾坏。按辔徐行，军容潇洒"。

⑭察院：官署名，明清两代都察院之简称，掌管纠劾百司，提督各道。

⑮优人：旧时演戏的人。

⑯全不预备：暖红室本眉批曰："或传：用美人计卧而擒之。曾问侯氏，云未尝有妓也。"

⑰"任哗拳叫彩"二句：指三人在酒桌上猜拳取乐。哗拳、叫彩、拇阵排，指酒席间玩猜拳游戏时，出拳、伸指动作和叫喊数声。

⑱"这八卦图中新势"二句：指新排的八卦军阵，恐怕连鬼谷子都难以猜测、破解。八卦图，三国时期，诸葛亮入蜀时布下的一种军阵法，按八卦方位，设休、生、伤、杜、景、死、惊、开八门，灵活多样，变化无端，不易破解。此处指许定国之新计策。鬼谷子，名王诩，春秋时人，隐居清溪之鬼谷，故有此称。以纵横策略闻名，张仪、苏秦为其弟子。

⑲宛马嘶风缓辔来：指清兵轻松南渡。宛马，原指产于西域大宛国的良种马。此处指清兵。嘶风，原作"嘶花"，据暖红室本改，指马迎风嘶鸣。缓辔，指缓行骑马。

⑳冰上：原作"水上"，据清康熙刊本改。

点评：

　　本出出评："高杰之死，本不足传，而大兵从此下江南，则兴亡之大机也。况侯生参其军事，不为所信，致有今日，则侯生实关乎兴亡之数者也，安得不细细传出？"

　　《明史》载："顺治二年正月，杰抵归德。总兵许定国方驻睢州，有言其送子渡河者。杰招定国来会，不应。复邀巡抚越其杰、巡按陈潜夫同往睢州，定国始郊逆。其杰讽杰勿入城，杰心轻定国，不听，遂入城。十一日，定国置酒享杰。杰饮酣，为定国刻行期，且微及送子事。定国益疑，无离睢意。杰固促之行，定国怒，夜伏兵传炮大呼。其杰等急遁走，杰醉卧帐中未起，众拥至定国所杀之。"由此可知，高杰因轻敌而死，许定国借酒席而设计，都是符合历史实情的。在设计具体情节时，孔尚任则根据剧情的需要，对人物和事件有所整理。

　　从情节看，许定国叛变之心早已有之，设计擒杀高杰也是蓄谋已久，但在该出戏中，作者却删除了这些内容，只说高杰在校场上当众辱骂许定国，导致许定国后怕至极，最终谋反自保。从人物看，越其杰、陈潜夫二人并没有出现，取而代之的是侯方域和高杰的两个副将——这一替换倒是无关全出大体，更为重大的调整却是：睢州之变的主人公许定国也没有出场，一切行动都是他的家将代为指挥的。由情节、人物两方面的调整，可见作者将该出的中心，全部放到了高杰身上。

从情节而言，许定国叛变是因高杰的辱骂而起，高杰的被杀也是因为自己的轻敌，高杰几乎是该出起承转合的所有线索；从人物而言，侯方域只是匆匆亮相便拂袖下场，其后除高杰之外，全场没有一个有名姓的角色出现，可以说人物设置上也以高杰为核心所在。故而该出的情节、人物设置，都是向着烘托而去，而高杰的狂妄自大，是引导情节走向、人物行动的主要动力，最终导致了其人身死、河南易势的严重局面。

对于高杰狂妄自大的描写，是分三个层次逐层推进的。

第一个层次，是借助侯方域之口呈现的。正是通过侯方域，读者才知高杰当众辱骂许定国一事。同时，通过侯方域所唱【四边静】中"威名震，人人惊魄，家尽移宅。鸡犬不留群，军民少宁刻"几句，也可知高杰及其军队的跋扈，几乎已成为地方一害，然而高杰本人却对此颇为骄傲。

第二个层次，是通过高杰与侯方域之间的争执体现的。侯方域劝高杰小心谨慎，高杰却看不出其中蹊跷，他甚至认为许定国请自己喝酒是因为惧怕，并将夺取许定国的令牌视作等闲之事。侯方域见此情景，只能无奈地拂袖而去。尽管《明史》的记载里，侯方域并没有出现，但据胡介祉《侯朝宗公子传》，侯方域早年曾亲谏其父杀死许定国，没有被听从；后来侯方域也曾于高杰军中出谋划策。

第三个层次，是通过高杰入城赴宴的跋扈之态展现的。

此时高杰的狂妄自大达到了极点。从入城开始，高杰一直十分顺利：他收到了许定国的牌印，被许定国的手下奉作上宾，并且在酒席上颐使气指、恣意妄为，乃至引动衙门挂起灯笼、军中吹奏鼓角。宴会至尽兴处，高杰及其副手与许定国手下合唱了一曲【普天乐】，尽道了座中两方的心机：在高杰一方，已经因自大彻底放松了警惕，沉醉于宴饮的欢愉中；在许定国手下一方，则已显露出伏隐的杀机。随后炮声一响、图穷匕见，高杰两名副手即刻便成为刀下之鬼，高杰本人也只是在略一挣扎之后，引颈就戮。整出戏，就在许定国手下携其首级北去投降之中结束。

这出戏虽然以高杰为重心，但也侧面描绘了许定国这一人物形象——他被高杰辱骂之后，便"吓得水泻不止"，足见其胆小如鼠之程度；他听从夫人侯氏之言，安排手下擒杀高杰，又体现出其凶狠毒辣；在杀死高杰之后，他携高杰首级投降北兵，又颇显出寡廉鲜耻之情状。其人虽未出场，但其性格形象已然跃居纸上。

许定国设计擒杀高杰，是听从夫人侯氏安排一说，这也是历史实情。云亭山人曾有批注，言说拜访侯夫人一事。可见此出的写作，当是结合正史、私传乃至于采访等多方面史料而成的。

第二十七出　逢舟 (乙酉二月)

（净扮苏昆生背包裹骑驴急上）

【水底鱼】戎马纷纷，烟尘一望昏；魂惊心震，长亭连远村①。（丑扮执鞭人赶呼介）客官慢走，你看黄河堤上，逃兵乱跑，不要被他夺了驴去。（净不听，急走介。杂扮乱兵三人迎上）弃甲掠盾，抱头如鼠奔。无暇笑哂，大家皆败军，大家皆败军。

　　（遇净，推下河，夺驴跑下。丑赶下。净立水中，头顶包裹高叫介）救人呀，救人！（外扮舟子撑船，小旦扮李贞丽贫妇样上）

【前腔】流水浑浑②，风涛拍禹门③；堤边浪稳，泊舟杨柳根。（欲泊船介。小旦唤介）驾长④，你看前面浅滩中，有人喊叫，我们撑过船去，救他一命，积个阴骘如何⑤？（外）黄河水溜，不是当耍的。（小旦）人行好事，大王爷爷自然加护的⑥。（外）是，是！待我撑过去。（撑介）风急水紧，舍生来救人，哀声迫窘，残生一半魂，残生一半魂。

　　（近净呼介）快快上来，合该你不死，遇着好人。（伸篙下，净攀篙上船缩头介）好冷，好冷！（外取干衣与净介。小旦背立介。净换衣介）多谢驾长，是俺重生父母。（叩介。外）不干老汉事，亏了这位娘子，叫我救你的。（净作揖起，惊认介）你是李贞娘，为何在这船里？（小旦惊认介）原来是苏师父。你从何处来？（净）一言难尽。（小旦）请坐了讲。（坐介。外泊船介）且到岸上挈壶酒吃去。（下）

【琐窗寒】（净）一从你嫁朱门，锁歌楼，叠舞裙，寒风冷雪，哭杀香君。（小旦掩泪介）香君独住，怎生过活？（净）他托俺前来寻访侯郎。征人战马，侯郎无信，茫茫驿路殷勤问。（小旦问介）因何落水？（净）正在堤上行走，被乱兵夺驴，把俺推下水的。蒙救出浊流，故人今夕重近。

（小旦）原来如此，合该师父不死，也是奴家有缘，又得一面。

（净问介）贞娘，你既入田府，怎得到此？（小旦）且取火来，替你烘干衣裳，细细告你。（小旦取火盆上介。副净扮舟子撑船，生坐船急上）才离虎豹千林雾，又逐鲸鲵万里波⑦。（呼介）驾长，这是吕梁地面了⑧，扯起蓬来，早赶一程，明日要起早哩。（副净）相公不要性急，这样风浪，如何行的？前面是泊船之所，且靠帮住一宿罢⑨。（生）凭你。（泊船介。生）惊魂稍定，不免略打个盹儿。（卧介。净烘衣，小旦傍坐谈介）奴家命苦，如今又不在那田家了。想起那晚。

【前腔】匆忙扮作新人，夺藏娇，金屋春，一身宠爱，尽压钗裙。（净）这好的狠了。（小旦）谁知田仰嫡妻，十分悍妒。狮威胜虎⑩，蛇毒如刃。把奴采出洞房，打个半死。（净）呵呀！了不得，那田仰怎不解救？（小旦）田郎有气吞声忍，竟将奴赏与一个老兵。（净）既然转嫁，怎么在这船上？（小旦）此是漕标报船⑪，老兵上岸下文书去了。奴自坐船头，旧人来说新恨。

（生一边细听介。听完起坐介）隔壁船中，两个人絮絮叨叨，谈了半夜，那汉子的声音，好似苏昆生，妇人的声音，也有些相熟，待我猛叫一声，看他如何？（叫介）苏昆生！（净忙应介）那个唤我？（生喜介）竟是苏昆生。（出见介。净）原来是侯相公，正要去寻，不想这里撞着。谢天谢地，遇的恰好。（唤介）请过船来，认认这个旧人。（生过船介）还有那个？（见旦惊认介⑫）呀！贞娘如何到此？奇事！奇事！香君在那里？（小旦）官人不知，自你避祸夜走，香君替你守节，不肯下楼。（生掩泪介。小旦）后来马士英差些恶仆，拿银三百，硬娶香君，送与田仰。（生惊介）我的香君，怎的他适了？（小旦）嫁是不曾嫁，香君惧怕，碰死在地。（生大哭介）我的香君呀，怎的碰死了！（小旦）死是不曾死，碰的鲜血满面，那门外还声声要人，一时无奈，妾身竟替他嫁了田仰。（生喜介）好，好！你竟嫁与田仰了，今日坐船要往那里去？（小旦）就住在船上。（生）为何？（旦羞介。净）他为田仰妒妇所逐，如今转嫁这船上一位将爷了。（生微笑介）有这些风波，可怜，可怜！（问净介）你怎得到此？（净）香君在院，日日盼你，托俺寄书来的。（生急问介）书在那里？（净取包介）

【奈子花】这封书不是笺纹，摺宫纱夹在斑筠⑩。题诗定情，催妆分韵。（生接扇介）这是小生赠他的诗扇。（净指扇介）看桃花半边红晕，情恳，千万种语言难尽。

（生看扇问介）那一面是谁画的桃花？（净）香君碰坏花容，溅血满扇，杨龙友添上梗叶，成了几笔折枝桃花。（生细看喜介）果然是些血点儿。龙友点缀，却也有趣。这柄桃花扇倒是小生至宝了。（问介）你为何今日带来？（净）在下出门之时，香君说道，千愁万苦俱在扇头，就把扇儿当封书信罢！故此寄来的。（生又看，哭介）香君！香君！叫小生怎生报你也！（问净介）你怎的寻着贞娘来？（净指唱介）俺呵，

【前腔】走长堤驴背辛勤，遇逃兵推下寒津。（生）呵呀！受此惊险。（问介）怎的不曾湿了扇儿？（净作势介）横流没肩，高擎书信，将《兰亭》保全真本⑪。（生拱介）为这把桃花扇，把性命都轻了，真可感也。（问介）后来怎样？（净）亏了贞娘，不怕风浪，移船救我。思忖，从井救别人谁肯？

（生）好，好！若非遇着贞娘，这黄河水流，谁肯救人！（小旦）

妾本无心，救他上船，才认的是苏师父。（生）这都是天缘凑巧处。（净）还不曾问候相公，因何南来？（生）俺是去秋随着高杰防河，不料匹夫无谋，不受谏言，被许定国赚入睢州，饮酒中间，遣人刺死。小生不能存住，买舟黄河，顺流东下。你看大路之上，纷纷乱跑，皆是败兵，叫俺有何面目，再见史公也？（净）既然如此，且到南京，看看香君，再作商量。（生）也罢，别过贞娘，趁早开船。（小旦）想起在旧院之时，我们一家同住，今日船中，只少一个香君，不知今生还能相见否？

【金莲子】一家人离散了，重聚在水云。言有尽，离绪百分。掌中娇养女，何日说艰辛？

（生）只怕有人踪迹，昆老快快换衣，就此别过罢。（净换衣介。生、净掩泪过船介。净）归计登程犹未准。（生）故人见面转添愁。（副净撑船下。小旦）妾心厌倦烟花，伴着老兵度日，却也快活。不意故人重逢，又惹一天旧恨。你听涛声震耳，今夜那能成寐也？

悠悠萍水一番亲，

旧恨新愁几句论。

漫道浮生无定著，

黄河亦有住家人。

注释：

①长亭：旧时乡村所建的交通设施，大约每十里设一长亭，每五里设一短亭，亭有亭长，供行人歇脚。

②浑浑：浑浊的河水涌流之状。

③禹门：指山西河津龙门，相传为夏禹所凿，为黄河险要之处。

④驾长：指掌舵驾橹之人。

⑤阴骘（zhì）：原为默默安定的意思，引申为阴德。

⑥大王爷爷：指河神。

⑦"才离虎豹千林雾"二句：指刚刚避开陆上乱兵，又经历水上险情。虎豹千里雾，指许定国、高杰军队。鲸鲵，雄曰鲸，雌曰鲵。比喻水上凶情。

⑧吕梁：指江苏徐州东南的吕梁滨，而非山西的吕梁山。

⑨靠帮：指一船停靠在另一艘船的近旁。

⑩狮威胜虎：指狮子的威力超过老虎，形容凶悍好妒的妇女。典自《容斋三笔·陈季常》，宋朝学者陈季常之妻柳氏悍妒，每逢季常招歌妓宴客，她就用棍敲壁，吓走客人。也作"河东狮吼"，同义。

⑪漕标报船：指漕运总督标营往来传报文书的专船。漕标，漕运总督统辖绿营官兵本标及分防各营，掌管催护粮船事宜。报船，传递文书信息之官船。

⑫旦：据梁启超批注本，当作"小旦"。

⑬摺宫纱夹在斑筠：指桃花扇。摺，叠。宫纱，浙江杭州、绍兴一带特产的丝织物，细密、轻薄、透明，以贡奉内廷为主，故曰。斑筠，斑竹。

⑭将《兰亭》保全真本：指苏昆生落水后，不顾性命保全桃花扇。典自陶宗仪《南村辍耕录·落水兰亭》，南宋书法家赵孟坚得到王羲之《兰亭帖》真本，归途中，大风覆舟，他不顾行李衣物，举着《兰亭》法帖免于落水。后于卷首题曰："性命可轻，至宝是保。"

点评：

本出出评："此问彼答，左呼右应，各有寒温，各有心情。一折之中，千补百衲，合而成之，乃天衣无缝，岂非妙文？""此折全用惊、喜、哭、笑，错落成文。"

这一出在情节上无甚奇特之处，然而胜在意境之伤感凄迷，对于纷纭离乱中人心境的表现，让人唏嘘。同时此出也是情节上的一大转折点，侯方域与李香君两条线索在长久的分离割裂之后，终于有了重聚的迹象。因而，该出可谓在立意与情节两方面皆有重要的意义。

开场登台的是苏昆生，骑驴匆忙赶路，结果遭遇乱兵，被抢去驴子、推入河中。适逢李贞丽乘舟河上，见有人落水，便央船公搭救，终于使得苏昆生脱离险境。旋即二人重逢，互相倾吐际遇，随后侯方域也乘舟赶来，三人得以相会。最终侯方域拿到了李香君所寄之扇，与苏昆生一同前往金陵与李香君会面。

以"偶遇"的手法让人物相聚，不能称作十分巧妙，但亮点在于，三人际会中所体现出的离乱重逢之感，从中可见作者对于人物行动设计的巧妙。侯方域经兵乱逃脱，李贞丽、苏昆生不知；苏昆生携扇寻侯方域，侯方域、李贞丽不知；李贞丽被田仰转嫁老兵，苏昆生、侯方域不知。实际上，不仅他们三人互不相知，读者也并不知情——正是在这样的情境之下，三人的重逢显得出人意料，同时也是来之不易。

其实，这三人的际遇，都不如意。李贞丽被田妻逼出家门，侯方域因兵乱购船逃脱，苏昆生险些被逃兵害去性命，如此共患劫难之三人相遇，当互相感同身受。李贞丽言："想起在旧院之时，我们一家同住；今日船中，只少一个香君，不知今生还能相见否？"对比今昔之下，更是令人感慨。

当初四人相互唱和、生活美满，如今李香君却与他们隔离于千里之外；李贞丽只与侯方域、苏昆生短暂相见，就要随船离开，不知今后所向；就连踌躇满志去往南京的侯方域、苏昆生，恐怕也难以逾越弘光帝的宫墙与李香君相见——三人于毫无定数的偶然之间相遇，又旋即分别再次向着未知前去，这便是三人于战乱之中偶遇最让人感叹之处。

苏昆生将桃花扇转交于侯方域手中，是该出另一意义重大之事件。因为经由这一事件，侯方域一方的线索与李香君一方的线索终于再次汇流到一处，两人的再度重逢也显出了一分眉目。而为这一分眉目发出先声的，就是侯方域听苏昆生诉说时的一泪、一惊、一哭、一喜。四个如此干脆明了而又反差巨大的动作，分明显示出了侯方域憨直的性格，以及对李香君的拳拳思念之情。

相比于李香君时刻都在言说自己的孤苦无依，在此前有关侯方域的出数中，并未见他对李香君有什么思念之情，固然因为侯方域公事缠身，无暇顾及儿女私情，但是他到底心思如何，恐怕也要打上一个问号。

在《拒媒》一出，杨文骢曾说："侯公子一时高兴，如今避祸远去，那里还想着香君哩？"这话虽然刺耳，却是现实人生的写照。甚至在真实的历史之中，侯方域与李香君一经分别，两人便不曾再见过。据史料、传记，侯方域未曾放弃过寻找李香君的努力，但是于李香君而言，侯方域是否还曾记挂自己，便是难以印证的谜团了。

在这一出中，孔尚任为侯方域写下了正名的一笔。这泪、惊、哭、喜四番变化，正是对于侯、李二人坚贞情感的象征。

自《辞院》算起，就情节跨度而言，侯方域与李香君二人已间隔十六出未曾谋面；就时间跨度而言，从癸未十月到乙酉二月，也已是一年零四个月。如此漫长的情节跨度与时间跨度，足以使观众、读者迫不及待地想要再次看到侯方域、李香君之间的重逢。

然而孔尚任确为调度节奏的高手，在这一出中侯、李虽然没有重逢，然而桃花扇的转交、三人彼此经历的攀谈，便已经呈现出将侯、李二人的线索合拢之势态。

该出的情境设置，十分巧妙。三人相遇黄河舟中，河舟的飘零不定之感，实可与三人的漂泊不定之感相比附，尤其可以与侯、李二人离合未定之情状相比附。最后收场所谓"漫道浮生无定着，黄河亦有住家人"，也正是取此为意。

奴自坐船头，旧人来说新恨。

第二十八出　题画（乙酉三月）

（小生扮山人蓝瑛上）美人香冷绣床闲^①，一院桃开独闭关。无限浓春烟雨里，南朝留得画中山。自家武林蓝瑛^②，表字田叔，自幼驰声画苑。与贵筑杨龙友笔砚至交，闻他新转兵科，买舟来望，住在这媚香楼上。此楼乃名妓香君梳妆之所，美人一去，庭院寂寥，正好点染云烟^③，应酬画债。不免将文房画具，整理起来。（作洗砚、涤笔、调色、揩盏介）没有净水怎处？（想介）有了，那花梢晓露，最是清洁，用他调丹濡粉，鲜秀非常。待我下楼，向后园收取。（手持色盏暂下。生新衣上）

294

【齐破阵】地北天南蓬转，巫云楚雨丝牵^④。巷滚杨花，墙翻燕子，认得红楼旧院。触起闲情柔如草，搅动新愁乱似烟，伤春人正眠。

小生在黄河舟中，遇着苏昆生，一路同行，心忙步急，不觉来到南京。昨晚旅店一宿，天明早起，留下昆生看守行李，俺独自来寻香君，且喜已到院门之外。

【刷子序犯】只见黄莺乱啭，人踪悄悄，芳草芊芊^⑤。粉坏楼墙，苔痕绿上花砖。应有娇羞人面，映着他桃树红妍。重来魂似阮刘仙，借东风引入洞中天。

（作推门介）原来双门虚掩，不免侧身潜入，看有何人在内。

（入介）

【朱奴儿犯】^⑥呀！惊飞了满树雀喧，踏破了一墀苍藓。这泥落空堂帘半卷，受用煞双栖紫燕。闲庭院，没个人传，蹑踪儿回廊一遍^⑦，直步到小楼前。

（上指介）这是媚香楼了。你看寂寂寥寥，湘帘昼卷^⑧，想是香君

春眠未起。俺且不要唤他，慢慢的上了妆楼，悄立帐边，等他自己醒来，转睛一看，认得出是小生，不知如何惊喜哩！（作上楼介）

【普天乐】手拽起翠生生罗襟软⑨，袖拨开绿杨线。一层层栏坏梯偏，一桩桩尘封网罥⑩。艳浓浓楼外春不浅，帐里人儿腼腆。（看几介）从几时收拾起银拨冰弦⑪，摆列着描春容脂箱粉盏，待做个女山人画叉乞钱⑫。

（惊介）怎的歌楼舞榭，改成个画院书轩？这也奇了！（想介）想是香君替我守节，不肯做那青楼旧态，故此留心丹青，聊以消遣春愁耳。（指介）这是香君卧室，待我轻轻推开。（推介）呀！怎么封锁严密，倒像久不开的，这又奇了！难道也没个人看守？（作背手徬徨介）

【雁过声】萧然，美人去远，重门锁，云山万千。知情只有闲莺燕，尽着狂，尽着颠，问着他一双双不会传言。熬煎，才待转，嫩花枝靠着疏篱颤。（下听介）帘栊响，似有个人略喘。

（瞧介）待我看是谁来？（小生持盏上楼，惊见介）你是何人，上我寓楼？（生）这是俺香君妆楼，你为何寓此？（小生）我乃画士蓝瑛，兵科杨龙友先生送俺来寓的。（生）原来是蓝田老，一向久仰。（小生问介）台兄尊号？（生）小生河南侯朝宗，亦是龙友旧交。（小生惊介）呵呀！文名震耳，才得会面。请坐，请坐！（坐介。生）我且问你，俺那香君那里去了？（小生）听说被选入宫了。（生惊介）怎⋯⋯怎的被选入宫了！几时去的？（小生）这倒不知。（生起，掩泪介）

【倾杯序】寻遍，立东风渐午天，那一去人难见。（瞧介）

看纸破窗棂，纱裂帘幔。裹残罗帕，戴过花钿，旧笙箫无一件。红鸳衾尽卷，翠菱花放扁，锁寒烟，好花枝不照丽人眠。

想起小生定情之日，桃花盛开，映着簇新新一座妆楼，不料美人一去，零落至此！今日小生重来，又值桃花盛开，对景触情，怎能忍住一双泪眼⑬？（掩泪坐介）

【玉芙蓉】春风上巳天⑭，桃瓣轻如翦，正飞绵作雪，落红成霰⑮。不免取开画扇，对着桃花赏玩一番。（取扇看介）溅血点作桃花扇，比着枝头分外鲜。这都是为着小生来。携上妆楼展，对遗迹宛然，为桃花结下了死生冤。

（小生）请教这扇上桃花，何人所画？（生）就是贵东杨龙友的点染。（小生）为何对之挥泪？（生）此扇乃小生与香君订盟之物。

【山桃红】那香君呵！手捧着红丝砚⑯，花烛下索诗篇。（指介）一行行写下鸳鸯券。不到一月，小生避祸远去，香君闭门守志，不肯见客，惹恼了几个权贵。放一群吠神仙朱门犬⑰。那时硬抢香君下楼，香君着急，把花容呵，似鹃血乱洒啼红怨。这柄诗扇恰在手中，竟为溅血点坏。（小生）可惜！可惜！（生）后来杨龙友添上梗叶，竟成了几笔折枝桃花。（折扇介）这桃花扇在，那人阻春烟⑱。

（小生看介）画的有趣，竟看不出是血迹来。（问介）这扇怎生又到先生手中？（生）香君思念小生，托苏师父到处寻俺，把这桃花扇，当了一封锦字书。小生接得此扇，跋涉来访，不想香君又入宫去了。（掩泪介。末扮杨龙友冠带，从人喝道上）台上久无秦弄玉，船中新到米襄阳⑲。（杂入报介）兵科杨老爷来看蓝相公，门外下轿了。（小生慌迎见介。末上楼见生，揖介）侯兄几时来的？（生）适才到此，尚未奉拜。（末）闻得一向在史公幕中，又随高兵防河。昨见塘报，高杰于正月初十日，已为许定国所杀，那时世兄在那里来？（生）小弟正在乡园，忽遇此变，扶着家父逃避山中，一月有余。恐为许兵踪迹，故又买舟南来。路遇苏昆生，持扇相访，只得连夜赴约。竟不知香君已去。（问介）请问是几时去的？（末）正月八日被选入宫的。（生）到几时才出来？（末）遥遥无期。（生）小生只得在此等他了。（末）此处无可留恋，倒是别寻佳丽罢。（生）小生怎忍负约？但得他一信，去也放心。

【尾犯序】望咫尺青天，那有个瑶池女使，偷递情笺。明放着花楼酒榭，丢做个雨井烟垣。堪怜！旧桃花刘郎又撚，料得新吴宫西施不愿。横揣俺天涯夫婿，永巷日如年。

（末）世兄不必愁烦，且看田叔作画罢。（小生画介。生、末坐看介）这是一幅《桃源图》？（小生）正是。（末问介）替那家画的？（小生）大锦衣张瑶星先生，新修起松风阁，要裱做照屏的。（生赞介）妙，妙！位置点染，别开生面，全非金陵旧派⑳。（小生作画完介）见笑，见笑！就求题咏几句，为拙画生色何如？（生）不怕写坏，小生就献丑了。（题介）原是看花洞里人，重来那得便迷津？渔郎诳指空山路，留取桃源自避秦。归德侯方域题。（末读介）佳句。寄意深远，似有见怪小弟之意。（生）岂敢！（指画介）

【鲍老催】这流水溪堪羡，落红英千千片。抹云烟，绿树浓，青峰远。仍是春风旧境不曾变，没个人儿将咱系恋。是一座空桃源，趁着未斜阳将棹转。

（起介。末）世兄不消埋怨，而今马、阮当道，专以报仇雪恨为事，俺虽至亲好友，不敢谏言。恰好人日设席唤香君供唱，那香君性气，你是知道的，手指二公一场好骂。（生）呵呀！这番遭他毒手了。（末）亏了小弟在傍，十分劝解，仅仅推入雪中，吃了一惊。幸而选入内庭，得保性命。（向生介）世兄既与香君有旧，亦不可在此久留。（生）是，是！承教了。（同下楼行介）

【尾声】热心肠早把冰雪咽，活冤业现摆着麒麟楦㉑。（收扇介）俺且抱着扇上桃花闲过遣。

（竟下介）我们别过蓝兄，一同出去罢。（末、生）正是忘了作别。

（作别介）请了！（小生先闭门下。生、末同行介）

（生）重到红楼意惘然，

（末）闲评诗画晚春天。

（生）美人公子飘零尽，

（末）一树桃花似往年。

注释：

①绣床：即绣绷，指刺绣用的绷紧织物的架子。

②武林：杭州的旧称，最早出自《汉书》，至今仍是杭州重要的地名，如武林门、武林广场等。

③点染云烟：创作风景画。

④"地北"二句：指侯方域虽然奔走天涯，却时时牵挂李香君。蓬转，蓬草随风飞转，指人四处飘零。蓬，草名，细叶，枯萎后，风一吹，根则断，遇风飞旋。巫云楚雨，指男女欢会。典自宋玉《高唐赋》，楚王在高唐梦见巫山神女，神女说自己旦为朝云，暮为行雨。朝朝暮暮，阳台之下。暖红室本眉批曰："出色精细之文，鲜秀扑人。"

⑤芊芊：比喻春草柔软、丰茂。

⑥【朱奴儿犯】：暖红室本眉批曰："此曲全似《西厢》矣。《西
厢》北曲也，此南曲，而流丽若此，耳不多闻。"

⑦蹑（niè）踪：放轻脚步。

⑧湘帘：指湘妃竹编制的帘子，竹子有天然斑纹，类似泪痕，
传说为舜帝妃子娥皇、女英所留。

⑨翠生生：指色彩鲜艳。

⑩网罥（juàn）：原作"网罩"，据清康熙刊本改。蜘蛛网悬
挂。网，指蜘蛛网。罥，悬挂。

⑪银拨冰弦：指琵琶。银拨，弹拨琵琶的银片。冰弦，指琵琶
弦，因用冰蚕丝制成，丝弦光洁透明。

⑫待做个女山人画叉乞钱：指李香君像山人一样靠绘画谋生。
山人，参见第十出《修札》注。画叉，原指用以挂画的长柄
叉子，引申为绘画。

⑬泪眼：原作"眼泪"，据文意改。

⑭上巳：即上巳节，节日名，旧时三月第一个巳日，民间会举
行修禊、游赏活动，后此节定于三月三日。

⑮霰（xiàn）：冰粒，雪粒。

⑯红丝砚：砚台名，产于山东益都的黑山和临朐的老崖崮，砚
质嫩润，色泽华美。

⑰吠神仙朱门犬：对马士英爪牙之恶称。

⑱那人阻春烟：那个人为春烟所阻，无以寻见。

⑲"台上久无秦弄玉"二句：上句指李香君离开媚香楼，下句
指蓝瑛入住媚香楼。秦弄玉，典自弄玉吹箫，参见第十七出
《拒媒》注。米襄阳，指米芾，参见第四出《侦戏》注。

⑳金陵旧派：指五代宋初以江宁画家巨然为代表的南方山水

画派，因清初画坛出现金陵八家，故此派被称为"金陵旧派"。

㉑麒麟楦：原指演戏时冒充麒麟的驴子，比喻那些徒有其表、实无能力的人。此处指阮大铖、马士英等。典自《云仙杂记·麒麟楦》引唐张鷟《朝野佥载》，记载杨炯将当朝众臣称作"麒麟楦"，"今假弄麒麟者，以修饰其形，覆之驴上，宛然异物。及去其皮，还是驴耳。无德而朱紫，何以异是？"

点评：

本出出评："《寄扇》北曲一折，《题画》南曲一折，皆整练出色之文。熟读熟吟，百回千遍，破人郁结，生人神智。《风》耶？《雅》耶？《离骚》耶？《西厢》耶？《四梦》耶？吾不能定其文品矣。""对血迹看扇，此《桃花扇》之根也；对桃花看扇，此《桃花扇》之影也。偏于此时，写《桃源图》，题《桃源诗》，此《桃花扇》之月痕灯晕也。情无尽，境亦无尽。而蓝田叔即于此出场，以为皈依张瑶星之伏脉，何等巧思？"

本出是《桃花扇》的经典折子，为演员预留了充分的表演空间。侯方域故地重游、感怀寻人的一段，尤为协律可歌，很有演唱价值。故而，在《桃花扇》甫经写就之时，该出戏就多被伶人传唱。《桃花扇本末》中即有对当时的"金斗"班搬演此出的记载，且赞之曰"尤得神解"。

该出讲述侯方域赶回金陵媚香楼，但并未寻得李香君，只是遇上了蓝瑛、杨文骢两人。三人叙议一番，侯方域为蓝瑛的画题诗。最后，侯方域与其一同离开。

该出对于侯方域寻访李香君过程的描写，十分动人，颇有赶追"人面桃花"之势。侯方域带歌上场，一曲【齐破阵】便将自己魂牵梦绕之感、颠沛流离之旅与故地重回之情表现出来，显出他急于与李香君重逢的心情。随后一曲【刷子序犯】，开始细致描摹侯方域故地重游时的所触所感，期间的黄莺绿草、苔痕桃花，都是前面出数中提过的旧日景象——然而彼时景中尚有李香君、侯方域、苏昆生、李贞丽等同在，而今只余侯方域一人。如此情景，当更甚于桃花人面之薄缘，令观者感叹唏嘘。

【朱奴儿犯】【普天乐】两曲则是一段夹唱夹做的精彩表演，侯方域从庭院到楼上、再到李香君房边，所唱之词可谓一步一景，亦反映出他心情的越发急切。尤其【普天乐】一曲，从"手拽起翠生生罗襟软"写起，随着侯方域一步步探索，逐渐发现"摆列着描春容脂箱粉盏"，将曲唱与人物行动合二为一，尤显得生动好看。

其后的【雁过声】一曲，先前的急切之情，在这里统统化为无奈与失落之情。"萧然，美人去远，重门锁，云山万千。知情只有闲莺燕"几句，尤其将侯方域的心态描摹得活灵活现。其后曲中两句"帘栊响，似有个人略喘"，则于转折中将情绪收拾，移向侯方域与蓝瑛的相遇了。

蓝瑛采露上楼，侯方域与之攀谈，才知李香君早已被选入宫中。随后杨文骢上场，侯方域才彻底明了李香君的境况——她因为辱骂马、阮而困居弘光宫中，无法得见；而侯方域本人也与马、阮积有旧怨，不能堂而皇之在外行走。这些对话言谈，为后面情节的继续发展，埋下了巨大的悬念。

侯方域题于画上之诗，颇值得品味："原是看花洞里人，重来那得便迷津？渔郎诳指空山路，留取桃源自避秦。""桃源"在古人心目中，是理想乐土的象征，在这里则寄托了侯方域对于李香君的牵挂。然而此情此景之下，侯方域竟然无力前去寻求桃源，令李香君伶仃孑立于深宫之中。侯方域后面所唱【鲍老催】一曲，其中"仍是春风旧境不曾变，没个人儿将咱系恋。是一座空桃源，趁着未斜阳将棹转"之语，便是对此无奈局面的愤懑之情。

侯方域望李香君兴叹之情，当如同阮肇、刘晨欲重回桃源而不得的兴叹之情。刘、阮故事自第二出《传歌》开始便出现在剧中，随后又出现在《寄扇》《题画》等出里，可见作者采用此故事是有所谋划的。放眼全剧可知：媚香楼、李香君的存在于侯方域而言，便如同桃源一般。侯方域结识、离开李香君的过程，亦如同阮、刘二人沉醉、离开桃源的过程。侯方域重回小院，物是人非之感，亦与阮、刘相类似。最终阮、刘二人与侯方域欲寻回前日流连之处的努力，也都以无奈的兴叹告终。由此可见，此一出《题画》是对于桃园故事的潜在互文。

然而毕竟《桃花扇》一剧涉事重大，包含南明一朝兴亡，断不能仅以简单的桃源故事进行类比。固然在这一出中，向往桃源之情结颇足感人，侯、李情缘也似乎遥遥无期，但历史依旧默然沉稳地前进着，现实的波劫很快就将冲散一切似成之定局。

第二十九出　逮社（乙酉三月）

（丑扮书客蔡益所上）

【凤凰阁】堂名二酉①，万卷牙签求售②。何物充栋汗车牛③，混了书香铜臭④。贾儒商秀⑤，怕遇着秦皇大搜⑥。

在下金陵三山街书客蔡益所的便是⑦。天下书籍之富，无过俺金陵。这金陵书铺之多，无过俺三山街。这三山街书客之大，无过俺蔡益所。（指介）你看十三经、廿一史、九流三教、诸子百家、腐烂时文、新奇小说⑧，上下充箱盈架，高低列肆连楼。不但兴南贩北，积古堆今，而且严批妙选，精雕善印。俺蔡益所既射了贸易《诗》《书》之利⑨，又收了流传文字之功，凭他进士、举人，见俺作揖拱手，好不体面。（笑介）今乃乙酉乡试之年⑩，大布恩纶⑪，开科取士。准了礼科尚书钱谦益的条陈，要匡正文体，以光新治。俺小店乃坊间首领，只得聘请几家名手，另选新编。今日正在里边删改批评，待俺早些贴起封面来。（贴介）风气随名手，文章中试官。（下。生、净背行囊上）

【水红花】（生）当年烟月满秦楼，梦悠悠，箫声非旧。人隔银汉几重秋，信难投，相思谁救？（唤介）昆老，我们千里跋涉，为赴香君之约。不料他被入宫，音信杳然，昨晚扫兴回来，又怕有人踪迹，故此早早移寓。但不知那处僻静，可以多住几时，打听音信？等他诗题红叶，白了少年头。住期难道此生休也啰？

（净）我看人情已变，朝政日非，且当道诸公，日日罗织正人⑫，报复夙怨。不如暂避其锋，把香君消息，从容打听罢。（生）说的也是，但这附近州郡，别无相知，只有好友陈定生住在宜兴，吴

次尾住在贵池。不免访寻故人，倒也是快事。（行介）

【前腔】故人多狎水边鸥⑫，傲王侯，红尘拂袖。长安棋局不胜愁，买孤舟，南寻烟岫。（净）来到三山街书铺廊了，人烟稠密，趱行几步才好。（疾走介）妒他豺狼当道，冠带几狝猴。三山榛莽水狂流也啰⑬。

（生指介）这是蔡益所书店，定生、次尾常来寓此，何不问他一信？（住看介）那廊柱上贴着新选封面，待我看来。（读介）"复社文开"。（又看介）这左边一行小字，是"壬午、癸未房墨合刊"⑭，右边是"陈定生、吴次尾两先生新选"。（喜介）他两人难道现寓此间不成？（净）待我问来。（叫介）掌柜的那里？（丑上）请了，想要买甚么书籍么？（生）非也。要借问一信。（丑）问谁？（生）陈定生、吴次尾两位相公来了不曾？（丑）现在里边，待我请他出来。（丑下。末、小生同上见介）呀！原来是侯社兄。（见净介）苏昆老也来了。（各揖介。末问介）从那来的？（生）从敝乡来的。（小生问介）几时进京？（生）昨日才到。

【玉芙蓉】烽烟满郡州，南北从军走。叹朝秦暮楚，三载依刘⑯。归来谁念王孙瘦？重访秦淮帘下钩。徘徊久，问桃花昔游，这江乡，今年不似旧温柔。

（问末、小生介）两兄在此，又操选政了⑰？（末、小生）见笑。

【前腔】金陵旧选楼⑱，联榻同良友。对丹黄笔砚⑲，事业千秋。六朝衰弊今须救，文体重开韩柳欧。传不朽，把东林尽收，才知俺中原复社附清流。

（内唤介）请相公们里边用茶。（末、小生）来了。（让生、净入介。杂扮长班持拜帖上）我家官府阮大铖，新升兵部侍郎，特赐蟒玉，钦命防江。今日到三山街拜客，只得先来。（副净扮阮大铖

蟒玉，骄态，坐轿，杂持伞、扇引上）

【朱奴儿】（副净）排头踏青衣前走，高轩稳扇盖交抖。
看是何人坐上头？是当日胯下韩侯⑳。（杂禀介）请老爷停
轿，与金都越老爷投贴㉑。（杂投帖介。副净停轿介）吩咐左右，不必
打道，尽着百姓来瞧。（扇扇大说介）我阮老爷今日钦赐蟒玉，大轿拜
客。那班东林小人，目下奉旨搜拿，躲的影儿也没了。（笑介）才显
出谁荣谁羞，展开俺眉头皱。

> （看书铺介）那廊柱上贴的封面，有甚么"复社"字样，叫长班
> 揭来我瞧。（杂揭封面，送副净读介）"复社文开，陈定生、吴
> 次尾新选。"（怒介）嘎！复社乃东林后起，与周镳、雷缜祚同
> 党，朝廷正在拿访，还敢留他选书，这个书客也大胆之极了。快
> 快住轿！（落轿介。副净下轿，坐书铺吩咐介）速传坊官。（杂喊
> 介）坊官那里？（净扮坊官急上，跪介）禀大老爷，传卑职有何
> 吩咐？

【前腔】（副净）这书肆不将法守，通恶少复社渠首。奉
命今将逆党搜，须得你蔓引株求。（净）不消大老爷费心，卑
职是极会拿人的。（进入拿丑上）犯人蔡益所拿到了。（丑跪禀介）小
人蔡益所并未犯法。（副净）你刻什么"复社文开"，犯法不小！（丑）
这是乡会房墨，每年科场要选一部的。（副净喝介）咄！目下访拿逆
党，功令森严，你容留他们选书，还敢口强，快快招来！（丑）不干
小人事，相公们自己走来，现在里面选书哩。（副净）既在里面，用心
看守，不许走脱一人。（丑应下。副净向净私语介）访拿逆党，是镇抚
司的专责㉒，速递报单，叫他校尉拿人。传缇骑重兴狱囚㉓，笑
杨、左今番又休㉔。

> （净）是。（速下。副净上轿介。生、末、小生拉轿，喊介）我们

有何罪过，着人看守？你这位老先生，不畏天地鬼神了。（副净微笑介）学生并未得罪，为何动起公愤来？（拱介）请教诸兄尊姓台号？（小生）俺是吴次尾。（末）俺是陈定生。（生）俺是侯朝宗。（副净微怒介）哦！原来就是你们三位！今日都来认认下官。

【剔银灯】堂堂貌须长似帚，昂昂气胸高如斗。（向小生介）那丁祭之时，怎见的阮光禄难司笾和豆？（向末介）那借戏之时，为甚把《燕子笺》弄俺当场丑？（向生介）堪羞！妆夋代凑，倒惹你裙钗乱丢。

（生）你就是阮胡子，今日报仇来了。（末、小生）好，好，好！大家扯他到朝门外，讲讲他的素行去㉚。（副净佯笑介）不要忙，有你讲的理。（指介）你看那来的何人？（副净坐轿下。杂扮白靴四校尉上。乱叫介）那是蔡益所？（丑）在下便是，问俺怎的？（杂）俺们是驾上来的，快快领着拿人。（丑）要拿那个？（杂）拿陈、吴、侯三个秀才。（生）不要拿。我们都在这边哩，有话说来。（杂）请到衙门里说去罢！（竟丢锁拿三人下。丑吊场介）这是那里的帐？（唤介）苏兄快来！（净扮苏昆生上）怎么样的了？（丑）了不得，了不得！选书的两位相公拿去罢了，连侯相公也拿去了。（净）有这等事？

【前腔】（合）凶凶的缧绁在手㉜，忙忙的捉人飞走。小复社没个东林救，新马、阮接着崔、田后。堪忧！昏君乱相，为别人公报私仇。

（净）我们跟去，打听一个真信，好设法救他。（丑）正是。看他安放何处，俺好早晚送饭。

（丑）朝市纷纷报怨仇，

（净）乾坤付与杞人忧。

（丑）仓皇谁救焚书祸？

（净）只有宁南一左侯。

注释：

①二酉：蔡益所书坊名，地址在金陵三山街。民间传说湖南沅
　陵有大、小酉山，山洞曾藏书千卷。

②牙签：原指象牙制作的图书标签，后泛指书卷。

③充栋汗车牛：指著作或藏书极多。放在屋里，占满全屋；用
　牛车运走，把牛累得大汗淋漓。典自柳宗元《唐故给事中
　皇太子侍读陆文通先生墓表》，唐代陆贽精于研究《春秋》，
　著书甚多，柳宗元称其著书"处则充栋宇，出则汗牛马"。
　栋，房屋的脊檩、正梁。

④混了书香铜臭：指书坊生意雅俗相杂。书香，旧时藏书者把
　芸香草夹在书中，让书籍散发淡淡的香味。铜臭，原指铜
　钱味，借指追逐金钱利益的人或事。典自《后汉书·崔烈
　传》，东汉时，崔烈花钱买官，做了司徒。别人议论纷纷，
　嫌其铜臭。

⑤贾儒商秀：指蔡益所兼商人、书生双重身份。贾、商，指商
　人。儒、秀，指书生。

⑥秦皇大搜：指秦始皇焚书坑儒事。秦朝时，秦皇嬴政在李斯
　的建议下，做出极端残暴之事，焚烧六国书籍，坑埋咸阳
　四百多位儒生。

⑦三山街：金陵地名，因与三山门相对而得名，自明清以来，
　一直是繁华的商业区。

⑧十三经：指《周易》《诗经》《尚书》《周礼》《仪礼》《礼

记》《春秋左氏传》《春秋穀梁传》《春秋公羊传》《论语》《孝经》《尔雅》《孟子》十三种著作。廿一史：指《史记》《汉书》《后汉书》《三国志》《晋书》《宋书》《南齐书》《梁书》《陈书》《北齐书》《后魏书》《周书》《隋书》《南史》《北史》《新唐书》《新五代史》《宋史》《辽史》《金史》《元史》二十一部历史典籍。九流：据《汉书·艺文志》，指春秋战国时涌现的九大学派：儒家、道家、阴阳家、法家、名家、墨家、纵横家、杂家、农家。诸子百家：指先秦到汉初各学派的代表人物和代表著作。腐烂时文：指陈词滥调的八股文。

⑨ 射了贸易《诗》《书》之利：指蔡益所靠贩卖书籍牟利。射……之利，即射利，指牟取利润。

⑩ 乙酉：公元 1645 年。

⑪ 恩纶：指臣子对帝王诏书的褒词。

⑫ 罗织：原指收罗编织，形容故意编织罪名，虚构罪状害人。典自《唐会要·酷吏》，唐朝酷吏来俊臣官任御史、御史中丞官时，经常捏造罪名、酷刑逼供无端迫害事主。

⑬ 故人多狎水边鸥：指闲散地生活。狎，亲近。

⑭ 三山榛莽：指热闹的三山街恐有荒废之虞。榛莽，丛生的草木，形容环境险恶。

⑮ 壬午、癸未房墨合刊：将 1642 年、1643 年乡试、会试中选的试卷合在一起刊印。壬午，1642 年，本年为乡试之年，各省内秀才集中省城参加考试，中试的称为举人。癸未，1643年，本年为会试之年，各省举人集中在京师礼部考试，中试的称为进士。房墨，明清科举考试中选的试卷。合刊，指某

种刊物将前后几期或几个时间段的文章合并一起刊登出版。

⑯"叹朝秦"二句：指侯方域漂泊不定，后投靠史可法。朝秦暮楚，时而事秦，时而事楚，比喻反复无常，居所不定。典自晁补之《鸡肋集·北渚亭赋》："托生理于四方，固朝秦而暮楚。"三载依刘，东汉末王粲因西京之乱，避往刘表处，后归顺曹操。

⑰操选政：指选书、选录文章为业。

⑱选楼：即文选楼，指萧统召集文人编选《文选》之处。

⑲丹黄：指用红、黄色墨笔圈点、批评书籍。

⑳胯下韩侯：阮大铖自比为韩信。韩信年少时，曾受淮阴恶少侮辱，被迫从其胯下爬过。

㉑金都越老爷：指越其杰，时为金都御史。

㉒镇抚司：官名，指明代锦衣卫镇抚司，掌刑名。

㉓缇（tí）骑：原指红色军服的骑士，此处指锦衣卫的缉捕校卒。

㉔杨、左：指杨涟、左光斗。杨涟，字文孺，江苏应天（今江苏南京）人，明万历三十五年（1607）进士。左光斗，字遗直，南直隶桐城（今安徽桐城）人，明万历三十年（1602）进士。明熹宗时官任左副都御史和御史，曾弹劾魏忠贤。后皆为魏氏所害。

㉕素行：素常行为。

㉖缧绁（xiè）：原指捆绑人的绳索，借指牢狱、监狱。

点评：

　　本出出评："逆党挟仇，复社罹殃，南朝亡国之政也。此折俱从实录，又将阮胡得意骄横之态，极力描出，如太史公志传，不加贬刺，而笔法森然矣。"

此内容应和了先前在《听稗》《哄丁》《侦戏》诸出中所埋下的忠奸矛盾，但与先前复社文人一方压制阮大铖不同，这一次是阮大铖对复社文人进行报复。

阮大铖构陷复社文人之事历史属实，但此出中"逮社"一事，是作者根据历史情境敷衍虚构出来的。据《陈定生墓表》，陈贞慧曾遭到阮大铖的逮捕，而侯方域、吴应箕二人则在阮大铖鹰犬到来之前，就已经遁隐踪迹了。逮捕一事发生在"夜半"，当为陈贞慧之寓所，也并非光天化日的三山街上。作者在此出使得陈、吴、侯三人都为阮大铖所逮捕，虽然于史实有所变易，对于凸显矛盾冲突、彰明人物性格、推进情节线索而言，却有着重要的作用。

这一出展现了阮大铖在下僚、百姓面前骄横跋扈的形象——相比于先前在《哄丁》《侦戏》《闹榭》诸出的遮掩躲藏、委屈受辱、谄媚攀附，阮大铖终于"扬眉吐气"，从罢退官员一跃成为显赫人物，甚至被赐予蟒袍玉带，地位也居于复社文人之上了。

一上场，阮大铖就显出小人得志的样子。他以"蟒玉，骄态"上场，而且乘坐着轿子，为下人前呼后拥，足见其欲以锦衣示人的心态。他所说的"吩咐左右，不必打道，尽着百姓来瞧"几句，几近于招揽，生怕路人不知他的发迹、变泰。但仕途得意的阮大铖，在遇见理直气壮的陈贞慧三人时，仍然心生畏惧，甚至还向他们微笑打拱，生怕招惹了不知名的权贵。等他知道面前正是侯、陈、吴三人时，这才凶相毕露。这前倨后恭的变化之间，没有丝毫过渡。

他借助镇抚司公差的威风，与侯方域等人对峙，也显得尤为可笑。

与阮大铖相对应，侯、陈、吴三人则充分体现出复社文人忠正耿直的一面。面对逮捕，他们不思逃躲，而是主动站出来与阮大铖分辩，足见他们对于公道人心的坦然。他们以布衣之身份，挑战蟒袍玉带、前呼后拥的阮大铖而毫无畏惧之意，充满浩然正气，以至于阮大铖都有所畏惧。

复社文人出于节义和无畏，坦然奔赴阮大铖所设陷阱，意在伸张正义，却成为阮大铖得逞之途径。更可叹的是，复社文人受倾轧一事，甚至成了左良玉与黄得功等人大战的导火索，以至于最终引来北兵南下，倾覆了国家基业。此于复社文人、阮大铖等而言，更是在意料之外。

孔尚任在全剧之中有尊敬复社文人、乃至于偏袒左良玉的地方，但是对于这种吊诡的历史局面，并没有刻意回避，而是将其真实地呈现出来。该出伏机于细微、活人物于言行的写法值得学习，在不虚美、不隐恶的基础上对于艺术表现和历史真实的把握，尤其值得借鉴。

桃花扇传奇卷四（下本）

第三十出　归山①（乙酉三月）

（外白髯扮张薇冠带上）

【粉蝶儿】何处家山？回首上林春老②，秣陵城烟雨萧条。叹中兴，新霸业，一声长啸。旧宫袍，衬着懒散衰貌。

下官张薇，表字瑶星，原任北京锦衣卫仪正之职③。避乱南来，又遇新主中兴，录俺世勋④，仍补旧缺。不料权奸当道，朝局日非，新于城南修起三间松风阁，不日要投闲归老。只因有逆案两人，乃礼部主事周镳、按察副使雷缜祚，马、阮挟仇，必欲置之死地。下官深知其冤，只是无法可救，中夜踌躇，故此去志未决。

【尾犯序】党祸起新朝⑤，正士寒心，连袂高蹈⑥。俺有何求，为他人操刀？急逃！盖了座松风草阁，等着俺白云啸傲。只因这沉冤未解梦空劳。

（副净扮家僮上，禀介）禀老爷，镇抚司冯可宗拿到逆党三名⑦，候老爷升厅发放。（杂扮校尉四人，持刑具罗列介。外升厅介。净扮解役投文，押生、末、小生带锁上。跪介。外看文问介）据坊官报单，说尔等复社朋谋，替周镳、雷缜祚行贿打点，因而该司捕解。快快从实招来，免受刑拷。

【前腔】（末、小生）难招！笔砚本吾曹，复社青衿，评选文稿。无罪而杀，是坑儒根苗。（生）休拷！俺来此携琴访友，并不曾流连夜晓。无端的池鱼堂燕一时烧^⑧。

（外）据尔所供，一无实迹，难道本衙门诬良为盗不成！（拍惊堂介^⑨）叫左右预备刑具，叫他逐个招来。（末前跪介）老大人不必动怒，犯生陈贞慧，直隶宜兴人，不合在蔡益所书坊选书，并无别情。（小生前跪介）犯生吴应箕，直隶贵池人，不合与陈贞慧同事，并无别情。（外向净介）既在蔡益所书坊，结社朋谋，行贿打点，彼必知情。为何竟不拿到？（投签与净介）速拿蔡益所质审。（净应下。生前跪介）犯生侯方域，河南归德府人，游学到京，与陈贞慧、吴应箕文字旧交，才来拜望，一同拿来了，并无别情。（外想介）前日蓝田叔所画《桃源图》，有归德侯方域题句。（转问介）你是侯方域么？（生）犯生便是。（外拱介）失敬了！前日所题《桃源图》，大有见解，领教！领教！（吩咐介）这事与你无干，请一边候。（生）多谢超豁了^⑩。（一边坐介。净持签上。禀介）禀老爷，蔡益所店门关闭，逃走无踪了。（外）朋谋打点，全无证据，如何审拟？（寻思介。副净持书送上介）王、钱二位老爷有公书。（外看介）原来是内阁王觉斯、大宗伯钱牧斋两位老先生公书^⑪，待俺看来！（开书背看，点头介）说的有理，竟不知陈、吴二犯，就是复社领袖。

【红衲袄】一个是定生兄，艺苑豪；一个是主骚坛，吴次老。为甚的治长无罪拘皋陶，俺怎肯祸兴觉锢推又敲^⑫？大锦衣，权自操；黑狱中，白日照。莫教名士清流贾祸含冤也，把中兴文运凋。

（转拱介）陈、吴两兄，方才得罪了。（问介）王觉斯、钱牧斋二位老先生，一向交好么？（末、小生）并无相与。（外）为何发书，极道两兄文名，嘱俺开释？（末、小生）想出二公主持公道之意。（外）是，是。下官虽系武职，颇读《诗》《书》，岂肯杀人媚人？（吩咐介）这事冤屈，请一边候，待俺批回该司，速行释放便了。（批介。末、小生一边坐介。副净持朝报送上介）禀老爷，今日科抄有要紧旨意⑬，请老爷过目。（外看报介）"内阁大学士马一本，为速诛叛党，以靖邪谋事。犯官周镳、雷缜祚，私通潞藩，叛迹显然，乞早正法，晓示臣民等语。奉旨周镳、雷缜祚，着监候处决。又兵部侍郎阮一本，为捕灭社党，廓清皇图事⑭。照得东林老奸，如蝗蔽日；复社小丑，似螟出田⑮。蝗为现在之灾，捕之欲尽；螟为将来之患，灭之勿迟。臣编有《蝗螟录》，可按籍而收也等语。奉旨这东林社党，着严行捕获，审拟具奏，该衙门知道。"（外惊介）不料马、阮二人，又有这番举动，从此正人君子无孑遗矣⑯！

【前腔】俺正要省约法，画狱牢；那知他铸刑书，加炮烙。莫不是清流欲向浊流抛，莫不是党碑又刻元祐号？这法网，人怎逃？这威令，谁敢拗？眼见复社东林尽入囹圄也⑰，试新刑，搜尔曹⑱。

（向生等介）下官怜尔无辜，正思开释。忽然奉此严旨，不但周、雷二公定了死案，从此东林、复社，那有漏网之人？（生等跪求介）尚望大人超豁。（外）俺若放了诸兄，倘被别人拿获，再无生理，且不要忙。（批介）据送三犯，朋谋打点，俱无实迹，俟拿到蔡益所之日，审明拟罪可也。（向生等介）那镇抚司冯可宗，虽系功名之徒，却也良心未丧，待俺写书与他。（写介）老夫待罪锦衣，多历年所，门户党援，何代无之？总之君子、小人，互为盛衰，事久则变，势极必反，我辈职司风纪，不可随时偏倚，代人操刀。天道好还，公论不泯，慎勿自贻后悔也。（拱介）诸兄暂屈狱中，自有昭雪之日。（净、杂押生等俱下。外退堂介）俺张薇原是先帝旧臣，国破家亡，已绝功名之念，为何今日出来助纣为虐？自古道："知几不俟终日⑲。"看这光景，尚容踌躇再计乎？（唤介）家僮快牵马来，我要到松风阁养病去了。（副净牵马上）坐马在此。（外上马，副净随行介）

【解三酲】（外）好趁着晴春晚照，满路上絮舞花飘。遥望见城南苍翠山色好，把红尘客梦全消。且喜已到松风阁，这是俺的世外桃源，不免下马登楼，趁早料理起来。（下马登楼介）清泉白石人稀到，一阵松风响似涛。（唤介）叫园丁打开门窗，拂净栏槛，俺好从容眺望。（杂扮园丁收拾介）燕泥沾落絮，蛛网罥飞花。禀老爷，收拾干净了。（下。外窥窗介）你看松阴低户，沁的人心骨皆凉。此处好安吟榻。（又凭栏介）你看春水盈池，照的人须眉皆碧。此处好支茶灶。（忽笑介）来的慌了，冠带袍靴全未脱却，如此打扮，岂是桃源中人？可笑！可笑！（唤介）家僮开了竹箱，把我买下的箬笠、芒鞋、萝绦、鹤氅⑳，替俺换了。（换衣带介）堪投老㉑，才修完三间草阁，便解宫袍。

（净扮校尉锁丑牵上）松间批驾帖㉒，竹里验公文。方才拿住蔡益所，闻得张老爷来此养病，只得赶来销签。（叫介）门上大叔那里？（副净出问介）来禀何事，如此紧急？（净）禀老爷，拿到蔡益所了，特来销签。（缴签介。副净上楼，禀介）衙门校尉带着蔡益所回话。（外惊介）拿了蔡益所，他三人如何开交？（想介）有了，叫校尉楼下伺候，听俺吩咐。（副净传净跪楼下介。外吩咐介）这件机密重案，不可丝毫泄漏，暂将蔡益所羁候园中，待我回衙，细细审问。（净）是。（将丑拴树介。净欲下介。外）转来，园中窄狭，把这匹官马，牵回喂养。我的冠带袍靴，你也顺便带去。我还要多住几时，不许擅来啰唣。（净应下。外跌足介）坏了！坏了！衙役走入花丛，犯人锁在松树，还成一个什么桃源哩？不如下楼去罢！（下楼见丑介）果是蔡益所哩。（丑跪介）犯人与老爷曾有一面之识。（外）虽系旧交，你容留复社，犯罪不轻。（丑叩头介）是。（外）你店中书籍，大半出于复社之手，件件是你的赃证。（丑叩头介）只求老爷超生。（外）你肯舍了家财，才能保得性命。（丑）犯人情愿离家。（外喜介）这等就有救矣。（唤介）家童与他开了锁头。（副净开丑介。外）你既肯离家，何不随我住山？（丑）老爷若肯携带，小人就有命了。（外指介）你看东北一带，云白山青，都是绝妙的所在。（唤介）家童好生看门，我同蔡益所瞧瞧就来。（副净应下。丑随外行介。外指介）我们今夜定要宿在那苍苍翠翠之中。（丑）老爷要去看山，须差人早安公馆。那山寺荒凉，如何住宿？（外）你怎晓得，舍了那顶破纱帽，何处岩穴着不的这个穷道人？（丑背介）这是那里说起？（外）不要迟疑，一直走去便了。

【前腔】眼望着白云缥缈，顾不得石径迢遥。渐渐的松林日落空山杳，但相逢几个渔樵。翠微深处人家少㉓，万岭千峰路一条。开怀抱，尽着俺山游寺宿，不问何朝。

　　　境隔仙凡几树桃㉔，
　　　才知容易谢尘嚣㉕。
　　　清晨检点白云署，
　　　行到深山日尚高。

注释：

①第三十出：原作"第二十四出"，误。

②上林：即上林苑，原为秦始皇修建的宫苑，汉武帝时重修。后指皇家宫苑。

③锦衣卫仪正：官名，也称仪鸾司大使。明初设仪鸾司，正职称大使。后来改置锦衣卫，仪正为锦衣卫长官，掌管侍卫、缉捕、刑狱等。

④录俺世勋：张薇祖辈在明代世为军户，因父亲张可大的战功，赠荫锦衣卫千户。

⑤党祸：指因党争引起的祸乱。

⑥连袂（mèi）高蹈：一起隐居。连袂，衣袖相连。高蹈，归隐。

⑦冯可宗：时为锦衣卫都督。

⑧无端的池鱼堂燕一时烧：指无辜地遭受牵连。池鱼，城门着火，用护城河的水救火，水用尽了，池鱼也会干死。典自司马光《资治通鉴》卷一六○："城门失火，殃及池鱼。"堂燕，燕子和鸟雀在屋上做窝，灶上烟囱冒火，房屋即将焚烧起来，但它们依旧快活着，不知大祸临头。典自《孔丛子·论势》。

⑨惊堂：即惊堂木，古代审案时官吏拍打公案的长方体木块，有增添法堂威严的作用。

⑩超豁：超脱，豁免。

⑪王觉斯、钱牧斋：指王铎与钱谦益。觉斯是王铎的字，牧斋是钱谦益的号。

⑫"为甚的"二句：指张薇不愿意审问侯方域等人，以免酿造

党锢之祸。冶长，即公冶长，孔子门徒之一，曾遭受冤狱。拘皋陶，被皋陶所拘禁。皋陶，舜帝时司法官。党锢，指党锢之祸。

⑬科抄：即朝报，六部抄录帝王谕旨及大臣章奏的邸报。

⑭皇图：国家版图。

⑮蝻：蝗的幼虫。

⑯无孑遗：指没有留下什么人。孑遗，指经过大的变乱遗留下来的少数人。孑，单独，孤独。

⑰圄圉（líng yǔ）：监牢。

⑱尔曹：你们。

⑲知几不俟终日：指了解事物变化的先兆，立即行动，不等一天过完。几，细微的迹象。语出《周易·系辞下》。

⑳萝绦、鹤氅：用女萝编织的带子、以鹤羽制作的外衣，都为道士服装。

㉑投老：临老，到老。

㉒驾帖：明代锦衣卫提审、押解犯人的法律文书。

㉓翠微：原指青翠的山色，泛指青山。

㉔境隔仙凡几树桃：几棵桃树隔开仙境与人间。

㉕谢尘嚣：指远离尘世。谢，告辞，告别。

点评：

本出出评："此折稍长，缘审狱归山是一日事，早为刑官，晚为高隐。朝野之隔，不能以寸，提醒热客最切也。此折最难结构，而能脱脱洒洒，游刃有余。"

该出看似为《逮社》一出的延续，实际上却从中逸出，于紧张激烈的矛盾冲突间，不紧不慢地将张薇这一人物介绍引出，看似与全剧内容截然不符，却为最终归结全剧的兴亡铺排下了暗线。

张薇其人历史上实有，但是历史记载却并不确切，甚至连其名字是张薇、张怡，还是张遗，都有诸多说法。然而可以确定的是，张薇是明朝旧臣，明亡后隐逸山林，在文人墨客间有相当声誉。孔尚任以此人为最终总结兴亡之人，当是鉴于其在文人间的声望。

将张薇的形象转换到剧本中，当耗费作者不少心思。作者在二十出之后设立闰二十出，并以张薇为此出主角，是为其之后的出场做出了充分的铺垫。在本出中，作者又颇具创意地利用张薇"锦衣卫仪正"一职，使他得以介入复社与阮、马之间的冲突中。由此，张薇便被统摄到全剧勾连细致的情节逻辑之中，从而避免了人物出现的突兀之感。

张薇的登场，带着一股疲于兴废大事的气息。入场的【粉蝶儿】一曲，先是迷茫家山何处，随后又感叹所谓"一代中兴"的弘光政权之颓圮可笑，充分彰显出其懒于政事、一心告退的心境。他随后的道白，更是直接表露心迹："不料权奸当道，朝局日非，新于城南修起三间松风阁，不日要投闲归老。"如此凿凿之言，尤可见弘光朝廷之令人失望。

但张薇也表明了自己并未一走了之的原因：周镳、雷缜祚二人的案件尚未审理完毕，马士英、阮大铖二人对周、雷二人尚有斩草除根之想法。由此可见，即使失望如张薇者，在马、阮二人的乱政之下，也不能全身而退，他只能感叹"俺有何求，为他人操刀"了。

作者并没有急于化解这一矛盾，而是绕开一层，将侯方域、陈贞慧、吴应箕三人带上，以前一出的内容介入，从多方面丰富矛盾冲突。

张薇与这三人的关系，并不是一上来就明朗的。张薇甚至还摆出一副严厉的审讯口吻，威逼三人老实交代。然而毕竟公道自在，经过侯方域、陈贞慧、吴应箕的表白，冤屈很快就被洗清，张薇甚至将三人置之座中，预备为他们开释。虽然证人蔡益所未能被招来询问，但是随后钱谦益、王铎二人请求宽赦雷、周二人的书信又被送来，一切的进展可谓形势大好，连张薇自己也觉得欣慰。

然而马、阮两封朝报送来，形势由喜转忧。朝报中所言，可谓凶狠刻薄。对于身陷囹圄的雷、周二人，马士英毫无怜悯之心，勒令将两人处决。对于诸多牵连其中的复社文人，马士英更是不遗余力地要予以绞杀。更令人心惊胆寒的，阮大铖甚至罗织出一本《蝗蝻录》，将复社文人与制造灾害的蝗虫等而视之，可见其残忍刻毒之程度。正因这两封朝报，张薇对奸佞当政的局面彻底失去了信心。但他仍然暂行权宜之计，让侯、陈、吴三人处于安全的境地。随后，张薇便招呼家僮，驾车归复山林了。

但如果以张薇的归隐作为此出的简单结尾，便使得侯方域等人的线索有头无尾，就此断裂。故而，作者将已经逃遁的蔡益所再次找出，既使侯方域等人的线索得以延续，又表现出张薇的归隐并非这么简单。

然而此出情节与前面公堂场景相比，已经显得轻松许多了。张薇强装出一副官老爷的面孔审讯惊慌失措的蔡益所，便是尤为有趣的一段。这两人的对答可谓一进一退，最终蔡益所被张薇逼至无路可退的地步，终于愿意舍弃所有家财，随张薇入道山中，这就使得马士英等人无从追查证人，从而为侯方域等人赢得了等待的时间。

在这番矛盾转折之后，张薇终于撇开了所有缠身的俗事，能够真正清净洒脱地出世归隐了。由此可见作者的精细手笔，即使于出世隐逸一事，也要写得婉转曲折。

通过张薇归隐的经历，可知弘光朝廷的覆灭并非源于敌人的强盛、天时的不予，而是源于其内部有马士英、阮大铖这样的人左右局面，使得天道不复、人心惶惶。弘光朝廷的毁灭，是自灭，是历史规律自我演进的结果，也是当时局面下所不可挽回的败局。

眼望着白云缥缈，顾不得石径迢遥。

渐渐的松林日落空山杳，但相逢几个渔樵。翠微深处人家少，万岭千峰路一条。开怀抱，尽着俺山游寺宿，不问何朝。

第三十一出　草檄（乙酉三月）

（净扮苏昆生上）万历年间一小童，崇祯朝代半衰翁。曾逢天启乾恩荫，又见弘光嗣厂公①。我苏昆生，睁着五旬老眼，看了四代时人，故此做这几句口号②。你说那两位嗣厂公，有天没日，要把正人君子，捕灭尽绝。可怜俺侯公子，做了个法头例首③。我老苏与他同乡同客，只得远来湖广，求教于宁南左侯。谁想一住三日，无门可入，今日江上大操，看他兵马过处，鸡犬无声，好不肃静。等他回营，少不的寻个法儿，见他一面。（唤介）店家那里？（副净扮店主上）黄鹤楼头仙客少，白云市上酒家多，客官有何话说？（净）请问元帅左爷爷，待好回营么？（副净）早哩，早哩！三十万人马，每日操到掌灯，况今日又留督抚袁老爷、巡按黄老爷，在教场饮酒，怎得便回？（净）既是这等，替我打壶酒来，慢慢的吃着等他罢。（副净取酒上）等他做甚？吃杯酒，早些安歇罢。（净）俺并不张看，你放心闭门便了。（副净下。净望介）你看一轮明月，早出东山，正当春江花月夜，只是兴会不佳耳。（坐斟酒饮介）对此杯中物，勉强唱只曲儿，解闷则个。（自敲鼓板唱介）

【念奴娇序】长空万里，见婵娟可爱，全无一点纤凝。十二阑干光满处，凉浸珠箔银屏。偏称，身在瑶台，笑斟玉斝，人生几见此佳景？惟愿取年年此夜，人月双清。④

（自斟饮介）这样好曲子，除了阮圆海却也没人赏鉴。罢了，罢了！宁可埋之浮尘，不可投诸匪类。（又饮介）这时候也待好回营了，待俺细细唱起来。他若听得，不问便罢，倘来问俺，倒是个

机会哩。(又敲鼓板唱介)

【前腔】孤影，南枝乍冷，见乌鹊缥缈，惊飞栖止不定⑤。(副净上怨介)客官安歇罢，万一元帅听得，连累小店，倒不是耍的。(净唱介)万叠苍山，何处是修竹吾庐三径⑥？(副净拉净睡介。净)不妨事的。俺是元帅乡亲，巴不得叫他知道，才好请俺进府哩。(副净)既是这等，凭你，凭你。(下。净又唱介)追省，丹桂谁攀？姮娥独住，故人千里漫同情⑦。惟愿取年年此夜，人月双清。

（杂扮小卒数人，背弓、矢、盔、甲走过介。净听介）外边马蹄乱响，想是回营了，不免再唱一曲。(又敲鼓板唱介)

【前腔】光莹，我欲吹断玉箫，骖鸾归去，不知何处冷瑶京⑧。(杂扮小军四人旗帜前导介。净听介)喝道之声，渐渐近来，索性大唱一会。环佩湿⑨，似月下归来飞琼⑩。(小生扮左良玉，外扮袁继咸，末扮黄澍冠带骑马上)朝中新政教歌舞，江上残军试鼓鼙。(外听介)咦！将军，贵镇也教起歌舞来了。(小生)军令严肃，民间谁敢？(末指介)果然有人唱曲。(小生立听介。净大唱介)那更，香雾云鬟，清辉玉臂，广寒仙子也堪并。惟愿取年年此夜，人月双清。

（小生怒介）目下戒严之时，不遵军法，半夜唱曲。快快锁拿！
（杂打下门，拿出净，跪马前介。小生问介）方才唱曲，就是你么？(净)是。(小生)军令严肃，你敢如此大胆！(净)无可奈何，冒死唱曲，只求老爷饶恕。(外)听他所说，像是醉话。(末)唱的曲子，倒是绝调。(小生)这人形迹可疑，带入帅府，细细审问。
（带净行介）

【窄地锦裆】(合)操江夜入武昌门⑪，鸡犬寂寥似野村。

三更忽遇击筑人，无故悲歌必有因。

（作到府介。小生让外、末介）就请下榻荒署，共议军情。（外、
末）怎好搅扰？（同入坐介。外）方才唱曲之人，倒要早早发放。
（小生）正是。（吩咐介）带过那个唱曲的来。（杂带净跪介。小生
问介）你把犯法情由从实说来。（净）小人来自南京，特投元帅，
因无门可入，故意犯法，求见元帅之面的。（小生）哦！该死奴
才，还不实说？（末）不必动怒，叫他说，要见元帅，有何缘故？

【锁南枝】（净）京中事，似雾昏，朝朝报仇搜党人。现
　　将公子侯郎，拿向囹圄困。望旧交，怀旧恩，替新朝，
　　削新忿。

（小生）那侯公子，是俺世交，既来求救，必有手书，取出我瞧。
（净叩头介）那日阮大铖亲领校尉，立拿送狱，那里写得及书？
（外）凭你口说，如何信得？（小生想介）有了，俺幕中有侯公子
一个旧人，烦他一认，便知真假。（吩咐介）请柳相公出来。（杂
应介。丑扮柳敬亭上）肉朋酒友，问俺老柳。待俺认来。（点烛
认介）呀！原来是苏昆生，我的盟弟。（各掩泪介。小生）果然认
的么？（丑）他是河南苏昆生，天下第一个唱曲的名手，谁不认
的？（小生喜介）竟不知唱曲之人，倒是一个义士。（拉起介）请
坐，请坐。（净各揖坐介。丑）你且说侯公子为何下狱？

【前腔】（净）为他是东林党，复社群，曾将魏、崔门户
　　分。小阮思报前仇，老马没分寸⑫。三山街，缇骑狠，
　　骤飞来，似鹰隼。

把侯相公提入狱内，音信不通，俺没奈何，冒死求救。幸亏将军
不杀，又得遇着乡人。（揖介）只求长兄恳央元帅，早发救书，也
不枉俺一番远来。（小生气介）袁、黄二位盟弟，你看朝事如此，

可不恨死人也。（外）不特此也。闻得旧妃童氏⑬，跋涉寻来，马、阮不令收认，另藏私人，预备采选，要图椒房之亲，岂不可杀？（末）还有一件，崇祯太子⑭，七载储君，讲官大臣，确有证据，今欲付之幽囚。人人共愤，皆思寸磔马、阮⑮，以谢先帝。（小生大怒介）我辈戮力疆场，只为报效朝廷，不料信用奸党，杀害正人，日日卖官鬻爵，演舞教歌，一代中兴之君，行的总是亡国之政。只有一个史阁部，颇有忠心，被马、阮内里掣肘，却也依样葫芦。剩俺单身只手，怎去恢复中原？（跌足介）罢，罢，罢！俺没奈何，竟做要君之臣了⑯。（揖外介）临侯替俺修起参本⑰。（外）怎么样写？（小生）你只痛数马、阮之罪便了。（外）领教！（丑送纸笔，外写介）

【前腔】朝廷上，用逆臣，公然弃妃囚嗣君。报仇翻案纷纷，正士皆逃遁。寻冶容，教艳品⑱，卖官爵，笔难尽。

（外）写完了。（小生）还要一道檄文，借重仲霖起稿罢。（揖介。末）也是这样做么？（小生）你说俺要发兵进讨，叫他死无噍类⑲。（丑）该，该！（小生）你前日劝俺不可前进，今日为何又来赞成？（丑）如今是弘光皇帝了，彼一时也，此一时也。（小生）是，是！俺左良玉乃先帝老将，先帝现有太子，是俺小主。那马、阮擅立弘光之时，俺远在边方，原未奉诏的。（末）待俺做来。（丑送纸笔，末写介）

【前腔】清君侧，走檄文，雄兵义旗遮路尘。一霎飞渡金陵，直抵凤凰门。朝帝宫，谒孝寝⑳，搜黄阁，试白刃。

（末写完介。小生）就列起名来。（外）这样大事，还该请到新巡抚何腾蛟㉑，求他列名。（小生）他为人固执，不必相问，竟写上他罢了。（外、末列名介。小生）今夜誊写停当，明早飞递投送，俺随后也就发兵了。（外）只怕递铺误事㉒。（小生）为何？（外）京中匿名文书，纷纷雨集，马、阮每早令人搜寻，随得随烧，并不过目。（小生）如此只得差人了。（末）也使不得，闻得马、阮密令安庆将军杜弘域㉓，筑起坂矶㉔，久有防备我兵之意。此檄一到，岂肯干休？那差去之人，便死多活少了。（小生）这等怎处？（丑）倒是老汉去走走罢。（外、末惊介）这位柳先生，竟是荆轲之流，我辈当以白衣冠送之㉕。（丑）这条老命甚么希罕，只要办的元帅事来。（小生大喜介）有这等忠义之人，俺左昆山要下拜了。（唤介）左右，取一杯酒来。（杂取酒上，小生跪奉丑酒介）请尽此杯。（丑跪饮干介。众拜丑，丑答拜介）

【前腔】擎杯酒，拭泪痕，荆卿短歌声自吞㉖。夜半携手叮咛，满座各消魂。何日归？无处问，夜月低，春风紧。

（各掩泪介。丑向净介）借重贤弟，暂陪元帅，俺就束装东去了。（净）只愿救取公子，早早出狱，那时再与老哥相见罢。（俱作别介。丑先下。小生）义士，义士！（外、末）壮哉，壮哉！

渺渺烟波夜气昏，
一樽酒尽客消魂。
从来壮士无还日，
眼看长江下海门。

注释：

① “曾逢天启乾恩荫”二句：指苏昆生见证了天启、弘光两朝

对宦官的重任。乾恩荫，此处借指魏党。恩荫，旧时子辈承继父辈的官职、封赏。嗣厂公，指魏忠贤后人得到延续。嗣，延续。厂公，魏忠贤。

②口号：随口吟成的诗。

③法头例首：新法条例颁布之后首位被惩处者。

④【念奴娇序】：三段曲文，皆源于《琵琶记·中秋赏月》。婵娟，月亮。偏称，最适合，最适宜。瑶台，仙人居所，借指蔡伯喈豪华住所。玉罍，玉杯。

⑤"孤影"四句：指蔡伯喈的不安心绪，化用曹操《短歌行》"月明星稀，乌鹊南飞，绕树三匝，何枝可依"。乍冷，突然变冷。缥缈，原义为隐隐约约、若有如无，引申为高远不明。

⑥三径：指屋前的小路，引申为故园。源自陶渊明《归去来辞》"三径就荒，松菊犹存"。

⑦"追省"四句：指蔡伯喈入赘相府，思念妻子赵五娘。追省，回忆。丹桂，指牛小姐。姮娥，指赵五娘。

⑧"光莹"四句：化用苏轼《水调歌头》："我欲乘风归去，又恐琼楼玉宇，高处不胜寒。"莹，像玉一样光亮、透明，借指月色。骖，指驾车时位于两边的马，引申为乘骑。鸾，指凤凰一类的鸟，仙人所骑。瑶京，指仙人居住的宫室。

⑨环佩：玉佩。

⑩飞琼：仙女名，指许飞琼，西王母身边的侍女。

⑪操江：指操练江防。

⑫没分寸：指说话、做事没有合适的限度。

⑬旧妃童氏：指童妃，变乱中与福王失散，找到福王后被否

认，后受刑致死。

⑭崇祯太子：指北来太子案。有少年自称是太子朱慈烺，来到
南京后，经锦衣卫审讯判定为假太子。

⑮寸磔（zhé）：酷刑名，肢解人体，凌迟处死。磔，尸裂。

⑯要（yāo）君：要挟皇帝。要，要挟。

⑰参本：弹劾、揭发官吏罪状的奏本。

⑱"寻冶容"二句：指寻访宫妃，教习歌妓。冶容、艳品，指
容态美好的女子。

⑲叫他死无噍（jiào）类：指把他们诛尽杀绝。噍类，指活着
的人或生物。

⑳孝寝：指明孝陵，朱元璋和马氏合葬的陵墓，在钟山南面。

㉑何腾蛟：字云从，黎平（今属贵州）人，明天启元年
（1621）进士，官至右佥都御史、兵部右侍郎。后组织部队
抗清，被俘而死。

㉒递铺：指传递公文的驿站。递，更迭，接替。

㉓安庆将军杜弘域：杜弘域，明末将领，明天启初年任延绥副
总兵，官至右都督。曾阻止李自成农民军南渡有功，后托病
离职。清兵南下后，回乡。

㉔阪矶：地名，指板子矶，位于安徽繁昌荻港镇，为军事要害
之地。

㉕白衣冠：丧服。荆轲赴秦前，在易水河边与友人分别，燕国
太子丹及友人皆穿白衣相送。

㉖荆卿短歌：指荆轲与燕太子丹临别时所吟《易水歌》："风萧
萧兮易水寒，壮士一去兮不复还。"荆卿，指荆轲。

点评：

本出出评："昆生之投宁南，与敬亭之投宁南，花样不同，各有妙用。敬亭说书之技，显于武昌；昆生唱曲之技，亦显于武昌，梅村作《楚两生行》有以也。""写昆生，突如而来；写敬亭，倏然而去，俱如战国、先秦时人须眉，精神忽忽，惊人奇笔也。"

这一出，苏昆生为搭救侯方域，前往左良玉处求援。为入军中，苏昆生半夜高歌，冒死引起官兵注意，得见左良玉。幸而柳敬亭及时相认，苏昆生方才将侯方域等人身陷险情、阮大铖与马士英当权乱政的事宜向左良玉叙说。左良玉听闻苏昆生所言大为震怒，约黄澍、袁继咸草撰檄文，意图发兵东进、以诛逆党。

该出的矛盾冲突，波澜起伏，作者将委曲婉转的转折变化与畅快淋漓的顺承演进结合在一起，使得该出在结构上颇为成功。

开场处，先写苏昆生困居酒店，愁于无法接近左良玉，为整出情节做好铺垫。后面左良玉、黄澍、袁继咸三人同时在场的局面，也正是因为有此一步铺垫，才显得合情合理，不至于生涩阻隔。正因苏昆生愁待无聊，借清歌下酒，从而想起以高歌引起左良玉注意的方式。

苏昆生所唱之曲，取自《琵琶记》中《中秋赏月》一出。这是《琵琶记》中的经典唱段，与月挂中天之寂然景象甚为相合。据梁启超考证，吴伟业在《楚两生行》中，这样形容苏昆生："忆昔将军正全盛，江楼高会夸名胜。生来索酒便长歌，中天明月军声静。"这里苏昆生高唱《琵琶记》

中咏月之曲，或是追及长歌响彻军中的景象。

由此也可看出苏昆生与柳敬亭两人性格上的不同。柳敬亭求见左良玉的方法，可谓颇见计谋——他深知左良玉军情如何，是以能够假借"解决粮困"一事，混入左良玉的营房；然而苏昆生在此以高歌引起军中注意，险些被左良玉以军法惩处，则显得相对生愣直白。孔尚任在设置角色时，同将柳敬亭、苏昆生放入"合色"的范畴中，但并没有将二人置入一部，而是对立地置于左、右二部之中。可见二人尽管立场相近，但却一机敏、一耿直，判然两别。

随着柳敬亭与苏昆生相认，苏昆生终于取信于左良玉。加之袁继咸、黄澍二人在旁叙说出童妃、太子之事，终于激起了左良玉的怒火，使其决定起兵东进，清剿君侧之奸臣。

在这一段中，最富特色的地方，便是由不同人分合演唱的五支【锁南枝】曲。五曲连用，表面上看起来似乎是循环往复，但实际上这五支曲是与剧情紧密结合的，每一曲都对即将发生的内容产生了推动。因而，这五支【锁南枝】的往复过程，实际上也是整个剧情的演进过程。

头两支【锁南枝】，由苏昆生所唱，先是言说侯方域的祸事，随后由此转入京城政局的黑暗混乱。

第三、四支【锁南枝】由黄澍、袁继咸分唱，将左良玉一方对阮、马诸人所发之檄文编入曲牌，词句皆简练有力。最后一曲由柳敬亭来收束，颇含燕水送别之意，当是追及"风萧萧兮易水寒"之古意而去。

苏昆生的痛陈、左良玉的愤怒、黄袁二人的檄文、柳敬亭的慷慨作别，在五支曲子中一气呵成地推演出来，势若江河，畅快淋漓。

该出最后这一段情节，内容虽然复杂多元，但前后情节却是环环相扣，间不容发。加之五支同构异义的【锁南枝】循环推动，使得全出戏畅而不浮、快而有致，于江河流泻之间，将人情剧意一一传达，而丝毫不见敷衍对付之处。

第三十二出　拜坛（乙酉三月）

（副末扮赞礼郎冠带白须上）

【吴小四】眼看他，命运差，河北新房一半塌。承继个儿郎贪戏耍，不报冤仇不挣家①。窝里财，奴乱抓。

在下是太常寺一个老赞礼，住在神乐观傍，专管庙陵祭享之事。那知天翻地覆，立了这位新爷，把俺南京重新兴旺起来。今岁乙酉，改历建号之年②，家家庆贺。我老汉三杯入肚，只唱这个随心令儿③。傍人劝我道："各人自扫门前雪，莫管他人屋上霜。"我回言道："大风吹倒梧桐树，也要傍人话短长④。"（唤介）孩子们，今日是三月十九日？（内）三月十九日了。（副末）呵呀！三月十九日，乃崇祯皇帝忌辰。奉旨在太平门外设坛祭祀，派着我当执事的，怎么就忘了？快走，快走！（走介）冈冈峦峦，接接连连，竹竹松松，密密丛丛。不觉已到坛前，且喜百官未到，待俺趁早铺设起来。（作排案，供香、花、烛、酒介。净扮马士英，末扮杨文骢，素服从人上）

【普天乐】旧江山，新图画，暮春烟景人潇洒。出城市，遍野桑麻，哭甚么旧主升遐，告了个游春假。（外扮史可法素服上）这才去野哭江边奠杯斝，挥不尽血泪盈把⑤。年时此日，问苍天，遭的什么花甲？

（相见各揖介。净）今日乃思宗烈皇帝升遐之辰，礼当设坛祭拜。（末）正是。（外问介）文武百官到齐不曾？（副末）俱已到齐了。（净）就此行礼。（副末赞礼，杂扮执事官捧帛、爵介。赞）执事官各司其事，陪祀官就位，代献官就位。（各官俱照班排立介。赞）瘗毛血⑥。迎神。参神。伏俯。兴。伏俯。兴。伏俯。兴。

伏。兴。平身。(各行礼完,立介。赞)行奠帛礼⑦,升坛。(净秉
笏至神位前介。赞)摺笏⑧。献帛。奠帛。(净跪奠帛叩介。赞)
平身。出笏。就读祝位。跪 。(净跪介。赞)读祝。(副末跪读
介)维岁次乙酉年,三月十九日,皇从弟嗣皇帝由崧,谨昭告于
思宗烈皇帝曰:仰惟文德克承,武功载缵⑨,御极十有七年,皇
纲不振⑩,大宇中倾,皇帝殉社稷,皇后太子俱死君父之难。弟
愚不才,忝颜偷生⑪,俯顺臣民之请,正位南都,权为宗庙神人
主。恸一人之升遐,惩百僚之怠傲,努力庙谟,惴惴忧惧,枕戈
饮泣,誓复中原。今值宾天忌辰⑫,敬设坛壝⑬,遣官代祭。鉴
兹追慕之诚,歆此蘋蘩之献⑭。尚飨⑮!(赞)举哀。(各官哭三声
介。赞)哀止。伏俯。兴。复位。(净转下介。赞)行初献礼。升
坛。(净至神位前介。赞)摺笏。献爵。奠爵。(净跪奠爵,叩介。
赞)平身。出笏。复位。(赞。行亚献、终献礼,同。赞)彻馔。
送神。伏俯。兴。四拜,同。(各官依赞拜完,立介。赞)读祝官
捧祝,进帛官捧帛,各诣瘗位⑯。(各官立介。赞)望瘗⑰。(杂焚
祝帛介。赞)礼毕。(外独大哭介)

【朝天子】万里黄风吹漠沙,何处招魂魄?想翠华⑱,
守枯煤山几枝花,对晚鸦,江南一半残霞。是当年旧
家,孤臣哭拜天涯,似村翁岁腊,似村翁岁腊⑲。

(副末)老爷们哭的不恸,俺老赞礼忍不住要大哭一场了。(大哭
一场下。副净扮阮大铖素服大叫上)我的先帝呀!我的先帝呀!
今日是你周年忌辰,俺旧臣阮大铖赶来哭临了。(副净问介)祭过
不曾?(净)方才礼毕。(副净至坛前,急四拜,哭白介)先帝!
先帝!你国破身亡,总吃亏了一伙东林小人。如今都去投了北
朝,剩下我们几个忠臣,今日还想着来哭你,你为何至死不悟

呀？（又哭介。净拉介）圆老，不必过哀，起来作揖罢。（副净拭眼，各见介。外背介）可笑，可笑！（作别介）请了！烟尘三里路，魑魅一班人⑳。（下。净）我们皆是进城的，就并马同行罢。

（作更衣上马行介）

【普天乐】（合）奠琼浆，哭坛下，失声相向谁真假？千官散，一路喧哗，好趁着景美天佳，闲讲些兴亡话。咏归去，恰似春风浴沂罢，何须问江北戎马㉑？南朝旧例尽风流，只愁春色无价。

（杂喝道介。净）已到鸡鹅巷㉒，离小寓不远，请过荒圃同看牡丹何如？（末）小弟还要拜客，就此作别了。（末别下。副净）待晚生趋陪罢。（作到，下马介。净）请进。（副净）晚生随行。（净前副净后，入园介。副净）果然好花。（净吩咐介）速摆酒席，我们赏花。（杂摆酒介。净、副净更衣坐饮介。净大笑介）今日结了崇祯旧局，明日恭请圣上临御正殿，我们"一朝天子一朝臣"了。（副净）连日在江上，不知朝中有何大政？（净）目下假太子王之明，正在这里商量发放。圆老有何高见？（副净）这事明白易处。（净）怎么易处？（副净）老师相权压中外者，只因推戴二字。

（净）是，是！（副净）既因推戴二字，

【朝天子】若认储君真不差，把俺迎来主，放那搭㉓。（净）是，是！就着监禁起来，不要惑乱人心。（问介）还有旧妃童氏，哭诉朝门，要求迎为正后。这何以处之？（副净）这益发使不得。自古君王爱馆娃。系臂纱，先须采选来家，替椒房作伐㉔。（净）是，是！俺已采选定了，这个童氏，自然不许进宫的。（又问介）那些东林复社，捕拿到京，如何审问？（副净）这班人天生是我们冤对，岂可容情？切莫翦草留芽，但搜来尽杀，但搜来尽杀。

（净大笑介）有理！有理！老成见到之言，句句合着一意。拿大杯来，欢饮三杯。（杂扮长班持本急上，禀介）宁南侯左良玉有本章一道，封投通政司㉒，这是内阁揭帖㉓，送来过目。（净接介）他有什么好本？（看本，怒介）呀，呀！了不得，就是参我们的疏稿。这疏内数出咱七大罪，叫圣上立赐处分，好恨人也！（杂又持文书急上）还有公文一道，差人赍来的。（净接看介）又是讨俺的一道檄文，文中骂的着实不堪，还要发兵前来，取咱的首级。这却怎处？（副净惊起，乱抖介）怕人！怕人！别的有法，这却没法了。（净）难道长伸颈子，等他来割不成？（副净）待俺想来。（想介）没有别法，除是调取黄、刘三镇，早去堵截。（净）倘若北兵渡河，叫谁迎敌？（副净向净耳介）北兵一到，还要迎敌么？（净）不迎敌，更有何法？（副净）只有两法。（净）请教！（副净作搊衣介㉗）跑。（又作跪地介）降。（净）说的也是。大丈夫烈烈轰轰，宁可叩北兵之马㉘，不可试南贼之刀。吾主意已决，即发兵符，调取三镇便了。（想介）只恐调之无名，三镇未必肯去。这却怎处？（副净）只说左兵东来，要立潞王监国，三镇自然着忙的。（净）是，是！就烦圆老亲去一遭。

【普天乐】（合）发兵符，乘飞马，过江速劝黄、刘驾。舟同济，舵同拿，才保得性命身家。非是俺魂惊怕，怎当得百万精兵从空下，顷刻把城阙攻打？全凭铁锁断长江，拉开强弩招架。

（副净）辞过老师相，晚生即刻出城了。（净）且住，还有一句密话。（附耳介）内阁高弘图、姜日广，左袒逆党㉙，俱已罢职了。那周镳、雷缜祚，留在监中，恐为内应，趁早取决何如？（副净）

极该，极该！（净拱介）也不送了。（竟下。副净出。杂禀介）那个传檄之人，还拿在这里，听候发落。（副净）没有甚么发落，拿送刑部请旨处决便了。（上马欲下介。寻思介）且不要孟浪㉚！我看黄、刘三镇，也非左兵敌手，万一斩了来人，日后难于挽回。（唤介）班役，你速到镇抚司，拜上冯老爷㉛，将此传檄之人，用心监候。（杂应下。副净）几乎误了大事！（上马速行介）

> 江南江北事如麻，
> 半倚刘家半阮家㉜。
> 三面和棋休打算，
> 西南一子怕争差。

注释：

① "承继个"二句：指弘光帝荒淫无道，只恋笙歌享乐，不念复仇理政。

② "今岁乙酉"二句：乙酉，1645年，为弘光元年，故曰改历建号。

③ 随心令儿：指村坊间流行的不谐格律、随口而歌的小曲。此处指老赞礼上场时唱的【吴小四】曲。

④ "大风吹倒梧桐树"二句：谚语，指一件事的是非曲直，旁观者自有评论。

⑤ 挥不尽血泪盈把：暖红室本眉批曰："各人口头语，是各人脚色，各人供状。"

⑥ 瘗（yì）毛血：祭祀仪式。先陈设牲畜的毛血，在仪式中敬告神灵后，将其埋葬到事先挖好的土中。瘗，埋葬。

⑦ 奠帛礼：原作"奠物礼"，据暖红室本改。祭祀时，将帛放

在神位前。

⑧搢（jìn）笏：插笏板于腰带上。

⑨文德克承，武功载缵：指能够继承先祖的文治武功。克承、载缵，能够继承。缵，原作"绩"，据清康熙刊本改。

⑩皇纲：指朝廷代表皇帝所制定的法律和制度。

⑪忝颜：厚着脸皮。

⑫宾天：帝王归天。

⑬坛壝（wěi）：祭祀之所。坛，祭台。壝，祭坛四周的矮墙。历代坛壝有一定制度和具体规模。

⑭歆此蘋蘩之献：享用供奉的祭品。歆，享用。蘋，浮萍。蘩，白蒿。两种植物均可食用，古代常作为祭品献于鬼神。

⑮尚飨：旧时用作祭文的结语，表达希望亡灵来享用祭品的心愿。

⑯诣瘗位：祭祀仪式，指手捧祝文、帛走到埋葬毛血之处。诣，前往。瘗位，埋葬毛血之地。

⑰望瘗：祭祀仪式，指看着执事官将祝文、帛、祭品埋于瘗处或焚化。

⑱翠华：指皇帝的仪仗，其旗帜用翠鸟羽毛作装饰，此处借指崇祯。

⑲岁腊：旧时年终祭祖仪式。

⑳魑（chī）魅：传说藏在山里、湖泊里害人的鬼怪。比喻各种坏人。

㉑"恰似春风浴沂罢"二句：指阮大铖、马士英等人把祭祀当作春游，不问江北铁骑奔突。浴沂，在沂水中洗浴，然后"风乎舞雩，咏而归"，原为曾皙向孔子谈及的个人抱负，

后引申为清高淡泊的情操，典自《论语·先进》。

㉒鸡鹅巷：原作"鸡鸣巷"，据清康熙介安堂本改。金陵地名，明代鸡鸭鹅家禽市场所在地，后为巷名，沿用至今。

㉓那搭：那里。

㉔"系臂纱"三句：指马士英、阮大铖为弘光帝选宫妃。系臂纱，入宫美女被选中后，会以绛纱系臂为标志，典自《晋书·后妃传上·胡贵嫔传》。椒房，皇后居所的雅称，借指皇后。作伐，做媒。

㉕通政司：明清时期官署名，掌管接收四方奏章和官民申诉等事宜。

㉖内阁揭帖：指内阁进御的密奏。

㉗挦（chōu）衣：指提起前襟。

㉘叩北兵之马：叩拜在北兵马前，指投降。暖红室本眉批曰："私君、私臣、私恩、私仇，南朝无一非私，焉得不亡！"

㉙左袒：原作"左家"，据暖红室本改，指拥护某一方。典自《史记·绛侯周勃世家》，汉高祖去世后，吕后临朝听政，培植同姓势力，引起朝臣不满。她死后，为了粉碎吕氏诸王发动政变，太尉周勃发布命令："为吕氏者右袒，为刘氏者左袒。"趁机诛杀了右袒者，保住了刘家天下。左袒，露出左臂。袒，袒露，露出。

㉚孟浪：指言语鲁莽。

㉛冯老爷：指冯可宗。

㉜刘家：指驻扎在江北的刘良佐、刘泽清两镇。阮家：指阮大铖。

点评：

本出出评："前之祭丁，今之祭坛，执事者皆老赞礼也。诸生未打，老赞礼先打；百官不哭，老赞礼大哭。赞礼者，赞天地之化育也。作者深心，须为拈出。""马、阮看花快意之时，雷电自天而下，一时无所措手足，已丧奸人之胆矣。至于成败，则天也。《桃花扇》每折开阖，皆用此法，读者着眼。"

这出戏主要描摹了马士英、阮大铖之形象，却并不直接从二人写起，而是另伸笔触，从太常寺老赞礼处入手。老赞礼上场的一曲【吴小四】，将弘光朝廷痛骂一番，"承继个儿郎贪戏耍，不报冤仇不挣家"，可谓一语击中弘光帝之最大弊病——如果在平常，这样的帝王只能说是昏庸无道，但国事当头，弘光帝仍然安于逸乐，其行径着实令人发指。这段曲，只能算是整出戏的预热。随着老赞礼前去布置崇祯的祭坛，真正的好戏才拉开帷幕。

众官登场的【普天乐】一曲，将诸多官员的心态交代明白。如马士英等人，面对祭奠崇祯这一涉及国恨家仇的大事，竟然摆出一副"哭甚么旧主升遐，告了个游春假"的态度，其于国事朝政是何心态可见一斑。杨文骢也居于其中，但他究竟是真心如此还是随声附和，剧中并未详说。但孔尚任将其置于此处，当是略持贬义的。与这些官员相对，孤身一人的史可法则痛心疾首，哀恸不止。史可法的哀恸置于众多麻木自私的官员之前，尤其显出朝纲之混乱。

紧接着，便是阮大铖上场。作者未多言其虚伪，仅用"拭眼介"一个动作，便暴露了其虚伪应付之心迹。他的哭诉之词更令人齿冷——他将北京失陷、崇祯殉国统统怪罪到复社文人身上，分明是想借祭拜崇祯之名，行倾轧同僚之实。

面对阮大铖的折腾，史可法也只好背身愤懑道"可笑"，他无法与这些人为伍，即刻便与他们分开了。

紧接其后的，便是阮、马二人议事的段落。这一段的情节，充分表现出二人的刻毒用心。

最初，两人的口吻还颇有一丝关心国家大事的意味，然而随着阮大铖一句"老师相权压中外者，只因推戴二字"，用心便已彰明：他们之所以关心国家事务，并非意在报国，不过是想借国事为自己牟取私利而已。

接下来的【朝天子】一曲中，二人商议太子、童妃两事，可与前面一出《草檄》相互照应。他们对于太子、童妃的态度，不出黄澍、袁继咸意料。由此出看来，左良玉发兵对其征讨，着实不冤。

下面二人阅读左良玉的参本一段，颇令人惊讶。按照通理，左良玉的参本，当直接呈送帝王。然而此出马、阮竟然可以赶在弘光帝阅读之前，就先行知晓，可见二人乱政已达架空弘光帝权力的地步。这个细节，作者并没有明文表示，而是通过两人理直气壮的行径，予以暗讽。以当时的历史记载来看，帝王大权旁落于马、阮之手，也是实情。

不过正是通过阅读左良玉的参本、檄文，阮、马二人发现左良玉即将发兵东进、直取二人首级而来。二人的解决方法，颇显小人本性：他们不考虑防备南下的北兵，竟然要调动三镇兵马与左良玉对抗。因为黄得功、刘良佐、刘泽清三人都是因为迎立弘光帝而得封的，此时如果左良玉清君侧成功，那么他们目下的一切既得利益就都会易于他手。

由此也可见，此时的南明，文臣勾心斗角，武将拥兵自重，已经全无家国观念可言了。这样的政权，轮不到北兵南下打击，也会在内讧之中土崩瓦解。

第三十三出　会狱 (乙酉三月)

（生敝衣愁容上）

【梅花引】宫槐古树阅沧田，挂寒烟，倚颓垣。末后春风，才绿到幽院①。两个知心常步影，说新恨，向谁借酒钱？

> 小生侯方域，被逮狱中，已经半月。只因证据无人，暂羁候审，幸亏故人联床，颇不寂寞。你看月色过墙，照的槐影迷离，不免虚庭一步。

【忒忒令】碧沉沉月明满天，凄惨惨哭声一片，墙角新鬼带血来分辩。我与他死同仇，生同冤，黑狱里，半夜作白眼②。

> 独立多时，忽然毛发直竖，好怕人也！待俺唤醒陈、吴两兄，大家闲话。（唤介）定兄醒来。（又唤介）次兄睡熟了么？（末、小生揉眼出介）

【尹令】（末）这时月高斗转③，为何独行空院？闲将露痕踏遍。（小生）愁怀且捐，万语千言望谁怜？

> （见介）侯兄怎的还不安歇？（生）我想大家在这黑狱之中，三春莺花④，半点不见，只有明月一轮，还来相照，岂可舍之而睡？
>
> （末）是，是！同去步月一回。（行介）

【品令】（生）冤声满狱，银铛夜徽缠⑤。三人步月，身轻若飞仙。闲消自遣，莫说文章贱。从来豪杰，都向此中磨炼。似在棘围锁院，分帘校赋篇⑥。

> （丑扮柳敬亭枷锁上）戎马不知何处避，贤豪半向此中来。我柳敬亭，被拿入狱，破题儿第一夜，便觉难过。（叹介）咳！方才睡

下，又要出恭⑦，这个裙带儿没人解，好苦也！（作蹲地听介）那边有人说话，像是侯相公声音，待我看来。（起看，惊介）竟是侯相公。（唤介）你是侯相公么？（生惊认介）原来是柳敬亭。（末、小生）柳敬亭为何也到此中？（丑认介）陈相公、吴相公怎么都在里边？（举手介）阿弥陀佛！这也算"佛殿奇逢"了⑧。（生）难得，难得！大家坐地谈谈。（同坐介）

【豆叶黄】（合）便他乡遇故，不算奇缘。这墙隔着万重深山，撞见旧时亲眷。浑忘身累，笑看月圆。却也似武陵桃洞，却也似武陵桃洞。有避乱秦人，同话渔船。

（生）且问敬老，你犯了何罪，枷锁连身，如此苦楚？（丑）老汉不曾犯罪。只因相公被逮入狱，苏昆生远赴宁南，恳求解救。那左帅果然大怒，连夜修本参着马、阮，又发了檄文一道，托俺传来。随后要发兵进讨。马、阮害怕，自发放出相公去的。

【玉交枝】宁南兵变，料无人能将檄传。探汤蹈火咱情愿，也只为文士遭谴。白头志高穷更坚，浑身枷锁吾何怨？助将军除暴解冤，助将军除暴解冤。

（生）竟不知敬亭乃小生所累。昆生远去求救，益发难得。可感，可感！（末）虽如此说，只怕左兵一来，我辈倒不能苟全性命。（小生）正是，宁南不学无术，如何收救？（皆长吁介。净扮狱官执手牌，杂扮校尉四人点灯提绳急上。净）四壁冤魂满，三更狱吏尊。刑部要人，明早处决，快去看看。（杂）该绑那个？（净）牌上有名。（看介）逆党二名，周镳、雷缜祚。（杂执灯照生、末、小生、丑面介）不是，不是。（净喝介）你们无干的，各自躲开。（净领杂急下。末悄问介）绑那个？（小生）听说要绑周镳、雷缜祚。（生）吓死俺也。（丑）我们等着瞧瞧。（净执牌前行，杂背绑

二人，赤身披发，急拉下。生看呆介。末）果然是周仲驭、雷介
公他二位。（小生）这是我们的榜样了。

【江儿水】（生）演着明夷卦⑨，事尽翻，正人惨害天倾
陷。片纸飞来无人见，三更缚去加刑典，教俺心惊胆
颤。（合）黑地昏天，这样收场难免。

（生问丑介）我且问你，外边还有甚么新闻？（丑）我来的仓卒，
不曾打听，只见校尉纷纷拿人。（末、小生问介）还拿那个？（丑）
听说要拿巡按黄澍、督抚袁继咸、大锦衣张薇，还有几个公子
秀才，想不起了。（生）你想一想？（丑想介）人多着哩。只记得
几个相熟的，有冒襄、方以智、刘城、沈寿民、沈士柱、杨廷
枢⑩。（末）有这许多。（小生）俺这里边，将来成一个大文会了。
（生）倒也有趣。

【川拨棹】囹圄里，竟是瀛洲翰苑⑪。画一幅文会图悬，
画一幅文会图悬，避红尘一群谪仙⑫。（合）赏春月，同
听鹃，感秋风，同咏蝉⑬。

（丑）三位相公，宿在那一号里？（生）都在"荒"字号里。（末）
敬老羁在那里？（丑）在这后面"藏"字号里。（小生）前后相近，
倒好早晚谈谈。（生）我们还是软监，敬老竟一重囚了。（丑）阿弥
陀佛！免了上柙床⑭，就算好的狠哩。（作势介）

【意不尽】高拱手碍不了礼数周全，曲肱儿枕头稳便⑮。
只愁今夜里，少一个长爪麻姑搔背眠⑯。

　　　　（丑）相逢真似洞中仙，

　　　　（末）隔绝风涛路八千。

　　（小生）地僻偏宜人啸傲，

　　　　（生）天空不碍月团圆。

注释：

①"末后"二句：指监狱里的春天来得最迟。末后春风，最后的春风。幽院，监狱。幽，囚禁。

②作白眼：表示对马士英、阮大铖的厌恶。典自《晋书·阮籍传》，阮籍以青白眼示人喜恶，用青眼，表示赏识或喜爱对方；用白眼，表示厌恶对方。

③月高斗转：表示夜深。

④莺花：莺啼花放，都是春天的景象，故以代指春天的景致。

⑤银铛夜徽缠：指夜间还用铁链捆绑。银铛，铁链。徽缠，捆绑罪犯的绳索，引申为捆绑。

⑥"似在棘围锁院"二句：好似考场，荆棘包围，层层加锁，每人帘内作文赋诗。

⑦出恭：旧时书院规定，学生需如厕时，要领取出恭牌，故曰。

⑧佛殿奇逢：原指《西厢记》中崔莺莺与张生的佛殿奇遇，借指与侯方域监狱奇逢。

⑨明夷卦：离下坤上之卦。离代表日，坤代表地，离下坤上，日在地下，象征光明受损，比喻君主不明，世道黑暗。此卦之意，政治昏暗时，要韬光养晦。夷，伤害。

⑩冒襄、方以智、刘城、沈寿民、沈士柱、杨廷枢：冒襄、方以智，与侯方域、陈贞慧称"明末四公子"。参见第四出《侦戏》注。刘城、沈寿民、沈士柱、杨廷枢与吴应箕同称"复社五秀才"。参见第三出《哄丁》注。

⑪瀛洲翰苑：瀛洲，传说中海上神仙居住的仙山。唐太宗在宫城西建文学馆，选了杜如晦等十八学士入阁，参议政事，选

中者称"登瀛洲"。瀛，大海。翰苑，即翰林院，文翰荟萃之处。

⑫谪仙：指贬谪到人间的仙人，如李白，贺知章曾称他为"谪仙人"。

⑬咏蝉：以蝉自喻，表达高洁、清白之心。典自骆宾王《在狱咏蝉》。

⑭柙（xiá）床：刑具，形似木床，犯人在上，手脚被锁，无法动弹，被处以各种重刑。柙，关押犯人的木笼。

⑮曲肱儿枕头稳便：弯着胳膊权作枕头，便稳当了。肱，胳膊。

⑯长爪麻姑搔背：柳敬亭调侃之语，说明他在狱中手脚行动不便。麻姑搔背，典自葛洪《神仙传·王远》，传说麻姑的指甲像鸟爪，特别长。蔡经家做寿，邀请麻姑前来，蔡经想，背痒时，用麻姑的爪搔痒一定不差。比喻事情恰到好处，心满意足。暖红室本眉批曰："调舌作态，天花乱缀，总是见道语。"

点评：

本出出评："前昆生之落水，今敬亭之系狱，皆为侯生也，而皆与侯生遇。所谓奇缘奇事，传奇者传此耳。而周、雷冤案，即于此折补结。折中曲调妍妙，愈忙愈闲，愈苦愈趣，非见道之深不能尔。"

随着阮大铖、马士英二人的叙述，本出将视野转向了牢狱之中——正是在牢狱里，因传檄而被收押的柳敬亭与之前被逮捕的侯方域、陈贞慧、吴应箕三人得以相遇。这种相遇虽然不算什么奇缘，但在作者妥帖把握矛盾、调控节奏的精巧手笔之下，从冷僻处下手，予观者以意料之外的精彩。

作者在这一出内容的设计方面，颇具匠心。按照之前的情节逻辑，侯方域、柳敬亭等人都被投入牢中，阮大铖、马士英又以斩尽杀绝的态势相逼迫，似乎当以惨痛焦虑的笔触来痛斥奸邪的当道，然而作者却转写侯方域、柳敬亭等人处变不惊、苦中作乐的狱中攀谈，使得全出于紧张压抑的情节中独树一帜，如陌上幽兰一般示人以意料之外的雅洁。

开场人物侯方域一出场，虽身陷囹圄却毫无忧愁之态，反而庆幸"故人联床，颇不寂寞"，发现过墙月色可观，竟然还想漫步赏月，犹可见其变乱中的豁达。他邀陈贞慧、吴应箕共同赏月的理由，也可见出其人放达疏朗的性格："我想大家在这黑狱之中，三春莺花，半点不见，只有明月一轮，还来相照，岂可舍之而睡？"

于困顿之中持守文人的清雅，是古来文人学士们所共承的优良品质。刘禹锡曾有"斯是陋室，惟吾德馨"的名言，苏东坡曾豪书"一蓑烟雨任平生"的壮语，侯方域、陈贞慧、吴应箕三人能在牢狱之中悠然赏月，亦是苦中作乐、不废风雅的精神品质之持守。侯方域所唱的【品令】一曲，正是这种情境的写照，尽管狱中冤罪之声满盈，但赏月的三人却可以轻松自在、宛若飞仙。这种情致，断不是乏匮小人所能为之的。曲中所唱"从来豪杰，都向此中磨炼"两句，信非虚语，当是作者描写此出内容的寄意所在。

柳敬亭与侯方域三人的相遇，更是对此一情境的深化渲染。相比于侯方域三人的雅致，柳敬亭的登场更显出一丝轻松的气氛。他一见之下即说："阿弥陀佛！这也算佛殿奇逢了。"为众人的相遇添出一分意趣。

众人随后不仅不以牢狱为悲，反以此处为再续缘分的宝地，心态大概是但有一二好友作陪，便可抵却诸般坎坷。此情此景之下，虽是不见天日的牢狱，亦可权作避世的桃源了——诚如众人合唱的【豆叶黄】曲中所说："却也似武陵桃洞，却也似武陵桃洞。有避乱秦人，同话渔船。"

但这种苦中作乐毕竟是自娱自乐，这样的文士情怀固然感人，却并不能够转移外面的局势。狱官等人的突然上场，便再次将众人从桃源拉回到现实，也将一直被回避的矛盾再次提上台面。

面对慷慨就义的雷、周二公，众人的心情非常复杂：一方面他们以为如此慷慨就义者，是复社清流的榜样，应当得到敬重；另一方面，他们也对"演着明夷卦，事尽翻，正人惨害天倾陷"的局面，斥以最大的不满。同时，他们也不免对于未来自己将如何收场，有所担忧了。

柳敬亭带来的新闻，也不甚乐观——阮、马在外颠倒是非，四处抓捕复社文人及其朋党，大有欲剿杀殆尽之势。面对这种糟糕局面，众人却反倒坦然了，以为"俺这里边，将来成一个大文会了"，重又显出豁达淡然的态度。

这一段的情节设置，颇显出作者对于情绪把控的恰当。将雷、周二公就义一事插入到情节中间，使得众人洋溢的情绪能够被暂时压制，也使得整出戏的情绪能够又波澜曲折。正是借助这一笔调整，众人略显空中楼阁的苦中作乐，才可以被拉回到地面之上，显得切实可感，众人乐观豁达的态度才显得真实可信，难能可贵。

收场更是以颇具调侃的方式，先是几人将牢房当作宾馆，还各自为自己的牢房取上房号，柳敬亭调笑道"免了上枷床，就算好的狠哩"，更是于自然而然之间，将豁达无畏的精神表现得透彻分明。

第三十四出　截矶（乙酉四月）

（净扮苏昆生上）南北割成三足鼎，江湖挑动两枝兵。自家苏昆生，为救侯公子，激的左兵东来，约了巡按黄澍、巡抚何腾蛟，同日起马。今日船泊九江，早已知会督抚袁继咸，齐集湖口，共商入京之计。谁知马、阮闻信，调了黄得功在坂矶截杀。你看狼烟四起^①，势头不善，少爷左梦庚前去迎敌，俺且随营打探。正是：地覆天翻日，龙争虎斗时。（下。场上设弩台、架炮，铁锁横江。末扮黄得功戎装双鞭，领军卒上）

【三台令】北征南战无休，邻国萧墙尽仇。架炮指江州^②，打艐舻卷甲倒走^③。

咱家黄得功，表字虎山，一腔忠愤，盖世威名，要与俺弘光皇帝，收复这万里山河。可恨两刘无肘臂之功，一左为腹心之患。今奉江防兵部尚书阮老爷兵牌，调俺驻扎坂矶，堵截左兵，这也不是当耍的。（唤介）家将田雄何在？（副净）有。（末）速传大小三军，听俺号令。（军卒排立呐喊介）

【山坡羊】（末）硬邦邦敢要君的渠首^④，乱纷纷不服王的群寇。软弱弱没气色的至尊，闹喧喧争门户的同朝友。只剩咱一营江上守，正防着战马北来骤，忽报楼船入浦口^⑤。貔貅，飞旌旗控上游；戈矛，传烽烟截下流。

（黄卒登台介。杂扮左兵白旗、白衣，呐喊驾船上。黄卒截射介。左兵败回介。黄卒赶下。小生扮左良玉戎装白盔素甲坐船上）

【前腔】替奸臣复私仇的桀、纣^⑥，媚昏君上排场的花丑^⑦。投北朝学叩马的夷齐^⑧，吠唐尧听使唤的三家狗^⑨。

拚着俺万年名遗臭，对先帝一片心堪剖，忙把储君冤苦救。不羞，做英雄到尽头；难收，烈轰轰东去舟。

俺左良玉领兵东下，只为翦除奸臣，救取太子。怎耐儿子左梦庚，借此题目，便要攻打城池，妄思进取。俺已训诫再三，只怕乱兵引诱，将来做出事来，且待渡过坂矶，慢慢劝他。（净急上）报元帅，不好了！黄得功截杀坂矶，前部先锋俱已败回了。（小生惊介）有这等事？黄得功也是一个忠义好汉，怎的受马、阮指拨，只知拥戴新主，竟不念先帝六尺之孤⑩，岂不可恨！（唤介）左右，快看巡抚黄老爷、巡抚何老爷船泊那边，请来计议。（杂应下。末扮黄澍上）将帅随谈麈⑪，风云指义旗。下官黄澍方才泊船，恰好元帅来请。（作上船介。小生见介）仲霖果然到来，巡抚何公如何不见？（末）行到半途，又回去了。（小生）为何回去？（末）他原是马士英同乡。（小生）随他罢了。这也怪他不得。（问介）目下黄得功截住坂矶，三军不能前进。如何是好？（末）这倒可虑，且待袁公到船，再作商量。（外扮袁继咸从人上）孽子含冤天惨淡⑫，孤臣举义日光明。来此是左帅大船，左右通报。（杂禀介）督抚袁老爷到船了！（小生）快请！（外上船见介）适从武昌回署，整顿兵马，愿从鞭弭⑬。（末）目下不能前进了。（外）为何？（小生）黄得功领兵截杀，先锋俱已败回。（外）事已至此，欲罢不能，快快遣人游说便了。（小生）敬亭已去，无人可遣。奈何？（净）晚生与他颇有一面，情愿效力。（末）昆生义气，不亚敬亭，今日正好借重。（小生问介）你如何说他？

【五更转】（净）俺只说鹬蚌持，渔人候，傍观将利收⑭。英雄举动，要看前和后。故主恩深，好爵自受。欺他子，害他妃，全忘旧。杀人只落血双手，何必前来，同室争斗？

> （外）说得有理。（小生）还要把俺心事，说个明白。叫他晓得奸臣当杀，太子当救，完了两桩大事，于朝廷一尘不惊，于百姓秋毫无犯。为何不知大义，妄行截杀？（末）正是，那黄得功一介武夫，还知报效，俺们倒肯犯上作乱不成？叫他细想。（净）是，是！俺就如此说去。（杂扮报卒急上）报元帅，九江城内，一时火起。袁老爷本标人马，自破城池了。（外惊介）怎么俺的本标人马自破城池？这了不得！（小生怒介）岂有此理！不用猜疑，这是我儿左梦庚做出此事，陷我为反叛之臣。罢了，罢了！有何面目，再向江东⑮？（拔剑欲自刎介。末抱住介。小生拉外手，注目介）临侯，临侯，我负你了！（作呕血倒地上介。净唤介）元帅苏醒，元帅苏醒！（外）竟叫不应，这怎么处？（末）想是中恶⑯，快取辰砂灌下⑰。（净取药灌介）牙关闭紧，灌不进了。（众哭介）

【前腔】 大将星，落如斗⑱，旗杆摧舵楼⑲。杀场百战精神抖，凛凛堂堂，一身甲胄。平白的牖下亡，全身首。魂归故宫煤山头，同说艰辛，君啼臣吼。

> （杂抬小生下。外）元帅已死，本镇人马霎时溃散，那左梦庚据住九江，叫俺进退无门。倘若黄兵抢来，如何逃躲？（末）我们原系被逮之官，今又失陷城池，拿到京中，再无解救。不如转回武昌，同着巡抚何腾蛟，另做事业去罢。（外）有理。（外、末急下。净呆介）你看他们竟自散去，单剩我苏昆生一人，守着元帅尸首，好可怜！不免点起香烛，哭奠一番。（设案点香烛，哭拜介）

【哭相思】 气死英雄人尽走，撇下了空船柩。俺是个招魂江边友，没处买一杯酒。

且待他儿子奔丧回船，收殓停当，俺才好辞之而去，如今只得耐性儿守着⑳。正是：

> 英雄不得过江州，
> 魂恋春波起暮愁。
> 满眼青山无地葬，
> 斜风细雨打船头。

注释：

①狼烟四起：指边境战事紧急。狼烟，古时边境危急时，借烧狼粪扬起的烟尘来报警。

②江州：今江西九江。

③舳（zhú）舻：原指船头、船尾相衔接的船只。此处指战船。舳，船尾。舻，船头。

④渠首：指盗匪的首领，此处指左良玉。渠，大。

⑤楼船：指攻防设施齐备、甲板上建楼数层的战船，外观似楼。

⑥桀、纣：指夏桀、商纣，历史上闻名的暴君。此处指弘光帝。

⑦花丑：戏曲丑角行当里的一种，主要饰演诙谐、滑稽的脚色，借指卑鄙、丑恶之人。此处指马士英、阮大铖。

⑧叩马的夷齐：原指忠言直谏，典自《史记·伯夷列传》，伯夷、叔齐叩马谏阻武王伐纣。此处借用了“叩马”义，左良玉讽刺那些投降清兵的文官武臣。

⑨吠唐尧听使唤的三家狗：指三镇愚忠，为弘光帝卖命。吠唐尧，典自《史记·鲁仲连邹阳列传》，桀犬会听从指使去咬唐尧。三家狗，指黄得功、刘良佐、刘泽清三镇。

⑩先帝六尺之孤：指崇祯帝太子朱慈烺。

⑪谈麈（zhǔ）：清谈时手持麈尾，也称"麈谈"，引申为清
谈。参见第十出《修札》注。

⑫孽子含冤：指崇祯太子疑案。参见第三十一出《草檄》注。

⑬愿从鞭弨：指愿意服从，带兵前进。鞭弨，偏义复词，偏
"鞭"义，驱车前进。鞭，马鞭。弨，弓末的弯曲处，借指弓。

⑭"俺只说鹬（yù）蚌持"三句：指两方征战，清军得利。典
自刘向《战国策·燕策二》，关于鹬蚌相争、渔翁得利的
故事。

⑮有何面目，再向江东：指左良玉无面目再次进军江东。典自
《史记·项羽本纪》，项羽兵败乌江，不愿一人坐船回到江
东，"纵江东父兄怜而王我，我又有何面目见之？"

⑯中恶：中恶毒之气，中邪。

⑰辰砂：指朱砂、丹砂，因湖南辰州（今沅陵）所产为佳，故
曰。相传可祛除恶邪。

⑱大将星，落如斗：指左良玉之死。传说一个人对应天上一颗
星辰，人亡，星落。大将星，指左良玉。落如斗，指左良玉
像北斗星，他病亡时，星落如斗。

⑲旗杆摧舵楼：指舵楼上的旗杆摧折，预示着主帅的死亡。

⑳如今只得耐性儿守着：暖红室本眉批曰："昆生笃朋友之义，
而不虑强敌，人杰哉！"

点评：

　　本出出评："摹写左、黄二帅，各人心事，各人身分，
各人见解，丝毫不同，而皆无伤人情，不碍天理，是何等

本领？真可为造化在手矣。""敬亭仗义而去，昆生笃义而守，皆为宁南也，所谓楚两生。""袁临侯、黄仲霖，俱归结于何腾蛟处。繁枝冗叶，渐次芟除，一部《桃花扇》，始终整洁。"

该出是对左良玉与黄得功军事冲突的直接描写，于江上两军刀兵相见的场面描绘紧张激烈，于左良玉后院失火的反转设置更是慷慨凄凉。整出戏的演进可谓大开大阖、气势磅礴，将这一场导致南朝生存根基毁败的战争，描绘得昂扬悲壮。

根据历史记载，这样的冲突并没有真实发生：左良玉在与黄得功接触之前，便已经病死，其后率兵东进的是其子左梦庚。左梦庚在铜陵遭遇黄得功的阻击而败退，随后便反身依附清军，成为降将。而且左良玉、袁继咸、黄澍等人在引兵东进一事上，各人态度也与剧中写的有所区别。作者之所以在此使左、袁、黄三人同心并进且毫无邪念，当是为了统一情节、减省头绪，从而将这场原因复杂的战争归并到忠奸对立的矛盾上，以此确保全剧脉络的整齐划一。

该出以苏昆生作为开场人物，以简短的独白将前面积累的矛盾勾连陈述一番，为后面重头情节的展现打下了基础。

黄得功的上场，气势十分充足，显出截江悍将的架势。然而他效力于阮大铖、忠诚于弘光帝，却是认贼作父、自毁明途。作者在其独白中，已经隐含这样的寓意了。他所说的"一腔忠愤，盖世威名，要与俺弘光皇帝，收复这万里山河",实在是可笑之语,也反映出黄得功缺乏明辨是非的能力。

紧接一阵冲突之后,便是左良玉的登场。相比于黄得功悍将气势的描摹,左良玉则显出孤忠老将的态势。面对众多"一朝天子一朝臣"的诸多金陵新贵,左良玉更重继承先帝的遗志,拯救先帝所遗之孤。在这里,作者充分注意到了对左良玉、黄得功两个同类人物的区分,使得两个同是以武将登台的人物,分别立足于不同的阵营,持守着不同的观念,表现出不同的性格,从而使他们有所区别而不致雷同。

作者对于这场冲突的描写,颇为用心,既对历史实情进行了一定的选取,又对舞台表达特性作了一定的表现。

据史籍记载,左良玉率兵东进几乎是倾巢而出,舟船相连可达二百余里,声势几乎达到投鞭断流的地步,而黄得功筑板截江,最终击退左兵,其工事程度也非儿戏。如此浩大的军事场面,在数尺舞台上是根本无法表现的——当然,这也不是戏剧表现军事冲突的方法。该剧对于军事冲突的紧张激烈,是通过对黄得功、左良玉两人的形象对立来表现的。

从君臣道义而言,黄得功力保弘光,左良玉追从崇祯,都是无可厚非的。虽说阮、马等行径奸邪,但这并不是黄得功所能左右的;同样,左良玉追从崇祯似乎秉持正义,但其不惜与黄得功刀兵相见、动摇国本,亦显出其任意妄为的一面。所以说,黄得功所为并非昏聩,左良玉之举也未必贤明,二人只是从自己所坚持的原则出发,酿成这种局面。左良玉甚至还赞叹黄得功是条好汉，黄得功也以为左良玉是同朝友人，可见两人冲突乃局势使然，并非私仇。

黑格尔认为，悲剧的实质就是伦理实体的自我分裂与重新和解，伦理实体的分裂是悲剧冲突产生的根源，悲剧冲突是两种片面的伦理实体的交锋。在这场戏中，黄得功与左良玉各自秉持自己的忠正原则，两人都是"片面的伦理实体"，因而两人的交锋包含着巨大的悲剧性。该出的成功也正在于此——并不以表现宏大的军事冲突为意，而以表现黄、左二人悲剧性的性格冲突为中心。

左良玉退兵议论的一段情节，也是翻转精彩，亦颇显悲壮。

黄得功攻势凌厉，使得左良玉不得不退兵，以求他计。袁继咸前来与左良玉商议，两人以为当今之计只有劝降。此时苏昆生昂然站出，表示他能够顶补柳敬亭之空缺，劝说黄得功回心转意。

然而正在这当口，最为致命也最出人意料的事情出现了——左良玉的儿子左梦庚竟突然反水，从内部摧毁了九江城防。尽管说前面左良玉已经说过"叵耐儿子左梦庚，借此题目，便要攻打城池，妄思进取"，算是为左梦庚的行为做了铺垫，但左梦庚做出背叛自己父亲、祸及整个国家安危之事，仍是超出剧中人乃至观者预料的。

这一事件符合历史实情，最终带兵投降清军的，就是左梦庚。虽说作者将左梦庚叛变一事放在了左良玉死前，但却与历史真实不甚悖逆。而且这样处理，也足以使得熟知南明历史的看客，难料这样的转折存在。这一笔转写，可谓妙笔生花。

左良玉的吐血而亡，也是合情合理——全剧从一开始就对其忠义形象进行了多方面塑造，如今别人尚未叛变，作为血亲骨肉的儿子竟然首先叛变了自己，而且坑害了盟友袁继咸，这如何不令他气急败坏？这样的含恨而逝，虽是英雄气短，却含着无限的慷慨悲凉。

因为左良玉之死、左梦庚叛变，内战总算得以结束，但局势也不可避免地导向更坏的地方——这样的战争对于国本而言可谓巨大的动摇，弘光朝也由此正在向毁灭的边缘靠拢。

第三十五出　誓师 （乙酉四月）

（外扮史可法，白毡大帽，便服上）

【贺圣朝】两年吹角列营，每日调马催征。军逃客散鬓星星①，恨压广陵城。

> 下官史可法，日日经略中原②，究竟一筹莫展③。那黄、刘三镇，皆听马、阮指使，移镇上江堵截左兵，丢下黄河一带，千里空营。忽接塘报，本月二十一日北兵已入淮境，本标食粮之人，不足三千，那能抵挡得住？这淮、扬休矣，眼见京师难保，岂不完了明朝一座江山也。可恼，可恼！俺且私步城头，察看情形，再作商量。（丑扮家丁，提小灯随行上城介）

【二犯江儿水】（外）悄上城头危径，更深人睡醒。栖鸟频叫，击柝连声④，女墙边⑤，侧耳听。（听介。内作怨介）北兵已到淮安，没个瞎鬼儿问他一声，只舍俺这几个残兵，死守这座扬州城，如何守得住？元帅好没分晓也！（外点头自语介）你那里晓得，万里倚长城，扬州父子兵⑥。（又听介。内作恨介）罢了，罢了！元帅不疼我们，早早投了北朝，各人快活去，为何尽着等死？（外惊介）呵呀！竟想投降了，这怎么处？他降字儿横胸⑦，守字儿难成，这扬州剩了一分景。（又听介。内作怨介）我们降不降，还是第二着，自家杀抢杀抢，跑他娘的。只顾守到几时呀！（外）咳！竟不料情形如此。听说猛惊，热心冰冷。疾忙归，夜点兵，不待明。

> （忙下。内掌号放炮，作传操介。杂扮小卒四人上）今乃四月二十四日，不是下操的期，为何半夜三更，梅花岭放炮⑧？快去看来！（急走介。末扮中军，持令箭提灯上）隔江云阵列，连

夜羽书飞⑨。(呼介)元帅有令,大小三军,速赴梅花岭,听候点卯。(众排列介。外戎装,旗引登坛介)月升鸱尾城吹角,星散牦头帐点兵⑩。中军何在?(末跪介)有!(外)目下北信紧急,淮城失守,这扬州乃江北要地,倘有疏虞,京师难保。快传五营四哨⑪,点齐人马,各照汛地,昼夜严防。敢有倡言惑众者,军法从事。(末)得令!(传令向内介)元帅有令,三军听者:各照汛地,昼夜严防。敢有倡言惑众者,军法从事。(内不应。外)怎么寂然无声?(吩咐中军介)再传军令,叫他高声答应。(末又高声传介。内不应。外)仍然不应,着击鼓传令。(末击鼓又传,又不应介。外)分明都有离畔之心了。(顿足介)不料天意人心,到如此田地!(哭介)

【前腔】皇天列圣,高高呼不省。阑珊残局,剩俺支撑,奈人心俱瓦崩。俺史可法好苦命也!(哭介)协力少良朋,同心无弟兄。只靠你们三千子弟,谁料今日呵,都想逃生,漫不关情。这江山倒像设着筵席请。(拍胸介)史可法,史可法!平生枉读诗书,空谈忠孝,到今日其实没法了。(哭介)哭声祖宗,哭声百姓。(大哭介。末劝介)元帅保重,军国事大,徒哭无益也。(前扶介)你看泪点淋漓,把战袍都湿透了。(惊介)唉!怎么一阵血腥?快掌灯来。(杂点灯照介)呵呀!浑身血点,是那里来的?(外拭目介)都是俺眼中流出来。哭的俺一腔血,作泪零。

　　(末叫介)大小三军,上前看来,咱们元帅哭出血泪来了。(净、副净、丑扮众将上,看介)果然都是血泪。(俱跪介。净)尝言"养军千日,用军一时"。俺们不替朝廷出力,竟是一伙禽兽了。(副净)俺们贪生怕死,叫元帅如此难为,那皇天也不祐的。(丑⑫)百岁无常,谁能免的一死?只要死到一个是处。罢,罢,罢！今日舍着狗命，要替元帅守住这座扬州城。（末）好，好！谁敢再有贰心，俺便拿送辕门，听元帅千刀万剐⑬。（外大笑介）果然如此，本帅便要拜谢了。（拜介。众扶住介）不敢，不敢！（外）众位请起，听俺号令。（众起介。外吩咐介）你们三千人马，一千迎敌，一千内守，一千外巡。（众）是！（外）上阵不利，守城。（众）是！（外）守城不利，巷战。（众）是！（外）巷战不利，短接⑭。（众）是！（外）短接不利，自尽。（众）是！（外）你们知道，从来降将无伸膝之日，逃兵无回颈之时。（指介）那不良之念，再莫横胸，无耻之言，再休挂口，才是俺史阁部结识的好汉哩！（众）是！（外）既然应允，本帅也不消再嘱。（指介）大家欢呼三声，各回汛地去罢！（众呐喊三声下。外鼓掌三笑）妙，妙！守住这座扬州城，便是北门锁钥了⑮。

> 不怕烟尘四面生，
> 江头尚有亚夫营⑯。
> 模糊老眼深更泪，
> 赚出淮南十万兵。

注释：

①星星：指两鬓星星点点的白发。

②经略中原：原指经营治理中原，此处指计划收复中原失地。

③一筹莫展：指一点儿计策也施展不出。典自《宋史·蔡幼学传》，宋宁宗时，征求朝臣意见，要求他们直言不讳。蔡幼学上书，言大臣们意欲有所作为却担心多事，忠心之人想做事却担心违背圣旨而遭不幸。"九重深拱而群臣尽废，多士盈庭而一筹不吐"，如此，君王一人孤立在上，却废弃群

臣；有志之士聚满朝廷，朝廷却一点办法都没有。筹，指计数工具，筹码，引申为谋划。展，展开，引申为施展。

④柝：巡夜打更所用的梆子。

⑤女墙：指城上的小墙或民居平房楼台顶部的矮墙，又名"睥睨"，主要保护宅主人的安全，平民女子可以在屋顶上通过小墙窥视外面的世界。

⑥"万里倚长城"二句：指扬州军队上下齐心协力，筑成保家卫国的万里长城。父子兵，指军队上下团结一致，众志成城。

⑦降字儿横胸：指心有投降之意。

⑧梅花岭：地名，在江苏扬州广储门外，因山上遍植梅树而得名，岭右有史可法衣冠冢。

⑨羽书：也称羽檄，插着鸟羽、通报军情的紧急文书。

⑩"月升鸱尾城吹角"二句：夜深之际，史可法在扬州城头吹角、点兵。鸱尾，古代宫殿屋脊正脊两端的装饰件，因形似鸱尾，故曰。角，军号。旄头，即昴宿，旧时称旄头星特别光亮时，预示着战争即将爆发。

⑪五营四哨：指史可法军队驻扎在扬州城里，部队分前、后、左、右、中五营，卫戍兵分前、后、左、右四哨。

⑫丑：原作"且"，据清康熙刊本改。

⑬剐：酷刑名，凌迟。

⑭短接：短兵相接之肉搏。

⑮北门锁钥：扬州在金陵之北，是江北南下的咽喉要道，军事重镇，故曰。

⑯亚夫营：指细柳营，汉将周亚夫曾驻军细柳。参看第九出《抚兵》注。

点评：

本出出评："写史公忠义激发，神气宛然，写扬兵慷慨踊跃，声响毕肖，一时飞山倒海，流电奔雷，雄畅之文也。三私听三怨恨，三传令三不应，三哭劝三悔骂，三欢呼三大笑，俱以三次照应成文，笔墨愈整齐，情事愈错落。"

此出写史可法组织城内微薄的兵力，带领众人以必死之心坚守扬州。其文辞之跌宕、气势之紧迫、情绪之慷慨，颇足以感动人心。该出戏可以说是史可法的独角戏，其忠贞毅勇的人物形象，也在这一出中被刻画得淋漓尽致。

史可法唱【贺盛朝】入场，于开场便将军情紧急、军民避祸的情形展现出来。借助史可法的独白，可知此时北兵已经开拔至于淮扬城外。然而先前黄得功与二刘只知阻击左良玉军马，"丢下黄河一带，千里空营"，无疑是陷史可法于孤立无援的绝境中。

随后的【二犯江儿水】一曲，写史可法侧耳倾听城下军人的议论，可谓当时军中人绝望心态的写照。该曲的形式较为特别，史可法每句唱词都是与城下军士的议论互相间隔构成的。这样处理，使军士们的心境与史可法的心境能够相互呼应。而且在这一呼应中，驱动者不在史可法，而在于众多军士——军士们对于城防无望、投降苟活、自家杀抢之议论，于层层推进之中表现出绝望的心境，也将史可法推到了危急的边缘。正由此，史可法才准备连夜点兵，以正军心。

紧接其后的点兵一场，也足以动人心魄。但这种动人心魄并非以激越之情感动，而是以难堪之景触动。史可法聚齐三军，严申军令。但不想其军令甫下，竟得不到丝毫回声，如此人心涣散之景象，当足让观者心冷。

作者对于这段场面的勾画可谓精心，他并不让史可法直接传令手下，而是安排一个中军的角色上场，作为史可法传令的中介。这样一者可以使得中军的服从命令与门下军士的人心涣散做出对比，二者也可以将传令这一动作从史可法身上分离出来，让他专门注重于情绪的表现，而避免了让演员因来回转换而应接不暇。这样设计，可见孔尚任于情节设计而外，更多出一重场上搬演的考虑。

前面临城倾听，发现军心动摇；现在连夜点兵，得知军心涣散。面对如此场景，史可法除了一哭，也是无可奈何了。

在《桃花扇》全剧中，有两哭最为动人。前者为左良玉的哭主，后者当为史可法的哭军。尽管说在前面《拜坛》一出，史可法已经为崇祯痛哭过一场了。然而彼时之一哭，尚有与众多散漫官员相对比之意味，并不专以史可法为中心。而此出之一哭，是为前面"拜坛"一出之哭的延续与升华，将史可法的心态、淮扬的绝境、弘光的危局毫无保留地表现出来。

此一哭仍是借助【二犯江儿水】（皇天列圣）曲牌表现的，头几句"皇天列圣，高高呼不省。阑珊残局，剩俺支撑，奈人心俱瓦崩"，便悲壮异常，将祖宗基业与阑珊残局对举，既见其愧对祖宗前辈之心，又表其孤立无奈之境。

其后"协力少良朋，同心无弟兄"，更是亡国之人心态的贴切描摹。曼殊在《小说丛话》一书中就对此句赞赏有加："真痛切时弊、一字一泪之文。君子观于今之志士厘然省界，若划沟洫，然后叹木必自腐而后虫生。一代之末，何其似也！"可见孔尚任笔力之劲健，在两百多年之后，仍使人有亡国忧患的戚戚之感。

"都想逃生，漫不关情。这江山倒像设着筵席请"三句，则痛斥人们对于守卫江山责任的逃避。但这一句指斥当不在于其手下面临生死威胁的士兵，更多是指向如马士英、阮大铖一干只知结党营私的奸臣。江山如筵席之比喻，犹可玩味。筵席罢后人们尚可回家，而江山倾覆之后人们则必定是无处可去的。如此设喻，颇含有一丝嘲讽意味。

最后收尾的"哭声祖宗，哭声百姓。哭的俺一腔血，作泪零"两句，气势十分充沛。在前面已经诉尽愧对祖宗之心情、江山倾覆之危局、人人逃避之现状之后，于内容上而言已经足够，后面的再怎么写也难以与前面的内容相对应了。然而作者偏偏翻新出奇，以哭江山百姓、哭一腔热血为意，以大阖之气势，结大开之起手。

泣血之哭，并非孔尚任所独创。《礼记》中有"高子皋执亲之丧也，泣血三年，未尝见齿，君子以为难"之语；东方朔在其《七谏》之中，也有"和抱璞而泣血兮，安得良工而剖之"之说。由此可见，自古以来，泣血即是一种表现人悲哀至极的手段。此出史可法为国事而泣血，正是其先天下之忧而忧的忠正形象之表现。同时，这也使得史可法之哭与左良玉之哭，各有其特色所在。

正因为史可法之一哭，全军得以被感动，从而愿意为扬州做孤注一掷之战。史可法接连发出"上阵不利，守

城"、"守城不利，巷战"、"巷战不利，短接"、"短接不利，
自尽"四道命令，掷地有声。而众多战士的回应，亦可见义
无反顾。如此激昂之气势，可比《国风》中《无衣》之歌。

不怕烟尘四面生，江头尚有亚父营。模枯老眼深更泪，赚出淮南十万兵。

第三十六出　逃难（乙酉五月）

（小生扮弘光帝，便服骑马。杂扮二监、二宫女挑灯引上）

【香柳娘】听三更漏催，听三更漏催，马蹄轻快，风吹蜡泪宫门外。咱家弘光皇帝，只因左兵东犯，移镇堵截，谁知河北人马，乘虚渡淮。目下围住扬州，史可法连夜告急，人心皇皇，都无守志。那马士英、阮大铖躲的有影无踪，看来这中兴宝位也坐不稳了。千计万计，走为上计，方才骑马出宫，即发兵符一道，赚开城门，但能走出南京，便有藏身之所了。趁天街寂静①，趁天街寂静，飞下凤凰台，难撇鸳鸯债。（唤介）嫔妃们走动着，不要失散了。似明驼出塞，似明驼出塞，琵琶在怀，珍珠偷洒②。

（急下。净扮马士英骑马急上）

【前腔】报长江锁开，报长江锁开，石头将坏③，高官贱卖没人买。下官马士英，五更进朝，才知圣上潜逃，俺为臣的，也只得偷溜了。快微服赍度④，快微服赍度，走出鸡鹅街，提防仇人害。（倒指介）那一队家将，十车细软⑤，便是俺的薄薄宦囊，不要叫仇家抢夺了去。（唤介）快些走动！（老旦、小旦扮姬妾骑马，杂扮夫役推车数辆上）来了，来了。（净）还好！要随身紧带，要随身紧带，殉棺货财，贴皮恩爱⑥。

（绕场行介。杂扮乱民数人持棒上，喝介）你是奸臣马士英，弄的民穷财尽，今日驮着妇女，装着财帛，要往那里跑？早早留下！（打净倒地，剥衣，抢妇女、财帛下。副净扮阮大铖，骑马上）

【前腔】恋防江美差⑦，恋防江美差，杀来谁代？兵符掷向空江濑。今日可用着俺的跑了，但不知贵阳相公，还是跑，还是降？（作遇净绊马足介）呵呀！你是贵阳老师相，为何卧倒在地？（净哼介）跑不得了，家眷行囊，俱被乱民抢去，还把学生打倒在地。（副净）正是，晚生的家眷、行囊，都在后面，不要也被抢去。受千人笑骂，受千人笑骂，积得些金帛，娶了些娇艾⑧。待俺回去迎来。（杂扮乱民持棒，拥妇女抬行囊上）这是阮大铖家的家私，方才抢来，大家分开罢！（副净喝介）好大胆的奴才，怎敢抢截我阮老爷的家私？（杂）你就是阮大铖么？来的正好。（一棒打倒，剥衣介）饶他狗命，且到鸡鸣、裤子裆⑨，烧他房子去。（俱下。净）腰都打坏，爬不起来了。（副净）晚生的臂膊捶伤，也奉陪在此。（合）叹十分狼狈，叹十分狼狈，村拳共挨，鸡肋同坏。

　　（末扮杨文骢冠带骑马，从人挑行李上）下官杨文骢，新任苏松巡抚⑩。今日五月初十出行吉日，束装起马，一应书画古玩，暂寄媚香楼，托了蓝田叔随后带来。俺这一肩行李，倒也爽快。（杂禀介）请老爷趱行一步⑪。（末）为何？（杂）街上纷纷传说，北信紧急，皇帝、宰相，今夜都走了。（末）有这等事？快快出城！（急走介。马惊不走介）这也奇了，为何马惊不走？（唤介）左右看来！（杂看介）地下两个死人。（副净、净呻吟介）哎哟，哎哟！救人，救人！（末）还不曾死，看是何人？（杂细认介）好像马、阮二位老爷。（末喝介）胡说，那有此事！（勒马看，惊介）呵呀！竟是他二位。（下马拉介）了不得，怎么到这般田地？（净）被些乱民抢劫一空，仅留性命。（副净）我来救取，不料也遭此难。（末）护送的家丁都在何处？（净）想也乘机拐骗，四散逃走了。（末唤介）左右快来扶起，取出衣服，与二位老爷穿好。（杂与副净、净穿衣介。末）幸有闲马一匹，二位叠骑⑫，连忙出城罢。（杂扶净、副净上马，搂腰行介）请了，无衣共冻真师友，有马同骑好弟兄。（下。杂）老爷不可与他同行，怕遇着仇人，累了我们。（末）是，是。（望介）你看一伙乱民，远远赶来，我们早些躲过。（作避路傍介。小旦扮寇白门，丑扮郑妥娘，披发走上）

【前腔】正清歌满台，正清歌满台，水裙风带⑩，三更未歇轻盈态。（见末介）你是杨老爷，为何在此？（末认介）原来是寇白门、郑妥娘。你姊妹二人怎的出来了？（小旦）正在歌台舞殿，忽然酒罢灯昏，内监宫妃纷纷乱跑，我们不出来还等什么哩？（末）为何不见李香君？（丑）俺三个一同出来的，他脚小走不动，雇了个轿子，抬他先走了。（末问介）果然朝廷出去了么⑫？（小旦）沈公宪、张燕筑都在后边，他们晓的真信。（外扮沈公宪，破衣抱鼓板，净扮张燕筑，科头提纱帽、须髯跑上⑬）笑临春结绮，笑临春结绮，擒虎马嘶来⑭，排着管弦待。（见末介）久违杨老爷了。（末问介）为何这般慌张？（外）老爷还不知么？北兵杀过江来，皇帝夜间偷走了。（末）你们要向那里走去？（净）各人回家瞧瞧，趁早逃生。（丑）俺们是不怕的，回到院中，预备接客。（末）此等时候，还想接客？（丑）老爷不晓的，兵马营里，才好挣钱哩。这笙歌另卖，这笙歌另卖，隋宫柳衰，吴宫花败。

（外、净、小旦、丑俱下。末）他们亲眼看见圣上出宫，这光景不妥了。快到媚香楼收拾行李，趁早还乡罢。（行介）

【前腔】看逃亡满街，看逃亡满街，失迷君宰，百忙难出江关外。（作到介）这是李家院门。（下马急敲门介）开门，开门！（小生扮蓝瑛急上）又是那个叫门？（开门见介）杨老爷为何转来？（末）北信紧急，君臣逃散，那苏松巡抚也做不成了。整琴书襆被^⑰，整琴书袱被，换布袜青鞋，一只扁舟载。（小生）原来如此。方才香君回家，也说朝廷偷走。（唤介）香君快来。（旦上见介）杨老爷万福！（末）多日不见，今朝匆匆一叙，就要远别了。（旦）要向那里去？（末）竟回敝乡贵阳去也。（旦掩泪介）侯郎狱中未出，老爷又要还乡，撇奴孤身，谁人照看？（末）如此大乱，父子亦不相顾的。**这情形紧迫，这情形紧迫，各人自识，谁能携带？**

（净扮苏昆生急上）将军不惜命，皇帝已无家。我苏昆生自湖广回京^⑱，谁知遇此大乱，且到院中打听侯公子信息，再作道理。

【前腔】俺匆忙转来，俺匆忙转来，故人何在，旌旗满眼乾坤改。 来此已是，不免竟入。（见介）好呀！杨老爷在此，香君也出来了。侯相公怎的不见？（末）侯兄不曾出狱来。（旦）师父从何处来的？（净）俺为救侯郎，远赴武昌，不料宁南暴卒，俺连夜回京，忽闻乱信，急忙寻到狱门，只见封锁俱开。**众囚徒四散，众囚徒四散，三面网全开^⑲，谁将秀才害？**（旦哭介）师父快快替俺寻来。（末指介）**望烟尘一派，望烟尘一派，抛妻弃孩，团圆难再。**

（末向旦介）好，好，好！有你师父作伴，下官便要出京了。（唤介）蓝田老收拾行李，同俺一路去罢。（小生）小弟家在杭州，怎能陪你远去？（末）既是这等，待俺换上行衣，就此作别便了。（换衣作别介）万里如魂返，三年似梦游。（作骑马，杂挑行李随下。旦哭介）杨老爷竟自去了，只有师父知俺心事。前日累你千山万水，寻到侯郎，不想奴家进宫，侯郎入狱，两不见面。今日奴家离宫，侯郎出狱，又不见面。还求师父可怜，领着奴家各处找寻则个。（净）侯郎不到院中，自然出城去了，那里找寻？（旦）

定要找寻的。

【前腔】（旦）便天涯海崖，便天涯海崖，十洲方外，铁鞋踏破三千界⑳。只要寻着侯郎，俺才住脚也。（小生）西北一带俱是兵马，料他不能渡江，若要找寻，除非东南上去。（旦）就去何妨？望荒山野道，望荒山野道，仙境似天台，三生旧缘在㉑。（净）你既一心要寻侯郎，我老汉也要避乱，索性领你前往，只不知路向那走？（小生指介）那城东栖霞山中，人迹罕到，大锦衣张瑶星先生，弃职修仙，俺正要拜访为师。何不作伴同行？或者姻缘凑巧，亦未可知。（净）妙，妙！大家收拾包裹，一齐出城便了。（各背包裹行介。旦）舍烟花旧寨，舍烟花旧寨，情根爱胎㉒，何时消败？

（净）前面是城门了，怕有人盘诘。（小生）快快趁空走出去罢。

（旦）奴家脚痛，也说不得也。

    （旦）行路难时泪满腮，

    （净）飘蓬断梗出城来。

    （小生）桃源洞里无征战，

    （旦）可有莲华并蒂开㉓？

注释：

①天街：指旧时京城里的街道。

②"似明驼出塞"四句：借用昭君出塞的凄凉故事，形容众嫔妃出逃时的仓皇、无奈、悲凉和凄绝。明驼，指能行远路的骆驼。它们卧下时，腹不贴地，屈足漏明，故曰。珍珠，指眼泪。

③长江锁开，石头将坏：指长江防线崩溃，金陵即将沦陷。石

头，即石头城，指金陵。

④微服：改换着装以避人耳目，一般指帝王或官吏私访时，为隐藏身份而换穿便服。微，微小，卑微。蚤：通"早"。下同。

⑤细软：精细、柔软，借指首饰、珠宝等轻便而易于携带的贵重物品。

⑥贴皮恩爱：指马士英的妻妾。

⑦防江美差：防江一职，以兵部尚书之位掌管江防，位高权重，被朝臣们视为美差。此处讽刺阮大铖自私自利，只以职位之美为重。

⑧娇艾：指娇美的女子。艾，形容美好。

⑨鸡鸣：据清康熙刊本，当作"鸡鹅"。

⑩苏松：指苏州和松江。

⑪趱（zǎn）行：快走，赶路。

⑫叠骑：两个人同骑一匹马。

⑬水裙风带：指舞裙像流水般旋转，衣带随风飘扬，形容舞姿曼妙。

⑭朝廷：借指皇帝。

⑮科头：有两种意思。一为结发，不戴帽子；二为不戴帽子，也不梳理头发。后文中提到张燕筑慌张逃生，故采用第二种意思较为恰当。

⑯"笑临春"三句：指弘光帝只顾纵情享乐，任凭清兵南下。临春、结绮，指临春阁、结绮阁，南朝陈后主建造的楼阁，他不理朝政，与嫔妃们过着荒淫糜烂的生活。擒虎，即韩擒虎，隋朝将领，曾率军讨陈，攻入建康（今南京），俘虏陈后主。

⑰襆被：包头巾和衣被。

⑱湖广：指湖北、湖南一带。

⑲三面网全开：完全打开监狱，比喻宽刑赦罪。典自《吕氏春秋·异用》，商汤曾令捕猎者将四面网放开三面，只留一面捕鸟，以示仁慈。

⑳"便天涯海崖"四句：指李香君决心走遍天涯海角，寻找侯方域。天涯、海崖，指极远之地。十洲，传说神仙居住在大海的祖洲、瀛洲、玄洲、炎洲、长洲、元洲、流洲、生洲、凤麟洲和聚窟洲等十个岛上，那些地方人迹罕至。方外，世俗之外。铁鞋踏破，化用"踏破铁鞋无觅处"之句，形容寻找心之执着。三千界，佛家语，三千世界的简称，指全世界。古印度有一传说，以须弥山为中心，铁围山为外郭，是一个小世界；合一千个小世界，为中千世界；合一千个中千世界，为大千世界，总称三千世界。暖红室本眉批曰："《牡丹亭》，死者可以复生；《桃花扇》，离者可以复合，皆是如定情根。"

㉑三生旧缘在：指缘分前生注定。三生，指佛教轮回说中的前生、今生与来生。

㉒情根爱胎：指钟情之深，相爱之至。

㉓莲华并蒂：指李香君期待与侯方域重逢，再续情缘。

点评：

　　本出出评："七支【香柳娘】离奇变化，写尽亡国乱离之状。君相奔亡，官民逃散，或离城，或出宫，或自楚来，或入山去，纷纷攘攘，交臂踵足，却能分疆别界，接线联丝，文章精细，非人力可造也。"

该出讲述扬州告急之后，金陵变乱的景象。在如此的景象中，帝王、官员、百姓的不同面貌，都被作者以生动的笔触表现出来，俨然复现当年金陵变乱的实情实景。同时，作者也借着杨文骢的前后行径，将情节从家国崩溃拉回到侯、李情缘上，为侯方域、李香君的最终相遇做出了充分的铺垫。

弘光帝的开场登台，就显得十分可笑。他见扬州告急、人心惶惶，感觉"中兴宝座"居之不稳，故而选择出逃。一如历史记载，比于众多大臣、百姓，他竟然是首先弃城逃跑之人。

弘光帝的胆小懦弱固已不必多论，其荒淫自私亦令人齿冷：他逃跑时舍不得众多嫔妃，而且还恬不知耻地将如此行径比作"似明驼出塞，琵琶在怀，珍珠偷洒"，实在可恨可笑。由此可见，弘光帝对于国家安危实无丝毫着意，只关注一己的淫乐饱暖。

据吴伟业《鹿樵纪闻》记载，弘光帝出逃的经历，颇为荒唐："午刻，集梨园演剧，福王与诸内官杂坐酣饮。三鼓，同后宫宦竖跨马出聚宝门，奔太平，投黄得功。"弘光帝如此举措，当是为了掩人耳目，以方便出逃。然而以集梨园演剧的方式掩护自己的出逃，也着实与其性格相符合。吴伟业文中"同后宫宦竖跨马出聚宝门"之形状，在该出之中得到了真实的刻画。

马士英紧随弘光帝赶上，他见边防紧急，皇帝也早已逃走，便也收拾家私细软，准备逃走。他对于自己往日败坏政局之举尚有一丝顾虑，知道或许有仇家前来寻事，故而行径十分低调。然而马士英想不到自己的"仇家"竟然如此之多，以至于城中百姓几乎无一不是。在流民的冲击下，他的家私被洗劫一空，自己也被殴打。作者这样安排，当是为其先前种种劣迹铺设报应，为看客出气。

马士英前脚倒下，阮大铖便后脚跟上了。虽有了马士英的前车之鉴，他也并没有逃脱被流民抢劫、殴打的命运。比马士英更为可笑的是，面对流民，阮大铖仍然摆出一副官老爷的架子，大喝："好大胆的奴才，怎敢抢截我阮老爷的家私？"他所遭受的侮辱、打骂，比马士英更甚，而且连住宅也为百姓所烧毁。

两人同唱的"叹十分狼狈，叹十分狼狈，村拳共挨，鸡肋同坏"几句，可谓对二人先前一系列自私、倨傲、阴险表现的最好痛斥；同时，两人狼狈为奸的状态也借助这一句被恰切地描摹出来。

接马士英、阮大铖二者的，是杨文骢。杨文骢消息不甚灵通，还不知道北兵即将前来的消息，正优哉游哉地准备赴任苏松巡抚。当下人发现阮大铖、马士英二人卧倒在地下时，杨文骢还颇显出一分惊诧。恐怕他无论如何也想不到，前一天还有模有样的弘光朝廷，今天就已经人亡马走，不复存在了。

随后上台的，是卞玉京、寇白门、沈公宪、张燕筑四人。他们趁乱出宫一事，也是符合历史实情的。前面已经说过，弘光帝在临逃跑之前，还曾大集梨园作乐。随着弘光帝的出逃，众多优伶也随之逃出了宫中。寇白门所说的

"正在歌台舞殿，忽然酒罢灯昏，内监宫妃纷纷乱跑，我们不出来还等什么哩"之语，正是当时真实的历史情境。

四人中值得一提者，乃是郑妥娘。她对于城破败亡，可谓毫不在意，甚至还以此为喜，颇有一丝"商女不知亡国恨，隔江犹唱后庭花"的意味，一如其说辞："老爷不晓得，兵马营里，才好挣钱哩。这笙歌另卖，这笙歌另卖，隋宫柳衰，吴宫花败。"这虽然与历史记载中郑妥娘的形象、性格殊不符合，但是却不失为当时众多金陵烟花女子的写照。作者不过借郑妥娘之口，对这些人提出了批评而已。

不过这样的批评也不甚严重，因为如果没有上行，下效自然无从谈起。阮大铖、马士英乃至于弘光帝等一干当政者，都纷纷逃窜得无影无踪，却要求市井中人都承担匹夫之责，实在是苛之过甚。至此，也可以确定弘光朝廷的政局如何了：帝王弃位、百官出逃、民众离散，断无河山再续的可能了。

杨文骢由此转回到媚香楼中，提醒蓝瑛收拾行李，尽快离开。值得玩味的是，杨文骢还专门询问蓝瑛是否愿意与自己同去贵州——这与历史记载是有相当出入的，梁启超还专门点出这一细节，认为孔尚任"诬（杨文骢）以弃官潜逃，不可解"。

的确，根据历史记载，杨文骢在金陵变乱之后是继续跟随南明势力抗清的，并没有逃回贵州老家。但这样描写，固有作者不得已而为之的原因——作者以如此赘余的笔墨点出杨文骢前去贵州而非东南，很可能是为了减少抗清方面情节的展现，以避免因文获罪。

李香君得知杨文骢要走，顿生孤苦无依之悲。但正在此时，苏昆生的到来使得情节在此转折，也使得侯方域与李香君两人的线索又得以汇合了。

不过，蓝瑛对于侯方域去向的分析，也为后面李香君与侯方域的见面做出了铺垫，他所提供的拜会张瑶星之路，也为侯、李的最终相见以及全剧的最终收官，埋下了伏机。

第三十七出　劫宝 （乙酉五月）

（末扮黄得功戎装，副净扮田雄随上）

【西地锦】目断长江奔放，英雄万里愁长。何时欢饮中军帐？把弓矢付儿郎。

俺黄得功，坂矶一战，吓的左良玉胆丧身亡，剩他儿子左梦庚，据住九江，乌合未散①，俺且驻扎芜湖，防其北犯。（杂扮报卒上）报，报，报！北兵连夜渡淮，围住扬州，南京震恐，万姓奔逃了。（末）那凤、淮两镇②，现在江北，怎不迎敌？（杂）闻得两位刘将军，也到上江堵截左兵，凤、淮一带，千里空营。（末惊介）这怎么处？（唤介）田雄，你是俺心腹之将，快领人马，去保南京。

【降黄龙】司马威权③，夜发兵符，调镇移防。谁知他折东补西，露肘捉襟④，明弃淮扬金汤⑤。九曲天险，只用莲舟荡漾⑥。起烟尘，金陵气暗，怎救宫墙？

（下。小生扮弘光帝骑马，丑扮太监随上）

【前腔】（小生）堪伤，寂寞鱼龙⑦，潜泣江头，乞食村庄。寡人逃出南京，昼夜奔走，宫监嫔妃，渐渐失散，只有太监韩赞周，跟俺前来。这炎天赤日，瘦马独行，何处纳凉？昨日寻着魏国公徐宏基，他佯为不识，逐俺出府。今日又早来到芜湖。（指介）那前面军营，乃黄得功驻防之所，不知他肯容留寡人否。奔忙，寄人廊庑，只望他容留收养。（作下马介）此是黄得功辕门。（唤介）韩赞周，快快传他知道。（丑叫门介）门上有人么？（杂扮军卒上）是那里来的？（丑）南京来的。（拉一边悄说介）万岁爷驾到了，传你将军速出迎接。（杂）啐！万岁爷怎能到的这里？不要走来吓俺罢。（小生）你唤出黄得功来，便知真假。**浦江边，迎銮护驾，旧将中郎**⑧。

（杂咬指介）人物不同，口气又大，是不是，替他传一声。（忙入传介。末慌上）那有这事？待俺认来。（见介。小生）黄将军一向好么？（末认，忙跪介）万岁，万万岁！请入帐中，容臣朝见。（丑扶小生升帐坐。末拜介）

【衮遍】⑨**戎衣拜吾皇，戎衣拜吾皇，又把天颜仰**⑩**。为甚私巡**⑪**，萧条鞍马蒙尘状**⑫**。失水神龙**⑬**，风云飘荡。这都是臣等之罪。负国恩，一班相，一班将。**

（小生）事到今日，后悔无及，只望你保护朕躬。（末拍地哭介）我皇上深居宫中，臣好戮力效命。今日下殿而走，大权已去，叫臣进不能战，退无可守，十分事业已去九分矣！（小生）不必着急，寡人只要苟全性命，那皇帝一席，也不愿再做了。（末）呵呀！天下者祖宗之天下，圣上如何弃的？（小生）弃与不弃，只在将军了。（末）微臣鞠躬尽瘁，死而后已。（小生掩泪介）不料将军倒是一个忠臣。（末跪奏介）圣上鞍马劳顿，早到后帐安歇。军国大事，明日请旨罢。（丑引小生入介。末）了不得，了不得！明朝三百年国运，争此一时，十五省皇图，归此片土。这是天大的干系⑭，叫俺如何担承！（吩咐介）大小三军，马休解辔，人休解甲，摇铃击柝，在意小心着。（众应介。末唤介）田雄，我与你是宿卫之官⑮，就在这行宫门外⑯，同卧支更罢⑰。（末枕副净股，执双鞭卧介。杂摇铃击柝⑱，报更介。副净悄语介）元帅，俺看这位皇帝不像享福之器，况北兵过江，人人投顺，元帅也要看风行船才好⑲。（末）说那里话？常言"孝当竭力，忠则尽命"⑳，为人臣子，岂可怀着二心？（内传鼓介。末惊介）为何传鼓？（俱起坐介。杂上报介)报元帅,有一队人马,从东北下来,说是两镇刘老爷㉑,要会元帅商量军情。(末起介)好,好,好!三镇会齐,可以保驾无虞了,待俺看来。(望介。净扮刘良佐,丑扮刘泽清,骑马领众上。叫介)黄大哥在那里?(末喜介)果然是他二人。(应介)愚兄在此已候多时了。(净、丑下马介。净)哥哥得了宝贝,竟瞒着两个兄弟么?(末)什么宝贝?(丑)弘光呀。(末摇手介)不要高声,圣上安歇了。(净悄问介)今日还不献宝,更到几时哩?(末)什么宝?(丑)把弘光送与北朝,赏我们个大大王爵,岂不是献宝么?(末喝介)哑!你们原来干这勾当,我黄闯子怎么容得!(持双鞭打介。净、丑招架介。末喊介)好反贼!好反贼!

【前腔】望风便生降,望风便生降,好似波斯样㉒。职贡朝天㉓,思将奇货擎双掌;倒戈劫君,争功邀赏。顿丧心,全反面,真贼党!

(净)不要破口,好好弟兄,为何斯闹?(末)啐!你这狗才,连君父不识,我和你认什么弟兄?(又战介。副净在后指介)好个笨牛!到这时候还不见机。(拉弓搭箭介)俺田雄替你解围罢。(放箭射末腿,末倒地介。净、丑大笑介。副净入内,急背出小生介。小生叫介)韩赞周快快跟来。(内不应介。小生)这奴才竟舍我而去。(手打副净脸介)你背俺到何处去?(副净)到北京去。(小生狠咬副净肩介。副净忍痛介)哎呀!咬杀我也。(丢小生于地,向净、丑拱介)皇帝一枚奉送。(净、丑拱介)领谢,领谢!(齐拉小生袖急走介。末抱住小生腿叫介)田雄,田雄!快来夺驾。(副净佯拉,放手介。净、丑竟拉小生下。末作爬不起介)怎么起不来的?(副净)元帅中箭了。(末)那个射俺的?(副净)是我们放箭射贼，误伤了元帅。（末）瞎眼的狗才。我且问你，为何背出圣驾来？（副净）俺要护驾逃走的，不料被他们劫去。（末）你与我快快赶上。（副净笑介）不劳元帅吩咐，俺是一名长解差㉔，收拾行李，自然护送到京的。（背包裹雨伞急赶下。末怒介）呵！这一班没良心的反贼，俺也不及杀你了。（哭介）苍天，苍天！怎知明朝天下，送在俺黄得功之手？

【尾声】平生骁勇无人当，拉不住黄袍北上㉕，笑断江东父老肠。

　　罢，罢，罢！一死，无可报国。（拔剑大叫介）大小三军，都来看断头将军呀！（一剑刎死介）

注释：

①乌合：指乌鸦临时结群，比喻仓促、无组织的聚集。

②凤、淮：指安徽凤阳与江苏淮安两镇，当时由刘良佐和刘泽清分别镇守。

③司马：官名。明清时期，兵部尚书的别称。此处指阮大铖。

④露肘捉襟：指衣服陈旧、短小，一抻领口，就露出肘部，形容生活贫困，此处比喻兵力不足，顾此失彼。典自《庄子·让王》，曾子在卫国居住，生活极为贫困，"三日不举火，十年不制衣，正冠而缨绝，捉襟而肘见，纳履而踵决"。

⑤金汤：即固若金汤，指凤、淮二镇防守无比坚固，不易攻破。典自班固《汉书·蒯通传》，"必将婴城固守，皆为金城汤池，不可攻也"。金，金池；汤，汤池，指金属造的城，热水围绕的护城河。

⑥"九曲天险"二句：指南明朝廷轻视河防，让清兵轻易渡江。九曲天险，指黄河河道曲折，地势险峻，形成天然屏障。高适《九曲词序》引《河图》曰："河水九曲，长九千里，入于渤海。"莲舟，采莲的小船。

⑦寂寞鱼龙：弘光帝自比为深潜海底的寂寞的鱼龙，遭遇危难，无能为力。化用杜甫《秋兴八首》其四"鱼龙寂寞秋江冷，故国平居有所思"句。

⑧"浦江边"三句：指黄得功是曾经迎立南明王的将领，应当认得弘光帝。中郎，官名，掌管宫中护卫、侍从。

⑨【衮遍】：原作"滚遍"，据清康熙介安堂本改。

⑩天颜：指帝王的容颜。

⑪私巡：指皇帝私自出宫巡游。

⑫蒙尘：指皇帝流落在宫外，蒙受灰尘。

⑬失水神龙：比喻失势的帝王，此处指弘光帝，化用贾谊《惜誓》"神龙失水而陆居兮，为蝼蚁之所裁"句。

⑭干系：关系。

⑮宿卫之官：指在皇宫中担任警卫，保护皇帝安全的侍卫。

⑯行宫：旧时京城以外供皇帝出行时居住的宫舍。

⑰支更：打更，守夜。

⑱杂：原作"雄"，据暖红室本改。

⑲看风行船：比喻随着势头的变化而见机行事。此处指黄得功见机投降。

⑳孝当竭力，忠则尽命：对父母孝顺，要尽心竭力；为国尽忠，可以不惜生命。源于《千字文》。

㉑说是：原作"一定"，据清康熙刊本改。

㉒波斯：指识宝的外国商人。

㉓朝天：原作"明天"，据清康熙刊本改。

㉔长解差：长途押解犯人的差役，田雄自喻。

㉕黄袍：借指皇帝。

点评：

本出出评："此折独无下场诗，将军已死，谁发呜咽之歌耶？南朝四镇高杰庸将也，二刘叛将也，黄得功名将也。此折乃其尽节之日，看其闻报时如此忠，见帝时如此敬，夺驾时如此勇，毕命时如此烈，写尽名将气概。""明进朝亡国争此一时，所倚者四镇也，高已自取杀戮，二刘今为叛贼，黄则养贼在家，贩帝而去，春秋之责，黄能免乎？""南朝三忠，史阁部心在明朝，左宁南心在崇祯，黄靖南心在弘光，心不相同，故力不相协，明朝之亡，亡于流寇也，实亡于四镇也，四镇之中，责尤在黄，何也？黄心在弘光，故党马、阮，党马、阮故与崇祯为敌，与崇祯为敌故置明朝于度外，末云明朝天下送在黄得功之手，诛心之论也。""桃花扇乃李香君面血所染，香君之面血，香君之心血也。因香君之心血，而传左宁南之胸血、史阁部之眼血、黄靖南之颈血，所谓血性男子，为明朝出血汗之力者。而无如元气久弱，止成一失血之病，奈何？"

该出的情节，几乎是全盘改编《明史》的内容，但《明史》原文则简略殊甚："时大清兵已渡江，知福王奔，分兵袭太平。得功方收兵屯芜湖，福王潜入其营。得功惊泣曰：'陛下死守京城，臣等犹可尽力，奈何听奸人言，仓卒到此！且臣方对敌，安能扈驾？'王曰：'非卿无可仗者。'得功泣曰：'愿效死。'得功战荻港时，伤臂几堕。衣葛衣，以帛络臂，佩刀坐小舟，督麾下八总兵结束前迎敌。而刘良佐已先归命，大呼岸上招降。得功怒叱曰：'汝乃降乎！'忽飞矢至，中其喉偏左。得功知不可为，掷刀拾所拔箭刺吭死。"

黄得功是该出的开场人物，还沉醉在自己成功阻截左良玉部队的喜悦中。但随着扬州被困、金陵危急的消息传来，一下将其从喜悦中拉回。这些消息对于黄得功而言甚为意外，因为淮扬一带本该是刘良佐、刘泽清二人的汛地。但是两人却为了堵截左良玉的部队而向西移防，以至于空出了淮扬地界，使得北兵能够大举南下。在该出中，作者并没有说明二刘为何移防，大概此举或为与黄得功争功，或为避免与北兵交战。

面对如此危急情形，黄得功的举动还是尽职尽责的。他即刻便要求田雄带兵保卫南京，颇体现出一个尽责武将所必备的素养。纵使后面对田雄、二刘屡次劝自己将弘光帝献于北兵以求富贵，他也都以君臣节义为由严词拒绝了，甚至还与二刘决裂，足见其忠耿之心。杨恩寿在《词余丛话》中说："史阁部，有明忠臣也；左宁南，烈皇忠臣也；黄靖南，弘光忠臣也。"正是此意。甚至连乾隆帝也曾说："黄得功材昭武劲，性戆朴忠，卫主殒身，克明大义。"

然而如此深明大义的黄得功，并没有料到自己所效忠的弘光帝，究竟是何种人物。弘光帝的到来，让黄得功的效忠全然变成了无谓乃至略显荒唐的牺牲。

弘光帝弃宫出逃一事，已经将黄得功放在一个十分不利的位置上了。然而更令黄得功大跌眼镜的是，弘光帝几乎已经抛却了帝王身份，只求能够苟活，其"不必着急，寡人只要苟全性命，那皇帝一席，也不愿再做了"一语，颇显得波澜不惊，似乎视家国大业与己无关——这实在与黄得功诚惶诚恐的态度形成了鲜明的反差。当臣子仍然有心报效的时候，君王却已经放弃了图谋。如此对比，实在是荒唐可悲。

此时的军中，已经人心涣散，连黄得功的副将田雄，也建议他将弘光帝作为牟取北朝功禄的敲门砖。刘良佐、刘泽清二人的到来，更是将此种心态演绎到了极致。

作者在此处的设置，戏剧冲突可谓丰富：黄得功听闻二刘前来，还以为是要共商防务。但是出乎黄得功的意料，二刘前来，竟然是为了要与黄得功分享"宝贝"。他们不仅背叛了前日给自己加官晋爵的弘光帝，而且还将其视作呈献北兵的首功。黄得功所唱"职贡朝天，思将奇货擎双掌；倒戈劫君，争功邀赏"几句，正是对两人丑恶面目的恰切概括。

这里，也可以看出黄得功嫉恶如仇的性格，即使是之前并肩作战的二刘，他也毫不手软，执鞭就打。不过由此也颇能见出黄得功性格的冲动，毫不讲究应对上的策略。他之所以不顾国家安危，贸然移兵抗拒左良玉，当也是因为这种冲动的性格。

也正如此，他未能预料到田雄的背后袭击，以致中箭倒地，眼看着弘光帝被田雄、二刘合力劫走。田雄这一段背着弘光的表演，实在是荒唐可笑，他几乎已将皇帝当作了货物一般，还向着二刘喊"皇帝一枚奉送"。这段记录，并非全出于孔尚任虚构，而是有所传本。清人郑达所辑《野史无文》有这样一段记载："副将田雄恐弘光皇帝于后营潜走，强负出营，献之豫王，以为投降之贽。田雄负弘光皇帝于背，马得功执弘光二足。弘光恸哭，哀求二人。二人曰：'我之功名在此，不能放你也！'弘光恨，啮田雄项肉，流血渍衣。"

传闻记载固然丑恶，孔尚任在此又将刘良佐、刘泽清两人附带上，并使三人如玩把戏一般将弘光帝带走，着实是对当时一干叛将的嘲讽。

此时黄得功已中田雄暗箭，无法保护弘光帝，悔恨交加，其"平生骁勇无人当，拉不住黄袍北上，笑断江东父老肠"之唱词，戏谑之余暗含着深重的英雄气短之感。其最终"大小三军，都来看断头将军呀"之言，颇为豪壮，足见其是将生死置之度外之人。

第三十八出　沉江①（乙酉五月）

（外扮史可法，毡笠急上。回头望介）

【锦缠道】望烽烟，杀气重，扬州沸喧。生灵尽席卷②，这屠戮皆因我愚忠不转。兵和将，力竭气喘，只落了一堆尸软。俺史可法率三千子弟，死守扬州，那知力尽粮绝，外援不至。北兵今夜攻破北城，俺已满拚自尽。忽然想起明朝三百年社稷，只靠俺一身撑持，岂可效无益之死，舍孤立之君？故此绽下南城③，直奔仪征④。幸遇一只报船，渡过江来。（指介）那城阙隐隐，便是南京了。可恨老腿酸软，不能走动，如何是好？（惊介）呀！何处走来这白骡，待俺骑上，沿江跑去便了。（骑骡，折柳作鞭介）跨上白骡鞯，空江野路，哭声动九原⑤。日近长安远⑥，加鞭，云里指宫殿。

（副末扮老赞礼背包裹跑介）残年还避乱，落日更思家。（外撞倒副末介。副末）呵哟哟！几乎滚下江去。（看外介）你这位老将爷好没眼色！（外下骡扶起介）得罪，得罪！俺且问你，从那里来的？（副末）南京来的。（外）南京光景如何？（副末）你还不知么？皇帝老子逃去两三日了。目下北兵过江，满城大乱，城门都关的。（外惊介）呵呀！这等去也无益矣！（大哭介）皇天后土，二祖列宗，怎的半壁江山也不能保住呀！（副末惊介）听他哭声，倒像是史阁部。（问介）你是史老爷么？（外）下官便是。你如何认得？（副末）小人是太常寺一个老赞礼，曾在太平门外伺候过老爷的。（外认介）是呀！那日恸哭先帝，便是老兄了。（副末）不敢。请问老爷，为何这般狼狈？（外）今夜扬州失陷，才从城头绽下来的。（副末）要向那里去？（外）原要南京保驾，不想圣上

也走了。(顿足哭介)

【普天乐】撇下俺断篷船⑦，丢下俺无家犬。叫天呼地千百遍，归无路，进又难前。(登高望介)那滚滚雪浪拍天，流不尽湘累怨⑧。(指介)有了，有了！那便是俺葬身之地。胜黄土，一丈江鱼腹宽展⑨。(看身介)俺史可法亡国罪臣，那容的冠裳而去？(摘帽、脱袍、靴介)摘脱下袍靴冠冕。(副末)我看老爷竟像要寻死的模样。(拉住介)老爷三思，不可短见呀！(外)你看茫茫世界，留着俺史可法何处安放？累死英雄，到此日看江山换主，无可留恋。

(跳入江翻滚下介。副末呆望良久，抱靴、帽、袍服哭叫介)史老爷呀！史老爷呀！好一个尽节忠臣，若不遇着小人，谁知你投江而死呀！(大哭介。丑扮柳敬亭，携生忙上)偷生辞狱吏，避乱走天涯。(末扮陈贞慧，小生扮吴应箕，携手忙上)日日争门户，今年傍那家？(生呼介)定兄、次兄，日色将晚，快些走动。(末、小生)来了。(丑)我们出狱，不觉数日，东藏西躲，终无栖身之地。前面是龙潭江岸⑩，大家商量，分路逃生罢！(末)是，是。(见副末介)你这位老兄，为何在此恸哭？(副末)俺也是走路的，适才撞见史阁部老爷投江而死，由不的伤心哭他几声。(生)史阁部怎得到此？(副末)今夜扬州城陷，逃到此间，闻的皇帝逃走了，遂跳下江去了。(生)那有此事？(副末指介)这不是脱下的衣服、靴、帽么？(丑看介)你看衣裳里面，浑身朱印。(生)待俺认来。(读介)"钦命总督江北等处兵马内阁大学士兼兵部尚书印"。(生惊哭介)果然是史老先生。(末)设上衣冠，大家哭拜一番。(副末设衣冠介。众拜哭介)

【古轮台】(合)走江边，满腔愤恨向谁言？老泪风吹面，孤城一片，望救目穿。使尽残兵血战，跳出重围，故国苦恋，谁知歌罢剩空筵。长江一线，吴头楚尾路三千，尽归别姓。雨翻云变，寒涛东卷，万事付空烟。精魂显，《大招》声逐海天远⑪。

（生拍衣冠大哭介。丑）阁部尽节，成了一代忠臣，相公不必过哀，大家分手罢。（生指介）你看一望烟尘，叫小生从那里归去？（末）我两人绕道前来，只为送兄过江，今既不能北上，何不随俺南行？（生）这纷纷乱世，怎能终始相依？倒是各人自便罢。（小生）侯兄主意若何？（生）我和敬亭商议，要寻一深山古寺，暂避数日，再图归计。（副末）我老汉正要向栖霞山去，那边地方幽僻，尽可避兵，何不同往？（生）这等极妙了。（末、小生）侯兄既有栖身之所，我们就此作别罢。（拜别介）伤心当此日，会面是何年？（末、小生掩泪下。生问副末介）你到栖霞山中，有何公干？（副末）不瞒相公说，俺是太常寺一个老赞礼，只因太平门外哭奠先帝之日，那些文武百官，虚应故事，我老朽动了一番气恼，当时约些村中父老，捐施钱粮，趁着这七月十五日，要替崇祯皇帝建一个水陆道场 。不料南京大乱，好事难行，因此携着钱粮，要到栖霞山上，虔请高僧⑫，了此心愿。（丑）好事，好事！（生）就求携带同行便了。（副末）待我收拾起这衣服、靴、帽着。（丑）这衣服、靴、帽，你要送到何处去？（副末）我想扬州梅花岭，是他老人家点兵之所，待大兵退后，俺去招魂埋葬，便有史阁部千秋佳城了⑬。（生）如此义举，更为难得。（副末背袍、靴等，生、丑随行介）

【余文】山云变，江岸迁，一霎时忠魂不见，寒食何人知墓田⑭？

（副末）千古南朝作话传，

（五）伤心血泪洒山川。

（生）仰天读罢《招魂赋》⑮，

（副末）扬子江头乱暝烟。

注释：

①沉江：写史可法沉江，并非历史真实，该出熔铸着作者的理想，将他比作屈原，以体现史可法精忠报国的思想。

②生灵尽席卷：老百姓全被杀光。指清兵攻入扬州城后屠戮十日。

③缒（zhuì）下：顺着绳子从高处落下。

④仪征：地名。今江苏仪征，在长江北岸，地处扬州、南京间。

⑤九原：九泉。

⑥日近长安远：太阳近，因为仰头可以望见太阳，却望不见长安，指向往帝都却不能到达。此处指史可法恨不得立刻赶到南京。典自刘义庆《世说新语·夙惠》，晋明帝司马绍幼年时回答父亲司马睿的问题："长安何如日远？"太阳和长安，哪个离这里近？长安，泛指京城，此处指南京。

⑦断篷船：指孤舟。

⑧湘累：史可法自比屈原。指屈原投湘水自杀。累，不以罪死。

⑨"胜黄土"二句：指投江而死，葬身宽敞的鱼腹，胜过黄土掩埋。

⑩龙潭：港口名，在南京城东。

⑪"精魂显"二句：老百姓悼念史可法，为他招魂之声随着海水远播天际。指史可法虽死，但精神永存。《大招》，指《楚辞》中的一篇，为死者招魂之作。

⑫虔：诚心。

⑬千秋佳城：指坟墓。

⑭寒食：节名，清明节前两日。据传为纪念春秋时期介子推焚死绵山而形成的一种风俗。这天禁烟火、吃冷食、祭扫、踏青等。

⑮《招魂赋》：《楚辞》中的一篇，为悼念亡魂之作。

点评：

本出出评："传阁部之死，笔墨如此灵活恰好，赞礼相值前，在坛前哭死难之君，今在江边哭死节之臣，皆值得一哭也。左宁南死于气，自气也；黄将军死于刃，自刃也；史阁部死于溺，自溺也，三忠之死，皆非临敌不屈之义，而写其烈烈铮铮，如国殇阵殁者，岂非班、马之笔乎？侯生在阁部之幕，阁部尽节，侯生哭拜亦是奇逢，而四人出狱情事即于此折带出，既归结陈、吴，而侯、柳入山之路历历分明，奇极巧极。"

该出讲述史可法因不堪国破家亡之局面，因而沉江自谢一事，同时又铺叙了侯方域在老赞礼的指引下，向栖霞山前去的经过。至此，繁盛一时的弘光朝廷，彻底归于终结。而随着国家兴亡诸事的平复，侯、李情缘的一段花月之案，也渐次向着结局迈进。

史可法上场一曲【锦缠道】曲白兼杂，似有气喘吁吁、狼狈不堪之状貌。他也对自己的南来做了一定解释："忽然想起明朝三百年社稷，只靠俺一身撑持，岂可效无益之死，舍孤立之君？"这说明史可法对时局有着冷静的认识。他深知如果帝王、京城尚在，那么局面就还有挽回的空间。

作者安排史可法自沉江中，与史籍中的记载出入颇大。《明史》："越二日，大清兵薄城下，炮击城西北隅，城遂破。可法自刎不殊，一参将拥可法出小东门，遂被执。可法大呼曰：'我史督师也。'遂杀之。"可见史可法是自刎不成，被清军抓住之后，不屈被杀。但是作者的写作，也有其不得已而为之的原因。

最关键的原因就在于，如果孔尚任遵照史实设置史可法为不屈被杀，那么必定要涉及清军攻占扬州城的相关事宜，也就不可避免地要将清军屠戮扬州的罪行表露出来。而这无疑将会为作者引来深重的灾祸。时人王楚秀《扬州十日记》中就不乏死尸枕藉之语，对于清军屠城的残暴行径有着真切的描摹。这些是绝不能被写到《桃花扇》中去的。

如此两相推阻之下，免除非议最好的方法莫过于写史可法为救弘光帝而前去金陵。如此，史可法之死反而可以与黄得功之死相对举，表明弘光朝廷忠臣离散、气数将尽的局面。

同时，通过史可法其人，也可以再次呈现弘光朝廷忠臣有心而昏君无意的局面。白骡的出现，虽然显得有些巧合，却有着场面上和情节上的双重作用。从场面上说，如此设计，可以使得史可法于台上飞奔，从而表现出回朝救驾的急切决心。从情节上说，也只有在飞奔之中的史可法，才会疏忽于观察路况，以至于撞倒老赞礼。

史可法乘上白骡之后所唱的"跨上白骡鞯，空江野路，哭声动九原。日近长安远，加鞭，云里指宫殿"几句，以宏观的视点与跳转的画面，赋予了诗句以充沛的流动感。如此情境设置，一如人乘马飞奔时所闻、所见的声、景，真切可感。然而史可法听闻老赞礼所说的一切之后，却感到十分绝望：因为不等百官做出反应，弘光帝便首先丢下皇位逃跑了。现在整个金陵乃至整个南明政权所在地，都处于无政府的状态。天下大势之倾覆，已然不可挽回了。

家败国亡至此，史可法的报忠门路便被弘光帝、阮马、二刘等人尽数封堵。除一死而外，史可法再无别的出路了。

今日看来，如此以身殉国之举，似乎有些不可理喻。然而观其【普天乐】一曲，却可知其情感并非虚妄做作。曲中"撇下俺断篷船，丢下俺无家犬。叫天呼地千百遍，归无路，进又难前"几句，当是务头所在——家国的崩溃，不仅让他在身体上失去归属，更让他在精神上失去了依凭的根基，是以让其生无可恋，只能以死解脱。

作者对于史可法"沉江"的设计，也颇有意味——史可法的这一死因，并非全处于虚构，在当时确有如此传说。但是作者用意，当不在单取此传说，而更有追溯彭咸、屈原"沉江"之意。相传为东方朔所作的《七谏》中有"沉江"一章，言："信直退而毁败兮，虚伪进而得当。追悔过之无及兮，岂尽忠而有功？废制度而不用兮，务行私而去公。终不变而死节兮，惜年齿之未央。"

这一段，彰显了自屈原以来诸多沉江尽节士人的心态：

从君臣节义的角度来说，臣子当为君主效忠。如果昏君视听闭塞，那么臣子的节义当是无从实现的；尽管节义无从实现，但是出于节义，臣子又是不能背叛君王的。两相矛盾之下，臣子既不能尽忠，又不可变节，那就只能一死了之，以为自己的无能而谢罪。彭咸、屈原自沉于江中，即是如此逻辑。史可法沉江，同样是出于这样的观念。

史可法死后，老赞礼"呆立良久"。这一良久的呆立，于热闹、忙乱之舞台而言，不失为一有力之对比，同时也为老赞礼后续的哭拜诸多动作做出了铺垫，使得积蓄下来的悲痛情绪得以有力地爆发出来。

随后，柳敬亭、侯方域、陈贞慧、吴应箕四人也随之上场，他们与老赞礼一同哭拜了史可法，其"精魂显，大招声逐海天远"之曲，可视作为史可法招魂之词。

第三十九出　栖真①（乙酉六月）

（净扮苏昆生同旦上）

【醉扶归】（旦）一丝幽恨嵌心缝，山高水远会相逢。拿住情根死不松，赚他也做游仙梦②。看这万叠云白罩青松，原是俺天台洞。

（唤介）师父，我们幸亏蓝田叔，领到栖霞山来。无意之中，敲门寻宿偏撞着卞玉京做了这保真庵主，留俺暂住，这也是天缘奇遇。只是侯郎不见，妾身无归，还求师父上心寻觅③。（净）不要性急，你看烟尘满地，何处寻觅？且待庵主出来，商量个常住之法。（老旦扮卞玉京道妆上）

【皂罗袍】何处瑶天笙弄？听云鹤缥缈，玉珮丁冬④。花月姻缘半生空，几乎又把桃花种⑤。（见介）草庵淡薄，屈尊二位了。（旦）多谢收留，感激不尽。（净）正有一言奉告，江北兵荒马乱，急切不敢前行，我老汉的吹歌，山中又无用处，连日搅扰，甚觉不安。（老旦）说那里话？旧人重到，蓬山路通，前缘不断，巫峡恨浓，连床且话襄王梦。

（净）我苏昆生有个活计在此。（换鞋、笠，取斧、担、绳索介）趁这天晴，俺要到岭头洞底，取些松柴，供早晚炊饭之用，不强如坐吃山空么？（老旦）这倒不敢动劳。（净）大家度日，怎好偷闲？（挑担介）脚下山云冷，肩头野草香。（下。老旦闭门介。旦）奴家闲坐无聊，何不寻些旧衣残裳，付俺缝补，以消长夏？（老旦）正有一事借重。这中元节，村中男女，许到白云庵与皇后周娘娘悬挂宝幡⑥，就求妙手，替他成造，也是十分功德哩！（旦）这样好事，情愿助力。（老旦取出幡料介。旦）待奴熏香洗手，虔

诚缝制起来。（作洗手缝幡介）

【好姐姐】念奴前身业重⑦，绑十指筝弦箫孔⑧，慵线懒针，几曾解女红⑨？（老旦）香姐心灵手巧，一捻针线，就是不同的。（旦）奴家那晓针线？凭着一点虔心罢了。仙幡捧，忏悔尽教指头肿⑩，绣出鸳鸯别样工。

（作绣介。副末扮老赞礼，丑扮柳敬亭，背行李领生上）

【皂罗袍】（生）避了干戈纵横，听飕飕一路，涧水松风。云锁栖霞两三峰，江深五月寒风送。（副末）这是栖霞山了。你们寻所道院，赶早安歇罢。（生看介）这是一座保真庵，何不敲门一问？石墙萝户⑪，忙寻炼翁⑫，鹿柴鹤径⑬，急呼道童，仙家那晓浮生恸⑭？

（副末敲门介。老旦起问介）那个敲门？（副末）俺是南京来的，要借贵庵暂安行李。（老旦）这里是女道住持⑮，从不留客的。

【好姐姐】你看石墙四耸，昼掩了重门无缝。修真女冠⑯，怕遭俗客哄。（丑）我们不比游方僧道，暂住何妨？（老旦）真经讽⑰，谨把祖师清规奉，处女闺阁一样同。

（旦）说的有理，比不的在青楼之日了。（老旦）这是俺修行本等，不必睬他，且去香厨用斋罢⑱。（同下。副末又敲门介。生）他既谨守清规，我们也不必苦缠了。（副末）前面庵观尚多，待我再去访问。（行介。副净扮丁继之道装，提药篮上）

【皂罗袍】采药深山古洞，任芒鞋竹杖，踏遍芳丛。落照苍凉树玲珑，林中笋蕨充清供⑲。（副末喜介）那边一位道人来了，待我上前问他。（拱介）老仙长，我们上山来做好事的，要借道院暂安行李，敢求方便一二！（副净认介）这位相公，好像河南侯公子。（丑）不是侯公子是那个？（副净又认介）老兄你可是柳敬亭么？

（丑）便是。（生认介）呵呀！丁继老，你为何出了家也？（副净）侯相公，你不知么？俺善才迟暮^⑳，羞入旧宫；龟年疏懒^㉑，难随侍从，辞家竟把仙箓诵^㉒。

（生）原来因此出家。（丑）请问住持何山？（副净）前面不远，有一座采真观，便是俺修炼之所。不嫌荒僻，就请暂住何如？（生）甚好。（副末）二位遇着故人，已有栖身之地。俺要上白云庵，商量醮事去了。（生）多谢携带。（副末）彼此。（别介）人间消孽海，天上礼仙坛。（下。副净携生、丑行介）跨过白泉，又登紫阁，雪洞风来，云堂雨落。（生惊介）前面一道溪水，隔断南山，如何过去？（副净）不妨，靠岸有只渔船，俺且坐船闲话，等个渔翁到来，央他撑去，不上半里，便是采真观了。（同上船坐介。丑）我老柳少时在泰州北湾，专以捕鱼为业，这渔船是弄惯了的，待我撑去罢。（生）妙，妙！（丑撑船介。生问副净介）自从梳栊香君^㉓，借重光陪，不觉别来便是三载。（副净）正是。且问香君入宫之后，可有消息么？（生）那得消息来？（取扇指介）这柄桃花扇，还是我们订盟之物，小生时刻在手。

【好姐姐】把他桃花扇拥，又想起青楼旧梦。天老地荒，此情无尽穷。分飞猛^㉔，杳杳万山隔鸾凤^㉕，美满良缘半月同^㉖。

（丑）前日皇帝私走，嫔妃逃散，料想香君也出宫门。且待南京平定，再去寻访罢。（生）只怕兵马赶散，未必重逢。（掩泪介。副净指介）那一带竹篱，便是俺的采真观，就请拢船上岸罢。（丑挽船，同上岸介。副净唤介）道僮，有远客到门，快搬行李。（内应介。副净）请进。（让入介）

（生）门里丹台更不同^㉗，

（副净）寂寥松下养羹翁，

（丑）一湾溪水舟千转，

（生）跳入蓬壶似梦中⑬。

注释：

①栖真：指寄居在道观。真，原指道家修身得道的人，借指道观。

②游仙梦：指梦游仙境。此处指与恋人一起梦中神游。

③上心：留心，用心。

④"何处瑶天笙梦"三句：写神仙在仙境中飘游之景象。瑶天，天上仙境。笙弄，用笙吹奏音乐。云鹤缥缈，指仙人乘鹤云游，玉珮丁冬作响。

⑤几乎又把桃花种：指李香君在道观中，差不多又滋生儿女私情。桃花，男女之情，化用唐代崔护人面桃花故事。

⑥与皇后周娘娘悬挂宝幡：指明崇祯的周皇后，李自成等农民军攻陷京城时，她随崇祯自杀身亡。宝幡，指幡幢，参见闰二十出《闲话》注。

⑦业重：佛教语，指罪孽深重。业，佛教里指一切行为、言语、思想，分别称作身业、口业、意业。

⑧绑十指筝弦箫孔：指双手惯会弹筝吹箫。

⑨女红（gōng）：指女子从事的刺绣、缝纫、纺织类工作。

⑩忏悔尽教指头肿：为了忏悔罪业，任从指头红肿。

⑪萝户：指门上爬满松萝。萝，地衣类植物。

⑫炼翁：道士的尊称，指德高思精的道士，因道士炼丹，故曰。

⑬鹿柴（zhài）：原指鹿住的地方，借指有栅栏的村落，比喻隐居的地方。柴，本作"砦"，同"寨"，栅栏。

⑭浮生：佛教语，指人生虚浮、短促。

⑮女道住持：指女道士主管道院。住持，原指久住护持佛法，后指寺院的主管。

⑯修真女冠：指修仙学道的女道士。女冠，指女道士，男女道士皆戴黄冠，故称。

⑰真经讽：诵念道家经典。真经，道家经籍。讽，讽诵。

⑱香厨：即香积厨，指佛教寺庙的厨房，借指道院厨房。

⑲清供：指清素的供养。

⑳善才迟暮：丁继之自喻，年高意倦。善才，唐时，曹善才擅长琵琶，后泛称琵琶师。迟暮，晚年，暮年。

㉑龟年：指李龟年，唐玄宗时，著名宫廷乐师，能歌善弦，作《渭川》曲。

㉒仙篆：道家典籍。

㉓梳栊：原作"梳妆"，据清康熙刊本改。

㉔分飞猛：突然分离。

㉕鸾凤：指情缘。

㉖美满良缘半月同：一起美满生活了半个月。

㉗丹台：本义指一种用泥土、石头砌成的台阶，用于放置炼丹器具，借指神仙居住之所。

㉘蓬壶：传说海中有三山，山形如壶器，为仙人居所。王嘉《拾遗记·高辛》称，一曰方壶，二曰蓬壶，三曰瀛壶。蓬壶，即为蓬莱，后泛指仙境。

点评：

本出出评："香君投玉京，不必做出；侯郎投继之，细细做出，皆笔墨变化法。""此折侯郎与香君觌面千山，用险笔也；后折侯郎与香君转头万里，用幻笔也。险则攀跻无从，幻则捉摸难定，所谓智譬则巧也。"

此出之设计，终于将侯方域、李香君、苏昆生、柳敬亭汇集到了一处，也是将前面为侯方域与李香君两方面铺设的全部线索，都汇集到了一处。然而在此十字路口般的枢纽之处，作者偏偏逆看客之所愿，使得仅有一门之隔的侯方域、李香君再次错过，使得本该解决的矛盾上又多一重波折，从而织造出足以挂置看客一切期待的最终悬念。

该出以李香君为开场人物，她所唱【醉扶归】一曲，前半段"一丝幽恨嵌心缝，山高水远会相逢。拿住情根死不松，赚他也做游仙梦"诸句，寄寓了对于侯方域的向往思念之情；后一句"看这万叠云白罩青松，原是俺天台洞"，则是对于所处地点的描绘。这一曲，可谓带戏上场，一方面将前面所铺垫的矛盾承传下来，另一方面又对读者交代了时地情境。随后李香君又通过对苏昆生的对白，交代了来此的前后经过。这一设置虽然稍显生硬，却直击重点、简单明了。

卞玉京在苏昆生的言说中出场，其"何处瑶天笙弄，听云鹤缥缈，玉珮丁冬"几句，颇表现出其看破花月红尘之后寂然入道之心境；然而后面"花月姻缘半生空，几乎又把桃花种"两句，当是指涉李香君、苏昆生的前来，又扰动了其凡心。

卞玉京出家之事的确史上实有，吴伟业就曾有过《听女道士卞玉京弹琴歌》之诗。但是卞玉京出家地点在苏州，而非栖霞山，此当是孔尚任的渲染笔墨。

随后苏昆生、李香君二人为了长待庵中，愿以劳作协助卞玉京：苏昆生出门担柴，李香君则缝制旧衣。如此安排，并非无意义的赘笔，而是该出情节的一个重要铺垫。后面侯方域、柳敬亭二人之所以未能和李香君谋面，就是因为苏昆生不在庵中，卞玉京、李香君两个女客不便为侯、柳二人开门，是以导致侯、李未能相遇。

正在此时，受老赞礼指引的侯方域、柳敬亭二人携行李前来寻找住处了。

侯方域出场一曲【皂罗袍】，先是说其逃遁烽火的经历，随后交代所到地点，最后描述发现保真庵的过程，环环相扣，而又层次分明。他们发现保真庵的经历可谓奇巧，因为他日思夜想的李香君此时就在庵中缝制衣服。

然而以孔尚任委婉之笔，久别的侯、李二人，断然不可能轻易地一经叩门询问就可相见。前面已经说过，孔尚任巧设苏昆生出门为屏障，将侯、柳二人与李、卞二人以"男女之大防"而隔开。毫不知情的李香君竟然还助以"说的有理，比不得在青楼之日了"之语，让侯方域、柳敬亭二人吃了一个结实的闭门羹，恐怕李香君、侯方域二人无论如何也想象不到，最终阻止他们相见的，竟然是他们自己，以至于近在咫尺的二人，竟然就这样互相错过了。

此一事件虽然渺小不足道，但是放置于侯方域、李香君二人长久未得相见的情节脉络中看来，这一波折则是对于二人隔绝这一矛盾的一再往复——虽小，却如同百尺竿头上更进一步，亦足以扣动观者的心弦。

随后丁继之出现，将侯方域、柳敬亭二人引向自己的处所，使得侯方域、李香君在如此接近之后又分开了，这不得不令观者兴叹。

丁继之的形象也是仙风道骨，其"采药深山古洞，任芒鞋竹杖，踏遍芳丛"几句，化用了苏轼"竹杖芒鞋"之句，将其自由自在之隐逸形象表现出来。"善才迟暮，羞入旧宫；龟年疏懒，难随侍从，辞家竟把仙篆诵"几句，则以短短数语，在将其因躲避宫征而出家归隐的经历交代清楚的同时，又将其苍苍暮年、疏懒散漫之形象、性格表露出来，将写人与叙事融为一体。

侯方域、柳敬亭与丁继之毕竟熟识，丁继之与卞玉京也是故旧，故而侯、柳二人随丁继之乘船离开，并未使得侯、李重逢再变得遥遥无期。而且乘船之时，侯方域还将其与李香君盟订之扇拿出示于柳敬亭、丁继之二人，表明其心念之不泯。这也是在暗示着侯方域努力寻找李香君的坚持。侯方域随之所歌的【好姐姐】一曲，前半段追忆往昔天荒地老之情，后半段则写两人缘悭一面之无奈。收尾的"美满良缘半月同"一句，将至美之情景与至憾之无奈并为一句，勾人浓浓酸涩之感。

正是在如此离而未离、合亦未合的矛盾气氛之中，侯方域、柳敬亭二人到达了丁继之所处的采真观。全出在道僮迎门中结束了，将未决之悬念，延于下一场中解决。

值得回转一提者，乃是该出对于隐逸气氛的描绘。前面说过，"桃花源"这一字眼曾反复出现在前面的出数中，暗示隐逸避世的观念。然而前面的众多出数中，惟由《归山》一出涉及了隐逸的内容，但也是建立在张瑶星试图躲避官府事务纠缠的基础之上。在此一出中，虽然侯方域、李香君诸人都无意出家归隐，然而入道归隐之气氛却已以润物细无声之势弥散全出了。

第四十出　入道（乙酉七月）

（外扮张薇飘冠衲衣①，持拂上②）

【南点绛唇】世态纷纭，半生尘里朱颜老。拂衣不早，看罢傀儡闹③。恸哭穷途，又发哄堂笑④。都休了，玉壶琼岛⑤，万古愁人少。

　　贫道张瑶星，挂冠归山⑥，便住这白云庵里。修仙有分，涉世无缘。且喜书客蔡益所随俺出家，又载来五车经史。那山人蓝田叔也来皈依⑦，替我画了四壁蓬、瀛⑧。这荒山之上，既可读书，又可卧游，从此飞升尸解⑨，亦不算懵懂神仙矣。只有崇祯先帝，深恩未报，还是平生一件缺事。今乃乙酉年七月十五日，广延道众，大建经坛，要与先帝修斋追荐⑩。恰好南京一个老赞礼，约些村中父老，也来搭醮。不免唤出弟子，趁早铺设。（唤介）徒弟何在？（丑扮蔡益所，小生扮蓝田叔道装上）尘中辞俗客，云里会仙官。（见介）弟子蔡益所、蓝田叔，稽首了。（拜介。外）尔等率领道众，照依黄箓科仪⑪，早铺坛场，待俺沐浴更衣，虔心拜请。正是：清斋朝帝座，直道在人心。（下。丑、小生铺设三坛，供香花茶果，立幡挂榜介）

【北醉花阴】高筑仙坛海日晓，诸天群灵俱到，列星众宿来朝⑫。幡影飘飙，七月中元建醮。

　　（丑）经坛斋供，俱已铺设整齐了。（小生指介）你看山下父老，捧酒顶香，纷纷来也。（副末扮老赞礼，领村民男女，顶香捧酒，挑纸、锭锞、绣幡上⑬）

【南画眉序】携村醪，紫降黄檀绣帕包⑭。（指介）望虚无玉殿，帝座非遥。问谁是皇子王孙，撇下俺村翁乡老。

（掩泪介）万山深处中元节，擎着纸钱来吊。

（见介）众位道长，我们社友俱已齐集了，就请法师老爷出来巡坛罢。（丑、小生向内介）铺设已毕，请法师更衣巡坛，行洒扫之仪。（内三鼓介。杂扮四道士奏仙乐，丑、小生换法衣捧香炉，外金道冠、法衣，擎净盏，执松枝，巡坛洒扫介）

【北喜迁莺】（合）净手洒松梢[15]，清凉露千滴万点抛。三转九回坛边绕，浮尘热恼全浇。香烟，云盖飘[16]，玉座层层百尺高。响云璈[17]，建极宝殿，改作团瓢[18]。

（外下。丑、小生向内介）洒扫已毕，请法师更衣拜坛，行朝请大礼。（丑、小生设牌位：正坛设故明思宗烈皇帝之位，左坛设故明甲申殉难文臣之位，右坛设故明甲申殉难武臣之位。内奏细乐介。外九梁朝冠、鹤补朝服、金带、朝鞋、牙笏上[19]。跪祝介）伏以星斗增辉，快睹蓬莱之现；风雷布令，遥瞻阊阖之开[20]。恭请故明思宗烈皇帝九天法驾，及甲申殉难文臣、东阁大学士范景文、户部尚书倪元璐、刑部侍郎孟兆祥、协理京营兵部侍郎王家彦、左都御史李邦华、右副都御史施邦耀、大理寺卿凌义渠、太常寺少卿吴麟征、太仆寺丞申佳胤、詹事府庶子周凤翔、谕德马士奇、中允刘理顺、翰林院检讨汪伟、兵科都给事中吴甘来、巡视京营御史王章、河南道御史陈良谟、提学御史陈纯德、兵部郎中成德、吏部员外郎许直、兵部主事金铉、武臣新乐侯刘文炳、襄城伯李国祯、驸马都尉巩永固、协理京营内监王承恩等[21]。伏愿彩仗随车，素旗拥驾，君臣穆穆，指青鸟以来临；文武皇皇，乘白云而至止[22]。共听灵籁[23]，同饮仙浆。（内奏乐，外三献酒，四拜介。副末、村民随拜介）

【南画眉序】（外）列仙曹，叩请烈皇下碧霄。舍煤山古树，解却宫绦㉔。且享这椒酒松香，莫恨那流贼闯盗。古来谁保千年业？精灵永留山庙。

　　（外下。丑、小生左右献酒，拜介。副末、村民随拜介）

【北出队子】（丑、小生）虔诚祝祷，甲申殉节群僚。绝粒刎颈恨难消，坠井投缳志不挠㉖，此日君臣同醉饱。

注释：

①瓢冠：瓜瓢形的帽子。衲衣：僧衣，也可指道袍。

②拂：道具，拂尘。

③"拂衣不早"二句：指张瑶星看清纷扰的官场，归隐恨晚。拂衣，振衣而去，指归隐。傀儡，原指木偶，此处指被操纵的弘光帝。

④"恸哭穷途"二句：一会儿末路痛哭，一会儿又哄堂大笑，指政坛反复无常。恸哭穷途，典自阮籍故事，参看第十四出《阻奸》注。哄堂笑，即哄堂大笑，指人多的地方，有人发端引起众笑。典自欧阳修《归田录》。

⑤玉壶琼岛：指神仙居所，泛指仙境、仙宫。玉壶，参见第三十九出《栖真》注。琼岛，岛的美称，指仙岛。

⑥挂冠：指辞官、弃官。典自《后汉书·逸民列传·逢萌传》，汉代王莽执政时，逢萌儿子被杀，他谓友人："三纲绝矣。不去，祸将及人。"解冠挂于东都城门上，归家后携带家属渡海而去。

⑦皈依：佛教语，指信奉佛教。

⑧蓬、瀛：指蓬莱、瀛洲，传说中的仙山。

⑨飞升尸解：指成仙。飞升，指通过修炼和服用丹道，功德圆

满后，肉身和元神共同成仙，可以飞升天界。尸解，指元神出窍，羽化升天。遗体或留存原地，或移形他处，或遗留"只履"。

⑩追荐：指举行诵经、写经、施财、做法事等活动，为死者超度，祈求冥福。荐，祭奠，为死者念经做法事。

⑪黄箓科仪：指设坛祭祀的各种仪式。黄箓，原指道士设坛祈祷的一种醮名，据《隋书·经籍志》，道家洁斋之法有黄箓、玉箓、金箓、涂炭等，后泛指道书。科仪，指道场法事的规矩、程序。

⑫列星众宿：指天上众多星宿，特指二十八宿。宿，星止住之所。

⑬锭锞（kè）：原作"锭颗"，据暖红室本改。指祭奠、祭神时烧的金银纸锭。下同，不再出注。锭、锞，指两种银锭。银锭有元宝、锭、锞、福珠四种形式。

⑭紫降黄檀：指祭祀燃用之香。檀香依皮色不同分为白檀、黄檀、紫檀等。紫降，即紫檀。另有一说，紫降，指降香，香木出自贵州等地，根实色润，和以渚香，焚烧后可以降神。

⑮净手洒松梢：道家法事程序之一，指洗净双手，用松枝梢蘸净水四处扬洒。

⑯云盖飘：指香烟密聚、升腾，像云盖一样飘动。

⑰响云璈（áo）：奏响云锣。云璈，金属制乐器名，即云锣，清制云锣从云璈改制而成，参见第五出《访翠》注。

⑱建极宝殿，改作团瓢：指帝王临宇的宝殿，改作圆坛。建极，指帝王立法治国。团瓢，也作"团焦"，一种圆形草屋。

⑲九梁朝冠：指最高官员朝会时所戴的冠帽。九梁，为最高官员。梁，官帽上的横梁，官品越高，梁数越多。鹤补朝服：指一品文官朝会时所穿的朝衣。鹤补，明代官员制度规定，一品文官绣仙鹤。补，在官服前胸及后背，用金线绣成图案，以示官品高下。

⑳阊阖：指传说中的天门。

㉑王章：原作"王卓"，据清康熙刊本改。许直：原作"许真"，据清康熙刊本改。

㉒"君臣穆穆"四句：指殉难诸臣前来祭礼。穆穆，指端庄恭敬、庄严肃穆的样子。皇皇，指显赫、盛大的样子。

㉓灵籁：为迎接神灵奏响的乐曲。籁，古代管乐器，三孔。

㉔宫绦：也称"丝绦"，用丝线编成的长绳，系在腰带上，垂下的绦头上打结或挂珮。

㉕投缳：自缢。

（丑、小生）奠酒焚帛，送神归天。（众烧纸牌钱颗，奠酒举哀介。副末）今日才哭了个尽情。（众）我们愿心已了，大家吃斋去。（暂下。丑、小生向内介）朝请已毕，请法师更衣登坛，做施食功德。（设焰口、结高坛介①。内作细乐介。外更华阳巾、鹤氅②，执拂子上③，拜坛毕，登坛介。丑、小生侍立介。外拍案介）窃惟浩浩沙场，举目见空中之楼阁；茫茫苦海，回头登岸上之瀛洲。念尔无数国殇，有名敌忾，或战畿辅④，或战中州，或战湖南，或战陕右；死于水，死于火，死于刃，死于镞⑤，死于跌扑踏践，死于疠疫饥寒。咸望滚榛莽之髑髅，飞风烟之磷火，远投法座，遥赴宝山⑥。吸一滴之甘泉，津含万劫；吞盈掬之玉

粒，腹果千春⑦。（撒米、浇浆、焚纸，鬼抢介）

【南滴溜子】沙场里，沙场里，尸横蔓草。殷血腥⑧，殷血腥，白骨渐槁。可怜风旋雨啸，望故乡无人拜扫，饿魄馋魂，来饱这遭。

（丑、小生）施食已毕，请法师普放神光，洞照三界⑨，彰君臣位业，指示群迷。（外）这甲申殉难君臣，久已超升天界了。（丑、小生）还有今年北去君臣，未知如何结果？恳求指示。（外）你们两廊道众，斋心肃立⑩，待我焚香打坐⑪，闭目静观。（丑、小生执香，低头立介。外闭目良久介。醒向众介）那北去弘光皇帝，及刘良佐、刘泽清、田雄等，阳数未终，皆无显验。（丑、小生前禀介）还有史阁部、左宁南、黄靖南，这三位死难之臣，未知如何报应？（外）待我看来。（闭目介。杂白须、幞头、朱袍，黄纱蒙面，幢幡细乐引上）吾乃督师内阁大学士兵部尚书史可法，今奉上帝之命，册为太清宫紫虚真人，走马到任去也。（骑马下。杂金盔甲、红纱蒙面，旗帜鼓吹引上）俺乃宁南侯左良玉，今奉上帝之命，封为飞天使者，走马到任去也。（骑马下。杂银盔甲、黑纱蒙面，旗帜鼓吹引上）俺乃靖南侯黄得功，今奉上帝之命，封为游天使者，走马到任去也。（骑马下。外开目介）善哉！善哉！方才梦见阁部史道邻先生，册为太清宫紫虚真人；宁南侯左昆山，靖南侯黄虎山，封为飞天、游天二使者。一个个走马到任，好荣耀也。

【北刮地风】则见他云中天马骄，才认得一路英豪。咭叮奏着钧天乐⑫，又摆些羽葆干旄⑬。将军刀，丞相袍，挂符牌，都是九天名号⑭。好尊荣，好逍遥，只有皇天不昧功劳。

（丑、小生拱手介）南无天尊！南无天尊！果然善有善报，天理昭彰。（前禀介）还有奸臣马士英、阮大铖这两个如何报应？（外）待俺看来。（闭目介）净散发披衣跑上）我马士英做了一生歹事，那知结果这台州山中⑮。（杂扮霹雳雷神，赶净绕场介。净抱头跪介）饶命，饶命！（杂劈死净，剥衣去介。副净冠带上）好了，好了！我阮大铖走过这仙霞岭，便算第一功了。（登高介。杂扮山神、夜叉，刺副净下，跌死介。外开目介）苦哉，苦哉！方才梦见马士英被雷击死台州山中，阮大铖跌死仙霞岭上⑯。一个个皮开脑裂，好苦恼也！

【南滴滴金】明明业镜忽来照⑰，天网恢恢飞不了。抱头颠由你千山跑，快雷车偏会找，钢叉又到。问年来吃人多少脑，这顶浆两包，不够犬饕。

（丑、小生拱手介）南无天尊！南无天尊！果然恶有恶报，天理昭彰。（前禀介）这两廊道众，不曾听得明白，还求法师高声宣扬一番。（外举拂高唱介。副末、众村民执香上，立听介）

【北四门子】（外）众愚民暗室亏心少，到头来几曾饶。微功德也有吉祥报⑱，大巡环睁眼瞧。前一番，后一遭，正人邪党，南朝接北朝。福有因，祸怎逃？只争些来迟到早。

（副末、众叩头下。老旦扮卞玉京，领旦上）天上人间，为善最乐。方才同些女道，在周皇后坛前挂了宝幡，再到讲堂参见法师。（旦）奴家也好闲游么？（老旦指介）你看两廊道俗，不计其数，瞧瞧何妨？（老旦拜坛介）弟子卞玉京稽首了。（起同旦一边立介。副净扮丁继之上）人身难得，大道难闻。（拜坛介）弟子丁继之稽首了。（起唤介）侯相公，这是讲堂，过来随喜。（生急上）

来了！久厌尘中多苦趣，才知世外有仙缘。（同立一边介。外拍案介）你们两廊善众，要把尘心抛尽，才求得向上机缘，若带一点俗情，免不了轮回千遍⑲。（生遮扇看旦，惊介）那边站的是俺香君，如何来到此处？（急上前拉介。旦惊见介）你是侯郎，恨杀奴也！

【南鲍老催】想当日猛然舍抛，银河渺渺谁架桥？墙高更比天际高。书难到，梦空劳，情无了，出来路儿越迢遥。（生指扇介）看这扇上桃花，叫小生如何报你？看鲜血满扇开红桃，正说法天花落⑳。

（生、旦同取扇看介。副净拉生，老旦拉旦介）法师在坛，不可只顾诉情了。（生、旦不理介。外怒拍案介）咄！何物儿女，敢到此处调情？（忙下坛，向生、旦手中裂扇掷地介）我这边清净道场，那容得狡童游女㉑，戏谑混杂？（丑认介）呵呀！这是河南侯朝宗相公，法师原认得的。（外）这女子是那个？（小生）弟子认得他，是旧院李香君，原是侯兄聘妾。（外）一向都在何处来？（副净）侯相公住在弟子采真观中。（老旦）李香君住在弟子保真庵中。（生向外揖介）这是张瑶星先生，前日多承超豁。（外）你是侯世兄，幸喜出狱了。俺原为你出家，你可知道么？（生）小生那里晓得？（丑）贫道蔡益所，也是为你出家。这些缘由，待俺从容告你罢。（小生）贫道是蓝田叔，特领香君来此寻你，不想果然遇着。（生）丁、卞二师收留之恩，蔡、囝二师按引之情，俺与香君世世图报。（旦）还有那苏昆生，也随奴到此。（生）柳敬亭也陪我前来。（旦）这柳、苏两位，不避患难，终始相依，更为可感！（生）待咱夫妻还乡，都要报答的。（外）你们絮絮叨叨，说的俱是那里话？当此地覆天翻，还恋情根欲种，岂不可笑？（生）

第四十出　入道（乙酉七月）

413

此言差矣！从来男女室家，人之大伦，离合悲欢，情有所钟，先生如何禁得？（外怒介）吓！两个痴虫，你看国在那里？家在那里？君在那里？父在那里？偏是这点花月情根，割他不断么？

【北水仙子】堪叹你儿女娇，不管那桑海变，艳语淫词太絮叨，将锦片前程，牵衣握手神前告。那知道姻缘簿久已勾销，翅楞楞鸳鸯梦醒好开交，碎纷纷团圆宝镜不坚牢，羞答答当场弄丑惹的旁人笑，明荡荡大路劝你早奔逃。

（生揖介）几句话，说的小生冷汗淋漓，如梦忽醒。（外）你可晓得了么？（生）弟子晓得了。（外）既然晓得，就此拜丁继之为师罢。（生拜副净介。旦）弟子也晓得了。（外）既然也晓得，就此拜卞玉京为师罢。（旦拜老旦介。外吩咐副净、老旦介）与他换了道扮。（生、旦换衣介。副净、老旦）请法师升座，待弟子引见。（外升座介。副净领生，老旦领旦，拜外介）

【南双声子】芟情苗㉒，芟情苗，看玉叶金枝凋。割爱胞，割爱胞，听凤子龙孙号㉓。水沤漂，水沤漂；石火敲㉔，石火敲，剩浮生一半，才受师教。

（外指介）男有男境，上应离方㉕，快向南山之南修真学道去。（生）是，大道才知是，浓情悔认真。（副净领生从左下。外指介）女有女界，下合坎道㉖，快向北山之北修真学道去。（旦）是，回头皆幻景，对面是何人？（老旦领旦从右下。外下座大笑三声介）

【北尾声】你看他两分襟㉗，不把临去秋波掉。亏了俺桃花扇扯碎一条条，再不许痴虫儿自吐柔丝缚万遭。

白骨青灰长艾萧，
桃花扇底送南朝。

不因重做兴亡梦，

儿女浓情何处消？

注释：

①设焰口：也称"放焰口"，请僧人做法场，施舍饿鬼，念经文追荐亡者。焰口，佛教中饿鬼的名字。

②华阳巾：泛指道士所戴的头巾。

③上：原作"一"，据清康熙刊本改。

④畿辅：指京城附近地区。清代称直隶省为畿辅。畿，古代天子所领的千里之地。辅，王都附近地区。

⑤镞（zú）：箭头。

⑥"咸望滚榛莽之髑髅"四句：都希望那些在杂草中滚动的髑髅，随风烟飞扬的磷火，能远远投到新设的法座，遥遥奔赴新筑的宝山。榛莽，丛生的草木。髑髅，人头骨。磷火，鬼火。

⑦"吸一滴之甘泉"四句：希望他们来吸吮一滴甘泉，便长久含津而不渴；吞下满满一把如玉之米粒，便千年饱腹而不饥。劫，佛教的时间名词，极为久远的时间。盈掬，满满一捧。

⑧殷（yān）血腥：黑红色的血，腥味重。殷，黑红色。

⑨三界：佛教术语，指世俗世界分为欲界、色界、无色界。

⑩斋心：指祛除杂念，清心寡欲。

⑪打坐：指静坐入定。

⑫钧天乐：指天宫仙乐。钧天，上帝所居之所。

⑬羽葆幢旄：以鸟羽装饰仪仗的华盖，以牦牛尾装饰旗杆，形

容仪仗队伍华丽、威严。羽，用鸟羽装饰。葆，华盖。干，旗干。旄，用牦牛尾装饰。

⑭九天名号：天上受封仙官的名位，指史可法、左良玉、黄得功等被册封为仙官。

⑮结果这台州山中：据《明史·马士英传》，马士英逃到浙江台州，做了寺僧，后被清兵搜获杀死。下文里的雷神劈死马士英，是作者的附会。

⑯阮大铖跌死仙霞岭上：据《明史·马士英传》附，阮大铖投降清兵后，经过仙霞岭时，僵卧石上，猝死。

⑰业镜：佛教语，指冥界照见众生善恶的镜子，一般指照出恶迹。

⑱微：原作"做"，据清康熙刊本改。

⑲轮回：即六道轮回，指众生生死在六道里辗转、轮回。六道，即天道、人道、阿修罗道、鬼道、畜生道、地狱道。前三道为三善道，后三道为三恶道。或善途，或恶途，视昔时造业善恶而定。

⑳说法天花落：指说法精微，感动天神，香花缤纷坠落。传说梁武帝时，云光法师在雨花台筑坛讲经，出神入化，天花坠落如雨。

㉑狡童游女：指追求浪漫爱情的少男少女。狡童，狡猾、精明的孩子。《诗经》收有《狡童》诗。游女，指好游的女子，《诗经·周南·汉广》有"汉有游女，不可求思"句。

㉒芟情苗：指斩断情根。芟，刈，割。

㉓号：原作"好"，据清康熙刊本改。

㉔水沤漂，石火敲：指爱情、人生、世事等如水中漂浮的泡

沫、击石撞出的火花般短暂。沤，水中浮起的水泡。

㉕离：八卦之一，代表火，位在正南方。

㉖坎：八卦之一，代表水，位在正北方。

㉗分袂：分别。袂，同"袂"，衣袂。

点评：

　　本出出评："离合之情，兴亡之感，融洽一处，细细归结。最散，最整，最幻，最实，最曲迂，最直截。此灵山一会，是人天大道场。而观者必使生、旦同堂拜舞，乃为团圆，何其小家子样也！""全本《桃花扇》，不用良家妇女出场，亦忠厚之旨。"

　　这一出可谓整部传奇的大结局，对于前面的国家兴亡，做出了全面的总结概括，也为侯方域、李香君的情缘画上了句点。但该出的决断方式颇为奇特，以至于从其写成至今的两百多年间，一直饱受争议。

　　《桃花扇》一剧以弘光朝廷的兴起、败亡为主要线索，涉及事件复杂、牵扯人物众多，再加上贯穿其间的侯方域、李香君的离合，将国恨家仇融于一体。想要将如此复杂的内容在有限的体制内总结收束，诚非易事。然而这一出《入道》，却巧妙地以一场追念先帝与忠臣的祭奠仪式，将体量如此庞大的内容都融汇其中。

　　张瑶星所做的这场祭奠仪式，便是对于前朝兴亡的一番总结。其对于甲申年间殒命的崇祯皇帝以及随崇祯皇帝一同殉难的诸多大臣一一进行超度，亦是对于亡故明朝的一番超度。其【南画眉序】曲中"且享这椒酒松香，莫恨那

流贼闯盗。古来谁保千年业？精灵永留山庙"几句，如同
《三国演义》终卷的"纷纷世事无穷尽，天数茫茫不可逃。
鼎足三分已成梦，后人凭吊空牢骚"一般，是人们对于兴亡
的感慨与超然。

在此，作者并没有对弘光诸臣进行超度和祭奠——毕
竟甲申诸臣死于李自成的大顺军，而弘光殉难诸臣则大多
因南下清军而死，过多涉及难免引火烧身。取而代之的，
是作者对于弘光的三大忠臣与两大佞臣的结局进行了交代。

史可法、左良玉、黄得功三人在现实中命运固然不佳，
但死后都被上天封赏，从而位列仙班。如此"成仙"之安排
手段，颇不乏见于传统的小说戏曲中。这固然出于人们自
我安慰的心理，但不失为人们对于忠贞节义精神的追求。

马士英、阮大铖二人也各自遭到了报应：马士英遭雷
击而死，阮大铖因失足而亡。据史籍记载，马士英是被清
军捉拿之后，不屈而死的，与此处出入较大。作者之所以
改造马士英的结局，当是为了避免提及清军。而阮大铖是
在随清军攻打仙霞岭时失足而死，倒是与此处接近。但是
此处阮大铖虽说了"我阮大铖走过这仙霞岭，便算第一功
了"这样一句，但这"第一功"究竟是向谁而请，作者也并
不说明，足见其仍然是避讳涉及清军等内容的。

作者在表现手法上也下了一番心思，在诉说上述五人
结局时，采用了"现身说法"的方式，将他们的结局形象地
展现出来，就舞台呈现上而言当显得十分好看，合于戏曲
舞台虚拟表达、超脱时空的特性。

如是一段超度，借助对于诸多人物的祭奠，将北京陷

落、弘光败亡的历史兴亡总结完毕。在随后的讲堂中，久别的李香君、侯方域二人也终于得以重逢了。一曲【南鲍老催】，将两人久别重逢之情歌尽。

但侯方域、李香君之间的相遇，于整个讲堂的气氛而言，却是不甚恰当的。故而侯方域与李香君的行为，引起了张瑶星的不满。他以国、家、君、父的不复存在，指斥了侯、李二人执迷花月情根的荒谬，甚至还扯毁了作为侯、李二人定情信物的桃花扇。张瑶星的态度，或可理解，但是侯方域、李香君二人"冷汗淋漓，如梦忽醒"之状态、双双拜师入道之举动，则为人们所难以理解。何以二人三年之分别，在旦夕之间就因为张瑶星的一番训话而消弭殆尽？着实有强拉硬拽之感。王国维就曾对此提出质疑：

> 故吾国之文学中，其具厌世解脱之精神者，仅有《桃花扇》与《红楼梦》耳。而《桃花扇》之解脱，非真解脱也。沧桑之变，目击之而身历之，不能自悟，而悟于张道士之一言，且以历数千里，冒不测之险，投缧绁之中，所索之女子，才得一面，而以道士之言，一朝而舍之——自非三尺童子，其谁信之哉？

后世曾有人改作《南桃花扇》一剧，将最终生、旦入道的结局改为生、旦团圆。如此虽然符合常理，却与国破家亡的历史情境格格不入。且就史实而言，侯、李并未再次相见过，而且侯方域日后还参加了清初的科举，成了大清朝臣，为人们以"两朝应举侯公子，忍对桃花说李香"之诗所讥讽。所以，分离侯、李二人固然违背了众人的意愿，但是强使侯、李二人团圆，于情境、于历史而言，则更为不佳。

桃花扇是侯、李二人的定情信物，也是弘光兴亡的历史见证，即所谓"南朝兴亡，遂系之桃花扇底"。而现在南朝已然败亡，桃花扇于历史兴亡一面的意义也就随之消泯了。张瑶星以家国不存扯碎桃花扇，意义正在于此。

同样的，侯、李二人所以结缘的基础，也是随着南朝兴亡而不复存在了：固然爱情的自由是不应当受到所谓"封建道德"限制的，然而爱情也需要有人伦的基础存在。如今南明覆亡，国、家、君、父无一存在，纵使侯、李真心相爱，乱世之中他们又能去向何处，又以何种基础支撑他们的爱情呢？有缘未必有分，有情亦未必可长久，执迷如此大梦之中不醒，当与弘光朝廷中诸人类同。正因此，张瑶星才扯破二人的桃花扇，点醒二人的风月迷梦。

张瑶星所谓"那知道姻缘簿久已勾销，翅楞楞鸳鸯梦醒好开交，碎纷纷团圆宝镜不坚牢"之句，正是此意。结尾收场诗句"不因重做兴亡梦，儿女浓情何处消"，也是此意。侯方域、李香君二人为求相见，身经烽火变乱之考验，几至于殒命。待到二人终于得以相见、得以再续前缘，却因为家国的残破之局面，失却了人伦延续之基础，只得一南一北，各自入道归真。由此，桃花扇底所系的情缘、兴亡悉数覆灭，诸般因果缘分也随之一笔勾销。想来诸多兴亡变乱，最终也只能归于"古今多少事，都付笑谈中"的寂然，斩去尘缘、解脱于世才是侯方域、李香君破解执迷的最终出路，这也当是作者于《桃花扇》一剧之寄意所在。

高筑仙坛海日晓，诸天群灵俱到，列星众宿来朝。幡影飘摇，七月中元建醮。

续四十出　余韵（戊子九月）①

（净扮樵子挑担上）【西江月】放目苍崖万丈，拂头红树千枝。云深猛虎出无时，也避人间弓矢。　建业城啼夜鬼，维扬井贮秋尸②，樵夫剩得命如丝，满肚南朝野史。在下苏昆生，自从乙酉年同香君到山，一住三载，俺就不曾回家，往来牛首、栖霞③，采樵度日。谁想柳敬亭与俺同志，买只小船，也在此捕鱼为业。且喜山深树老，江阔人稀，每日相逢，便把斧头敲着船头，浩浩落落，尽俺歌唱，好不快活！今日柴担早歇，专等他来促膝闲话，怎的还不见到？（歇担盹睡介。丑扮渔翁摇船上）年年垂钓鬓如银，爱此江山胜富春④。歌舞丛中征战里，渔翁都是过来人。俺柳敬亭送侯朝宗修道之后，就在这龙潭江畔，捕鱼三载，把些兴亡旧事，付之风月闲谈。今值秋雨新晴，江光似练，正好寻苏昆生饮酒谈心。（指介）你看，他早已醉倒在地，待我上岸，唤他醒来。（作上岸介。呼介）苏昆生。（净醒介）大哥果然来了。（丑问介）贤弟偏杯呀⑤！（净）柴不曾卖，那得酒来？（丑）愚兄也未卖鱼，都是空囊，怎么处？（净）有了，有了！你输水，我输柴，大家煮茗清谈罢。（副末扮老赞礼，提弦携壶上）江山江山，一忙一闲，谁赢谁输？两鬓皆斑。（见介）原来是柳、苏两位老哥。（净、丑拱介）老相公怎得到此？（副末）老夫住在燕子矶边，今乃戊子年九月十七日，是福德星君降生之辰⑥，我同些山中社友，到福德神祠祭赛已毕，路过此间。（净）为何挟着弦子，提着酒壶？（副末）见笑，见笑！老夫编了几句神弦歌⑦，名曰"问苍天"。今日弹唱乐神，社散之时，分得这瓶福酒，恰好遇着二位，就同饮三杯罢。（丑）怎好取扰？（副末）这叫做"有福同享"。（净、丑）好，好！（同坐饮介。净）何不把神弦歌领略一回？（副末）使得！老夫的心事，正要请教二位哩。（弹弦唱巫腔。净、丑拍手衬介）

【问苍天】新历数，顺治朝，岁在戊子。九月秋，十七日，嘉会良时。击神鼓，扬灵旗，乡邻赛社⑧。老逸民，剃白发，也到丛祠。椒作栋，桂为楣，虔修普建。碧和金，丹间粉，画壁精奇。貌赫赫，气扬扬，福德名位。山之珍，海之宝，总掌无遗。超祖祢⑨，迈君师，千人上寿。焚椒兰，奠清醑⑩，夺户争墠⑪。草笠底，有一人，掀须长叹。贫者贫，富者富，造命奚为？我与尔，较生辰，同月同日。囊无钱，灶断火，不啻乞儿。六十岁，花甲周，桑榆暮矣。乱离人，太平犬，未有亨期⑫。称玉斝⑬，坐琼筵，尔餐我看。谁为灵？谁为蠢？贵贱失宜。臣稽首，叫九阍⑭，开聋启瞆。宣命司，检禄籍，何故差池⑮？金阙远，紫宸高，苍天梦梦⑯。迎神来，送神去，舆马风驰。歌舞罢，鸡豚收，须臾社散。倚枯槐，对斜日，独自凝思。浊享富，清享名，或分两例。内才多，外才少，应不同规。热似火，福德君，庸人父母。冷如冰，文昌帝⑰，秀士宗师。神有短，圣有亏，谁能足愿？地难填，天难补，造化如斯⑱。释尽了，胸中愁，欣欣微笑。江自流，云自卷，我又何疑？

注释：

①戊子：清顺治五年，公元 1648 年。

②"建业城啼夜鬼"二句：指清兵南下时，金陵、扬州两城百姓被屠戮。建业，指南京，三国时改名为建业，晋代时又改作建康。维扬，指扬州。《史记·夏本纪》有"淮海维扬"句。

③牛首：牛首山，一名牛头山，在金陵城南。

④爱此江山胜富春：指柳敬亭喜欢龙潭江风光更甚于富春山。富春，指浙江桐庐的富春山。光武帝时，严光，字子陵，是刘秀的同窗，刘秀称帝后，他无意仕途，隐姓埋名于山中，垂钓于富春江畔，其钓鱼处，后人称为"严子陵钓台"。

⑤偏杯：指背着人独自饮酒享乐。

⑥福德星君：传说中的财神。

⑦神弦歌：原指古乐府"清商曲"中祀神的乐曲。据《乐府诗集》引《古今乐录》，《神弦歌》有 11 曲，多为民间祭祀神灵的内容。后李贺也作有祭神、送神的《神弦曲》《神弦别曲》。此处泛指祭神音乐。

⑧赛社：指古代乡间祭祀社神的活动。赛，祭神以酬报神恩。社，春、秋两季祭祀土地神。

⑨祢（mí）：指奉祀亡父的宗庙。

⑩醑（xǔ）：指美酒，用以祭神。

⑪墀（chí）：台阶。

⑫"乱离人"三句：指离乱中人，没有通达、亨通时光可以期待，"乱离人，太平犬"，化用俗语"宁作太平犬，莫作乱离人"。

⑬称玉斝（jiǎ）：高举玉制的酒杯。

⑭九阍：原指宫殿之门，此处指天庭大门。

⑮"宣命司"三句：指老赞礼责问天庭宣命司，何故让自己的

命运如此多舛。命司，掌管人命运的机构。禄籍，登记品秩
禄位的册籍。差池，有差错。

⑯"金阙远"三句：指天庭离人间太远，不了解老百姓的疾苦。
金阙、紫宸，指天庭宫殿。苍天，原作"花天"，据清康熙
刊本改。梦梦，指糊涂、昏乱不明。

⑰文昌帝：掌管人间功名、禄位之神。

⑱造化：指大自然的创造化育。

（唱完放弦介）出丑之极。（净）妙绝！逼真《离骚》《九歌》
了①。（丑）失敬，失敬！不知老相公竟是财神一转哩。（副末让
介）请干此酒。（净咂舌介）这寡酒好难吃也②。（丑）愚兄倒有些
下酒之物。（净）是什么东西？（丑）请猜一猜。（净）你的东西，
不过是些鱼鳖虾蟹。（丑摇头介）猜不着，猜不着。（净）还有什
么异味？（丑指口介）是我的舌头。（副末）你的舌头，你自下酒，
如何让客？（丑笑介）你不晓得，古人以《汉书》下酒，这舌头
会说《汉书》，岂非下酒之物？（净取酒斟介）我替老哥斟酒，老
哥就把《汉书》说来。（副末）妙，妙！只恐菜多酒少了。（丑）
既然《汉书》太长，有我新编的一首弹词，叫做《秣陵秋》，唱
来下酒罢。（副末）就是俺南京的近事么？（丑）便是。（净）这都
是俺们耳闻眼见的，你若说差了，我要罚的。（丑）包管你不差。
（丑弹弦介）六代兴亡，几点清弹千古慨；半生湖海，一声高唱
万山惊。（照盲女弹词唱介）

【秣陵秋】陈隋烟月恨茫茫，井带胭脂土带香③。骀荡
柳绵沾客鬓④，叮咛莺舌恼人肠。中兴朝市繁华续⑤，
遗孽儿孙气焰张⑥。只劝楼台追后主，不愁弓矢下残

唐⑦。蛾眉越女才承选，燕子吴歈早擅场⑧。力士签名搜笛步，龟年协律奉椒房。西昆词赋新温李⑨，乌巷冠裳旧谢王。院院宫妆金翠镜，朝朝楚梦雨云床。五侯阃外空狼燧，二水洲边自雀舫⑩。指马谁攻秦相诈，入林都畏阮生狂⑪。春灯已错从头认，社党重钩无缝藏⑫。借手杀仇长乐老，胁肩媚贵半闲堂⑬。龙钟阁部啼梅岭，跋扈将军噪武昌⑭。九曲河流晴唤渡，千寻江岸夜移防⑮。琼花劫到雕栏损，玉树歌终画殿凉。沧海迷家龙寂寞，风尘失伴凤徬徨⑯。青衣衔璧何年返？碧血溅沙此地亡⑰。南内汤池仍蔓草，东陵辇路又斜阳⑱。全开锁钥淮、扬、泗⑲，难整乾坤左、史、黄⑳。建帝飘零烈帝惨，英宗困顿武宗荒。那知还有福王一，临去秋波泪数行㉑。

注释：

①《离骚》《九歌》：屈原所作诗歌，收在《楚辞》中。

②寡酒：指无果品、菜肴相佐而饮的酒。

③井带胭脂：也称"胭脂井"，指隋兵攻打南京时，陈后主携着张丽华皇后、孔贵嫔匆匆躲避在景阳宫井中，后被俘虏。

④骀（dài）荡：指摇曳、荡漾之状。

⑤中兴朝市：指弘光朝廷。

⑥遗孽儿孙：指弘光帝、马士英、阮大铖等昏君、庸臣。

⑦"只劝楼台追后主"二句：此两句为反讽句，借陈后主、李后主亡国事，讽刺弘光帝只知沉湎娱乐，不顾清兵南下之风险。后主，指陈后主。残唐，指南唐李后主。

⑧燕子：指阮大铖的《燕子笺》。吴歈（yú）：指昆腔。

⑨西昆词赋新温李：北宋初年，杨亿、刘筠、钱惟演仿照李商隐、温庭筠之文风创造了西昆体。西昆词赋，指西昆体，追求华丽辞藻，堆砌典故。

⑩"五侯阃（kǔn）外空狼燧"二句：指边防紧急，金陵城里君臣却只顾个人淫乐游荡。五侯，指宦官近臣。汉成帝时，重用外戚，封了五位舅舅为侯。此处指四镇总兵及史可法。阃外，原作"门外"，据清康熙刊本改，指京城以外的地域，此处指将官驻守的军事防区。空狼燧，指空有狼烟报警，无人响应。二水洲，指南京白鹭洲。自，任意。雀舫，朱雀舫，一种游船。

⑪"指马谁攻秦相诈"二句：指马士英、阮大铖之乱政。指马谁攻，化用秦国赵高指鹿为马之故事。秦相，借指马士英。入林，归隐。阮生，原指阮籍，此处指阮大铖猖狂诬陷复社文人，以报私仇。

⑫"春灯已错从头认"二句：指阮大铖曾有改过之心，但得势之后又反悔，复社文人重被报复、牵连，无处可藏。春灯已错从头认，指阮大铖在《春灯谜》里用"十错认"来表达自己的悔过。钩，牵连。

⑬"借手杀仇长乐老"二句：借长乐老和贾似道，讽刺阮大铖、马士英奸政。长乐老，五代时名相冯道，精于权谋，不知廉耻借手杀仇，自号"长乐老"。半闲堂，指宋代权相贾似道，参看第二十一出《媚座》注。

⑭"龙钟阁部啼梅岭"二句：老态龙钟的史可法在梅花岭落泪，跋扈将军左良玉嚷着要离开武昌，东下。龙钟阁部，指史可

法。跋扈将军，指左良玉。

⑮ "九曲河流晴唤渡"二句：九曲黄河旁，白天里清兵相互呼唤渡河；千里长江岸边，黑夜里驻守部队悄悄移防。指三镇只知堵截左良玉，却疏忽于防守清军，使其轻易渡江。

⑯ "琼花劫到雕栏损"四句：指扬州、金陵失守，帝王家眷都如丧家犬般不知何去何从。琼花劫到，指扬州失守，清兵屠城事。琼花，指琼花观，在扬州。玉树歌终，指南明王朝的灭亡。玉树，指陈后主的《玉树后庭花》。歌终，指陈后主亡国，借指弘光朝的灭亡。

⑰ "青衣衔璧何年返"二句：弘光帝被俘降清，不知何年回返。忠臣们血溅沙场，就地赴难。青衣衔璧，指弘光帝。典自晋怀帝被匈奴俘去后，被迫穿着青衣斟酒，受辱的故事。衔璧，古代帝王投降后，往往背绑双手，口衔玉璧去见敌人。碧血溅沙，指大将黄得功为国自刎。

⑱ "南内汤池仍蔓草"二句：指南京城里颓废、苍凉的景象。故宫护城河边长满荒草，孝陵里的辇道日日映衬着落日。南内，指金陵城内的旧皇城。汤池，指护城河。东陵，指南京城东的明孝陵。辇路，指天子车驾专用道。

⑲ 全开锁钥淮、扬、泗：指淮阴、扬州、泗阳诸多战略要地失守。

⑳ 左、史、黄：指左良玉、史可法、黄得功。

㉑ "建帝飘零烈帝惨"四句：历数明朝帝王的不幸与昏庸，批判弘光帝的荒唐结局。建帝，指建文帝，朱棣攻破南京后，建文帝失踪，相传他云游在外。烈帝，指崇祯帝，自缢身亡。英宗，瓦剌入侵，英宗带兵征讨，被俘。武宗，宠用刘

瑾，荒淫无道。福王一，指弘光帝，在位只有一年。

（净）妙，妙！果然一些不差。（副末）虽是几句弹词，竟似吴梅村一首长歌①。（净）老哥学问大进，该敬一杯。（斟酒介。丑）倒叫我吃寡酒了。（净）愚弟也有些须下酒之物。（丑）你的东西，一定是山肴野蔌了。（净）不是，不是！昨日南京卖柴，特地带来的。（丑）取来共享罢。（净指口介）也是舌头。（副末）怎的也是舌头？（净）不瞒二位说，我三年没到南京，忽然高兴，进城卖柴，路过孝陵，见那宝城享殿，成了刍牧之场。（丑）呵呀呀！那皇城如何？（净）那皇城墙倒宫塌，满地蒿莱了。（副末掩泪介）不料光景至此！（净）俺又一直走到秦淮，立了半晌，竟没一个人影儿。（丑）那长桥旧院，是咱们熟游之地，你也该去瞧瞧。（净）怎的没瞧？长桥已无片板，旧院剩了一堆瓦砾。（丑捶胸介）咳！伤感煞也。（净）那时疾忙回首，一路伤心，编成一套北曲，名为"哀江南"。待我唱来！（敲板唱弋阳腔介②）俺樵夫呵！

【哀江南】③【北新水令】山松野草带花挑，猛抬头秣陵重到。残军留废垒，瘦马卧空壕。村郭萧条，城对着夕阳道。

【驻马听】野火频烧，护墓长楸多半焦。田羊群跑，守陵阿监几时逃？鸽翎蝠粪满堂抛，枯枝败叶当阶罩。谁祭扫？牧儿打碎龙碑帽。

【沉醉东风】横白玉八根柱倒，堕红泥半堵墙高。碎琉璃瓦片多，烂翡翠窗棂少，舞丹墀燕雀常朝。直入宫门一路蒿，住几个乞儿饿殍。

【折桂令】问秦淮旧日窗寮，破纸迎风，坏槛当潮，目断魂消。当年粉黛，何处笙箫？罢灯船端阳不闹，收酒旗重九无聊。白鸟飘飘，绿水滔滔，嫩黄花有些蝶飞，新红叶无个人瞧。

【沽美酒】你记得跨青溪半里桥，旧红板没一条。秋水长天人过少，冷清清的落照，剩一树柳弯腰。

【太平令】④行到那旧院门，何用轻敲？也不怕小犬哷哗。无非是枯井颓巢，不过些砖苔砌草。手种的花条柳梢，尽意儿采樵，这黑灰是谁家厨灶？

【离亭宴带歇指煞】⑤俺曾见金陵玉殿莺啼晓，秦淮水榭花开早，谁知道容易冰消。眼看他起朱楼，眼看他宴宾客，眼看他楼塌了。这青苔碧瓦堆，俺曾睡风流觉，将五十年兴亡看饱。那乌衣巷不姓王，莫愁湖鬼夜哭，凤凰台栖枭鸟。残山梦最真，旧境丢难掉，不信这舆图换稿。诌一套《哀江南》，放悲声唱到老。

（副末掩泪介）妙是绝妙，惹出我多少眼泪。（丑）这酒也不忍入唇了，大家谈谈罢。（副净时服，扮皂隶暗上）朝陪天子辇，暮把县官门⑥。皂隶原无种，通侯岂有根？自家魏国公嫡亲公子徐青君的便是，生来富贵，享尽繁华。不料国破家亡，剩了区区一口。没奈何在上元县当了一名皂隶⑦，将就度日。今奉本官签票，访拿山林隐逸，只得下乡走走。（望介）那江岸之上，有几个老儿闲坐，不免上前讨火，就便访问。正是：开国元勋留狗尾⑧，换朝逸老缩龟头。（前行见介）老哥们有火借一个？（丑）请坐！（副净坐介。副末问介）看你打扮，像一位公差大哥。（副净）便是！（净问介）要火吃烟么？小弟带有高烟⑨，取出奉敬罢。（敲火取烟奉副净介。副净吸烟介）好高烟，好高烟！（作晕醉卧

倒介。净扶介。副净）不要拉我，让我歇一歇，就好了。（闭目
卧介。丑问副末介）记得三年之前，老相公捧着史阁部衣冠，要
葬在梅花岭下，后来怎样？（副末）后来约了许多忠义之士，齐
集梅花岭，招魂埋葬，倒也算千秋盛事，但不曾立得碑碣。（净）
好事，好事！只可惜黄将军刎颈报主，抛尸路旁，竟无人埋葬。
（副末）如今好了，也是我老汉同些村中父老，捡骨殡殓，起了
一座大大的坟茔，好不体面！（丑）你这两件功德，却也不小哩。
（净）二位不知，那左宁南气死战船时，亲朋尽散，却是我老苏
殡殓了他。（副末）难得，难得！闻他儿子左梦庚袭了前程，昨
日扶柩回去了。（丑掩泪介）左宁南是我老柳知己，我曾托蓝田
叔画他一幅影像，又求钱牧斋题赞了几句⑩，逢时遇节，展开祭
拜，也尽俺一点报答之意。（副净醒，作悄语介）听他说话，像几
个山林隐逸。（起身问介）三位是山林隐逸么？（众起拱介）不敢，
不敢！为何问及山林隐逸？（副净）三位不知么？现今礼部上本，
搜寻山林隐逸，抚按大老爷张挂告示，布政司行文已经月余，并
不见一人报名。府县着忙，差俺们各处访拿，三位一定是了，快
快跟我回话去。（副末）老哥差矣！山林隐逸乃文人名士，不肯
出山的。老夫原是假斯文的一个老赞礼，那里去得？（丑、净）
我两个是说书唱曲的朋友，而今做了渔翁、樵子，益发不中了。
（副净）你们不晓得，那些文人名士，都是识时务的俊杰，从三
年前俱已出山。目下正要访拿你辈哩。（副末）啐！征求隐逸，
乃朝廷盛典，公祖父母⑪，俱当以礼相聘，怎么要拿起来？定是
你这衙役们，奉行不善。（副净）不干我事，有本县签票在此，取
出你看。（取看签票欲拿介。净）果有这事哩！（丑）我们竟走开
如何？（副末）有理！避祸今何晚？入山昔未深。（各分走下。副

净赶不上介）你看他登崖涉涧，竟各逃走无踪。

【清江引】大泽深山随处找，预备官家要。抽出绿头签⑫，取开红圈票⑬，把几个白衣山人吓走了。

（立听介）远远闻得吟诗之声，不在水边，定在林下，待我信步找去便了。（急下。内吟诗曰）

> 渔樵同话旧繁华，
> 短梦寥寥记不差。
> 曾恨红笺衔燕子，
> 偏怜素扇染桃花。
> 笙歌西第留何客，
> 烟雨南朝换几家。
> 传得伤心临去语，
> 年年寒食哭天涯。

注释：

①吴梅村：名伟业，字骏公，号梅村，明末清初文学家、剧作家、诗人，明崇祯四年（1631）进士，任南京国子监司业等职。著有咏史长诗如《圆圆曲》《永和宫词》、传奇《秣陵春》等。

②弋阳腔：戏曲声腔之一，产生于江西弋阳一带，对青阳腔、潮剧及高腔系统的地方剧种曾产生一定的影响。

③【哀江南】：取自贾凫西《木皮散人鼓词》中《历代史略鼓词·哀江南》，字句微有不同。

④【太平令】：原作"【大卒令】"，据清康熙刊本改。

⑤【离亭宴带歇指煞】：原作"【离亭宴带歇尾煞】"，据暖红

室本改。

⑥"朝陪天子辇"二句：早上陪在帝王车辇边，晚上给县官看门，指人生境遇变化、跌转之快。

⑦上元县：县名，清代将南京分为江宁与上元二县。

⑧开国元勋留狗尾：徐青君是明代开国名将徐达后代，现在做了新朝的差役，他自嘲为狗尾续貂。

⑨高烟：价高、质量好的烟草。

⑩钱牧斋题赞：钱谦益作有《左宁南画像歌为柳敬亭作》。

⑪公祖父母：明清时期对地方官的尊称。

⑫绿头签：清代官府用以逮人或赦免罪人的木牌，在牌头漆上绿色。

⑬红圈票：清代官府捕人的拘票，上有犯人姓名，涂有红圈。

点评：

本出出评："水外有水，山外有山，《桃花扇》曲完矣，《桃花扇》意不尽也。思其意者，一日以至千万年，不能仿佛其妙。曲云曲云，笙歌云乎哉？科白云乎哉？""老赞礼乃开场之人，仍用以收场。柳在第一出登场，苏在第二出登场，今皆收于续出。徐皂隶即首出之徐公子也，先著其名，末露其面。一起一结，万层深心，索解人不易得也。""赞礼渔樵，或巫歌，或弹词，或弋阳腔，天空地阔，放意喊唱，以结全本《桃花扇》。《关雎》之乱，洋洋乎盈耳哉！""续四十出三唱收煞，即《中庸》末节，三引《诗》云以咏叹之意也。兴于诗，立于礼，成于乐，岂非近代一大著作！""天空地阔，放意喊唱，偏有红帽皂隶吓之而逃。谱《桃花扇》之笔，即记桃花源之笔也，可胜慨叹！"

该出实已出乎全剧情节之外，并不关事件本末了，但是其设置却使得全剧余味未了，显出文尽意远之态。梁廷枏在其《曲话》一书中，对此结尾颇为赞赏："《桃花扇》以《余韵》折作结，曲终人杳，江上峰青，留有余不尽之意于烟波缥缈间，脱尽团圆俗套。乃顾天石改作《南桃花扇》，使生、旦当场团圆，虽其排场可快一时之耳目，然较之原作，孰劣孰优，识者自能辨之。"

以该出悠远宁静之气氛，以照见兴亡变迁之历史，的确是以静制动，远胜于生、旦团圆式的俗套，也可以将整剧的立意从生、旦情缘的狭隘视野中拉出来，而放眼于整个历史波劫的变幻。

该出的开场，是苏昆生、柳敬亭二人的相约长谈。

苏昆生先担柴上场，借助他的自我介绍，看客们能够得知苏昆生、柳敬亭二人在侯、李入道之后，是相当惬意的，一人捕鱼、一人砍樵，闲来便谈论兴亡旧事，颇有"渔樵归隐"的意味。两人的行径也是潇洒放达，苏昆生甚至在岸边倒头就睡，并无一丝顾忌。

随后，老赞礼赛社归来与柳敬亭、苏昆生相遇，这才正式拉开几人谈论往昔的序幕。这序幕的开场，是老赞礼所唱的【问苍天】一曲。

这一曲【问苍天】套取自巫歌，原曲当是祭祀时用以娱神、许愿的歌曲。此处一曲固然也是以歌娱神，但其并非意在娱神、许愿，而是在质问苍天之不公，兼以感叹自己离乱中人的多舛命运。

曲之开场，写德福星君庙遇之精致以及众人争拜之景象。正在此景之中，老赞礼自写其暮年形象，随后便开始了对于苍天的发问。先说老天爷富贵离乱安排上的不公，随后又指斥人们盲目拜神求财之执着，最后又分辨清浊以自释胸中的不平。

一曲【问苍天】，将世人熙攘、昏聩的状态描写得如在目前，同时又表现出老赞礼孤高耿直的独特性格。也因此苏昆生才将其与《离骚》《九歌》并举，也无怪后人多以为老赞礼是孔尚任自况，是以在此歌中包藏了诸多牢骚话语。

老赞礼歌毕，话头转换间，便到了柳敬亭表现的段落，充分发挥了柳敬亭作为说书人的特色，及孔尚任所谓传奇"无体不备"的创作思想，将一段弹词展现了出来。

这段弹词，是演说金陵旧事的，前四句写金陵烟水茫茫的柔美景象，作为起兴之笔。接下来四句，写金陵中人多半只有玉树、后庭之心，并无经营天下之意。其后八句，写美女、音乐、媚词、宫闱等林林总总之景象，多方位地表现出帝王的荒淫生活。紧接八句，诉说军事上的窘迫、内政上的纷争，帝王一心只在声色之娱，国家的内外政治自然无甚希望可言。"春灯已错从头认"至"千寻江岸夜移防"八句，则将弘光朝廷败亡的具体原因总结概括出来，每句都可与前面的出数互相印证。随后的"琼花劫到雕栏损"诸句，则言说宫毁墙败、乾坤难转的颓然局势。最后四句，则是集中对福王进行批评，将他与明史上的英宗、武宗两大昏君相对举。

这一段，将头绪万端的各种情节矛盾，以格律整饬的弹词形式表现出来，从起兴到表意，从述史到论人，颇有江河直下之势，令人感慨万千。而且如此词体，正与柳敬亭的个性相般配，也正说明了孔尚任对于逞才纵笔空间把握的灵巧。

接柳敬亭而后的是苏昆生，其一套【哀江南】之曲，意味深长。这套曲并非孔尚任原创，而是取自贾凫西《木皮散人鼓词》之中，与《听稗》一出的《论语》鼓词，算是前后呼应。这一套曲的选用，于戏情戏理十分贴合。

【北新水令】【驻马听】【沉醉东风】三曲，顺着人主观游览次序，从城外到宫中将金陵凋零破败的景象一一描绘，宫墙颓败之景象，犹可作为朝代没落之表征。

【折桂令】【沽美酒】【太平令】三曲，则是借助今昔对比，从金陵残景转移到往日繁华盛况的追忆。"行到那旧院门，何用轻敲？也不怕小犬哗哗"几句之细节，尤其真切感人。彷佛真使人如在故地，隔院闻声。

【离亭宴带歇指煞】一曲，是对于整套曲的总结与升华，缅怀了诸如乌衣巷、莫愁湖、凤凰台诸景，抒发时过境迁、物是人非之感，也写照出作为一切见证的苏昆生之饱经沧桑。

苏昆生此曲唱完，皂隶便随之登场了。相对于苏昆生等三位遗老，他则是遗少——作为魏国公的后代，他未能如祖先一般成为显赫人物。就如同当年的宫闱尽数化成平凡无奇的沙土一般，他现在也是常人中的一个，仅仅是一名官府的皂隶。

但正是如此一个外人的出现，却将三位老人平静谈话的局面打破了。皂隶因为吸烟过劲，倒头昏睡，不想却偶然听见三个老人的议论，得知他们是朝廷正四处拿访的遗老。由是，三位老人开始警觉，最终逃散开来，整出戏也就随着皂隶追赶出去而结束了。

这其中还包含一个有趣的细节，即老赞礼所说的"啐，征求隐逸，乃朝廷盛典，公祖父母，俱当以礼相聘，怎么要拿起来"——如此一笔，颇有对于朝廷政策的微讽。

皂隶临下场之前所言"远远闻得吟诗之声，不在水边，定在林下，待我信步找去便了"，颇显出一分神秘幽寂的气氛——三位老人倏忽而来，又倏忽而去，恍若梦境一般，显示出隐者的自由无迹，颇有"只在此山中，云深不知处"的意境。

也正因为人物在如此情景中匆匆下场，以未完作为完结，该出才得以显出悠长不尽的余味。内中所念的收场之诗，明写渔樵生活，实以留白的方式暗绘出全剧之情节波荡，则在隐逸闲适的气氛而外，再一次扬出全剧的主旨。

续四十出　余韵（戊子九月）